猎人的后代

李修平小说经典

李修平 著

团结出版社
UNIFY PRESS

图书在版编目（CIP）数据

猎人的后代 / 李修平著. -- 北京 ：团结出版社，
2017.6 （2023.7重印）
ISBN 978-7-5126-5239-2

Ⅰ. ①猎… Ⅱ. ①李… Ⅲ. ①中篇小说－小说集－中
国－当代②短篇小说－小说集－中国－当代 Ⅳ. ①I247.7

中国版本图书馆CIP数据核字(2017)第128185号

出　　版	团结出版社	
	（北京市东城区东皇城根南街84号　邮编：100006）	
电　　话	（010）65228880 65244790	
网　　址	http://www.tjpress.com	
E－mail	65244790@163.com	
经　　销	全国新华书店	
印　　刷	三河市京兰印务有限公司	
装帧设计	成都天恒仁文化传播有限责任公司	

开　　本	170mm×240mm　　1/16	
印　　张	19	
字　　数	294千字	
版　　次	2017年6月第1版	
印　　次	2023年7月第3次印刷	

书　　号	ISBN 978-7-5126-5239-2	
定　　价	49.80元	

目　录

中篇小说

附　录

短篇小说

猎人的后代

我敢说，活了22岁我还没像今天这样被激怒过。

我的男子汉的血在我粗壮的血管里膨胀。身上的每一个细胞都在哔哔剥剥地爆炸。不是12年的寒窗苦读和高考落第后连续三年的自修所形成的理智在提醒我，我会像高超的猎手宰野兽那样白刀子进红刀子出地去把老东西和小娘们儿宰了。

我血管里流的是猎人的血，是猎人的精液铸造了我猎人的性格。我有猎人的粗犷、猎人的气质、猎人的机智和勇敢，难道我就不能继承祖业不能用我的力量和智慧从老东西那里把充分显示猎人的神威的神农架南垭山十世流传的猎枪和腰刀夺过来？

什么读大学当官什么笔墨纸砚统统见鬼去吧！

白沙河像一条蜿蜒曲折的青蛇从我脚下流去。女性化的平静的河水蛊惑着我的感官，我没有多想就野性地向它扑去。我的两只胳膊熟练地推波逐浪，嘴里有节奏地吐着气，一直奋勇地逆流而上。湍急的河水翻卷着向我打来，浪花在我脸上爆炸。我换一口气一个猛子扎下水底，调转头在水底静游了几分钟，然后借助水的浮力四肢伸展仰卧在水面上，任温柔的河水驮着我前进。河对岸的青龙山脉慢慢地向后移去，蔚蓝色的天空有几朵白云流动。这条河流在我们祖国的版图上并没有很大名气，但它却发源于举世闻名的神农架，准确地说发源于华中第一峰也就是四季山。它每一段都有着传奇的诗意的但说出来并不会引起读者诸君兴趣的名字。老东西你虽然是神农架南垭山受人崇拜的猎手但你不知道武昌鱼，不知道长江的入海口叫沪，不知道白沙河的最后归宿是太平洋，而我知道。

我仰游了差不多十华里，膨胀的血管开始降温了，翻身站在柔软的河沙里。清清的河水倒映着我魁梧的身材，我这170公分的很有力度的身材，我这有思想有个性的大脑曾使好几位城里的吃着商品粮穿着超短裙戴着项链涂着口红说着嗲声软语露出柔情媚眼的俗得可爱的美妞儿死呀活地追求过。而在这除了猎人还是猎人的神农架南垭山却他妈不被重视，讨不到老婆。

多少次，我曾讨厌过南垭山的原始闭塞和愚昧，为了我的人格和自尊，现在我决定留下来，留下来做一个家乡土地上的最勇敢的男子汉，老东西——神农架南垭山最有威望的猎手赵青山太狂了，然而他老了。他身上的猎枪和腰刀是从我曾祖父手中接过去的。按照祖宗的遗训，野猪黑熊老虎是我们森林里的兽类三雄，谁亲手宰了其中的一种谁就可以在古老庄重的仪式上接受祖传的猎枪和腰刀。猎枪和腰刀代表着山神的旨意，谁拥有它谁就可以在森林里随心所欲地挑选最美的姑娘做老婆。老东西接过猎枪和腰刀差不多50年了，然而50年来谁也没有从他手中接过去。

老东西的孙女赵梨花和我同年同月同日生，长着玛瑙石般的眼睛、箬竹林般的头发、红心柳般的腰肢、青龙山峰般的乳房。老东西手中的猎枪和腰刀和美玉般的孙女成为了森林里小伙子们相互角逐的目标。然而这些以前我都不看重。我要念大学。我要当作家科学家企业家政治家只要是家我他妈都想当。咱东方出美女以后还怕挑不到一个美人儿做老婆？然而父母却想疯了要抱孙子，四处为我寻找女人传宗接代，最后竟然去敲响了老东西的门。

老东西怎么说？"长庚这娃子本是块好材料，却要念那劳什子书。森林里的公熊只找森林里的母熊调情，猎人的女娃只配猎人的崽，山沟沟里的憨丫头怎敢与未来的翰林匹配？"

老爹把这话传给我差点没叫我憋了气，我盯住老爹大吼道："真是这么说的？"

老爹怕我上吊自杀赶忙补充道："你青山大爷还说会展翅的凤凰不下蛋，是猎人的种杀了黑瞎子才算，那意思是——"

"别唠叨了你，看我不宰了这老东西！"

我愤怒地朝老东西家跑去，半路上正好碰上了赵梨花。

"小娘们儿！"看了她我真想一口吞了她。"你爷爷侮辱我为啥？"

"没有的事儿。"她故作惊讶地一笑。"不过，你问这个嘛——，你干吗成天念那书干吗不打猎呀？你还是个男人呢，你不像个男子汉一点儿也不像！"

不像个男子汉？在高中连最清高的女同胞都说我是最标准的高健仓式的男子汉而你说我不像？这么说这个小娘们儿早就对我单相思了？她爱我？这世上还真有不少女娃子爱我想给我做老婆和我生娃子。

我的心在大自然的感召下逐步趋于平静，离开白沙河我感到踏实多了。老东西等着瞧吧。回到家里，父母眼圈红红的。你们没本事你们养的儿子也没本事你们只会哭。我在屋外场院里生起一堆篝火，然后搬出我的书箱。从我8岁入学到19岁高中毕业的课本都保存完好。那年高考几乎所有的同学都认为我有十足的把握进入北京大学或武汉大学的中文系，结果我却名落孙山。另一箱子是近两年购买的各种高考复习资料，落第后我曾发誓就是像范进那样拼他半生也要拼出个举人来，可苍天无眼大地不助。打猎打猎就这么世世代代打猎吧！我把几十部读烂了的小说散文，十几本用泪写成的日记抽出来，其余的书全部扔进了熊熊烈火之中，连最要好的只考上了襄樊师专的同学建议我去考自费生的书信也丢进了火中。

书和信慢慢地化成了灰烬，我的理想和志愿也随着化成了灰烬。

祝福我好运吧上帝，从此我要以猎人的面目出现了！我从屋里找出祖父留下的父亲摸也不曾摸过的老铳耍着瞄着。老铳在我的手里竟是那样的灵巧，比耍笔杆儿惬意多了。

老爹一下子跪倒在我面前求乞地说："长庚娃，我给你磕头，你还是念书吧，你不能要这个。"

窝囊废！难怪我这么窝囊，都是你们的基因作祟。你要是南垭山我老爷爷的种你就给我站起来！我真想大吼一声然后猛击一掌，但我喊不出来打不下去。我盯住父亲发皱的脸，那里流下了两行清泪。"你起来吧。"我改变了语气。"你忘了赵青山的话？你不想要儿媳妇了？不想抱孙子了？我决定了就算决定了谁也别想改变。"

我重新打量着老铳，心里是说不出是悲痛还是快畅。赵梨花，总有一天我要像抓小鸡一样把你抓来压在我的腹下让你尝尝我雄性的厉害。

我要用我男人的气味把你熏醉熏晕熏得死去活来，让你乖乖地为我生一个加强班的儿娃子。等着做我的老婆吧。

　　尽管打猎的季节还没到来，我仍然发疯地在白沙河两岸在青龙山中寻找鸟音观察兽迹。我每天平均跑30公里山道练40下枪法。一个月过去尽管我一无所获，但我的双脚练得走山道如同在学校拿一千米长跑锦标赛冠军，我的枪法练得可以百步穿杨一举手而击落空中飞雁。没这手不行，这是一个猎手必须具备的最起码的硬功夫。每天五更进山，饿了啃一口苞谷面饼子，渴了掬一捧山泉水，困了在树荫下打个盹儿。这生活的确比深夜演算三角函数清晨背诵"环滁皆山也"快哉。晚上差不多全都是月亮伴我回家，步子显然没有早晨出征时轻快。一进屋腿上就像挂了铅块一样沉，放下老铳真他妈想从此洗手不干。然而南垭山全村人却刮目相看，大加称赞长庚娃子变出息了，似乎这山沟里就只能出猎人而不能出读书人出大学生出作家科学家政治家。老爹给我送来了浓酽的连翘叶子茶和热气升腾的洗澡水，母亲按猎人的吃法给我烫了高粱酒焖了一吊锅熏腊肉。看到这些我差点落泪但是我没有落泪。我一下子吃完了母亲焖的两大锅熏腊肉一口气喝下了一海碗苞谷酒又把爹的连翘叶子茶连叶子全都吞进了胃里。二老笑了，而我却跑到烧书的地方大哭了一场，之后又把吃下去的东西一骨碌吐了出来。我发了疯跑到老祖宗的坟头发誓：老祖宗，南垭山的父老兄弟，如果我成不了猎人我就不叫李长庚而叫畜生；善良的父母，如果赵梨花当不了你们的儿媳妇我就不是你们的儿子而你们当初那快活的事儿也算白做了。

　　天气渐凉，一个村子都有了野兔子肉和白麂子肉的香气。

　　女人们大都从锅台上走到了地里以腾出男人们钻林子喊山赶仗。

　　神农架的猎季正在到来，而与外界往来不多的南垭山山民在农村实行生产承包责任制后并没有感到商品经济劳动价值信息时代文化教育有多么重要，春种秋收之后便打了野物一家人围着火笼吃大碗肉喝大碗酒享受天伦之乐。连续的几个礼拜真他妈的糟透了，竟有十几只野兔从我枪口里死里逃生最后死于别人的枪口之下。这是猎人最大的耻辱。每天两手空空照常喝母亲的一碗烧酒吃两碗熏腊肉喝爹的一碗连翘叶子茶，我真他妈丢人！

　　但是我沉住了气，按照猎人的装束重新武装了自己：头戴一条五尺长的白布撕成的头巾，穿一身紧身青衣，腿上扎着绑腿，绑腿里插着锋利的苗子（匕首），肩上扛着老铳。从村子里走过我仿佛一下子高大了，跨过白沙河钻进青龙山中，一声黄麂子的叫声使我精神突然振奋了，今天准有好运气。在一个山凹里我首先发现了一条肥大的野兔，张着两耳蹦着在寻找食物。我掂起枪随意瞄了一下便扣了扳机，枪声好脆，今晚准有兔肉下酒，但烟雾过后兔子却在我的眼前惊慌地逃去。我气得撂下老铳就去追赶。连只兔子都打不到还想当猎人？我拼上了非宰了它不可。我拔出苗子猛地投去，苗子正好扎在他的左耳根。老子叫你跑呀你跑呀！

正在这时，一条黑狗子突然出现在我的面前，用嘴轻轻地拔掉苗子又轻轻地叼起兔子。这时我才发现赵青山已在我之前进入青龙山。他眯着眼儿悠然地抽着旱烟，怀里抱着猎枪，刀鞘里插着腰刀。一条白狗子蹲在他的右边，黑狗子把兔子叼到他的面前以同样的姿态蹲在他的左边。三位一体，真他妈威风。老东西好狂，全然不把我放在眼里。老东西过足了烟瘾之后才拍拍黑狗子说声"送去"。黑狗子重新叼起兔子送到我的面前，还真训练有素。老东西喊声"走"，两条狗子便一前一后跟着他向大山深处走去。狗仗人势，欺人太甚，人倒霉喝凉水也塞牙，我的精神支柱一下子垮了。早知今日，何必当初！当猎人我还真不够资格。

黄昏的时候，我回到白沙河岸唯一的收获是那只兔子，而赵青山的枪杆上竟然挂了两只野兔和一头香獐。从我身边走过的时候我明显地感到了他的轻视，两条狗子也高傲地不再看我一下。

我的血管又膨胀了，头发全都竖了起来。我将兔子撕成两半用尽了平生力气扔进白沙河里："去你妈的蛋吧！"

"好大气呀长庚哥。"一个女娃子的温和的声音吓了我一跳。

原来是赵梨花！小妖精，烧书为你当猎人为你我的前途全他妈被你葬送了，你倒来看我的笑话？

我一把抓住她的胳膊凶狠地盯住她的眼睛。

"凶啥？有劲儿去杀头黑瞎子来嘛！"

"你当我不能？"我望着她，一种报复的心理油然而生。

老子今天先开了你的苞再说，尝尝那滋味儿然后就一刀把咱俩都捅了。我猛一下子扑上去把她按倒在地。

她被这突然的野蛮吓懵了，眼里露出惊惧不解的光。

我的理智随着愤怒全化成了烟云，心中只有报复。我几下扯开她的上衣，扯掉她的乳罩——

"长庚哥哥，别这样，别——"她本能地一手护着两只乳房一手拉住裤腰带，趁我不备狠狠甩了我一个耳光。

"你不是人，你是畜生！"

"畜生？"这一耳光打得我几乎七窍生烟，骑在她的身上就像骑在大学教室里的凳子上骑在森林里的黑熊身上。当我清醒过来认出骑在胯下的是一向称我长庚哥的梨花时不由大吃一惊。我在干什么？我怎么一下子卑鄙到这种地步？我窘得无地自容，想飞上天空钻进地缝或化成石头，但我的两腿怎么也迈不动，像罪犯一样不知所措地站着，呆呆地望着她整理好衣服拢好散发。

"长庚哥，你应该冷静，像爷爷那样的猎人都是很冷静的。"她目光柔和没有责备条有像母亲一样的宽容。

我感到自己是这样的可耻这样的低下这样的无能。我不配做梨花的丈夫甚至不配做猎人的后代。

"我是畜生！"我大吼一声在梨花甩了耳光的地方自己来了几下更响亮的。

梨花慌忙抱住我的手，抚摸着我发烫的脸。"我不是有意的。干吗还打？你干吗还打呀？长庚哥，要是万一不愿当猎人你还是去念书吧。你去念书吧，念书吧！"

"不，我当猎人当猎人！"

一个金黄的能引起文人骚客幽情的迷人的黄昏。梨花站在我的对面用一双美丽的眼睛看着我。经过那场风暴之后我们之间的距离反而缩短了。我一遍一遍地擦着老铳擦着苗子。我用苗子在已经长出胡须的嘴上刮了一下，几根胡须便落在地上。这一手表现在姑娘面前很够意思，既古风又罗曼蒂克。梨花走到我的身边把一对护膝系在我的双膝上，又把纳得厚实的披肩披在我的肩上，然后把一根帆布带系在我的腰里，把一个用葫芦掏成的酒囊挂在上面。从小学到现在我还是第一次在一个女孩子面前这么驯服。眼前的山妹子并不比过去追我的洋小姐差，瞧她眼睛多水灵胸前多丰满臀部线条多分明，这是纯粹自然健康的毫无病态没有做作的美，和这样的女人同床共枕白头偕老作为一个男人这一生还有什么遗憾？她用手轻轻点点我的头，"你真是书呆子，告诉你这回像个猎人啦！可惜没有赶仗狗子，你干吗不养赶仗狗子呀？我爷爷正在为你养呢。"

我一惊。"你说老东西他——在给我培训猎犬？"

她猛地扬起巴掌但半路又收回了。"你这个人没良心，其实爷爷是很器重你的，他说南垭山50年没出一个好猎手，他不能让猎枪和腰刀在他手里绝后。他想让你亲手杀一头黑瞎子，那时候——你说你能吗？"她的脸倏地红了，充满蜜意。

我明白了，还能不明白吗？迎着她的目光我坚定地说："我能，我准能！"

再一次走进森林的时候，我的心情好极了，快乐地用口哨吹着《勿忘我》的曲子。尽管冬天正在到来，但森林里的一切都极富生命力地出现在我的眼前。黑色土层上铺了一层厚厚的各种各样的落叶，不时有一两只小动物在上面寻食物。远处的草丛里纺织娘与金铃子在幽幽地对唱。高大的橡树已经落尽了叶子，而枝头上仍然挂着饱满的橡子。蒲公英差不多全埋进了叶底，但仍有点点黄菊在闪耀。粗壮的红藤从崖上伸下来和生长在崖角的青木香藤缠在一起，青的叶白的花毫不畏缩地繁生着。绿的苔藓和肥大的填耳草、半崖上的一簇簇黄草和七叶一枝花点染着森林的绿意。

继续向前，橡树和杂草渐渐退居二线，大片的粗壮的油杉和杉树林里夹杂着飘飞着鸽子般花朵的珙桐树，松鼠、锦鸡、野兔，还有麂子、山羊子游戏其间。一只松鼠拖着肥壮的尾巴从我的脚上窜上了松树，机灵的眼睛望着我，全无半点戒备。我抽出苗子嗖地撩过去，正好从他的背上扎进树中。等我爬上树，它的圆圆的眼睛下竟挂着两粒泪珠。我的心不由一颤。一周前，我曾在这里连续击中两头山羊和一只狐狸。那只狐狸的眼睛里也挂着泪，当时我却忽略了这个细节。我小心地拔出苗子可松鼠已成了我刀下的冤魂。我是否太残忍？人类是否太残忍？但我必须亲手宰头黑瞎子。

在一条叫梅香泉的小溪里洗了脸我便开始攀登青龙山。

当我攀上巍峨挺拔的山峰的时候衣服差不多湿透了，然而我的心胸

猎人的后代 LIE REN DE HOU DAI

却一下子开阔起来。我仿佛是进了九天之上，四周的山峦都变成了侏儒，山与山之间填满了飘忽不定的白雾，像流动的江河海洋。我读过海明威的《老人与海》、邓刚的《迷人的海》、张承志的《北方的河》，高手笔下的海洋与江河，海洋与江河的温柔与悲壮令我惊叹不已，但江海在这个椭圆形球体上只能是血脉是母体而山才是骨骼是父体。我们中国有世界最高峰海拔8848.13米的喜马拉雅山的珠穆朗玛峰，有号称世界屋脊的青藏高原，有云雾缭绕的华中第一峰，然而迄今还没有一部真正写出山的气质山的灵魂山的雄伟壮丽山的凝重深厚的作品岂不可悲可叹！芸芸的炎黄子孙呵，如果你不知道祖国的植物王国神农架，不知道神农架有多种原始的珍稀的动物，对你准是莫大的遗憾。

　　这里有数十人目击过野人出没尽管野人在当今世界仍是自然之谜但野人在这里肯定存在。美国专家在这里综合考察了两个月，日本专家申请多次进行专题考察我国政府一直没有答复，中国专家无论是综合还是专题的考察到目前为止都还是浮光掠影。

　　博大精深的大自然呵，在你面前你的子孙竟是这样地束手无策你不失望吗？我的情绪一下子低落万丈。我们的祖祖辈辈津津乐道于在这里打猎是封建历史的原因，临到我这一代在科学伸向宏观微观的20世纪80年代还这么打猎维护一点自尊岂不可悲？维护生态平衡，开发自然资源，在未来科学领域里大显身手，我念的书我的志愿全他妈喂狗了？我的烧书铸成了我人生的大错，这以后的日子我将不会快乐。

　　下山的时候我发现山脚下升起了一缕袅袅青烟。这时我的肠胃也正好在发动游行示威。生火的是赵青山。我走近他的时候他正好把一只肥嫩的兔子烤焦。他看也没看我一眼就撕下了一只腿扔给我，我啃了一大口味道还真不错。他撕下两只腿扔给两条猎犬之后自己才细细咀嚼最后一只。收拾了烤兔他把酒葫芦递给我，我一口气喝了个底朝天。然后是默默地注视。直到这时我才发现他今天也是两手空空。他叹口气离开火堆，似有满腹心事，在他走到第七步时突然停住脚冷冷甩给我一句："是下海的汉子就去龙潭杀鳖，是钻山的猎手就进深山同猪熊交战。"

　　听了他的话我心里一阵悸动。他是真想我成为一位名副其实的猎人后代呀，可他不理解我。这世上根本就没人理解我。在他回头的一刹那我看清了他的古铜色的脸和古铜色脸上的条条皱纹。

赵青山，你的腿跑遍了整个神农架南垭山，你猎获的野物可以把白沙河填平，然而作为赤诚的炎黄子孙，你代表的时代已经过去了。他看着我把没说完的话咽下肚然后转身走了。

我立即踏灭了火堆迅速向他追去。

赵青山，我虽然服你但我以后准比你强。

在北风狂啸鹅绒般的雪朵猖狂到第六天的清晨，三头黑瞎子气宇轩昂地走进了南垭山。全村平时那些洋洋自得的猎人还在床上抱老婆做那温柔典雅之梦。等我全副武装赶到白沙河岸的时候，一头水牛一样的老熊已经踩着冰冻的河水悠然地进了青龙山。赵青山站在河岸，脸上毫无表情，目光茫然，但他的心肯定在沥血。

"看我去干掉它！"

但是，当我踏上入冬后搭起的木桥时他却一把抓住了我的胳膊。"你不能去。危险！"

我盯了他足足一分钟。他凄然一笑，无可奈何地说："让它去吧，南垭山完了，祖宗完了。"

我受不了这笑，受不了这奚落。这笑和这奚落是对我力量对我人格的轻视和否定。不干掉黑瞎子我的书算白烧了，我憋的这一肚子气将到哪里去排放？我甩开他的手拔腿就跑。今天老子这73公斤的身躯粉身碎骨也要把黑瞎子宰了。

过了河身后传来了赵青山苍老的喊声："要沉着冷静，别急躁，绕到它的前面瞄准它的前胸再开枪。它的前胸有一块月亮斑，是白色的月亮斑，枪响后要赶快隐蔽——"

雪停了，北风仍在呼啸，山岩上在雪崩，冻树枝噼里啪啦在断裂。我很快进入了林海雪原。黑瞎子硕大的脚印在我面前伸展。我耐着性子很小心地跟踪着。它上坡我上坡，它下谷我下谷，跌倒了爬起来一步不拉；身上头上睫毛上满是雪，融成水又结成冰，我仍穷追不舍。狡猾的黑瞎子显然发现我不同凡响，不断改变着前进的方向，然后又来一段猛冲。它想甩掉我但它没法甩掉我。我的双腿麻木了仍死死地追，实在太累就手脚并用，最后干脆抱着枪滚。距离越来越近。从它粗壮急骤的呼吸声中我知道它也在作垂死挣扎。近了，更近了，但我一直没有开枪。我要用苗子宰了它或者一枪定生死。正在这时，一条流星般的黑影从我身边穿过倏地停在黑熊的前面。是赵青山的黑狗子。赵青山想帮助我？我不需要帮助，我要一个人干掉它才他妈的带劲。但是我还是本能地抽出了苗子。黑瞎子突地一停惯性使它和黑犬猛地相撞。黑瞎子的小鼻子立即被撕裂了，嘴头变成了殷红。这家伙也明白了前后受敌的险恶处境，猛一调头便向青龙山主峰冲去。糟糕，如果让它钻进了青龙山主峰，我将前功尽弃，一切将重新开始。几乎没有思考没有瞄准我的老铳砰地响了。黑瞎子一个踉跄倒下了。它的前肋立即喷出了一股殷红的血柱。我一阵激动便情不自禁地仰天狂呼："打中了打中了我打中了！"

突然，黑瞎子的两条前腿撑了起来，接着两条后腿也站了起来，枪眼里的血仍如泉涌，血盆大口里喘着粗气，两只小眼睛露出仇恨的凶光。等我反应过来它已经冲到了我的面前，带钩的硕大的熊掌猛地一扇我便倒在它的胯下，一股难闻的膻腥呛得我透不过气。我的老铳被压成了两截，棉袄从脊背以下全被撕掉，肩上的皮肉搭在我的脸上，血渗进了雪地。在它的掌伸向我的头部时，我才明白我还活着，我必须反抗不然我将白白死掉。我将头一偏迅速将苗子刺进了他的腹部，血溅了我一身。它的身子一歪我便趁机站了起来，麻利地攀上了身边的一棵乌桑树。黑熊也发了疯，吼声振聋发聩。我知道熊也会爬树但我不再害怕。我握紧苗子，严阵以待。它没有爬树，在蓄足力量后猛地向乌桑树撞来。我被重重地摔在树下，骨架似乎松散了，是这个世界已不存在还是我自己已不存在我全搞不清楚。黑熊也在树下奄奄一息了，但它仍在挣扎，站起来倒下又站起来，最后终于站稳一步一步向我逼近。我头脑发昏眼睛发花浑身瘫软全靠求生本能紧握苗子。我终于看清了它胸前的月亮斑。四目逼视。在离我半米时它大吼一声纵身跃起。我的苗子正好对准了它的月亮斑。这时赵青山的黑狗子狂吠一声从我头上飞过去咬住了它的喉管。黑瞎子沉重的身子立刻压向了我的刀尖，慢慢地整个身子雪崩般地压在我的身上。

我只觉两眼发黑，金星乱飞，后来的一切便一概不知。

等我完全清醒过来已是第三天下午。身上涂满了草药膏，嘴里满是苦味。在我这魁梧漂亮的身上从此要留下疤痕但我毫不悲观，庆幸的是我的骨头一根没断心脏跳动每分钟仍然68次。我躺在一张女性的温馨的床上。我想坐起来，但有一双柔嫩的手轻轻地按住了我。一股异样的似曾相识的醉人的芬芳钻进了我的鼻孔，几粒涩涩的甜甜的泪滴进了我枯燥干渴的口里。我的心微微一颤。

"醒过来了吗？"

"醒过来了啦！"

屋子里立即涌进了许多人。我的眼前立即出现许多惊疑的敬重的羡慕的卑微的目光。人群中站着我的老爹和老母。二老的眼角都挂着泪花而嘴角似乎在笑。我成功了胜利了我是英雄？！父母啊，你们养活了我22年我想干什么就让我干什么，可你们究竟希望我干什么！我的血压开始升高，挣扎着坐了起来站了起来。

"快躺下别动好好休养明天好参加猎人盟会呀！"屋里一阵惊呼，似乎我一站起来就会死掉。

我僵直地站着。

"他是太兴奋了。"

我本来不兴奋也不痛苦但他这句话刺痛了我。我迎着说这句话人的目光。"你说我兴奋？你以为我兴奋？你无知你不懂你蠢蛋。你给我滚出去！滚！"

我当时的样子一定很吓人，但却被南垭山的猎人们理解了。我很怀疑这怎么能被理解而我念书考大学当作家科学家政治家怎么就不能被理解？

人们出去后赵青山走了进来，脸上露出来了难得的慈祥。他端来一碗用虎骨和三七配制的药酒。这东西祛风舒经活血顺气长精神，我二话没说一口气喝进了胃里。感觉良好，内脏渐渐发热，血液慢慢沸腾，身子开始清爽舒展了。

他望着我笑笑："不在高空盘旋的鹞鹰翅膀不硬，经不住恶斗的崽当不上好猎人。你是神农架南垭山的好种！等着接受祖传的猎枪和腰刀吧。"

赵青山走出去了，我真想追上去大喊一声：老东西，是你欺骗了我，我上了你的圈套！然后再狠狠地揍他一顿，但我一动没动。

"长庚哥哥！"到这时我才发现身边一直陪着的赵梨花。她两手抱住我的左臂，眼睛里露出了无限柔情，姣美的双颊慢慢地化成了两朵红石榴。

"你好凶！"她将脸慢慢向我怀里移动最后躺在我的胸间。"你真行。你真的宰了黑瞎子，好大好大呀。我好高兴，我爷爷好高兴，全村人都高兴呢。你咋不说话？"

我无动于衷。她的两只大乳房顶着我的怀很有节奏地搐动着。她很激动，真的。她就是我的妻子吗？这么简单？男人和女人就这样合在一起过生活生孩子？她可以给我生一个班的儿娃子吗？我想她能的。然而爱情呢理想呢事业呢？我突然感到她很陌生，而我在她心中就不陌生吗？我才22岁啊！完了，胜利后的完蛋。伤口一阵疼痛，眼睛一黑，我一下瘫在地下。

"长庚哥哥。"她吓哭了把我搂在怀里。"你怎么啦？"

"我要死了，我的心死了。"

晚上又有许多人来看我都被梨花赶出了门外。

梨花一直陪着我，我一直没有说话。她感到委屈？她自找。夜里很静，天已经晴了，月亮和白雪装点着南垭山的寒夜。远处传来阵阵锣鼓，阵阵山歌。明天是神农架猎人节，山村沉浸在节日的欢乐之中。这欢乐多半是为了我。山沟里没有电视没有电影甚至没有收音机，但这里有薅草锣鼓有唢呐火炮有情歌山歌，有猎人的枪声和粗犷的号子声，人们同样吃饭穿衣同样在床上播云弄雨生活并不显得单调。明天我将登上仪式台披红戴花接受猎人们最崇高的敬意？后天我将当着众人的面娶赵梨花为妻？从此便以英雄壮士自居让健全的大脑贫乏？这究竟是我人生的开始还是我人生的结束？我的心逐渐趋于平静。我要重整旗鼓应该重整旗鼓。我有毅力有勇气有才华如果不发挥不施展我将遗憾终身而对当今时代也是一种莫大损失。我不能叫关心我的人失望叫嫉恨我的人称快。逃走吧对逃走吧，我被这想法吓了一跳，但我却很快拿定了主意。

猎人节的凌晨梨花刚刚入睡我便带着半截老铳和苗子从她家逃回了家。我把半截老铳和苗子包裹好放在书箱里，作为这一段生活的永久的纪念，然后拣了几部常读的书和日记本，收拾了一下简单的行李包。出门的时候，父母仍在熟睡。请保重吧，你们的不孝之子要走了，不要问我到哪儿去，这世界总有我的立身之地。眼泪在我眼眶里打转。

我走到烧书的地方，雪已融，灰烬还在，余热犹存。

这时东方已经露出鱼肚白。我该走了。南垭山今天的戏没有主角该怎么演下去呢？尽情地责骂吧父老乡亲，我李长庚决无怨言。在我刚动步的时候，赵青山的黑狗子突然幽灵般地拦住了我的去路，随后赵梨花便出现在我的面前。她一下子扑在我的怀里根本就没有我喘气的机会。"你坏你坏你真坏。你这个人坏透了。你有良心没有！"说完便幽幽地抽泣起来，我被她的哭声弄得六神无主。

"长庚哥，你的心好狠。我知道你在赌气你根本就没有心思打猎。你是在耍我！你看不起我。我也配不上你真的配不上，可你走也该给我说一声呀。这些钱，是我自己攒的，原指望和你——现在我放着也用不上了。你拿去吧全拿去，养伤、买书、做学问。你走吧你走吧，你咋不走哇！"但是她仍抱着我并无放我走的意思。

"长庚哥哥。"过了一会儿她又伤感地说。"你这一走也许再不回这山沟了，就是回来我也许是他人之妇了。你能——你亲我一下吧亲我！"她眼里滚出好大的泪珠，那里有失望也有希望。

我的眼泪终于流了下来。我是何等人！有人爱有人恨有人关心而我为什么这么窝囊废？

"好妹妹，钱我收下，情我收下，但你必须等着我。我会回来的相信我会的。"

她先是一愣，迟疑了一下便郑重地点点头。

我的精神大振，双手把她的脸捧过来，用舌头吮去了她眼角的为我而流下的泪珠。

她乖乖的，温柔极了。

我望着她的嘴唇，红红的，好嫩，好香，好薄！"这地方太神圣了，我现在还不配，但它一定属于我一定！好妹妹，我该走了。"

我的前面有一条蜿蜒的石板路通向山外，广阔的森林里一片莹白。

原载于《汉水》1986年第6期；《花溪》1996年第8期以《最后一个猎人》为题发表，荣获襄阳市第二届孟浩然文艺奖。

猎人的后代
LIE REN DE
HOU DAI

走出迷林

　　关于云中飞的传说在神农架一带颇有传奇色彩，对于这个人物我不想作任何主观的评价。读者是上帝，读者应该信任我。我与他有着共同的几乎像我们这么大年纪的人都记忆犹新的童年。

　　1956年5月20日凌晨，我们同时出生在白沙河畔的白沙村。那年是丙申年，属猴，金牛座。钓鱼，打架，偷东摸西，共同对付支书龙山虎的儿子龙生。童年就这么简单，但都是事实。他曾追过我老婆，曾追过林玉竹。这两个女人现在一个嫁了我一个嫁了龙生。仅仅这些读者八成儿要骂娘，但我手头上有他后来的日记，有他寄给我的几十封信件。

　　这是关键。这是小说最精彩的部分，你读下去就是。

　　我的写字台上放着云中飞最近寄给我的全身照片。背景是神农架茫茫的大森林。这地方到现在还没有一个考察神农架的专家去过，尽管它有大九湖这么高雅的名字。他坐在小河中的石头上，头发不怎么整洁，戴着茶色眼镜，穿着皮夹克和马靴，怀里抱着鸟枪，样子蛮潇洒，看不出落魄者的悲观与迷惘。他的脸庞圆润，嘴角外翘，鼻翼内倾，胸脯宽阔，个子高大，看上去蛮野性。我亲眼看见过他追我老婆时的那种既野蛮又坦荡的方式。我老婆当姑娘时颇有心计，为了摆脱他而专一于我就导演了一场双簧戏。

　　那天，她约了我同时又约了云中飞。云中飞比我先到，一见我老婆就扑上去拥抱亲吻。我老婆绝没想到他会如此肆无忌惮，茫然不知所措。

　　这时我出现了，我老婆一下子扑在我的怀里。我把她的头揽在怀里挑衅地看着他：我们拉过勾，撮土拜过把兄弟，这姑娘是我的。

他看着我，表情很复杂，嘴角翕动了几下便疯狂地跑了。他的家是两间草屋，父亲憨厚，母亲不贞，曾给他带来过莫大的耻辱。这怪不着他，但这样的家庭决无温暖可言。他一来到这个世上首先享受的便是贫穷。我们全村除支书龙山虎家以外差不多全是穷光蛋。云中飞只念过五年书但成绩不坏，我却有幸念到初中又被推荐进了保康师范学校混了一张中专文凭。全村念到初中的还有龙生。

云中龙转身跑的背影有些特别，内心一定很痛苦。这玩笑开得似乎有点过分。为了怀中的姑娘从此我将失去最好的朋友了，但他并没计较。在他从家乡逃出密林的某一天突然给我来了信。

下面的故事很多是根据他给我的书信和日记加工的。

他逃走的那天是个望日，地上铺着一层微朦的月色。村子里很静。他走得不算太匆忙。穿了足够的衣服，带了两把三角尖刀和一支鸟枪。据龙生说公安局曾追捕过，材料并没送检察院，但他的劳模资格自然也就从此抹销了。逃离生他养他的土地和爱他恨他的人他并不十分悲伤，没有回头。向前走是大路，可以到襄樊武汉广州然后到深圳瞅机会还可以溜过国境线，那个时候香港还没有回归祖国，然而他却调头进了神农架大森林。

神农架有多大？向前走会有什么结果？何处才是归宿？这些他不知道也不想知道。他就这么走着，穿过连绵不断的原始森林，翻过一座又一座的高山。白天的森林颇有诗意，踏着松软的覆盖着树叶的地面像踏在海绵地毯上舒适惬意，熹微的阳光射在林木之间，松鼠、雉鸡、雪兔、猪獾新奇地望着他这奇异的同类。有时也遇到一两只山羊、獐子、狗熊之类，他都友好地避开，夜幕下的森林更显得魔幻多姿惊惧无比。品味由老虎的蓝眼豺狼的绿眼和千年古树发出的磷火组成的夜光，欣赏着由虎啸蛇行猫头鹰啼鸣和松涛山风组成的夜声，他感到挺有诗意。他已习以为常，困了就攀上高大的树枝美美地睡上一觉，饿了就干掉一只灰兔子或者锦鸡烤熟了饱餐一顿。

这生活蛮舒心。没有烦恼，没有忧愁，没有丑恶，没有竞争，没有爱或恨，没有尔虞我诈，没有争名夺利弱肉强食，远离红尘远离人间的生活真他妈美哉快哉优哉乐哉！

终于有一天，在他饱餐了一顿烤竹鸡睡了一个足觉之后竟听到了一声鸡鸣，几声犬吠。他爬上山梁，大吃一惊，这座山梁在整个神农架都是独特的，自然形成一个半圈，半圈内是一个很大的山中盆地，山梁两端呈圈椅状平缓地向东南延伸，形成廊状峡谷，盆地中间有一条山泉。盆地内森林间疏朗地点缀些木屋，树木上面飘浮着缕缕青烟，这便是云中飞寄给我的照片上的大九湖的背景。

　　大九湖的居民与都市并没有什么两样，所不同的是它的风俗与蒙昧。现代人把衣着服饰视为美丽不厌其烦地装饰自己其实是庸俗浅薄之举，自然健全的外在形体与内在神韵的结合才是真美。那天晚上，当云中飞闯进大九湖闯进给他生命带来重大转机的林中木屋首先看到的就是这种绝伦的自然与艺术的女性人体。以至于他以为自己走进了蒲松龄的聊斋。他看到了一个肌肤雪白的女人！

　　她站在窗前，脱得一丝不挂。斑驳的月亮从木窗射进室内正好笼罩着她的裸体。她把双臂在胸前交叉紧抱着肩膀，抬头投向窗外广袤的森林，接着两肩开始有节奏的耸动。她在哭泣？

　　云中飞心慌意乱地走近她。

　　她无动于衷。她的头发浓而密，很像未经修剪的罗汉松，容貌是姣好的，但过分的苍白而无生气了，使人想到这森林里欠缺阳光和热力的马尾兰。她的身材苗条但已显现出中年妇女的臃肿，有俄罗斯妞儿和日本妹子的风韵，皮肤与脸同样的白皙，四肢充满着某种安闲但有些松弛，臀部依然有饱满流畅下坠的华丽但略显平板，似乎欠缺什么。少女那种幼嫩圆润充满希望的小腹已经不存在了，大腿柔软但没有了灵性与光辉，唯有两只乳房像熟得过分的葫芦没有意义地吊在那儿，整个身躯曲线犹存但肌肉上没有光彩，没有晶莹，成为沉涩而晦暗。从眼前可以看出，她的少女少妇时代是多么地风韵而现在这一切都被破坏了，糟蹋了，成了一种无意义的物质。她静静地呆立了许久之后，猛地低下头，双手恶毒地撕打着自己的乳房，爆发出一种要毁灭这已失去价值的形体的宣泄，随后便放声痛哭起来。悲愤、失望而委屈。

　　云中飞吃了一惊。难道她也有与自己一样的不幸？他想冲过去把她搂抱过来，给她温暖，给她快乐，使她的形体复活。他感到自己有责任保护一个弱女子，保护她身上每一处圣洁的部位。他上去拿了她的粗劣得不可思议的衣服轻轻地披在她的身上。"大姐，穿上衣服吧，要着凉的。"

她慢慢地回过头，泪眼蒙眬。

　　"啊！"她惊叫了一声，疑惑地看着云中飞又看看自己，不由扯过衣服挡住了面前那处秘密的地方。

　　"大姐别怕。我是采药的，也打猎。"他自己找地方坐下，等着她穿好衣服。"我在森林里迷失了方向，出不去了，大姐能给弄点吃的吗？"

　　那女人由疑惑变得惊奇，并没有感到怎么羞耻和害怕，顺从地按照云中飞的意思做饭烧水还给他斟了一碗用山楂酿成的酒。这顿饭他吃得真香。她就坐在他的身边，看着他吃饭，喝酒，洗澡。她似乎第一次看这么文雅健美的男子，苍白的脸上布上了红晕。

　　云中飞也不背她，不过他太累了。"我能在你家睡一觉吗？"

　　"你睡吧。"

　　他就睡了。他睡得美极了。人生谁都有过美妙的难堪的第一次。他第一次住9888元的房间是在广州白云宾馆。一进门就说：开房间。女登记员鄙夷地看着他不适体的西装，故意开了价格最高的房间。那晚也许是他今生今世的最高享受，但绝没有今晚的舒适。

　　恍惚中，进门的场面又出现了，接着一个极温柔的东西钻进了他的怀里。他醒了。怀里果然有个柔软的躯体，软软的乳房顶着他的胸脯，头发搔着他的脖子。他突然产生了一种非发泄不可的冲动，于是，就上了她的身。大汗淋漓之后他才知道她叫蓝鹇。

　　蓝鹇箍着他哭泣着说："好人，你别走，就住这儿吧，我伺候你。"

　　他却枕着她睡着了。

　　云中飞从白沙村出走的经过大致如此，以后的情节在他给我的书信和日记都是一笔带过，不过有个人物在这里必须交待。此人叫独眼龙，他和蓝鹇的丈夫白熊并称大九湖二猎神。白熊已死。不过，这个人蓝鹇一直避而不谈。这样也好，我的下部小说就有主角了。大九湖是无比的大，人又居住得分散，基本上都是单家独院，人倒是无比地淳厚豪爽。有一天，云中飞却撞上了一个令他心惊肉跳的人。这个人就是独眼龙。

　　独眼龙提着土铳，两边站着四只龇牙咧嘴的狼狗。他个子颇高，额头上长成半个"王"字，半边脸呈古铜色，另半边脸的皮肉和眼睛没有了，眉峰下悬着一个似乎还在流脓的黑洞。黑洞到耳根是赭色的疤痕，鼻子呈鹰喙形，下颏与胸脯差不多拉成了一条直线，另一只眼睛睁得滚圆，

猎人的后代
LIE REN DE
HOU DAI

里面似乎满含着一种仇恨和敌视。

他和他的狼狗都凶恶地盯着云中飞。"你就是云中飞？"

云中飞后退一步，胆怯了，迅速退回到蓝鹇的木屋。

不一会儿独眼龙也来到了蓝鹇的木屋，站在门口望着他哼一声，把一口袋荞麦米和两只熊掌丢下就走了。

蓝鹇追出门外，看看惊魂未定的云中飞笑了。"这个人凶，心眼不坏。他的脸是让熊撕的。这山野中人，苦啊！"说完长叹一口气，似乎隐藏着极大的悲伤。

似乎是从这一天开始，云中飞就变得烦躁不安了。当他亲手用三角刀宰了一只老山羊之后，他才意识到自己烦躁的原因。他要走出密林。他要报仇。他要像宰老山羊一样宰了龙山虎，不然，就算白活了。他暗自设计了出山的计划。

那天清晨他终于辞别了熟睡的蓝鹇，一口气爬上了山梁。

太阳升了起来。森林里无比清爽。他舒了一口气，准备下山，突然，一声尖厉的口哨从他对面传来，接着传来一阵狗的狂吠。几乎还没来得及思考，张着血盆大口的四只狼狗就把他团团围住了。他惊叫一声，瘫倒在地。这时独眼龙出现了，狂笑一声，吹声口哨四只狼狗便回到了他的身边，他向前逼近一步。"你想溜？拣了便宜就这么滚？"

云中飞吃力地站了起来。

独眼龙又吹一声口哨，四只狼狗再次猛扑上去。

云中飞再次瘫倒在地。

"既然来了，就给老子住下。大九湖饿不死你，蓝鹇的男人死了，大九湖的猎神死了。你既然和蓝鹇搞上了，就在她肚里给大九湖弄出一个像白熊那样凶勇的种来。"这时有一只灰喜鹊从空中飞过，独眼龙拔出飞刀，刀到鸟落。"你敢溜？这就是你的下场，哼！"他吹声口哨转身走了，四只狼狗狂吠一声随他而去。

云中飞噩梦惊醒，大汗淋漓，等他返回木屋天差不多全黑了。

蓝鹇在门口等他。"只要进了大九湖，你就别想再离开。你走不了也走不出，就像我一样老死在这里吧。不过，你有我，总比我当时——"

"不，我要报仇。"

"你有仇？你要杀人？"

"我会回来的。"

她看看他。信了。"那你走吧。你不信？怕独眼龙？告诉你他听我的。"

他真的顺利地走出了密林。

和许多故事都是发生在深夜一样，云中飞回到家乡也是在深夜。他在银杏树下坐了三个小时。回忆往事是美好的，也是苦涩的，但他实在忘不了那唯一的一闪即逝的甜蜜。

夏夜，月光下。他和林玉竹紧紧偎依在静静的银杏树的浓荫下。

他激动地毫无经验地捏着她的两只刚成熟的嫩乳。

"多像两个水蜜桃呵！"

"不是，是鸭皮梨，又酸又涩，不信你尝！"

他激动地把她搂在怀里，望着天空，望着白沙河美好的村庄农舍，望着怀里的美好姑娘，他忧郁了。"可是，可是我家太贫困了。"

"瞧你，嫌你还叫你吃鸭皮梨呀！"

他们紧紧拥抱。

又是一个夜晚，漆黑无比。场景没变。他的脚下已经丢下了12支烟头。这时，林玉竹忧心忡忡地走到他的身旁。"云中飞，你为啥就这么穷为啥就凑不齐一千块彩礼呢？"她哭了，很伤心。"你要了我身子吧，过了明天我就是龙家的人了。"云中飞突然产生一种病态的报复心理，真的残酷地破了她的处女身。

分手的时候，林玉竹像孩子一样哭着，以至云中飞在日记中多次向她忏悔，那句话永远像锥子一样扎在他的心中："云中飞，咱们的情两清了，两清了——"

两天以后，云中飞就坐在这里亲眼看着自己心爱的人进了仇人龙山虎的家门成了龙生的妻子。他手里握着一柄尖刀，但他没有拿命运作赌注，君子报仇十年不晚，他要发财，要成为家乡里的首富，要压倒龙山虎。他双目圆睁盯着龙家的"喜"字大门，猛地把尖刀扎进了自己的大腿。他就这样拖着血迹斑斑的腿出门冒险去了。

在银杏树下的三个小时他终于最后下定了决心。半夜时分，他摸进了龙山虎的家。屋里阒然无声。没发现龙山虎，也没发现龙生。他不得不把自己暴露给林玉竹。他的样子很吓人，但林玉竹见了却很惊讶。"是你？你回来啦，你的问题也清白了，没事了。龙生不在，我给你弄点吃的吧。"

他一声不吭，理智地提醒自己，不能被感化。"龙山虎呢？"他冷冷地问。

"他已经死了，灵位还没拆呢。你妈也死了。你不知道？你走这么长时间，村里变化可大啦。"

死了？他产生了一种失落感，看来这次回来是毫无意义的。他看到床上熟睡的龙生与玉竹的儿子，醋意突发，这小子本该是我的种啊。仇人？他一下抱住了林玉竹。

"你这是干啥？"林玉竹倒很冷静。"我以为你这一走混出个人物了呢，想不到混得这么贱。我说过，你我的情早了结了，两清了。"

他一怔。勇气顿时化为烟云，面对一身正气的昔日的恋人，他低下了头。还有什么面目在家乡见第二个人？他惭愧地转身离去。

"等等，又要走？"

他回过头，重新看了一眼过去的恋人。那是带有无限深情的最后一瞥。"玉竹妹，别记恨我。把一切都忘了吧，就当我死了。"他走了，出门的时候把一把三角刀插在大门上，刀下是一张纸条。从此就再没回过家乡。

这张纸条龙生一直当着座右铭由他的爱妻保存。上面写的是"多行善，勿作恶"。龙生现任村主任，颇得人心，而且人格也令我钦佩。他对过去的事从未计较。我每年探家和他谈起小时候与云中飞合伙欺负他的往事，他总是淡然一笑。龙生当村主任颇有周折，直接的原因当然是他的老子龙山虎。龙山虎在家乡当支书20余年作恶不是太多，但家乡父老兄弟却不能原谅他本人以及并非他本人的过错。他死前的遗嘱是要儿子为他建一座大墓。他死后龙生为了尽孝就为他建了墓，但当晚就被毁了，暴尸野外。龙生知道老父不得人心，没有追究，另选了荒地把尸葬了，然后把建墓的砖石送去盖了学校，不久，民主选举他就当了村主任。至于云中飞亲手杀龙山虎的直接缘起我以为有两件：

这第一件事我一直给云中飞保密，但这是写小说，你就当小说读。

12岁的我与云中飞是如胶似漆的好。那是午后，我和他攀上苞谷地里枝叶茂盛的核桃树摘核桃。正得意时，他娘满面红光地来到树下，不一会龙山虎也来了。我正好奇，树下便传来了淫荡的笑语，接着那场面便不堪入目。这是我最早接受的性教育，以至有了两个孩子后还不敢回忆那场面。云中飞的脸色十分难看。这无疑是在他纯真的童心里戳了一刀，从此留下伤痕。为了朋友我对准树下尿了一泡尿，我一泡尿吓跑了他们后云中飞恶狠狠地说："我要砍了那老狗！"

第二件，云中飞在贩卖黄连与兑换伪币热中两次跌跤后便回家乡专心经营黑木耳，于是他果然成了家乡的冒尖户，当上了县劳模。但是后来却出现了哄抢木耳的事件，据说背后操纵者就是龙山虎。那天，云中飞到县政府告状，顺便来看望我和他追求过的我老婆，那时我还没搬进单元楼，屋里没有什么高档商品，唯有的财富是几千册书籍。他有些拘束却很感慨，见了我的两个女儿目光呆呆的，眼圈泛红。他30了还打光棍，见老朋友妻立身后儿女绕膝怎能不触景生情？他掏出一叠人民币叫着我老婆的芳名。"这点钱你收下，给侄女们买套衣服。"我老婆接过钱递给我，眼圈也红了。我抽出一张大团结其余又还给了他。他看着我，脸色由红变紫，但啥话没说把钱塞进了衣兜。这顿饭吃得很沉闷。离开我家时，他向我要回了那张大团结。"你们熬出了名望，独我云中飞没出息呵。你们看不起我。我也看不起我。这世上没人看得起我。你们嫌这钱脏，好吧，我拿走。"他走了，没听我作任何解释就走了，这一次我真的伤了他的自尊心。但更叫他伤心的是等他回到家里又遭上了那不堪入目的场面。他本可一刀结束了龙山虎，但他忍了。他蒙着被子哭了一天一夜，哭干了眼泪。他憎恨一切。

云中飞又回到了密林深处的大九湖，回到了蓝鹇的身边。

森林里是纯美的，静夜是纯美的，男人和女人在一起是纯美的，但蓝鹇却心绪不佳。

"杀了？"她冷冷地问道。

"我是人，我为啥要杀人？"他也是冷冷地。

"好人，你是好人！"她亲昵地靠近他。

他把她搂抱在怀里，有些感动。"算不上太好也算不上太坏。"他抚摸着她，从头到背再到臀部，一遍一遍地抚摸，表达出男人的粗犷的温情。"说说你的身世吧。"

"你不会感兴趣的，也许你会厌恶。"

"你就讲讲吧。"

蓝鹇原是秭归昭君村人，上小学五年级时，一天被老师罚了作业，离学校时天已黑了。半路上，突然窜出两个蒙面人，等她呼救时，嘴里已被塞上了毛巾。那天夜里，她被两个人轮流背着，走的是一条秘密通道，第二就到了大九湖，她就这样在这野蛮闭塞的密林深处生活了将近20年。她的正式丈夫是白熊，可这个人在云中飞到来之前被打伤的老虎撕了。山中从此失去了猎神，她也失去了固定的男人。

蓝鹛讲得很平淡，像讲一个遥远的与己无关的天方夜谭。但云中飞却十分震惊。他终于解破了那晚蓝鹛为啥那样顾影自怜那样颓废那样作贱自己身子的谜底。他紧紧地抱住她，似乎要熨平她心中的创伤。

"你和独眼龙睡过觉？"

"睡过。每年大九湖举行打猎比武，谁得了第一，自然就把我赏给谁睡觉。"

"不要再说了。"他听不下去了，愤然而起。"你也是人啊。"他穿好衣服，又给她枕好枕头掖好被子。"你，别动。我们以后分开睡吧。"

她哭了。

他静静地望着她哭。她一定很长时间没有像正常女人那样哭过，就哭个够吧。等她哭够了他说："哭够了你听着，从今晚起你要给我堂堂正正地做个女人。一、不准再搞男人，谁也不准；二、要讲卫生，昭君村是出美人的地方，你要珍惜自己的身子；三、从明天起，我计划开始经营我的老本行，你做我的助手。等我们在这林中干成了事业，我正式娶你为妻。睡吧。"

他和衣躺在另一头，久久不能入睡。他为自己大胆地设想所鼓舞。第二天他起得很早。他在林中走着，突然产生了一种主人的自豪。大九湖虽然是一个近似原始的自然村落，但这里有大量的木材，有许多珍禽异兽，有许多贵重药材，生长着许多营养价值很高的菌类。这是一个天然的金库啊，只是这里实在太闭塞太落后了。他顺着密林的缝隙向远方看去：山峦。白云。森林。过去的艰辛的人生经历一幕幕地在脑海里浮现。

场景一：上海南京路。他在毫无经验地叫卖黄连。一个高个儿男人与他讨价还价。他认真地介绍着。这时一伙人蜂拥而上，趁机抢走了他的黄连。他呼喊，追赶，人来匆匆，无人理睬，赢来的却是围观与耻笑。他哭天无路。一路乞讨回家。

场景二：汉口大华饭店。他风尘仆仆，西装革履，刚从广州兑换了伪币连夜赶到这座城市，虽惊慌不安仍喜形于色。无意中他露出了一张民国时期的钞票，上面印有孙中山先生的头像。一张伪币可以换取几张人民币。伪币的私下交换扰乱了正常的金融秩序，公安局正在着力打击。女值班员警觉地盯了他一眼。他吓了一身冷汗，进了房间赶忙把两扎人民币捆在胯间。不一会，果然遭到了保卫科的传询。"好险！"从保卫科回房间他恶毒地盯着女值班员，顿起报复之心。半夜时分，他摸进值班室，一手握住水果刀一手抓住那看上去蛮漂亮的女孩的领口。"不准吭声，吭声我先杀死你。"那值班员吓得目瞪口呆，好半天才说："你想干什么？""我要你身子！""那你别杀我。""哼！"他猛地从领口撕下她的胸罩又一把扯断她的裙带。"我还嫌脏呢，贱货，告诉你，我没你那么心黑。你的命和身子我都不要，只是你以后不准再欺负生意人，不准再打小报告。明白了吗？"

场景三：保康县文化馆橱窗前。人头攒动，好多人在看劳模事迹简介，他也挤了进去。上面有他的照片，可是龙山虎竟以支持专业户的典型也占了一席之地。戏弄人，他有什么资格？他一把扯掉自己的照片，愤然离去。

场景四：他本人的万铺黑木耳基地。他在采摘黑木耳。林玉竹气喘吁吁地跑来。"快躲躲吧！"他疑惑地望着她。"开什么玩笑啊你？""公安局要抓你。""抓我？凭什么抓我？""你这人真是，再不走就晚了。你换伪币，还有经济犯罪，我公公把你告下啦。龙生一听说就让我通知你。还愣着干啥？先躲一躲再说吧。"啊，换伪币？他心虚了。于是就出现了本文开头的情节。

这些回忆在他都是一闪即逝的，但在我研究分析他给我的书信和日记时发现，他进森林之后之所以没有消沉没有异化重要的原因就是有这些重要的经历。他有时间对自己的过去作出评价和反思。他感到以前办了许多蠢事，如今再行尸走肉地活着短暂的人生就算白白浪费了。他要重新活一次，重新冒险。他迅速跑回木屋抱住蓝鹏转了一个圈激动地问："出山的秘密通道在哪里？快告诉我。我要改变大九湖。"

"我不知道。经常出入这条道的只有白熊和独眼龙。白熊死了，独眼龙不会告诉你。"

"试试看吧。"

云中飞第一次走进了独眼龙的更简陋的木屋。独眼龙的表情冷漠凶狠，木雕一般，决不开口。他被这种冷漠激怒了。"告诉你我会去找。"

云中飞神情沮丧地回到了木屋。"蓝鹇，还是你——"话没出口他就自己揍了一拳。我这笨蛋，男人征服不了男人却用女人的肉体去征服，我他妈还叫什么男人？再去的时候，他喝了两碗白烧酒。一见独眼龙就抓住他的衣领。"你他妈快说！"

独眼龙冷笑一声，打着口哨，四只狼狗一拥而上，差点把他撕了。回到蓝鹇身边他气急败坏地说："去把独眼龙的四只狼狗给老子制服，但不准你和他睡觉，不准。"

又一个鹑鸟啼叫的早晨，云中飞手持着三角刀在林中的兽道截住了独眼龙。他果然没带狼狗，云中飞猛扑过去夺过了他的猎铳，三角刀对准他的脸膛。"我本来没打算逼迫你。我相信你明白我这样做的目的。你不友好，我也不客气了。别以为你是一把老骨头，可你还有两个呱呱啼叫的孙子。前面带路，走吧。"

独眼龙毫无表情，嘴角挂着一丝不易觉察的轻蔑。"跟着我，小心七星蛇坏了你的小命。"

云中飞后来能自如地出入这条鸟道并同大千世界连为一体一定付出了不可想象的代价。他在信中曾这样向我介绍：这条道长不过百里，穿谷攀岩，奇险无比，又多蛇蝎虎狼。常人莫敢出入。最险的地段叫鬼哭峪。谷底乱草丛生，两边狼牙耸峙，岩缝中倒挂着千年古柏，到处是猕猴、盐鼠和雨燕，叫声凄切，阴森可饰。

那天，云中飞第一次进入鬼哭峪，倒抽了一口冷气，顿觉寒气浸身，毛骨悚然。

"站住！"为了壮胆云中飞从腰里摸出一个荞麦面馍扔给独眼龙。独眼龙接过来瞧瞧又扔给他。自己从腰里掏出玉米饼和一葫芦苞谷老酒。但他一直警惕地听着什么。

"蛇！"他突然大叫一声，就地一滚，"你还不动？"

云中飞抬头一看，果然有条蛇吐着信子向他头上射来，等他学着独眼龙的样子就地一滚时，蛇已咬伤了他的脚髁。

独眼龙猛地扯过毒蛇，在空中抖了三下，用葫芦取了蛇的毒液，又抠出蛇胆，然后找一块草地坐下，有滋有味地嚼饼喝酒。

云中飞撑着身子坐了起来。脚很快肿了，不一会就肿上了大腿。他望望独眼龙。独眼经无事一般。他知道，咬他的是蛇中最毒的七星蛇，叹息道："我云中飞不该这么完蛋啊！"

独眼龙站起来，颇为欣赏地望着他。"好汉，怎么流泪了？大九湖的男人没有眼泪。"

云中飞擦去了眼泪。"独眼龙，我佩服你是条英雄好汉，可你的心连蛇蝎却不如，你经常出入这条道，为什么不让大九湖所有的人走这条道？为什么那样对待蓝鹛？你是笨猪蠢熊枉披一张人皮！有一点人心的话，你就把这条道打开。别让大九湖的人远道出山。好好想想吧！我不行了，托你对蓝鹛说，叫她把大九湖的皮货收起来，把香菌木耳收起来，在襄樊市土产公司我有个铁哥们叫王麻子，交他就行，不会亏待你们的，将来你们还可以在大九湖办收购站、办供销社、办公司。让大九湖所有的人走出密林吧，外面的世界多精彩啊！请你回去转告蓝鹛，转告乡亲们，包括你——大叔，谢谢你们收留了我。我本来——大叔，与其长疼，不如我自己结束了这条命吧。"说完他就拔出了自己的三角刀。

独眼龙眼疾手快，飞起一脚踢飞了云中飞手中的刀。"哼！好一条硬汉子，命留下，这条道给你了。记住：大九湖的人是在虎口里滚过的铁汉子，你的刀吓不住。"他说完迅速在草丛里寻了三样蒿草，在口里反复地嚼着，嚼烂后敷在他的伤口，然后又喷酒点燃，从伤口四周向伤口赶动，接着用嘴对着伤口猛一吸，一股污黑的毒血就顺着伤口流了出来。肿慢慢消退。

他们相互对坐，默默无语。谷里渐渐阴暗了下来，独眼龙说："试着走吧，不然天黑就赶不到老龙洞了。"

他们在老龙洞过了夜，第二天早晨就走出了峡谷。首先进入他们眼帘的是奔腾汹涌的三峡长江，江中一艘客轮正逆流而上。江边有一条纤夫用血汗凝成的绝壁古栈道，向下是兴山香溪，向上就是巫山县码头。对着长江云中飞满含热泪，独眼龙却无动于衷。他背上老铳，然后丢给云中飞一张草纸。"拿着吧，要从这条道上走，没这个，你就别想活。"

云中飞接过草纸一看。"啊，治蛇伤秘方？"他真的感动了，一下子跪在独眼龙的面前。"大叔！"

"事情办成了回山，我在老龙洞等你。你的话我服了，以前听白熊的，

猎人的后代 LIE REN DE HOU DAI

以后大叔听你的！"

　　故事到此，聪明的读者定能推想出故事的结局。但我不想按照常规套路，希望给读奋诸君一点新意。当我陷入创作困境时，突然收到了云中飞的来信。他要我务必去奉节县白帝城与他见面。怀着无比急切的心情，我乘了三天公共汽车赶到了巫山，找到了与他约见的地点，但我见到的却是独眼龙。幸亏云中飞在日记和信中向我介绍过他的形象，不然我真会被吓个半死。他交给一封信便知趣地走了。信是云中飞写的。他因一笔生意去了宜昌，要我接信后立即赶去。他在三峡宾馆等我。他要与我游三游洞，看葛洲坝，欣赏三峡电站建设工程，叙别离之情，还要向我请教。他这不是谦虚。我太想见到他了。他的经历完全是一部传奇故事，我以后可以把它写成传奇电视剧，一定叫绝。我一定要见到他。在我们家乡白沙河谁都说我为老祖宗争了脸面，但我自知不如云中飞。我这也不是谦虚。我迅速买了巫山到宜昌的船票。我要告诉他：放心大胆地干吧老朋友，请相信一条真理，有人类的地方终究会有文明。

　　走出密林吧，外面的世界很精彩！

　　原载于1994年第8期《花溪》。

大　雾

　　最恼人的是这遮天盖地的大雾，永远地没完没了地在神农架南垭山的森林、田野和农舍里飘落。每天早晨，李长庚一打开山货经销站大门，心中就会产生一种无可名状的憎恶，而今天这种憎恶似乎更加强烈。他走到三岔路的白果树下，几乎在同时，对面的青龙山中响起了沉重的猎枪声。他的心猛地一抽搐。田山才，我恨你！他实在想不出更恰当的骂人方式，对着大雾声嘶力竭地骂道："狗日的大雾——"

　　四周没有回声。他有些泄气。

　　秋月，秋月！他开始在心里呼唤着这个名字。他希望秋月能够听到自己的呼唤，能从雾中走出，投入自己的怀抱，就像录取县高中后第一次远行离家时的一样。想起那个早晨，他十分激动。穿着母亲缝制的裤褂，背着秦古仁大爹送的老山羊皮被，提着乡邻们送的山珍，这装束怎么看也不像进城念书的学生，倒像一个皮货商人。因为是南垭山有史以来第一个高中生，他受到了格外地敬重。远送的当然只有秋月。他们相对在白果树下。秋月含情地大胆地望着他："我爹在给我洗三时就把我许给了你。"

　　他没吭声。

　　"我是你媳妇。"

　　他仍不吭声。

　　"你听听我的心吧。"她说毕平静地毫无羞色的拉开自己的内衣，露出白细的肚皮和两只耸动的乳房。"来，躺在这儿听！"

　　他的心跳猛地加速。这是山中女孩子对心上人最古老最勇敢也是最忠诚的表白：任你走遍天涯海角，也走不出我的心窝窝。他感动了，冲动地抱住她细嫩的腰，把头深埋在她的两乳之间。他听到了一颗活蹦乱跳的真挚的心，感受到了一个实实在在的纯洁的身子。这人生最初的爱恋令他永远不忘。他捧着她硬实的成熟的乳房，娇儿般地吮吸着。他感到她的身子越来越柔软，越来越无力。他把满脸彤红的秋月搂抱过来紧贴着自己，使劲地渴望地体会着那个身子里的全部神秘。他发誓要保护她，得到她。发誓要回这山中。

他回来了，高二念到一半就回来了。为了秋月，也为了家乡。他忍受不了县城俗男俗女的高贵，忍受不了现代文明的诱惑，更忍受不了家乡的愚昧与贫穷。念到高二已经够了。他自信凭自己的强壮和机智足可把家乡引向富裕、开化和文明。但是，这雾这枪声——

好沉重的雾与枪声！

他看到自己的不成格局的五间木板房做成的南垭山山货经销站孤零零地立于白沙河边。从外地雇请的五位助手已经开始忙碌，老爹正把用于驮运山货的骡马赶向草坡。从贩运到经销，这一步迈得多么艰难呵！但他有了钱，因此也有了更大的疑惑。他想起了他的高中班主任。那天，当他惶惑地提出退学回山经销山货时，班主任鼻孔一哼，但离校时却把他送了很远。"人各有志呀，我也拦不住你，只希望你以后做一个正直有为的人。"离开班主任后他哭了。他决定要报答班主任的知遇之恩。当他在神农架山货贩卖大王江钟的的带领下在广州赚到一笔大钱之后，他首先想到了自己的许诺。他买了蜂王浆、五粮液和蜜饯，在县高中的球场上找到了班主任。熟识和不熟识的人围住他。班主任站在对面，目光并不友好。他有些窘。他摸出一盒美国555牌香烟，没有一个接，周围窃窃私语。班主任看着他，目光严峻，把香烟要过去嗅嗅。"一股铜臭味，充什么阔！请你走，我不愿见你。"

他愣住了，想不到班主任会这样粗暴地对待自己的忠诚。周围哄然大笑。他发疯般地跑出了母校，跑到县城的清溪河边，双膝跪下，羞愧地委屈地大哭着，很久很久。

平静下来之后，他把蜂王浆、蜜饯和五粮液统统扔进河里。"喂鳖，喂王八！"回到南垭山他对任何人都隐瞒了这人生中羞辱的情节，但是，秦古仁却找上了门。"南垭山没灵气，注定出不了状元，回来了就回来了吧，老老实实当南垭山的猎神，当庄稼手，秋月正等着寻一个做猎神的主儿呢。"

四目相对，他在心里说：这不可能！他要自己闯一条全新的路，他要办山货经销站。

秋月！他再次呼唤着这个名字，他拍拍因愤懑而发胀的大脑，大步朝秦古仁家走去。他看到了一幅使他震惊的场面：披着老羊皮的田山才正神气地与秦古仁对坐着喝大碗酒。他们的脚下躺着一头肥大的野猪，殷红的血还在两只眼睛里打转。田山才。早晨的枪声。他一惊。

他避开他们朝秋月的闺房走去。

秦古仁喝一口酒，站起来，"好小子，你还有脸来见我？瞧瞧人家田山才吧，这才是南垭山猎人后代的真本事。对眼穿。"今晚全南垭山的猎人都要到白果树下祭奠山神，它保佑南垭山又有了高超的猎手。"李长庚，别做秋月的梦了，她是猎人的丫头。猎人的丫头只嫁南垭山的猎人。嫁猎人，你小子懂吗？"

田山才得意地挑衅地望着他。

秋月凄然地站在门口，不知所措。

他看着他们，眼前立即出现了12岁时的情景：他第一次与秦古仁赶山，当他一枪撂倒一只香獐之后，秦古仁发疯般地搂着他。"好种，南垭山有望了，做我的女婿吧。从今后，你得遵守猎人的规矩。"做南垭山最有威望的猎人的女婿是南垭山后代最大的荣幸，但他却没有按猎人女婿的标准去做。他不能走南垭山固定的路。他知道秦古仁失望了，但他忘不了这场面，他必须娶秋月为妻。

"大爹。"他冷静地说。"你穷了一辈子，穿了一辈子补巴衣，喝了一辈子粥，你一辈子没见过世面，难道还要下一代也像你一样穷断脊梁吗？你就无愧于先祖无愧于后代吗？"

秦古仁的脸色血红，嘴里喷着野大羊肉的腥膻。"用不着你来教训我，是南垭山的纯种上山打了对眼穿的野猪来见，是好汉和田山才在庄稼里比试。你滚！"

他没动，盯着秦古仁枯瘦的脸庞上那被风霜雕刻的条条皱纹和那一身用兽皮制成的特殊的衣服。南垭山的世世代代就是这么过来的吗？他心里产生了一种无可名状的鄙夷和悲哀。他真想上去揍他个痛快，但是

猎人的后代
LIE REN DE
HOU DAI

他忍了。离开时他吼叫道："咱们走着瞧！"

晚上，白果树下篝火熊熊。猎人们按照尊卑长幼依次跪着。跪在最前面的是秦古仁和田山才。一溜人对着千年古杉顶礼膜拜。每一堆篝火上都烤着肢解成碎块的那头野猪。祭罢山神便是共同受用山神的恩赐：吃野猪肉，喝大碗苞谷酒。每一个人都很兴奋，放肆地粗暴地毫无顾忌惮地吃喝笑骂。李长庚心事重重地走到白沙河边。碧水悠悠，夜色蒙蒙。从这里向东走一周可到五省通衢的襄樊，然后是武汉，向南走十日经神农架首府到宜昌乘江轮可到重庆，然后就是广阔的大世面。那是摩天楼桑塔纳电子琴立交桥和高跟鞋迷你裙迪斯科咖啡牛排肯德基的世界，而这里还在对着一棵古树跪拜。可悲呵可悲！

他一直走到秦家，猛地推开秋月的房门，勇敢地把她揽在怀里。"秋月，秋月！你不能嫁给田山才，不能啊。你必须嫁给我，嫁给我！"

秋月哀怨地望着他："从14岁第一次来潮我的身心就属于你了，你知道吗？"

在南垭山，姑娘的第一次月经被视为圣洁的祥物，从这一天起她们就是真正的女人了。姑娘心里爱着谁，就把第一滴经血放在谁走过的脚印里，从此她的命运就和这个人连在一起了。秋月的第一滴经血就放在他李长庚的脚印里。望着那鲜艳的带着腥味的从自己心底流出的经血渗入自己寄托终身的人走过的脚印的时候。她跪下来哭了。这个秘密一直珍藏在她的心灵深处。她等呀，等得好苦。

她把滚烫的脸靠在他的脸上。"你就听听我爹的话吧，别去赚钱，也去打那对眼穿的野猪，当庄稼手，当猎神，让乡邻们瞧得起，行吗？"

他的手无力地松开了，目光慢慢投向茫茫夜空。四处皆山。山把南垭山与大千世界隔开了。我为何放着书不念？为何要办山货经销站？是贪财？是钱迷心窍？他感到孤独痛苦又无可奈何。谁是知音？何人理解？周围的山，眼前的人都变得模糊而陌生。"你还是嫁给田山才吧，但嫁给他你会后悔一辈子的。"他走了，很沉重。

连日来，尽管生意兴隆，但李长庚的心绪不佳。他带着鸟枪进了森林，要在森林里寻求心灵平衡。他的运气不坏，打了一大堆麻雀，还撞上了一只野兔。麻雀肉真它娘的鲜。那天他正在白果树下烫剥麻雀，被秦古仁和田山才碰见了。田山才大惊："大爹，李长庚吃麻雀！"

"哼！"秦古仁头也不回地走了。

他本能地站起来。"吃麻雀有什么？你没见过的多着啦，将来还要吃蚂蚁，吃苍蝇，吃蛆，这些都是高蛋白，你懂个屁。你只会吃野猪。只会吃野猪的人才最没出息。"

他知道从那次以后秦古仁才对他彻底失望，也正是从那次开始秦古仁才把南垭山猎神的希望完全寄托在田山才身上。他冷笑一声，对准一丛荆棘就是一枪。他突然产生了一种变态的兴奋，背着枪，提着猎物，老子他妈也要赚！

回家的路上，他哼着歌儿，兴致极好。一走进经销站就看到了一个熟悉的人。

"江钟！"他大喜，热烈地与他拥抱。

"这个时候你来，真是太及时啦，知道我在走麦城？"

江钟戴着礼帽，西装革履，一副大亨的派头。"怎么会不知道呢？你的秋月不是另有所许吗？别在一棵树上吊死，这次送你个洋小姐。她可是能歌善舞，能交际善经营哟。你老兄搞经济的现代意识还不够火候，让易红小姐给你吹吹枕边风吧，哈哈！易红——"

易红立即很有风度地走到他的面前。紧身牛仔裤，长筒靴，蝙蝠衫，一根皮带正好束住她的水蛇腰。微笑的双唇带着都市的优越，一双含情的眼睛直视着他。"不欢迎么？"

"怎么会呢。正好，今晚咱们一醉方休。"

这是一次别开生面的宴会。高脚杯与大碗肉并举，现代舞与古代风共存。干电池带动的收录机讨好地哼着流行歌曲，松明子照着一双双血气方刚的脸。他们碰杯，猜拳，跳舞，外面的世界已不存在，大森林与都市被他们拉成了一条直线。整个宴会都因易红而变得亢奋。她那挑逗的一颦一笑，充满性感的扭动，几乎使李长庚达到了疯狂的程度。他心中有一股郁气。他要发泄。什么道德，情操，全他娘的见鬼吧。

江钟看着处于极度兴奋的李长庚，举杯站起。"长庚兄，这娘儿们不坏吧。她一定会成为你的得力助手，也算我的诚意吧。来，为我们友好合作干杯！"

"干！"

两只高脚杯同时举起，但江钟却不饮。"长庚兄，听兄一句，放弃

你那套振兴家乡的理论吧，恕我直言，想让那些顽固愚昧的山野之徒理解是根本不可能的，至关重要的是钱，钱，钱！在这个时代你没钱你就没法混。有了钱就他娘的有了一切，懂吗是一切。为了钱，干！"

这回李长庚没动，眼睛直视着江钟。"要我干什么，你直说吧。"

"好！九龙实业公司总经理刘先生是我的老主顾，这次他要一批皮货，条件是由我们运到深圳白天鹅酒家。边民证，出口手续你都别管。货一到，出手就是这个数——"

"八万？"

"八百万！以后我们的山货都可转卖给他，钱呢，你我对半分成。老兄，发财的机会来了，后面就看你的咯。我知道你做的是小本生意，周转金我已带来，不过，你要把收购价压到最低限度——做生意嘛，要有点曹操的气魄，宁愿我负天下。易红，把钱交给长庚兄吧。"

"啊，这么多！"他感激地望望江钟和易红。对，至关重要的是钱。有了钱就可以建电站、盖学校、修公路，到那时我的一片苦心就可以昭示家乡啦！他抓过高脚杯，一饮而尽。"就这么办！"

再次进森林打麻雀的时候，他的心神已不能集中了。他开始恨易红，恨江钟，更多是恨自己。那天与江钟送别的时候，他发觉江钟在与易红眉目传语，见到他后立即变成了淫荡的大笑。他心里一沉：难道他们在设圈套？分手时江钟拍拍他的肩膀，"老兄，这娘儿们够味，人生在世，不乐白不乐，当风流时自风流，不过，你还是童男子，得注意身子骨哟。"

望着江钟一副淫邪的神情，他心里很不是滋味。他从内心佩服江钟的胆识，欣赏他的豪爽，但他看不惯他的玩世不恭，看不惯他的阴险放荡，更看不惯他的贪得无厌。

"美人计？"

"就算是吧。"江钟诡谲一笑，"别开玩笑了，让我们友好地分手吧。我恭候佳音，拜拜！"

送走江钟后他就对易红约法三章，但后来的事实证明是自己失败了。他真正领略了这娘儿们的厉害：温柔似水，歹毒如蝎。前者是对自己，后者是对家乡所有猎人。从家乡人那种冷漠、失望甚至敌意的表情，他感到自己已经失去人心了。他经不住易红如水的温柔，听任她用最贱的价钱从猎人手中收购上等的皮货。他变得堕落了？但他不能没有钱。他的内心时时处在一种极度的矛盾之中。

砰——好脆的枪声。

他一惊。在这时候他实在不愿见到秦古仁或者田山才。他绕过一条山道，却与田山才走了碰头，后面还跟着秋月。以前的理直气壮已经失去了，他有些心虚，想退回去。但是田山才却把他叫住了。"我再叫你一声长庚哥，以前不管别人怎么说，我总觉得你还是南垭山一个了不起的人物，想不到——坑害家乡，吃里扒外，弄只'鸡'辱没祖先，你还算南垭山的子孙吗？"

他感到自己每根血管都在爆炸，但当目光与满脸鄙夷的田山才碰撞时，竟找不到一个合适的词句。回头，转身，无力地离开。忍了，屈辱。他从森林里走出，经过白果树，走到白沙河边，默默呆立。日落西山。月近中天。他猛地把鸟枪抢进河里，大步走回经销站，一脚踢开易红的房门，啪啪就是两耳光，然后抓起她的衣领，"你这个娼妇，妖精，恶魔！"

好静。他却愣了。

易红不哭不闹，一步一步走到镜子前，两只纤纤素手捧着由白变紫的脸。过了一会儿，她整整散发，把一碗香菌蒸鸡蛋送到他的面前。

他不动。

她把碗放下，然后轻轻地搂住他。"你一定受了委屈是不是？你爱我是不是？只要你心里高兴，就再打几下吧，我不生气。"

他的堤防一下子崩溃了，再也不控制不住自己，一下把她揽在怀里，热烈而凶猛地亲吻着，然后冲动地扯掉她的内衣，像老鹰抓小鸡一样把她抱起放在床上，疯狂地恶毒地蹂躏着她的身子，而易红却以百倍的淫荡迎合着他。做爱之后，他把脸深埋在她的两乳之间，莫名其妙地哭了。

她擦去他的眼泪。"今晚，你的表现最到位，可我，也该走了。"

他一怔。

"皮货的收购已按计划完成，给江钟送去吧。"

"——"

"到了神农架，我立即给你来信，然后我们一起去深圳，至于分成——"

他无力地坐起来。"别说了，你走，我派人送你，货该运的都运走。你们，不至于骗我吧。"

易红一走无痕。一个月过去了，又是一个月，仍没有半点音讯，而

且四周纷纷传闻政府正在打击经济犯罪。李长庚急了，对于后者他不害怕，担心的是皮货，那几乎是他的全部家当呵。他匆匆赶到神农架，但是，江钟的公司已被公安局查封，他本人同易红挟带巨款在逃。他无力地靠在墙上。完了，全完了！他想到了秋月。我好糊涂呵！他在小摊上买了条红纱巾，要向秋月忏悔。南垭山，我只有从头开始了！

等他回到山货经销站，他的五位助手已打点好了行李。他自嘲地大笑："哈哈，想不到我李长庚竟走到了众叛亲离的地步？都他妈滚吧。"

无法改变的现实，公安局亮出黄牌：经销站立即停业整顿。他掏出从神农架宾馆揭下的关于江钟和易红的通缉令。江钟：流氓，诈骗犯；易红：暗娼，贯以色相骗取财物。

"啊？"他瘫坐在椅子上。

晚上，他已冷静多了，带着红纱巾向秦家走去。秋月站在白果树下，似乎早已相约。"长庚哥，我知道你会来。"

他的心一动，默然无语。

"我不怪你。我爹说我们应该在一起，山才哥也说只有我俩才相配。"

他很难过，想哭。欲哭无泪。

秋月抓住他的手。"爹说这一段对你太冷淡，看着你走岔路。他已想开了，同意我帮你办经销站。他说他已老了，年轻人要干啥就干吧。"

他强忍着泪水，把红纱巾围在秋月的脖子上，然后扭头离去。终于，在他坚强的脸上流下了清泪。

第二天，处于深山密林的南垭山第一次出现了警察。李长庚被抓。在带走的时候，秦古仁、田山才、秋月和村子里大部分猎人把他们团团围住。警察掏出手枪，人们仍然步步逼近。

李长庚急了。"秦大爹，您叫他们停下，这样做是违法的。让我去，我没罪，要不了几天我会回来的。经销站还要办，南垭山不能永远这么穷下去呀！"

人们停下了。秦古仁走向前。"我们这些人来担保还不行？他还是个孩子。他做的也都是为了我们山沟沟啊。跪下，都给公安局同志跪下，饶了这孩子吧。"人们一下子跪下了，但是他仍然被带走了。他不敢回头。他怕看那场面。他听到背后秋月嘶裂的哭声，两眼蒙眬。

"我等着你，我等着你——"

李长庚走了，一去就是三个月。在一个百鸟归巢的黄昏，他回来了。他被无罪释放。

南垭山就是多雾，被带走的那天是大雾，今天又是大雾，浓浓的压得人好沉。依旧夕阳残照，依然鸡叫犬吠，一切都像未发生一样平淡。他走到三岔路，亲手建的木板房还在，大门仍然锁着，招牌也还在，上面的漆已经剥落。他在经销站的门前徘徊。火红的时代已经过去，但自己的斗志未减。三个月的审查，法院判他无罪，但他却深深地感到惭愧。伙伴们都走了。自己一向佩服的江钟判刑15年，罪有应得。易红劳教3年。外表那么美丽，才华那么出众，竟然不顾贞操以皮肉做交易。钱呵，害了多少人！但是，钱本身有罪吗？心术正的人，面对金钱是坦然的。想不到自己认为已被时代淘汰的秦古仁大爹和一向鄙视的田山才竟然有副侠义心肠。这是一个新旧交替的时代，金钱，人情，世态，观念，万花筒般地，好复杂！对这个时代，对这个时代的各种人，他要重新认识，路要重新开始走。他站在高大的白果树下，一个更大更现实的计划在脑海里孕育成熟。他合抱古树，默然祷告：相信我吧，乡亲们！秦古仁大爹，田山才弟，我们一起干吧！秋月，我回来了，我的经销站还要办，南垭山不能永远愚昧永远贫穷呵！

突然，他的耳边传来了一阵热闹的锣鼓和唢呐声。他猛回头，迎面走来了一队浩浩荡荡的队伍，打头的抬着红漆家具，上面贴着硕大的"喜"字。他一下子愣了，呆了，那不是秋月和田山才吗？出什么事了？田山才穿着一身藏青色布衫，新剪的光头上缠着大红布头巾，走在前面。秦秋月脸色苍白，一副任人割宰的样子，脖子上系的正是自己送的红纱巾。他怔怔地站着，刚才的希望一下子灰飞烟灭了。秋月，你说了等我的呀！唢呐声越来越近，他本能地把自己的身子靠在白果树的背面。

迎亲队伍慢慢地走过白果树，走过三岔路，走过他的孤零零的山货经销站。他颓丧地望着家乡的碧水青山，望着茫茫的林海，望着蒙蒙大雾。大滴大滴的泪水滚落在地下。迎亲队伍慢慢消失在弯弯山道里面，唢呐声咿呀不断。他木然地站在高大的威慑人心的白果树下，一动不动。

雾，烦人的南垭山的大雾！

原载于《短篇小说》1990年第9期头条。

播种的日子

　　山月缺了又圆的时候，春泥就躺在樱桃树下看月亮。看得痴了，就想她的丈夫志平，想他一个人在洞河山沟里教书的情景。三月的杨柳风，酥酥的，她就醉了，蒙蒙地进入了无忧的故乡。

　　她穿一身素净的春装，走到河边，走到志平第一次打破她少女禁区的柳树下。她的心好跳，脸好红，靠在志平的胸脯上，想水中他们的影子、月亮和柳树。突然影子没有了，志平变成了另外一个人。是方明。

　　方明站在她面前，眼睛眯眯的，每次都是这样。为这，她有点怨恨，又不忍。方明人不差，在这村，除了志平就数他。他念过高中，会开拖拉机，又是科技专业户，还是党员对象呢。但与志平比较，春泥更爱志平，爱自己的丈夫。方明痴情，对自己的那份心思，她知道，但她无法接受。方明慢慢地走近她。她心里好慌，低着头，看胸，高高的，一对小山尖；看腹，平平的，一块芳草地。在白果村，她顶漂亮，又年轻，没有身孕。月地里，一条挺长的倩影，惹人爱。

　　"嫂子，你一个人过，太孤单了。"

　　"孤单啥？有妈呢。"

　　"你一个人种地，大妈有病，真够累的。"

　　"累啥？惯了。"

　　方明走近了，出气壮壮的。"嫂子，志平哥不在，你过得凄苦，我知道。"他再走近一步，话全变了声调。"春泥，让我帮帮你吧，看你这样，我心疼。"

　　春泥本能的后退着。"方明，你和志平是兄弟，你别，别走近我。"

　　方明抓住她的手。"嫂子，亲亲我，亲亲我吧。"说着便把手伸到

短■篇■小■说

了她的胸前。她又气又急，用力推着蹬着，人就醒了。身边果然坐着一个人。她一惊，正想坐起，那人按住了她。是婆婆。

"妈。"春泥一头扑在婆婆怀里。刚才的梦，正是傍晚的情景，想到"半边户"的苦处，泪就流出来了。

婆婆抱着她。"春泥，看你愁的。唉，志平这娃，只顾教他的书，忘了妈，忘了妻，忘了家里还有土地。我看方明这娃心不坏，求他帮帮忙吧，把地犁了，种了。要不，我去。"

春泥站起身，望望婆婆。要找人，还需要劳驾您呀。叫一声，人就来了。可一见那些色迷迷的男人，她反感。你求他，他就想你身子。男人真没出息。为了志平，她要守住自己，苦点累点，她想得开。她这样想着，心里好生气，哀怨地看了婆婆一眼，就独自回到房里。睡了。

月亮照进窗户。春泥辗转反侧，睡不着。丈夫不在身边，受了委屈对谁讲？再说又怎么说得出？憋在肚里，她受不了。夜里，婆婆的哮喘病又犯了。她知道，是自己呕的。这样对婆婆，对得起志平吗？她好悔。婆婆爱吃香椿芽，清香可口，能治病。梅泉山的香椿该发芽了。她想。天没亮，她就起了床，一个人进了梅泉山，采香椿。

清明节一过，白沙河水就涨了，春节还是清清的，现在就成了深绿色，风一吹，闪耀着粼粼的波纹。春泥蹲在河边的石板上，怔怔的。水里也有个粉红色的脸儿，像一朵桃花。当姑娘时，谁都夸自己长得俏。她听了，心里好乐。可现在，她害怕。红颜薄命，女人长好了，坏事。她又想到了丈夫。那时志平不是她丈夫。她叫他表哥。表哥表面上文雅，心里头也坏。男人都这样。那是夏天，她替舅妈洗衣服，表哥在河边看书，见到了她，眼睛老往她脸上瞅。她笑笑问："表哥，我脸上有风景呀？"

"不，你脸上有颗痣，是泪痣，不好。让我瞧瞧。"见表哥极认真的样子，她好怕，第一次发现表哥是个大男人，第一次发现男人的这种目光勾人心。心一慌，脸就像桃花盛开，身子也软了。表哥吻了她，把她揽到怀里，一只手来回地轻揉着她胸前的两只嫩乳。她没有反抗，第一次感到躺在男人的怀里是那么的舒服。那年她16岁，念高一。后来她好恨表哥，可是她再不能专心学习了，表哥勾了她的魂儿，毕业第二年她就成了表哥的妻。就在那年，表哥调走了，去很远的洞河学校当了校长。也就是那年，她20年天真无忧的少女生涯结束了，开始种田，做家务当主妇。她受得了这份辛苦，却受不了这份孤独，她想过娃，可志平每次回家都赶不上趟儿。"有个娃，我就不寂寞了。"她总这么想。

她望着远处。山清了，水绿了，播种的日子到了。她捡一块石子，丢在水里，那张粉嫩的脸，碎了。她一惊。眼里有了眼泪。"不能哭！"她说。

她蹚过河，穿过柳暗花明的河堤。堤下是她家的地，整五亩。以前有公公种，公公去了就是她了。每年种了收，收了种，她好强，田种得不比别家差，人却累垮了。她再走，田头站着个人，蛮帅的小伙子。她知道全村就方明一个傻瓜。方明走向她。她冷冷地问："等我？"

"我知道，嫂子准会到地里来。"

她没答话，看看没犁的土地，想心事。

"嫂子好漂亮。"

她一笑，是苦笑。这话她听过几百次，腻了。今天听了却有亲切感。能有人爱，也是幸福。她有点感动。

"嫂子，你家的地我来犁吧。"

她仍然不说话，望着方明。她感到原来自己并不反感这个人，甚至有点，有点喜欢他啊。

"昨天我进城买化肥，也给嫂子捎了两袋。"

她突然说："方明，你该找个对象了。"

方明愣了一下，胆子就大了，一把抓住她的手。"嫂子真好！"

她望着方明激动的脸和颤抖的手。方明比自己大，却像个小孩儿。她闭了眼，让方明疯狂地没有经验地吻着自己。她本应反抗，扇他耳光，但她没这么做，没有拒绝。她感到自己确实太脆弱了，太需要一个男人的抚摸和亲吻了。她甚至希望这个时刻能成为永恒，但在方明伸手解她的衣扣时，她温和地挡住了他的手。她望着方明的眼睛，那里有一种真诚的请求与渴望。她感到自己很需要这种渴望。她决定满足他，也满足自己。她回过头，向前走了一步又转身给了他一个她后来认为是很耻辱的媚眼。"晚上你来吧。"

她很快回了家，见了婆婆竟莫明其妙地哭了。她感到十分空虚，似乎有一种什么东西失落了。她感到委屈。她把与志平的结婚照捧在怀里，狠狠地打了自己两耳光，然后趴在床上失声痛哭起来。婆婆不得要领地哄劝她："志平这狗杂种，叫他回，把教书的活儿辞了，种田！水灵灵的老婆丢在家里也不疼，还是大男人？"结果春泥哭得更凶了。婆婆干脆搂住她，任她哭。

"妈，我要去洞河学校，找志平！"春泥说。

婆婆有些疑惑，并没有阻止。春泥却有些难过。她为婆婆做了一碗香椿鸡蛋。看着婆婆吃完鸡蛋后，她说："我马上走。"她无法向婆婆解释原因。她不能犹豫，否则——她感到自己又恢复了那种柔中藏刚的个性。她高兴。

春泥没有去过洞河学校。她沿着梅泉山脉走了差不多一天。饥、渴、路难走，她有了体验，才感到志平每次走这路的艰难。要到的时候，天已黑了，她反而冷静了，就坐在场子边，看这所深山里的学校。学校设在三面环山的山坳里，有几间屋里亮着灯光。大概是学生在上晚自习或是老师在办公。上了高山，天反而阔了。远处，是座座峰峦，有风从林中吹过，像音乐，起了月，地下便是浓浓的阴影。坐久了，她就为志平难过。没有妻，谁疼他？他有工作呀，而妻却在家里生了邪念。她感到脸红，怕见他。夜深了，灯一盏盏熄了，就对着她的窗还有灯光，很旺。她断定，那灯下人一定是志平。于是敲门，果然是志平，她丈夫。

门里门外，两个人愣愣地站着。

"志平！"春泥走进屋里，走向志平，将头扎在丈夫沾着粉笔灰的怀抱。她想哭，想喊，嗓子像卡了刺，哭不出也喊不出。志平十分吃惊，显得既忙乱，又激动。他搂住妻子，热烈地拥抱。"春泥，你怎么来了？想我了？你真是，真想我，我回去就是，老远的路，何必亲自来？"

"不，我要来，要来！"

她从丈夫怀里挣脱，直愣愣地望着他的脸。她要把丈夫看个透。

"春泥！"

她终于拉开了感情的闸门。再次扑向丈夫怀抱的时候，她就哭了。她要哭出委屈，哭出悔恨。志平不知发生了什么事，六神无主，但她不要志平劝。她说："志平，从今后，我不要离开你，你不要离开我。我们俩天天在一起。我为你做饭，为你洗衣，帮你批改作业，抄稿子。我要天天看着你，只要和你在一起，跟着你当牛做马，我也干，我也干！"

"出什么事了吗春泥？"

"啊，没有，请你不要问，真的不要问。"

志平亲她一口。"好，听你的，你耍小妹脾气呀！"说着为她擦了泪，扶她上了床。春泥躺在床上，看着志平为自己烧水、做饭，为自己忙这忙那，心里就有了愧。志平屋里全是书，桌上、床上、墙旮旯里都是。志平每次给她讲这些，她只是笑笑，现在见了，她信。志平书教得好，自己也用功，有这样的丈夫还不满足呀！她几次想起来帮志平，身子像散了架，实在太累。吃了饭，洗了澡，身子清爽多了。哭了，说了，心里也透亮了。她真服了志平，再累再气，见了他啥也没了。夜里，她温顺地躺在丈夫怀里。女人一旦离开男人阔大的胸怀就失去了依托，方寸就乱了。她把方明对自己的痴情和自己一时的冲动都完整地讲给了志平。她很冷静，也很坦然。"志平，我是个不贞的妻子，是个坏女人。我对不起你。"

志平不说话，她更难过了。"我知道你会恨我，瞧不起我，从此信不过我，但我对你讲了，心里就好受了。"

志平沉默了一会儿，坐了起来，叹一口气。"春泥，你没有错。我不怪你，也不恨方明，是我给你的爱太少了，我这丈夫，不够格儿啊！"

"不！"春泥听了这话，心里说不出是什么滋味。她看着丈夫的脸，有泪。她想说什么，志平拦住了她。"春泥，别说了，我信任你。你能把这一切都告诉我，说明你的心灵是纯洁的。你是好妹妹好妻子。你的苦，我知道，等我——"

"志平，你不要说这些，只要你好，就行。"

"春泥，我爱你，永远！"

春泥心里像着了蜜。"志平，我们结婚都已三年了。你在家里过，加起来还不够两个月，也不管人家心里想不想。妈天天唠叨着要抱孙子呢。"

"不害臊。"志平刮一下妻的鼻子，夜就温柔了。

这个深山孤校的夜晚，对于志平和春泥来说，是温馨的，难忘的。经过这一夜，春泥好像经过了一场灵魂的洗礼。她发现自己的心灵开始成熟了，不再是那个小妹，不再是那多情桃花。她是人妻，人媳，将来还要做人母，承担着一种责任。第二天，她受到了人生中最珍贵的礼遇。家长、学生听说校长的婆娘来了，把她围了里外三屋。她一点准备也没有，只好向丈夫求助。志平耳语道："别害怕，山里人讲话粗，心眼儿最实。你别小姐气就行。"她笑笑。大叔大婶甜甜地叫，烟茶一个劲地敬。有个老婆婆拉着她："校长好福气，讨这么贤良的婆娘。"于是大家都乐，心就贴近了。有的家长还从老远的地方送来了酒、鸡、腌腊肉，有的叫她"婶子"，有的叫她"大姐"，更多的是叫她"师娘"。山里人用自己特有的方式表达着对老师、对师娘的敬意。她好激动。她深深感受到了丈夫在这山沟里的地位和人缘，感受到了做老师妻子的自豪，也感受到了丈夫工作的不易，其实，自己苦点累以算得了什么呢？这趟路来得值。但她不能玩，不能把家务扔给婆婆。白天，志平有课，她就和家长说话，晚上，她给志平洗，给他收，以尽妻子之责。志平跟在她的身边转。"别干了，别干了。"那情形倒像个小孩。

"把这些活儿做了，我好回家。我不能再玩。"

"什么？"志平捉住她的手。"不行，我不准你走。你不是说我们永远在一起吗？"

"瞧你，人家开玩笑你就当真了？播种的日子到了，妈一个人在家，我不放心。你就让我走吧。"

"那我请假，我送你。"

"不，你不用请假。在家里老想你，见一面，够了。放了假，你再回吧。你安心在这里教书，好好教，只是别把身子弄垮了。家里的一切，你不用操心，做农活做家务，我会干，我行！"

春泥一进村就看到了方明。她喊道："晚上去我家，嫂子有话说。"她是沉沉地去，爽爽的回，一高兴，就唱起了歌：在希望田野上。她一阵歌声进了家。婆婆立在门槛，咪咪地笑。她把头伸向婆婆的耳根。"舅妈！"娇嗔地叫一声，就进了屋。

婆婆也乐了。"志平呢，志平咋不回？"

"他忙，要教书，不能误。"春泥跑出屋，偎在婆婆身边。"妈，我不在，您寂寞吗？"

"寂寞啥？你走后，村里来人把地给犁啦！"

"犁啦？"春泥一愣。"是方明？"

"不是。是村书记，你青山大叔带人给犁的。村里成立了协作组，专门帮助工属、军属，还有困难户。青山说，等你回来，上底肥，等下了雨，就播种。这白沙河，风水好，尽好人。"

"人不好，我能跟舅妈呀！"春泥心里想到，却不知怎么表达，就望着婆婆笑。婆婆也望着她："狗杂种志平，心这么狠，也不送送你？"

"妈，志平是您的儿子。他教书，是正事，以后家里应支持他。"

婆婆笑了。"谁说不是？他当先生，是顶荣耀的事。我是怕苦了我儿媳妇。"

晚上有薄雾，方明还没来。春泥走出门外。没有月，樱花乍开，像一树雪。她走到樱花树下，方明猛一下抱住她的腰。"嫂子好坏，总骗人。"春泥大惊，又气又恼，用力推，推不开，就扇了他耳光。好重。方明松了手。两人怔怔地站着。"方明兄弟，嫂子打重了，别记恨。你志平哥给你写了信，在这里。"

方明接过信，恨恨地说："你耍人！"

"方明兄弟，你心不坏，对我好，嫂子明白。嫂子是你志平哥的人，爱他，忠他，这辈子不会变的。你莫乱想。你志平哥对你不薄，他不在，你该像兄弟才是。你志平哥说了，让嫂子给你介绍一个，成家立业，好好过日子，好好做人。你睢人家青山大叔，才是好干部呢。谁像你？老想打嫂子的坏主意，还想入党呢。嫂子要是党支书，就不批。"

"嫂子别说了，我这辈子最敬佩的，就是嫂子你。"说完，跑了。

这时，起了风，有雨丝降落。春泥看看天。好雨知时节，等春雨过后，就播种。她想。

原载《长江文艺》1992年第2期。

短
篇
小
说

酒　仙

　　酒仙姓周，在马桥镇他有一个响当当的名字：周云孝。

　　周云孝孤身一人，从马桥镇人民政府大师傅的位置上退下来，一直居住在政府院背后，后窗正好对着政府院的单元宿舍楼。他进政府院时马桥镇还叫马桥公社，后来又改为马桥区、马桥乡、马桥镇，名字绕来绕去地变更，当官的也是走马灯似地调换，只有他这做饭的大师傅没有变。他20岁当炊事员，60岁退休，招工时是什么，退休时依然是什么。

　　退休后，镇上给他安排了一套单元，他不住。他知趣，怕人家讨嫌他老态龙钟，影响形象，但又不想远离这政府院，就选了政府背后的两小间民房，自己掏钱买了，又重新装修了一番，形成了一个独立的小院。院内有个小花园，门前还植了一株夹竹桃，自己又开了一块菜地。

　　周云孝一生未娶，倒不是奉行独身主义，而是他年轻时曾为爱情二字人生中出现过挫折。那姑娘是个知青，北京来的，下放时才19岁，当时的公社书记老钟见她还是个小孩儿，又怪讨人喜欢，模样也俊秀，就留她在公社广播站当了一名广播员。那时周云孝一表人才，虽然只有小学学历，也还有点志向，交过入党申请书，很有跳出厨房干一番大事业的雄心壮志。有不少姑娘为他动过芳心，而他偏偏遇到了这么一位北京姑娘。悲剧自然是注定了。

　　那时的行政干部都讲永葆贫下中农本色，多半时间住在农民家里，偌大一个机关院常常就他们一对青年男女留守。开头周云孝还有点自知之明，不敢产生什么非分之想，但那北京姑娘耐不住寂寞，隔三岔五地往他屋里钻。她一去就给周云孝唱样板戏，离开时不是丢了了小手帕就是忘了日记本，还留一股余香在屋里，弄得周云孝坐卧不安，神不守舍，慢慢两人就有了感情，一来二去，竟然发展到如胶似漆的程度。

关于他俩的秘闻在马桥镇有许多说法，这关系到公民的隐私权，恕我从略。一次，两人唱了几段样板戏后，都感到心跳加快，语言也似乎变得多余，就上了床。其实，也没什么出格的举动，不过是两人搂抱着横躺在叠好的被子上，小嘴儿对小嘴儿，两双眼睛痴迷地望着。这时，党委书记老钟正好从乡下检查生产回来，被他一头撞见。但老钟并没让他们太难堪，只是背着那北京姑娘逼着周云孝写了保证，从此再不准与那北京姑娘来往。周云孝好几天闷闷不乐，那北京姑娘并不在乎，依然去他屋里唱呀闹的，有时夜里竟然玩个通宵。这样有关他俩的秘闻就传开了。可是不久，那北京姑娘突然返城上学，棒打鸳鸯散，黄鹤一去，杳无音讯。周云孝大病一场，从此把红尘看破，置情爱二字于脑后，每晚借酒消愁，坚守厨房不出，把锅碗瓢盆看作是人生第一要义和最大寄托。

但周云孝的技术却很一般，一日三餐，也没有什么花样，白米干饭玉米粥，外加白菜豆腐汤，只此而已。他不再有别的什么爱好，干完了活就喝酒哼京剧。早中两餐还能约束自己，晚上开过饭，涮锅洗好碗，就自斟自饮，喝上半斤马桥烧酒。喝到兴头，革命样板戏便上了口。"朝霞映在阳澄湖上——"只要此句一出，便倒地而眠，醉如烂泥。

周云孝40年如一日，乐耶苦耶？天知地知。但他酒仙的雅号却传遍了百里之内的十乡八村。他一生平淡无奇，恰在这饮酒吃饭上表现出他超凡脱俗卓尔独雅的个性。

饭前，他总是关好院门，在屋里摆上那张跟随他几十年的八仙桌。桌子四周放上三个凳子，桌子上摆上三双筷子，三个酒杯。这是何意？有人说，一个凳表示那永不消失的北京姑娘，而另一个凳则表示他意念中的儿子。这种解释不免牵强附会，但也不失一种真情。想那北京女孩如今恐怕也是子满枝头、两鬓斑白了吧，假如知道远在千里之外的马桥镇还有这么一位痴情朗君，不知要作何感想！看来爱情二字并非古代才子佳人和现代都市男女的专利。

"请了——"

满满斟上三杯酒后，周云孝便坐在上首，就算是开席了。他的这一声典型的鄂西北保康腔调，铿锵雄浑，倒有点像京剧里的西皮二黄。此声一出，便依次将三杯酒端起喝干。三杯酒下肚，已有几分醉意，嘴里便哼起了京剧。他自然不知世上有梅兰芳、周信芳其人，哼的还是那北京姑娘唱的革命样板戏，什么《红灯记》呀、《沙家浜》呀。虽无名师指点，倒也字正腔圆，底气很足。哼上几段之后，酒兴大增，眼前便出现了那北京姑娘的幻影。幻影一出现，就有点情不自禁了，抓起自己面前的那杯酒，端详片刻，笑道：

"这一杯，我敬云孝！"

一口饮下。斟上。再抓起左边的一杯，依然是那样的笑样，那样的声调。

"这一杯，云孝敬我！"

又喝下，又斟上。然后再把右边的一杯抓起。

"这一杯，云孝喝了！"

又喝下，又斟上。然后再把右边的一杯抓起。

"这一杯，与云孝同干！"

如此反复，他已是醉眼迷离，不知云孝是何人，亦不知何人是云孝了。接下来那小院里便万籁俱寂，只听到一阵接一阵的鼾声。

周云孝就这样安度着他的余年，成天醉眼蒙眬，倒形成了一种仙风道骨之态，人见人敬。时间一长，周云孝便成了马桥镇的一道风景，如果一日没有了周云孝的酒声、歌声和鼾声，生活中就像缺少点什么，清汤寡水的没味道，或许人们还能从中获得一点什么人生的启示吧。

这一天，县里给马桥镇派出了一个副镇长，也姓周，单名一个清字。其实，这周清也是马桥人，家在农村，因为勤学苦读，考上了武汉大学，毕业后分在县政府做了县长的秘书，下派任职是要弄个在基层工作的经历，回去后好提拔重用。说来也巧，分给周清的单元正好对着周云孝的后窗。周清过惯了机关生活，爱清静，又爱读书写日记。自住进这套单元后，他就被窗外那抑扬顿挫的自娱自乐和鼾声搅得心神不宁，情绪上很有些反感。

一日，周清实在忍受不了那种奇腔怪调的折磨，就绕过政府院，要去教训教训一下那个疯疯癫癫的老头。

"这不是清娃吗？"小院里突然传来了一声苍脆而洪亮的叫声。

周清一惊，也认出了周云孝周大爷。原来周清在马桥镇初中读书时，因家庭困难，几乎失学，周云孝不知怎么得到消息，经常给他送点饭菜，

接济一些钱物。后来周清上了高中，读了大学，分进了县政府，这事早在记忆中消失了。现在见到儿时的接济之人，很是尴尬，更多则是意外。那教训的话自然无法开口。

此后，周云孝依然故我，两人倒能相安无事。这年年底，周清的心境进入低谷，情绪低落。原因是县里对下派干部有了新规定，至少锻炼两年才能回城，提拔重用还要看有无政绩。他一个下派不到一年的副镇长，又没分管什么重要的工作，能有什么政绩？他感到受到了捉弄，很是气恼。心情越坏，那后窗传来的声音就越发刺耳。周云孝最得意的时候，正是他最烦躁的时候。也顾不上什么涵养，就对着那后窗大声斥责。但不起任何作用，就叫来治安人员去严加制止。这一下效果果然不错，第二天那声音就没有了。

周清在屋里思考着对策，感到很宁静。他决定亲自上县城找县长申请，但是，事与愿违，县长严厉地批评了他。毕竟是老领导，县长设宴款待了他一顿，也道出了一些复杂的内幕，要他务必干出政绩来。周清理解县长的难处，两人都处于上升阶段，又都处在微妙的关系网中，丝毫不得大意。这样，周清就又回到了马桥镇。

晚上，月明星稀，周清伫立阳台。远山和近水全都处在一片蒙眬之中。他遥望着远处的家乡，想到儿时的单纯、求学时的远大抱负和毕业后所看到的一些社会丑恶现象，特别是政界的明争暗斗，心中有说不出的感慨。

他脑海里又出现了周云孝的影子。他感到此时自己完全能够理解周云孝的行为了。他久久地望着对面的窗户。窗里一片沉寂。他心里有一种悲凉和愧疚之感。

夜里，周清的梦总是与周云孝分不开。第二天清晨，他便又一次走向周云孝的小院。他要与他对饮，对歌，然后同醉。小院的大门紧锁，四周皆是焚烧的纸灰和飘飞的纸屑。物是人非，周清怔怔地呆立着。

原来，周云孝已经去世了，就在周清上县城找县长的那天。

周清头昏目眩，十分疲惫，一连几天都是这样。他不想吃饭，也无心工作，身体变得憔悴了。他不知道周云孝何以去世得这么匆忙？他还有好多话要对他说啊！

周云孝无疾而终。他一生没花过国家半分钱的医疗费，死后也不愿给单位添麻烦。周云孝预料到这一天早晚会来，早已写好了遗嘱。他没有亲属，遗产只有40余年累计存入银行的那笔存款。他在遗嘱里写道：存款利息作为他死后的安葬费，所余60万元都捐给政府，建学校。

周云孝死了，死得光明磊落，正如他活得豁达乐观一样。

这份遗嘱周清看了无数遍。想那周云孝一生无争无求，默默做他认为应该尽职尽责的事情。临终却有惊世核俗之举，唏嘘感慨不已，而自己却忽视了他的存在，忽视了他的内心世界，甚至讨厌他，反感他，以怨报德，一时悔恨万分。他知道，周云孝以宽容、平和的心境对待人生，离开人世，一生绝无什么缺憾，而对自己他肯定怀有深深的失望。

周清闭门省思，颇多感触。心情正常后，选一个黄昏，来到了周云孝的新坟。他带着香、裱、火纸和白酒，按照马桥镇的风俗，双膝跪在周云孝的坟前。他点了三炷香，青烟袅袅飞升；他又烧起了火纸，纸灰随风飘在空中。然后将酒碗举过头顶，虔诚地将白酒洒在周云孝的坟前。

这是个雪天。天空雪花弥漫。周云孝的坟上和周清的身上全都落满了白雪。空中，一群寒鸦飞过，周清突然想起了《红楼梦》里一句名言，脱口念道：白茫茫一片大地真干净啊。

"这杯我敬云孝！"

"这杯云孝敬我！"

"朝霞映在阳澄湖上——"

冥冥中，周云孝的声音萦萦不绝于耳。周清幡然省悟，潜然泪下。原来周云孝一直生活在自己的境界之中，一种使人无法理解的超然脱俗的精神境界，所以他才能够心如止水，无怨无尤，我行我素，与世无争，干净地来到人世间，也是干净地离开人间。

入夜，周清踏着厚厚的积雪，回到宿舍。写字台上的灯通夜亮着，他在日记本里写下了自己下派到马桥镇后的种种感受和今后为人的一些基本准则。第二天，便一头扎进了自己蹲点的村子。春节也不回县城，接来在县电视台当播音员的娇妻和女儿回到山沟里与父母团聚。对人生，对仕途，他似乎大彻大悟了。一切都顺应自然吧。

第二年春天，马桥镇人民政府换届，人民代表选举周清当了镇长。两个月后，镇党委书记退居二线，周清又被县委任命为镇党委书记，党政一肩挑。周清上任的第一件事就是投资300万元为镇中学盖了一栋标准的教学楼。至于周云孝捐献的那笔钱，周清自作主张，改为"周云孝教学成果奖"奖励基金，存入银行，每学年评选一次。他希望马桥人永远能够记住这么一位平凡而豁达的老人，能够明白这样一个道理：人的一生，并不在于怎么富有、显赫，心灵愉快与生活充实，便是最佳人生！

教学楼落成那天，正好是教师节，周云孝教学成果奖颁奖仪式也同时举行。周清没有去作报告，独自一人来到周云孝的坟前。这次他没有上香、烧纸，也没有带白酒，只是默默地察看了一下地形。不久，在周云孝的坟前竖起了一块玛瑙石墓碑。碑上刻着一行清秀俊逸的行草，那是周清的手迹：

酒仙周云孝之墓！

1997年第11期《飞天》发表，1998年2月27日《鄂州日报》转载。

恋　栈

　　夜已经很深了，高玲老师却没有一丝睡意。她安静地坐在阳台上，望着幽深的夜空出神。退休后，她几乎每一个晚上都是这么度过的。停了一会儿，她把目光投向孙女娟娟的房间，娟娟已经睡了；儿媳夏莹屋里还亮着灯，她正在听中央台的英语广播讲座，音量很小，大概是怕惊动了她。她笑了。这是一个多么和谐的家庭啊！儿子在县教育局当局长，儿媳在她工作了35年的"一小"当教师，一个孙女也在念初一了，她又退休在家，过着闲适、安逸的晚年生活，享受着天伦之乐。但是，她却时时有一种孤寂感，生活中总像缺少一种什么成分，而且，越是夜深人静的时候，这种感觉就越发强烈。

　　"我老了吗？无用了吗？"她这么想道。

　　是的，她老了，61岁了，还不算老吗？退休前，她还没有这种感觉。退休后，短短的三个多月时间，她觉得自己仿佛老了许多。脑子懒了，手也不勤了，五官都随着她的退休而变得衰弱无力了。人退了，童心也退了吗？

　　"唉！"她自言自语道："早知道退休是这种滋味，当初何必听儿子的劝呢？"

　　哪一天？记不清了。大概是春节吧。儿子闪烁其词地对她说。

　　"妈，您在'一小'工作35年，当校长也有20多年了吧。"

　　"咋，调查起妈的履历来啦？"

　　"看您说的，我是说您的身体——，现在讲改革，培养年轻人，不少单位的老同志都在让贤——"

"噢，局长在做我的思想工作呀！旁敲侧击，鬼东西！你放心吧，这个妈会带头的。我们'一小'的黄亮，高师毕业，年轻有为，我正打算向局里推荐他当校长呢。让年轻人上，我下。"

没想到这一下竟下到家里来了，35年的教学生涯，就这么过去了。闲则闲矣，可是太寂寞啦！唉，人老了，朽木不可雕也。可惜老伴去世得太早，身边连个说话的人都没有。"文攻武卫"，残酷呵！

她慢慢地站起来，在夏莹的窗前，停住了。年轻人，精力充沛，可以拼命读书、工作，她真羡慕啊。自己不也是这么过来的吗？可是，如今老了。对老年人的心情，年轻人是不能理解的。

那一天，也是这么晚了。她实在寂寞不行，就走到儿媳的屋里，深情地说："莹莹，我感到孤寂得很。明天，你去对黄亮说说，让他给我安排个工作做做，啊！"

"怎么？"夏莹露出惊讶的目光问道："你和孩子们打了几十年交道，还没厌烦吗？"

听了儿媳的话，她感到失望，没有再说什么，毕竟年轻呵！几天后，儿子和媳妇给她买回了一台39寸的彩色电视机，娟娟还给她选了一套小人书。她感到很难为情。孩子们是孝顺的，但是，她需要的仅仅是这些没有生命的物资吗？不，她需要已经失去的年华，需要吵闹得能使人忘掉烦恼的学校生活！

"这已经是不可能的事了，不可能了。"她这样想着，回到寝室，关掉电灯，带着一颗垂老的孤寂的心，和衣躺在床上。

仲夏的山城，黎明来得早，高玲老师早早地醒来。她洗漱后，又去敲夏莹和娟娟的门，年轻人不同于老年人，瞌睡馋，睡得沉呢。这是她退休后每天早晨必须做的事情。在学校时，她也是起床最早的，一日之计在于晨啊！

孩子们起来了，给她带来了一个短暂的欢乐。很快，她们要走了；一个人去教书，一个去读书。她慈祥地望着这母女，目送着她们远去。孩子们又回到了喧腾的生活之中，充实、欢乐；而她却被抛在这寂静无声的小屋里，孤独、压抑。老年人的心呵，谁理解？

"工作，工作着多好！"她反复地叨念着，回到屋里。这一天怎么度过呢？她在心里盘算着，六神无主，仿佛来到了一个空旷寂寥的宫殿，多么静啊！

"老高，高校长——"

她心里突地一惊，退休后，她可是第一次听到这样的称呼呵。她顺着喊声望去，啊，这不是和自己一起退休的王彩凤，有名的凤辣子吗？她赶忙迎了上去："老王，是什么风把你给吹到我这儿来啦？"

"我呀，生就了一个奔波劳碌的命，比不上你高校长有福。当了一辈子教书匠，原指望退休后享享清福，没想到儿媳妇养了个胖小子。这不，当上保姆啦！不为买菜，我还不能来呢。"

"你这张铁嘴呀，这辈子八成儿是改不了咯！"她把玉彩凤迎到屋里，乐呵呵地说道。

"改它作啥？你老高当校长那阵儿，咱不就是这脾气儿？你听说了吧，'一小'翻天啦！咱退休的人，本不该管的，咱媳妇也在那儿工作呀。黄亮这小子精得很，打着改革的旗号，把你搞的那套全推翻啦。搞什么聘请制，还有一大堆条条款款，谁不照办，轻则扣工资，重则解聘呢。这不是坑人嘛，还是你老高当校长——"

"彩凤。"听了玉彩凤的话，她感到很难受。由于历史的原因，她在"一小"断断续续当了二十几年校长，可是她干了些什么呢？临走还给学校留下一个乱摊子。黄亮上任不久，就把学校给治得井然有序，到底还是年轻人有魄力啊！

"不过，黄亮倒还办了件好事。"玉彩凤接着说，"听说他为本校老师办了一个幼儿班，让有小孩子的老师集中教学，这倒能省不少事。可就是没人愿意当幼儿老师。黄亮气了，说，谁干，每月发一个半月的工资，亏他想得出。"

"啊——"高玲心里触动了一下，眼前又出现了过去的一幕。那天，那正在办公室整理笔记，突然听到教室传来了婴儿的哭声。她跑去一看，婴儿哭学生也在嚷。那老师吃力地讲着，眼角挂满了泪水。她看不下去了，走进教室把孩子接了过来。以后，每逢这个老师上课，她就当了义务保姆。后来，她打算办一个托儿所的，但是——直到现在，一想起这事儿，她心里就隐隐作痛。没想到自己想办而没办到的事，黄亮一上任就办到了。

"唉——"

王彩凤走了，屋里又恢复了原来的平静。她想着远方，怅然若有所失。孩子的哭声，年轻妈妈焦急的眼神，黄亮那发狠的话语，撩拨着她的心。她的心动了，一种重新工作，弥补过去的欲望又重新在她心中萌发。

高玲又来到了"一小"。到底是上了年龄的人了，两公里路竟走了一身汗。她走到一个花坛边，停下了，细细地观察走校容来。才离开几个月的时间，学校就变了样儿，特别是新垒起的几个花坛，和谐地镶嵌在校园之中，平添出几分美来：这嘛，还像个学校！她舒心地笑了。

休息了一会儿，她径直向办公室走去。这里的一切，她真是太熟悉啦！她踏上了台阶，怎么？这么多声音？啊，是在开会。人声嘈杂，听不清是什么内容，进不进去呢？她踌躇着，举止不定。退休前，她可是这里的主人啊，可现在主人变成了客人。但是，她来的目的是请求工作呀，客人还可以变成主人嘛。想到这儿，她仿佛涌出一股热力，紧走几步，伸手就要敲门。当她把手伸出去的时候，她又犹豫了。这样进去，会不会——唉，走了的人，干吗再去打扰别人呢？

她转过身，顺着树丛走去。忽然，一群学生围了过来，甜津津地叫道："高校长。""高老师。"看到一张张热情的笑脸，她激动得流出了眼泪。她真兴奋呵，虽然自己退休了，可孩子们并没有因为她退休而忘掉她、冷淡她。她从孩子们身上得到了安慰。孩子们越围越多，还来了几个老师。她不安了。这样多不好。她慌忙讲了几句应酬话，就匆匆离开了。

她走得很急，回到家里好长时间，心里才平静下来。她感到自己的行动很可笑。人老还小，这话不假呵！

过了一会儿，夏莹回来了："妈，您到学校去啦？学校正准备聘请您当顾问呢。黄校长说您可以管管少先队的工作，给他当当参谋，明天，他还要亲自来接您呢。"

"接我？这怎么可以？"她感到很后悔，退了就退了，为什么还给别人找麻烦？当顾问，让黄亮再把学校办成过去那样？她感到自己太不应该，因为一时的冲动，竟向学校提出重新安排工作的要求。人一老，怎么反倒糊涂了？她把儿媳拉到身旁，请求地说："莹莹，去对黄亮说，我不是那个意思。学校不是办了一个幼儿班吗？我想——"

"妈，您想到哪去了，那怎么行？再说，幼儿班的老师已经有了。"

"有了？"她心里一沉，希望的火花熄灭了。

"妈，您就去当顾问吧，您在学校生活了几十年，一下子离开，感情上受不了。我们一上班，把您一个人留在家里，孤孤单单的。我知道您寂寞，我们又不能陪伴您。妈，您这一段时间可苍老多了。"夏莹说着，眼里闪动晶莹的泪花。

她慈祥地望着夏莹，刚刚逝去的火花又出现了。有这么好的媳妇，这么好的家庭，有这么多人关心着自己，寂寞什么呢？她给夏莹揩去眼角的泪水，亲切地说："别难过，妈会过得很好的。妈去当顾问，跟黄亮要求，去帮忙把幼儿班办好，让大家安心各自的工作。"夏莹破涕为笑，兴高采烈地叫道："妈！"

她带着舒畅的心情来到阳台上，凝视远望。这时的太阳已经落下去了，晚霞染红了半个天空。看到这落日夕照，一股激情涌上她的心头，原来晚霞也是这样的美好呵！

原载《长江文艺》1984年第2期。

四十不惑

  林志平的烦恼是从欧阳秀琴部长的电话开始的。夜里，大约是10点一刻吧，林志平把林语堂《生活的艺术》翻到最后一页，准备上床睡觉，电话铃响了。自宣传部领导班子调整后，林志平便是部里的中心人物，部长夜里打电话和他商量工作是常有的事，他并不在意，但今晚部长的口气却与以往明显不同。她说："有件事想先和你商量一下。没想到石南云就这个觉悟，他到我家里来闹情绪，咄咄逼人。唉，我好烦。你能不能到我这里来一下？"她说完停了一下，显然是等着他回话。林志平有点摸不着头脑，握着听筒等待部长的下文。欧阳秀琴接着说："算了，其实也没有什么大不了的事，涉及你与石南云的分工，你不知道，这部长也难当啊！"

  谈起来林志平与石南云已是老相识了，他还在学校教书时石南云就是县委宣传部副部长，那时他是业余作者，还经常得到石部长的帮助，后来石南云调到文化局任局长，一干六年。这六年林志平不仅写作的名气越来越大，而且政治进步也很快，从学校、教委、组织部到宣传部，一步步登上了石南云曾经坐过的那把交椅，一度竟成了石南云的上级。谁知这个石南云现在又突然打道回府。历史的幽默往往叫人啼笑皆非。

  其实，石南云到宣传部上班还不到一个星期。在前不久县委对宣传部班子调整中，宣传部五位副部长一下子调出去四个，另从团委挑选了一个刚满30岁的副书记上来，这样林志平的位次就从五把手跃为二把手，并内定为县委常委候选人。正在林志平踌躇满意之时，县委的这一纸任命，不仅令林志平愕然，就是部长欧阳秀琴也感到意外。这样一来，林志平与石南云的位次就有点不好摆了。林志平感到，石南云的到来将是对自己仕途的一个潜在威胁。部长的电话即是一个信号。这个晚上他就没有睡好觉。

第二天上班，石南云比林志平早到了办公室。林志平是一个有气挂不住的人，见到石南云心里就有些别扭，不齿于与这样的小人言欢，扭头就走，倒是石南云大度，上前拍着他的肩膀说："小林别走，我正有事找你。我上午去看望一下报社、电视台的同志们，以后工作起来好配合。部里有事你呼我的BP机就是。"说着便钻进只有部长才坐的那辆蓝鸟王。

蓝鸟王开走了，林志平怔怔地站着。去看望同志们！哼，完全是一副盛气凌人的气势。他心里好像受到莫大委屈似的，感到自己的可怜。

正在林志平顾影自怜的时候，秘书科长钱月影轻轻地走到了他的身边。"林部长有心事呀，站在这里看风景，快进办公室吧！"

看到钱月影，林志平心里好像得到某种慰藉，很听话地随她走进了自己的办公室。

"欧阳部长病了，你不去看看她？"钱月影一边给他泡茶一边说。

林志平没有回答钱月影的话，面对眼前这位自己比较欣赏的善解人意的女人，有一种想倾吐心声的愿望。说起来钱月影的政治进步还是林志平进宣传部以后的事。钱月影刚进而立之年，纤纤细细的一副身子骨时时显露出少女的风韵与纯真，甜甜爽爽的一张樱桃小嘴总是挂着一丝迷人的笑意，特别是那双眼睛，看人时总有一种清澈见底的明朗，人又活泼又开朗，办事特精干。这样的女性自然容易博得大众的好感与宠爱，但她的内心追求都往往被忽略。女人到了这个年龄追求的自然不仅仅是红妆与铅华脂粉，钱月影自然也有一种功名意识，林志平一进宣传部就从她目光里感觉到了那种怀才不遇的感伤，上任不到一个月就举荐提拔，自然是一致通过，后来又是他提名，钱月影很快由副转正，成了一名副局级干部。钱月影不负林志平厚爱，打里打外，顶半个部长用。她很感激林志平的知遇之恩，而林志平也把她看成一个知己。但这种感恩与知己都没有往深处发展，多体现于工作上的默契与私下的那一种不经意的关照与体谅。自然，在没有外人在场的时候，钱月影看到林志平眼神总有些迷离，满含一种欲说还休的微妙。这种感觉钱月影明白，林志平自然也有意识，只是他不愿把自己与部下的关系引向暧昧而已。林志平是

猎人的后代
LIE REN DE HOU DAI

一个善能自控的人，知道怎样把握与女人交往中的分寸，否则像他这种才子型的领导干部不惹一身风流才怪。

"你今天好像特别的不开心，是为石部长吧，这又何必。"钱月影把茶杯递给他。

林志平接过茶杯。他知道钱月影深得欧阳秀琴信任，看来她已了解到一些内情，就把欧阳部长的电话和自己的忧虑向她说了。"何况，"他说，"听欧阳部长的语气，她已基本决定了，我这个时候去岂不有跑官要权之嫌？跑官要权又岂是正人君子之为？"

钱月影微微一笑："林部长一向大事不糊涂，这回怎能这么不开窍？即使不去争权争位，部长病了，你一个副职去看看也是人之常情呀。何况她还给你打了电话。这说明她确实有难言之隐，你这时去安慰人家一下，不就显出你的光明磊落、坦荡胸怀？人家是常委，常委会上也有一票，再加上你的能力，有对手方显出你的实力。不是吗？"

没想到钱月影这时能讲出这样一番申明大义的肺腑之言，林志平顿觉心中开朗了许多。"好吧，就按钱小姐的安排办吧。"本来他想幽默一下，结果说出来还是一句不伦不类的官腔，弄得两个人都笑了。这一乐，就乐出了他平时的那种乐观豁达。

到了欧阳秀琴家里才知道她确实是病了，而她似乎一直在等着林志平的到来，见面就说："我知道你会来的。石南云呢？"

"我不知道你病了。"林志平这时不想提到石南云。"我刚听钱科长说。"

"是叫石南云气的。他一连几天来缠我，闹着要当常务副部长，要分管机关呀，财物呀，还有政工、新闻、战线什么的，好像宣传部就是他一人当家似的。还要用文件的形式给予明确。真是不像话。县委也是，我们一正两副多好，又把石南云给我调回来。这叫我怎么平衡？依了他，可就委屈了你。"

林志平望着面前这位共事不到两年的上司，心中有一种说不出的复杂感觉。他知道欧阳秀琴对自己一向是比较器重的，在县委书记汪刚那里讲了自己不少好话，正因为如此，他才被列为常委的后备人选。但后备干部并不等于一定就得起用，现在石南云这么一闹，他的前途明显地露出了险情。记得就在部班子调整的当天，欧阳秀琴当着全体中层干部的面说："我们宣传部领导班子现在是最佳结构，以后部里大小事情林部长拍板上算，你们听他的，只要别出卖我就行，反正我这部长也干不太长了，宣传部迟早是林志平当家。"也许说者无意，可听者有心，事后林志平带领全部的人参加全县义务劳动，连续干了四天，大家围着他，那个热乎劲儿真像他是一家之主了，真正让他体会到了主政的那种快乐和得意。

见林志平不说话，欧阳秀琴又说："以前总是你为我分忧，现在也只有你为我分忧了。不过，换位思考，石南云的要求也不无道理，他本来就在宣传部当了多年副部长，现在再调回来，如果连常务都干不上，面子也实在没地方搁。我看就依了他吧。你的意见呢？"

还说什么？部长已拍板定案，他勉强一笑。

欧阳秀琴突然来了精神。"但你放心，石南云虽然管常务，但我们是集体领导，大家说了算，你的地位绝不会降低。至于将来谁来接我的手，他是常务，也不一定就是他。我毕竟还是常委，可以为你去争，而你又是县委定了盘的后备干部，担心什么。"

"这你就看低我了。"林志平的脸色由红变青，突然打断欧阳秀琴的话。"我并不是那种官迷心窍利熏心的人，提拔不提拔，那是组织考虑的事，我只凭良心和责任感去工作，就是不让我当副部长，我还可以卖文糊口。部长放心，我决不会闹情绪，决不会给老石的工作制造障碍，以前怎么干，以后照样怎么干。如果没别的事，我就告辞了。"

林志平没想到自己竟然会发火，但当时他确实有一种受辱感。他直接回到了家中，站在那幅大师托尔斯泰肖像的油画下沉思良久。他有些后悔，但此时他也不想再作什么解释。墙上的挂历翻到了五月的那张，520！他心里一热，再过几天，就是自己的生日。他已是四十岁的人了。孔子曰，四十不惑，可他此刻却没有半点春风得意事业有成的快感。未来怎么样，更是个未知，他突然感到人生好累。

宣传部领导班子分工的文件几天就发出去了，石南云协助部长主持常务工作，三个副部长中林志平分管文联、宣传科和文明办，还有机关财务。欧阳秀琴毕竟没有完全满足石南云的欲望，虽然给了他满盘的红烧肉，也没忘了给别人一勺羹。在分工会上，林志平首先表态，不是他高风亮节，而是他感到毫无意思，完全是游戏，有能力干什么不可以出政绩呢。而现在，当他看到这份红头文件时，总感到这是一种讽刺。那一刻也突然产生了要以此为素材写篇小说的冲动。他把文件锁进文件柜，嘴角露出一丝轻蔑。他不会受制于人，从内心看不起石南云。石南云虽然是常务，但机关林志平分管，日常事务基本是他说了算。宣传部门流行一句行话，叫做以作为求地位，他很欣赏。他必须在自己分管的方面有所作为。他开始着手制定规范完善的机关管理制度。他要用这种方式去制约某些人的行为和私欲的膨胀。他很感兴趣精神文明建设办公室的工作，这是宣传部门的一项新事物，具有广泛的社会性，一炒必热。他完全可以虚功实做。

他把制度写到一半，下班时间到了，他舒一下筋骨，准备走，钱月影进来了。"能晚一点走吗？"

他含蓄一笑，重新坐下，从书柜里取出一部毛泽东爱读的《容斋笔记》瞎翻。

钱月影端一盆碧绿剔透、风姿绰约的宽叶君子兰进屋。

他忙接过花盆。"荷，这么漂亮的君子兰，送给我的吗？"

"还有呢！"钱月影再次跑出去，很快捧一套精装《莎士比亚全集》进来，谦恭地走到他的面前。"祝林部长，不，祝我们尊敬的作家林志平先生生日快乐，万事如意，事业辉煌，前程似锦……"

钱月影的一连串的祝福与调侃，逗得林志平心花怒放神情飞扬。他那文人风流倜傥的气质一下子被调动起来。他忙放下花盆，张开双臂就向钱月影拥来，脱口叫道："Oh my baby！"

"哇，要拥抱呀！"

林志平伸出的双臂略一停顿，感到有点唐突，就在空中优雅地一划，接过钱月影手中的书，爽朗一笑。"你怎么知道今天是我的生日？"

钱月影也笑了，双颊灿若桃花，林志平刚才的表露令她顿生爱意。她想，那才是作为作家林志平的本性，童趣重现返璞归真啊！"我是秘书科长嘛，这点细心都没有还配得到你的厚爱呀！"

他重新打量着钱月影。如果说以前是赏识她的能干的活，那么现在这种赏识就又赋予了更深的内容，他真有点欢喜她了。他看一下日历，农历五月二十，今天是自己的生日，四十岁呀，男人这时，如日中天，应该是越活越有滋味。他自然非常看重。他看着钱月影。真是精细之人，知道自己的所爱。"想不到你会送我这个！"

"投其所好吧！"钱月影被他看得有点神情迷乱，故作轻松地说，"送你一部书，是希望你继续写作，当个好作家；送你君子兰，是希望你常存君子之风，完善修养，做个好官。同时也希望你不以小而乱大谋，比如——"她向他靠近一步，"比如你对石部长的态度就不好，一个单位出入，有意见岂能挂在脸上、表露于小节呀。那显得多没涵养、没肚量呀。君子报仇岂在一朝一夕、一时一事？"

他睁大眼睛看着她，似乎到这时才真正认识这位有头脑有心计的妩媚女人。用心良苦，世上还有比这更情深义重的吗？他感慨万分，竟找不到一句合适的话来表达。

"谢谢！"他握住她的手，真挚地说："你今天给我的远不是一盆花一部书的分量。它够我终身受用的。我真的很感激。"

他走出办公室，走出宣传部，外面天清气朗。今年的五月似乎比往年更富诗意，石榴花正红，绿水映着青山，永康城一片葱郁蒙眬。他的心情好极了。鲁迅有一篇研究人生属相与出生的文章，说属猴的人生于五月，其才能与前途可以向两维发展，一维是作家，一维是仕途，只要努力均可成其气候，而他现在却是两者兼有，游刃有余，可进可退，一个石南云何足挂齿？他的人生充满灿烂阳光。

接下来的时间他过得很惬意舒心。他把机关管理当着一门学问，做得如鱼得水，特别在制度管理上充分显示出他的机智。他制定的制度实际上限制了作为常务副部长石南云的权力，而更多的则是向他分管的一方倾斜。制度本身天衣无缝，石南云有苦难言，欧阳秀琴也极为赏识。其实石南云不过是庸人一个，只求蝇头小利，并不值得他用什么心计。他想到了钱月影说的那句话：有对手方显实力。然而，就在他与石南云的关系趋于缓和的时候又发生了两件事，再次使他的情绪落入低潮。

一年一度的优秀公务员评选本已结束，但人事局要求再进行一次复议，然后对连续三年优秀人员晋升一级工资。群众推举的是林志平，复议时石南云表示不服，理由极为简单，他在文化局已是两届优秀，这次评不上就失去了晋升工资机会，如果间隔一年就要从头开始，这对他太亏了。这本不是个理由，欧阳部长却表示同情，再次做林志平的工作，希望他让出优秀名额。林志平一听就火了："群众无记名投票推出来的优秀岂能推让？这不是强奸民意愚弄百姓吗？让也可以，由群众重新推举，推谁是谁。"欧阳秀琴当场拍板，立即召开战线负责人和部中层干部会议，进行民主复议。然而复议的结果仍然是林志平。林志平坚决不要，这时石南云也不好意思上报自己，结果优秀名额空落。接着是县委、县政府表彰在塑造城市形象工程建设中的有功人员，林志平是塑形指挥部领导成员，又兼任宣传组长，自然非他莫属。但文件下来却是石南云的名字。这回连欧阳秀琴也大感不解，直接找到书记县长，而林志平已不屑过问，更多的则是鄙夷和愤慨。

林志平忍无可忍，与小人为伍，是君子不气死也会憋死。他发誓要给对手有力一击。这时正好北京一家刊物举办笔会，发函邀请他参加，主编还亲自打电话给他。他便负气地飞到了首都。

十多天的以文会友、寄情山水、指点当今文坛，林志平心情渐近平静。生活中的不快，部里的一切全都丢下，脑海里只是偶尔晃动一下钱月影的影子。至于石南云，他竟然有点同情了，当小人也并不一定轻松啊。或许他还不至于是一个小人，只是——只是什么呢？以后应该对他尊重一点。笔会上并不当场交稿，返回时他乘的是火车，软卧，一路上一部短篇小说差不多就脱稿了。写作上他是快手，又能入静，就是在嘈杂的办公室，耳机往两个耳朵一插，他很快就能进入创作的境界。在音乐的节拍下写作，也只有他做得到。火车的终点站是襄樊市，回永康县还要乘几小时汽车。离京时他已给欧阳部长挂了电话。走出火车站，天近黄昏，他环顾左右，等待前来接他的小车。

"林部长！"清脆而温馨的女声，是钱月影。

林志平怀疑自己的耳朵出了毛病，怎么也想不到钱月影会来襄樊接自己。他一时竟然有点激动。

"不欢迎是不是？是欧阳部长叫我来的。她也来了。她去省里办事，明天返回，特意让我等你的。我们明天可以休息半天，等她，然后一起回永康县。"

啊，是这样！林志平心一热，自己从京归来，在这暗夜苍茫的人生意绪中，一个妻子以外的女子翩然而至，恰又是自己欣赏喜欢的人。难道这是上帝的安排？

"欧阳部长，真好！"他脱口说道。

晚上，林志平一直处于兴奋之中。他与钱月影住的都是单间。他有好多的话要对钱月影畅谈，但她在他房里坐了一会儿就起身告辞了，两人似乎都有点不太自然，走时钱月影给他留了一个含情脉脉的眼神和满屋的余香。他有点沉醉，也有点向往。他强迫自己冷静，但是怎么也做不到，看了一会儿新闻联播，就去敲钱月影的门。

"自己开吧。"钱月影的声音十分轻柔，似乎给了他一个信号。门没有反锁。

他开门进去，又轻轻插上保险栓。屋里窗帘拉得很严，只有一个床头灯亮着，但光线调得很暗，屋里显得蒙胧而神秘。

钱月影拿一本杂志斜躺在席梦思床上，一条浴巾半遮着身子，整个身子轮廓分明，曲线流畅，就如唐宋春宫画中的仕女。

他缓缓地走向床边，轻轻地坐下。钱月影也不看他，似乎仍在看杂志，但她的心跳他已明显地听到了。当他揭开她身上的浴巾时，钱月影再也控制不住激情，甩掉杂志，喊一声："不，我要。"双手猛一下把他搂在怀里，两人便是一阵狂吻。

他像个顽皮的孩子似的，把头深埋在她的乳沟。"你的乳头这么大，像颗葡萄！"他含着她的乳房，一只手伸向她的小腹。

钱月影轻轻握住他的手。"坏蛋！急什么呀，有的是时间。哎，我先给你看一件东西吧。"

"我不看。"他挣脱她的手，轻柔地抚摸着。

"乖乖，这件东西对你很有用的。"

钱月影从枕边拿出一张转账支票复印件。"你先看看再说嘛，石南云从文化局调宣传部时带了两万块现金，他说是给宣传部的，你去北京后，他却转入了他的私人账户。你要打他的威风，这不是最好的证据吗？"

林志平停止了摩挲，慢慢扬起头，看着那张两万元的转账支票复印件，脑海里立即闪现出石南云的影子，感到一种决胜的快意。他深情地箍住钱月影的腰，说："女人真好！"说着就要上她的身。

她郎朗一笑："那可不一定，女人有时也很坏的。"

他突然停下了，再看看钱月影，感觉竟然在这时发生变化，真的，他觉得女人是不简单啊。再看看自己与她两个贴紧的身子，心就开始发怵了。自己这是干什么？在这样的情景下去做算计别人的计谋，这与小

猎人的后代
LIE REN DE
HOU DAI

人又有什么区别？恰在这时，他脑海里又出现了另外一个女子，那是妻。妻似乎从天外款款飘来，一副失望与委屈的忧伤。他突然产生了一种负罪感和龃龉感，倏地坐了起来。

看到林志平这些突如其来的变化，钱月影吃惊了。"你怎么啦？难道我做错了吗？"

林志平愤然无语。接过那张复印件，慢慢揉成了纸团。"你不觉得这很无聊？"

林志平的话深深地刺伤了钱月影的自尊心。她的眼泪刷一下子流了出来。她一把推开林志平，翻身下床，几下穿好外衣。"你肯定高尚啊，就我无聊，我卑鄙行了吧。对不起，请你出去吧。"

林志平负气地离开了她的房间。门随后啪地一关。他一惊。这一幕几乎是在梦中，在梦中开始，又在梦中结束。他冲一个澡，清醒了许多，在床上辗转难眠，深感内疚。怎么可以那样武断地对待一个真心关爱自己的人呢？换了自己，也难接受的呀。不行，他一定要向她解释清楚，赔礼道歉。他又去敲门。门已反锁，里面无声无息。他估计她也不会睡觉，一定还在生气，就给她房里打电话，可是，一听是他的声音那边就啪一下挂断电话。他于是再打，那边电话一拿起，他就大喊："好我的小钱，别逗了。"

"哼，还小钱呢，半老徐娘一个，只会办蠢事。"

那边终于答话了，他忙说："喂，你是不是恨我？"

"民女怎敢！你那样子，要吃人似的，有话可以好好说，为什么叫我无辜受辱？"

"对不起月影，别赌气了好不好，我们没有理由相互折磨。你知道吗？我当时突然想到了好多问题，很复杂。也怪我一时冲动，太敏感，没把话说清楚，误解了你的好心。怎么说呢，我平时最见不得卑鄙小人，而我们的方式说不上光彩呀。"

"什么呀，我只是给你看看，也没叫你去报案呀！"

"我已知错了，你就见谅吧。那是两万元啊，捅出去他姓石的这辈子就玩儿完啦。石南云再可恨，也是内部矛盾，就留给别人去制裁他吧，我懒得做这个恶人。"

"你做好人，我就惨了，猪八戒照镜子，里外不是人。"

"天知地知，你为我好，我知。"

"可你已经看不起我了，特别是刚才……"

"怎么会呢？你是一位很优秀的女人，我真的很敬佩很尊重的。你拿我当朋友，我只有感激的份儿，何敢言轻视？刚才不过是一种亲昵的表示，就作为一种美好的记忆吧。今后更要好好合作才是。"

"我怕我已做不到从前那么从容自然了，还不都怪你，好好的，钻我被窝里干什么？动手动脚，我回去就辞职，改行。至少不能在你分管的科室工作。"

"不要！你离得开我，我可离不开你。你辞职，我就自杀。"

"哼，说得好听。谁知你是真心还是假意，一遇到具体情况就原形毕露，白让人家爱你这么长时间。其实，关我什么事儿，我现在好后悔的。"

"现在不是好了吗？我们的危机已经过去了。我们完全可以回到从前，而且我们还会更默契，更能相互理解、支持、发展。世上一见倾心的人多了，不是都能成为夫妻的，也不能都做情人。何况你我并不是一见倾心，而是在长期的共事中建立的一种感情，这种感情超过朋友，超过同事，超过情人，也超过夫妻。世上真正纯洁一生的男女友情还是有的，即使没有，我们就创个先例吧。过去有一句老话，叫做同志加兄弟，我们以后就叫同志加兄妹，叫我平哥，一生好好相处，永不改变。"

"行，那就一言为定！"

"还辞职吗？"

"不啦！"

"我挂电话啦！"

"挂吧！"

林志平与欧阳秀琴、钱月影回到永康县的当晚，正赶上县委召开紧急动员会。一个多月没有下雨，永康县旱情十分严重。县委号召各部办委局机关立即组织工作队，深入到农村组织农民抗灾自救。县四大家领导除留一名值班领导外，其余全部进村入户到田头，务必把灾情降到最低限度。

会议精神第二天上午就传达到了宣传部全体干部职工中，宣传战线抗灾工作队也同时成立。这一段时间林志平总有一种人生失意的感觉，他很想去农村换换环境，于是就主动请缨，要求担任工作队长。欧阳部长正准备表态，石南云打断了她的话："林部长管机关，宣传部不能一日无主，这次下乡还是我去吧。"

林志平几乎没有思考就说："这不行，你管新闻舆论，在目前这种非常情况下，宣传部如果不把新闻舆论拿在手中，就是失职，工作就会被动。你想走也走不开呀。我管的那些事情可缓可急。只有我去最合适。"

欧阳秀琴看一下石南云。"别争了，就这样定了。机关的事钱月影多操点心，抗灾自救是当前县委的中心工作，你首要的任务是要配合县委中心，组织、策划好新闻宣传。一定要把握好抗灾工作的新闻导向，你的担子其实也不轻嘛。"

听了欧阳部长的话，石南云也不好再说什么了，散会后他叫住了欧阳秀琴，却又欲言又止，弄得欧阳秀琴莫名其妙。"你有病啊！"

石南云确实有一块心病。重回宣传部，本以为老调重弹，可以大干一场的，但宣传工作的外延与内涵日益扩展，他的思维方式、工作方法都明显地落伍了，而且本想在位次上站住脚，为日后升迁铺垫台阶，谁知却落入了一种两难的尴尬境地，碰到了一位强劲的竞争对手。一方面他慑于林志平的精明能干，自愧弗如；一方面又抱恨于他的不动声色，使自己处处被动。几个月下来，他有一种疲于奔命的苦痛，说是常务，其实是个冒牌，他自嘲为三陪部长，陪来客、陪记者、陪会议，毫无主动权，而且他分管的科室工作总是滞后一步，弄得科长们跟着他倒霉，这使他的威信大为降低，所以他也希望息事宁人，与林志平重归于好，甚至想让出这个常务。然而林志平对他的成见日益加深，心灵的创伤一时很难愈合。石南云上任时那种春风得意的自傲已经完全没有了。

相反，林志平倒显得练达多了。他的成功不仅在于他对事物的敏锐力，更在于他的善于策划，有章有序，有条不紊。有些工作看以随意，却是他深思熟虑的结果。比如这次下乡就并非他的一时冲动，事实证明，这一步他又走对了。欧阳秀琴把名单一送到县委书记汪刚手上，立刻得到了汪书记的赞赏，亲手确定了抗灾新闻报道小组，让他担任组长，随书记行动，并调来一辆吉普车供他使用。这对他无疑又是一次展露自我价值的机会。

林志平深知此任的分量，不敢稍有懈怠，接受任务后便一头扎入灾区。

他实际上也在经受着一场真枪实弹的考验。连续的旱灾之后，接着便是暴雨、狂风、冰雹、洪涝，永康县遭受了一场百年不遇的自然灾害，电线折断，民房倒塌，田地、堤防、公路等设施冲毁，其状惨不忍睹。林志平亲眼看见了灾害造成的惨景，亲耳聆听了灾民的哭喊，内心受到了极大震撼。人在大自然面前显得何等地脆弱，顷刻间就可以让你灰飞烟灭，处于这样的境地，那些人为的纷争、弱肉强食、争权夺利、杀人越货，还有什么意义呢？就在洪涝肆虐永康县的时候，林志平的新闻报道组也以惊人的毅力、快捷的速度拍录了整个受灾的实况，并不失时机地派人把原始资料带送到了县委书记汪刚手中。当时，汪刚正在思考如何向省市领导汇报的问题。接到林志平从受灾一线送回的录像带，目光一闪，脱口说道："这家伙是个人才！"当即召集欧阳秀琴和石南云，指示宣传部在24小时内拿出一盘抗灾自救专题片，他要亲自去向省委汇报灾情，争取援助。

　　制作任务自然就落到了石南云头上。接受任务时他一时显得茫然和慌乱。24小时，一天时间，别说资料剪辑，就是解说词也写不出来，但他已无退路。他组织了十多人的制作班子，干得很苦，带子制作出来连看都没来得及看就去送审，结果一败涂地。汪刚的脸始终是冷峻严肃的，不时拿眼睛看欧阳秀琴。欧阳秀琴没等带子放完就沉不住气了，站起来说："请书记再给一天时间修改，搞不好你拿我是问。"其实石南云已经尽了最大的力了，再修改仍是力不从心，虽有欧阳部长的亲自督阵，修改后仍然是一部浓缩了的原始灾情片。这下汪刚发火了："我的欧阳部长，养兵千日，用在一时，你就让我带着这样的片子去向省委领导汇报？立即把林志平给我调回来，连夜加班，明天上午8点召开局长以上干部动员会，集体看片子。这回再误了大事，我就撤你们的职！"

　　欧阳秀琴立即去联系，石南云跟在她的后面。两人急得如同热锅上的蚂蚁。其实，林志平也在心急火燎地往县城赶，接他的车还没开走，他就搭一台农用拖拉机赶回到了宣传部。出现在欧阳秀琴面前，几乎是一个泥人。

　　"可把你给盼回来啦！"欧阳秀琴像见到救星似的，也顾不得暄，忙给他看石南云制作的带子，边看边向他交待任务。

　　林志平已经掂量到事情的严重性，表面上很镇定，其实他心中根本没有谱，欧阳秀琴的话他几乎没有听进，眼睛一直盯着电视屏幕，脑海在飞速地转动，额头冒着冷汗，砸锅看来就在此回了。他甚至有点沮丧。等看完石南云制作的带子后，他才舒一口气，擦一把汗后对欧阳秀琴和石南云说："你们去休息吧，明天早晨8点钟看带子就是了。"他知道，石南云的带子离成功不过一步之遥，失败在于技巧处理不当，画面与解说词脱节，顾此失彼，而这正是自己的拿手好戏。他的那颗一直悬着的心落实了。

林志平就穿着那一身泥泞的衣服走进了永康县电视台的制作部。他只挑选了五个人，一个选带，一个剪辑，一个打字幕，一个配乐，一个播音，解说词他自己操刀，写出一段播音员解说一段，实行一条龙制作。本来是一种枯燥无味的加班加点，经他这么一调理，就成了一种轻松愉快的艺术性劳动。他让人买来饮料、点心，大家边吃边谈边干，到凌晨6点就大功告成。他没有一味地反映惨景惨状，而是从永康县的环境面貌入手，引出旱涝雹风灾害对永康县的袭击，从灾害造成的惨重损失引出永康县人民抗灾自救的阵势与信心。片长15分钟，有实景，有虚景，动静结合，字幕与画面相映，时而穿插同期声和特写，解说词深沉而简明，音乐选用的是古典名曲，似有似无，最后以《众人划桨开大船》的旋律收尾，整部片子一直在悲壮的氛围中推进，真实性、感染力极强。8点钟开会，7点半林志平走进会场的时候，会议室座无虚席，汪刚与四大家领导坐在台下只等他的到来。他径直走向台上的放像机，电视机一打开，接着就是播音员深沉雄浑的解说：今年入夏以来，永康县发生了百年罕见的旱灾、雹灾、风灾、洪灾——随着情节的推进，会场上出现了轻轻地抽泣声，人们的情绪被激发到极致，有人甚至已经掏出了捐款的大钞。林志平自己也被打动了，潸然泪下。看完片子，汪刚向他投去满意的一瞥，与县长耳语几句，带上专题片，就直奔省城而去。

而这时林志平自己却出了问题。他的头一歪，重重地砸在桌子上，起初人们以为他睡着了，其实他已处于昏迷状态。他很快被送进医院的急救室，但还没开始抢救人就苏醒了。他很费力地睁一下眼睛，看一下周围，想说什么，两张眼皮又无力地合在一起。医生经过检查，这次他是真正睡着了。其实他并没有病，只是疲劳过度加上高度紧张所至。这一段时间，他确实太累了。他一睡就是十多个小时，醒来时却发现自己

短篇小说

住在医院的高级病房里。他努力回忆着当时的情景，似乎是一场梦。病房很静，洁白的被子盖在身上，吊针架挂着两瓶液体，药液正一滴一滴地注入他的脉搏。他感到一只手被一个女人温暖着。咦，怎么会是肖艳？他很奇怪，自己为何总是过多地被女人呵护和关爱？其实，他对肖艳并没有什么特殊的地方。肖艳内向，有个性，以前因为与分管的领导小有摩擦，一直心情忧郁，后来他分管文明办，肖艳的聪明才智得以充分发挥，一度被评为市级先进工作者。也许就因为这些，肖艳心存感激，才发展到暗恋自己的人品与才华吧。他舒心地笑了，端详着肖艳。肖艳似乎进入了无限的遐想，捧着他的手，眼里闪动着柔情蜜意。对于这样一副美丽动人的情态，他深为感动，实在忍不下心去破坏。肖艳似乎发现了异样，一扭头见林志平正含情脉脉地看着自己，脸倏地红了。"你醒啦！"

"能不醒吧？再不醒有人怕是要哭鼻子了。"林志平说完又怕她难堪，忙幽默地补充道："我们怎么落难到这个地方啦！"

肖艳也乐了。"问你自己吧。作家总是不同凡响，随时都有惊人之举，弄得大家都为你提心吊胆，像个高贵的王子，这回该满足了吧。医生说啦，没病，装熊！部长有交待，你睡醒了，就去叫她，我去了啊！"

"别。"林志平真的有点动情了，重新握住她的一只手。"就这样安静地坐一会儿吧，很难得的。"

肖艳也不反抗，只拿眼神去看他。他感到那是女人最美的时刻。

这时欧阳秀琴破门而入。"林部长醒了吗？醒啦！"她根本没有去注意肖艳的神情，一下子把林志平握肖艳的那只手拉过来，高兴地说道："告诉你一个好消息，汪书记打回电话，看了我们的带子，省委书记当场指示民政厅，第一批救灾资金你猜多少，5000万元啦！汪书记要我代表县委感谢你呢。可以嘛，我的有功之臣！"

林志平这时候显得很平静。经历了一场大灾的冲洗，他的灵魂也得到了荡涤，是可以看开一切的。"其实，我只是在关键时刻尽了一点微力而已，基础工作都是石部长做的。"他把目光投向欧阳秀琴身后的石南云。石南云也正看着他，眼里填满了感激与羞赧。这是一个可怜的人！林志平想。随后把手伸向了石南云。

林志平的人生进入了最佳状态，而这时他却变得格外谨小慎微起来。

他在书房的墙壁上重新布置了两幅条匾，一幅是诸葛亮的人生信条，"淡泊以明志，宁静而致远"；一幅是洪应明《菜根谭》中的至理名言，"宠辱不惊、闲看庭前花开花落，去留无意、漫随天外云卷云舒"。伫立于先贤的古训之下，他脑海里又出现了钱月影的笑靥，继而另外几位女孩也如电视镜头一般闪现在眼前。他内心出现了短暂的不安，一时竟有自责之意。他曾经非常向往古代风流才子那种红袖添香、红颜相悦的浪漫与潇洒，希望在夫妻和睦的前提下，再去追寻一种婚补的纯真与柔情。现在想来，这不过是一种世外桃源般的幻想，在物欲横流、世风日下的当今岂有夫唱妻随与情场得意的两全？他尊重婚外的友情，但决不能伤害自己的妻子。四十岁，应该是一个有责任感有事业心的年龄，岂能被情所困被欲所惑？选一个双休丽日，他携带妻子去照相馆补照了一张时髦的新婚照，制板封塑悬挂于两位先贤名言中间，以示此后对家庭与妻子坚贞如铁的信念。当晚，他在日记中为自己立下了这样几条戒律：不搞异性按摩，不洗桑拿浴，不参与赌博之类无聊的娱乐活动，不搞人为的人际纠纷争斗。以前也许有过，但以后不能再有。人生的愉悦，在于内心的超脱，此时，他心里显得尤为宁静。深夜，他走向阳台，久久地凝视着康城的夜色。世事本就变幻无常，离合聚散，俱因缘而起，因缘而灭，谁能把握住永恒？谁能令幸福的时光永驻？生命本是空幻，爱恨是痛苦的根源，一切执着的欲望，带来的不过是生命的耗蚀。人生是如此的短暂，若不积极地去寻求生命的意义，去获得精神的解脱，就会沉溺欲海，万劫不复。何必为一点沧桑变化而感慨呢？

　　林志平完全处于一种超然物外的放松，夜里与妻子极尽温存欢悦之情，睡得特别香甜。清晨5时，电话铃突然响起，他似醒非醒地按下免提，里边传出了欧阳秀琴近似悲怆的声音："你倒逍遥啊，就是不知道部长的心有多苦。告诉你，昨天我又挨汪书记熊了。这个石南云，真拿他没办法，全省扶贫攻坚会议在我们县里召开，新闻记者要来一大拨，汪书记叫我们拿出一个详细接待方案，石南云罗列得倒细，日程排得满满的，全都是书记县长出面。汪书记看了就质问我：想把书记县长累死呀，省市领导谁陪？你们宣传部陪？你说像话不像话，石南云成事不足，败事有余，我这个部长何时受过这种窝囊气？这已是第二次了。还是你想个好点子吧，好好谋划一下，直接给汪书记汇报。我也懒得管了，他石南云闹个啥样是啥样。"

接过电话，林志平睡意全消。作为配角，当不好参谋，丢面子岂止是部长个人？他略加思索，一个美好的思路便在脑海形成。他立即给欧阳秀琴挂电话，拨了两个号又想到了石南云，自己没必要处处出人头地，这一功就让给他吧。他随即拨通了石南云的电话："你马上到办公室去，我有要事相告。"

林志平的速度已经够快了，石南云还是比他早到半步。自从抗灾专题片的事情出现后，他对林志平已经从内心里服了，平时自觉不自觉就随着他的意志转，所以林志平的电话一打他就来了。林志平开门见山地说："建议你搞个新闻发布会，一两个小时就全对付了。书记县长出面介绍一下情况，剩下的由你去操作。你必须慎重考虑接待的规格，尽量让这些无冕之王吃好住好玩好，走时再送一些土特产品，包你一切主动，不出半个月，保证永康县闻名天下。到时你石部长就坐享胜利的喜悦吧。但有一条你必须把握，所有的报道必须体现书记县长的意图。还是你给汪书记汇报吧，最好与欧阳部长一道，不过，你没必要提到我，尤其是这个方案。"

当第二套方案送上去，汪刚果然满意，笑着对欧阳秀琴说："看来没有压力不行，压力产生动力嘛。谁的主意呀。"

"是林部长。"石南云说。

"我想也只有他想得出来。"汪刚说。

全省扶贫攻坚会议如期召开。由于永康县做了精心准备，会议开得很成功，上上下下皆大欢喜，永康县一时声名鹊起，赢得了新的发展机遇。全省性的会议能在永康县召开，尚属首次，这对永康县来说的确是一次难得的机遇，也是一种殊荣，就是县委书记汪刚也得到了省市领导的注意和赏识。

会后，以县委、县政府的名义举行了庆功宴会，汪刚在祝酒辞中列出了三条成功秘诀：一次新闻发布会赢得了新闻媒体，一部扶贫攻坚专题片赢得了全体与会代表，一份高质量的汇报材料赢得了省市领导。"这是咱们永康县人向我省三级首长端出的三盘地方好菜。"他这样幽默地收尾，显得极为舒畅愉快。汪刚早已在心中为林志平记了头功。四大家领导研究筹备方案时，他点名让林志平担任会议材料组组长，统筹新闻报导、扶贫攻坚专题片和会议汇报材料。林志平当时所负的责任实际上已经超出了一个宣传部副部长的权限范围。汪刚第一杯酒就敬林志平，县长带头响应，举杯站起，"我们陪林部长一起干了此杯！"那阵势就像他是特等功臣似的，弄得他一晚上都不自然。

不久，永康县领导班子作了一次小小的调整。林志平擢升为县委办公室主任，同时增选为县委常委。石南去再次变动，调到一个边远乡去担任党委书记。一年时间，宣传部成了他人生中的一个风雨驿站。林志平很同情他，感到过去自己对他有许多过分的地方，很有点歉意，想弥补只待以后了，他也从他的身上悟出了许多做人的道理，对自己的升迁也就看得很淡。宣传部同时调出两位副部长，欧阳秀琴自然难受，尤其是失去林志平这样一位得力助手，宣传部前景暗淡，她在感情上一时很难接受，当着全部人的面说着说着就哭了起来，弄得林志平也跟着神经兮兮的。林志平很快搞好了移交手续。这中间他与钱月影有过几次单独的接触，都没有深谈，两人都知根知底，更多的则是沉默以对。想来男女之间也就那么回事，没意思极了，狂热时山盟海誓，一旦离开，谁还能爱你终身？偶尔能够记起就算不错了。能像自己这样适时而止，就是最明智的选择，此后各自珍重吧。

林志平了却完毕宣传部的种种尘缘，打算去新的单位赴任。这时，市委组织部的一个电话再次改变了他的人生轨迹。

市委组织部直接通知汪刚，要林志平立即去市委报到，准确的消息是去担任市委副秘书长一职。得知这个消息，汪刚也感到突然，联想到上次扶贫攻坚会上市委刘书记与自己的一席话，突然醒悟。会下刘书记与他闲谈，问他："几个材料搞得都不错，谁是主笔？"他就把林志平介绍给了刘书记。当时刘书记也没有特别的表示，只是与他握了一下手，上下端详了一下，就又与自己谈别的话题了。他当时根本没有留意刘书记的意图，现在想来领导实际上是在选人才。能从自己身边调选一个干部到市委书记身边工作，汪刚自然求之不得，很是高兴，于是，就亲自到宣传部向林志平道贺。

这一切来得太突然，林志平一点思想准备都没有，整个变成了痴呆儿一个。人生往往就是这么富有喜剧色彩，谁叫好机遇都被他赶上了呢？

林志平要走了，不是离开宣传部，而是离开永康县，离开他生活了四十年的故土，去一个更大的也更陌生的机关工作。他真有点依依不舍，不是他矫情，那种复杂的感情只有他自己明白。接他的车就停在县委大院，他走得有些步履沉重。他不敢回头，怕自己一时控制不住感情，要落泪。而这时他身后却传出了一声哭泣，尽管掩饰得极为细小，但他仍然听得出那为自己而哭的人是谁。他顿时感慨万分，这是一个人的价值体现，人能活到这个份儿上，真也值了。他举起右手，回首告别。他看到了一张张熟悉的脸，一双双热情的眼睛。他的目光从每一个人的脸上略过，最后定格在钱月影、肖艳与欧阳秀琴之间，终于，他从她们眼里看到了一种令他惊喜而感动的东西，滚滚热泪。那泪是从三位并不年轻的女人眼里流出来的，也就格外珍贵。那一刻，他真想返回去，帮他们擦去泪水，再深情地说一声："谢谢！"但是他没有，那将是一种亵渎，这个镜头他也将永志不忘。回想起这一年的烦恼，真是自找，在这个世界上生活，除了有所作为之外，其余都是次要。你做了事情，自然就会得到人心，而自己那些出世的思想也纯属多余，顺其自然不刻意追求就行，为什么要从一个极端又去走向另一个极端呢？前面有路，正等着自己去开拓，还是迈开大步，走吧。于是，他潇洒地一挥手，跨进红色奥迪的前座，司机恰到好处地启动汽车。他迅速摇下车窗玻璃，发现一滴水打落在手背上，那是泪，他也哭了。那是一个四十岁男人的成熟的泪！

《东海》1998年第9期首发；《文学港》1999年第1期发表，同年获得全国大红鹰杯征文二等奖；《鄂州日报》副刊1999年5月23日、5月30日、6月6日、6月13日、6月20日连载；《襄樊文学》2003年3—4合刊选载；2016年10月收入《襄阳文学65年》短篇小说卷。

猎人的后代
LIE REN DE
HOU DAI

一朵缥缈的云

　　林志平的心微微地荡漾着。月光透过薄薄的云层，蒙胧欲睡的慵懒，洒在永康城阒然无声的浩然公园，而他的心潮激荡，并不是因为眼前的夜景，而是此刻就在身边的伊人。

　　云，一个很有诗情画意的名字。刚才舞会中的温馨一刻使他们的心訇然靠近。曲终人散，他是最后一个出场，而云从乐池下来，恰与他同行。神灵暗助，云竟然站到了自己的身旁。其实到现在他还不知道她家住哪里。

　　他的思绪缥缥缈缈地飞翔，穿这他39岁的人生岁月。耳边又响起了云的歌声：……留一半清醒，留一半醉，至少梦里有你相随……叶倩文唱的《潇洒走一回》。流行歌曲也不唱，但爱听。俗人的生活真好，不像自己，梦里有谁可以相随呀？他真的希望有一个红颜知己啊！

　　"林老师，想什么呀？那么高深莫测的。"

　　云的一声轻唤传来，把林志平从遐想中拉回现实。他有一个还算叫得响的官衔，但他并不看重，而叫他老师，倒爱听。毕竟除了做官外，他还是一名作家嘛。他回头看云。

　　云的一双秋水正长的大眼睛正望着他。眼里亮亮的，并无深刻的含义，一副清雅纯真的19岁的笑脸。

　　他好欢喜哟，这女孩！

　　"诗人们说，天上的白云，在晴空下最美丽，其实这月光下的云才真正叫美丽呢。你瞧。"

　　林志平的目光从云的脸上移向天空。月光下，果真有一朵云，飘忽不定的样子，再看身边的伊人，恰似梦幻，于是就有了一点伤感。

"是我说错了么？"云露出一脸的惊讶。

"那倒不是，只是云彩飘落在夜空月下，总给人一种虚无的感觉。人生就像那朵云。"

云笑了。云笑的时候，红唇微启，露出两排皓齿，天真、无邪。凭她19岁的年华，还不懂得什么叫人生的艰辛。而她这轻谈漫笑，恰似一楼春风，林志平只觉得生来就与她相识。

指着永康城星罗棋布的灯光，林志平说："哪一盏灯光发自你的闺房，能告诉我么？"

"呶。"云的手一指，原来就在官山森林公园的脚下。难怪云把他引到这里，是家门口呀。

"这里是我父母的家，是我生活了19年的小巢。家里很乱。不然，会请你进去玩的。"

是很乱么？怕是还有别的什么顾虑吧。

云温文而笑。"不过——"她的手又指向永康城的一角。"那里还有我的一个巢呢，学校分的，只算是我课余的栖身旅所，不算家的。我倒蛮喜欢那里的清静。"

林志平知道，云还待字闺中，自然不会建立一个小家庭。他想象着云那间闺房的模样，一定布置得很雅致，很温馨吧。

"什么时候带我一观呢？"他试探道。

云微笑不语，脸上一副顽皮的神情。

但云眼里似有一些说不清的内容，落在林志平心湖，袅袅升起一股如烟似雾的疑惑和亲近。云不回答，算是默许吧。他此时真的无法否认心中丝丝缕缕点点滴滴的向往。

与云的相识是在教育系统的一次演出中，林志平作为永康城市分管意识形态的领导被请到现场。云是节目主持人。演出后安排了一场观看课外活动电教片，不知是有意还是无意，云坐到了他的身边。他感到有一双大眼睛总是偷偷地瞥着自己，等他去看她，她又端庄地坐着。云的矜持令他好笑，便说："小姐的节目，主持得很精彩，很有风度。"

"是嘛，可是与您的文章相比就逊色多了。"

听云这话，林志平心里就生出了一点自豪。

"这么说，你知道我咯！"

"岂止知道，你的散文我都能背了，更何况，永康城的会议哪次没有您坐主席台呀，电视里常见。"

"那你见了我，怎么不叫啊。还躲。"

"非要叫吗？假如您不理我。那有多难堪呀。"

一语道出了她的高傲心性，云是有个性的。林志平掏出一张名片递给她。她接过去端详了一下。"很别致呀。有一份资料告诫女人，收下不相识的男人的名片后，最好的处理方法你猜应该怎么办，就是背着他，撕掉。"

"有这说？看来我这名片也会是同样遭遇咯！"

她一笑。"你这张不会，我要珍藏的。"

云的坦诚使林志平对她产生了由衷的好感与爱慕。云长得端庄、丰润，只是那胸有一点扁平，个儿也略矮了一些，但并不影响她的魅力。云穿一件齐腰的红色紧身上装，下着黑色筒裙，腿侧还有两排扣子装饰着。头发梳成一个发髻，浅妆淡眉红唇，显得很有教养，很淑女。美丽的女人不一定有气质，云说不上很美丽，但有气质，特别是那双水灵灵的眼睛，人见人爱，让人春心浮动。两个互不相识的人，穿过芸芸众生，偶尔相遇，便一见钟情，这便是佛讲的所谓缘吧。与云的相识，使他感到，缘是存在的。从此，云那温情的笑脸，那对圆圆的黑亮眸子，便一直闪烁在脑海，再无法抹去。

是第三天吧，晚上，林志平去了梦幻夜总会。他没有带舞伴。为什么要独自行动？因为心里藏着一个人，云就在那里当主持人兼歌手。他要了一个离乐池很近的包厢，目的是让云能够看到。云正在乐池唱歌，是和一个陌生的男人对唱：……因为明天我将成为别人的新娘，让我最后一次想你……是毛宁与杨钰莹演唱的《心雨》。

歌声是甜蜜动人的，但林志平却有一点难过，也可以说是嫉妒吧，只不过这嫉妒有点毫无道理。他的兴致开始减退。他注视着沉醉于歌声中的云。云每晚都与别的男人唱这类歌么？像云这样的女子怎么可以到夜总会这样的地方唱歌呢？近墨则黑，云会变坏的。

他要了一杯咖啡，虽然加了糖和牛奶，还是觉得有一点苦涩。他独自品着，感到自己的这种想法有点可笑。为谁呀。

"知道你会来的。"云从乐池穿过双双对对的舞者，来到林志平的身边坐下。"不跳一曲么？我请你。"

云的确是一位善解人意的女孩，他想。

"这是我的第二职业，你不会瞧不起吧。你好像不高兴。"

他打开一瓶矿泉水，递给云。在这个金钱至上的世界里，谁都可以在业余时间创造一点价值。自己不也是么？除了做个平庸的小官，还写点文章，捞一点稿费与虚名。他顿时感到自己有些做作，假清高，远不如云的坦诚、纯真、实在。

"看来你的爱好很广泛。"他避开云的话。

"广泛谈不上，我爱音乐。我是音乐学院毕业的嘛，特别喜爱唱歌。除此，还读点书。"

"噢，都读些什么书啊，说来听听。"

"考我呀。"云吸一口饮料。"比如——《平凡的世界》。"

"你读路遥？能读这部书的人，绝对的优秀啊！"

"什么呀，别把我看得那么高雅，如果我恰恰就看了这么一部书呢，那是很有可能的呀。"

即使如此，也不错。云这种女孩，决不会故作高深、不懂装懂的。这正是她的可爱、可贵之处。

乐池里萨克斯手开始独奏一首凄婉的曲子。

云站起来。"在学校老师怎么教育来着？"

他说："要懂礼貌吧。"

云笑道："这就对了，在舞厅你应该主动邀请女士嘛。"他们进入舞池。灯光暗淡下来，他们跳得很正统，总是有意地保持一点间距。

"我喜欢田晓霞那样的女孩，漂亮、单纯、有才气，心灵又美。那才是我们女孩子的楷模。"云悄声说："而那个傻帽孙少平，一点都不可爱，换了我，就不会爱他。"

他想，云是优秀的，书中的田晓霞哪能比得上啊。心里便生出几分敬重，轻轻地吻了一下她的额头。云仰起头，亮亮的眸子脉脉地对着他的眼睛。39岁的人啊，脸上竟有了一中羞涩的红晕。

他想掩饰自己，忙说："我跳的怎么样？"

"还行，真的。"

他把云一下子揽在怀里。两人紧紧地拥抱着，疯狂地亲吻着，腿与

猎人的后代
LIE REN DE
HOU DAI

腿胶和在一起。年龄和地位的距离一下子缩短了，消失了，两人都有点吃惊，两颗不同经历的心，怎么这么轻易地就靠近了呢？

这是一个月以前的事了，而今晚的一曲小提琴独奏《梁祝》又把他们的情感升华到了毫无杂念的精神境界。一首《到哪里去找这么好的人》唱毕，云从乐池下来，好几个男人请她跳舞，她都含蓄地谢绝了，最后一个竟跟在后面，她有些恼怒。"对不起，我要陪我的老师。"

他们进入舞池的时候，灯光几乎熄灭了，十分地罗曼蒂克。林志平有意捏了一下云的腰，云便贴进了他的怀抱。节奏慢得像蚂蚁旅游，他们几乎停止了舞步。他含着云的舌尖，一只伸进云的衣内，轻轻地揉捏着云的嫩乳。两颗心一下子进入了永恒。

一个小时前的感受仍然残存在林志平的脑海，现在竟变得有些心猿意马了。他看着月下的云，此时，她显得格外的纯真、娇羞、鲜美。云如一朵乍开的红蕾，还无丝毫的污染，自己怎么忍心攀摘？林志平轻轻地刮了一下她的鼻梁。

"嗯！"云似乎这才从梦中醒来，"干什么嘛！"

"夜深了，你该回家了。"

"那你呢？"

"等你窗里的灯熄了，我也回家。"

啊，家，只到这时，林志平才意识到自己原是一个有家室的人了。他对自己的行为产生了片刻的愧疚。应该说，他是一个很好的人，好领导也是好丈夫，人缘也好，有才华有风度也有成就，在感情与金钱的问题上善能自控。但云的形象已无法从他心中抹去。他扪心自问，自己究竟爱上云什么呢？一个19岁的女孩儿，又没有什么阅历，而自己却这么轻易地对她陶醉。情感这东西，往往没有前提，永远都是一个解不出的谜。

或许就是单纯吧。他想，自己这颗浮躁无奈的心是需要一颗少女的单纯的心来安慰的呀。漂亮的女人，林志平见得多啦，对自己有意思的女孩子也不止一个两个，自然也有娇美的、高雅的、才华出众的，做朋友可以，其他方面实难叫他动心。云给他带来一种全新的感觉。

林志平变得富有朝气了。几乎每晚都要去梦幻夜总会，不是要去跳舞，而是去体验一种心境。这是一种奇妙的感觉，他似乎已经离不开云了。

其实，林志平并不满足这种舞厅的相会，甚至感到别扭。的确，舞

短 篇 小 说

厅的气氛只适合情人间的默契，而不适合于语言的交流。他们太需要语言的交流了。林志平强烈地希望去云独居的闺房与云开怀畅谈。

林志平看着云，用目光询问。

依然是微笑，无语。眼里却有一点柔情，蜜意。

"你不知道，我好想与你单独在一起啊！"

云含蓄一笑。又到了温馨一刻。云站起来，"你呀，总是被动，还是我来请你吧。"

他们进入舞池，却没有最初的那种和谐、自然，总是有意保持着距离。跳到中途云向林志平怀里靠近了点。额头抵到了他下颏的胡须，她仰起头，一双大眼睛一眨不眨地望着他，似有满腹心事要倾诉。

"你想说什么呢？"

云把头埋在他的胸间，幽幽道来："我也想你去我那儿玩，我也想与你单独在一起，真的。可是——那样我们之间肯定会缩短距离的。我好怕。怕你的形象会在我的心中降低。就这样交往下去吧，永远保持一点距离，留一份回味、想象，还有崇敬与尊重，将来永远都相互想念，不好吗？你说。"

他的舞步有点零乱了。距离产生美感。他懂。

"你来当我的听众，我当然高兴，可是你一来，我心里就发慌，一心挂着两头，心里怪矛盾的。"

"啊，有这么严重？那我以后不来舞厅了。"

"不是不来，是少来，有节制，何况——何况你该写作呀。玩可丧志的，为了我这么一个并不出众的女孩子而荒废事业，值得吗？做官倒在其次，我希望不断读到你的新作。"

他沉默了。他知道云说的是真话。云的心灵似一潭清水，还没有到说谎的年龄。

林志平真的好几个星期没去梦幻夜总会了。他尽量保持心理的平衡，不让儿女之情分心。早晨醒来，将昨晚的梦匆匆折在被子里，好梦噩梦都不去管它；白天对付那份庸冗程式化的工作，也尽量用出足够的心力；晚上回家，虽然不能够像过去那样悠闲地读书，也还是翻上几页；写作的事，自然没忘，他只是列了题目，日日都是一个开头。日子还是琐琐碎碎的日子，生活还是波澜不惊的生活，只是心，总是无端地惆怅。

这时，市委决定搞一次电视卡拉OK大奖赛，现场直播，指定林志平当这次活动的总策划。他感到这种活动很有意义，起码可以忘掉一些烦恼。然而，谁来当这次大赛的节目主持人呢？他想到了云。云是可以胜任的。他有一个很好的想法，要把云推向社会，挖掘她身上的闪光点。像云这类女子，不包装已显示出实力，若能适当地加以艺术包装，必定能成为走红的明星。到这时他才发现，无论表现出怎样的若无其事、心安理得，其实，那颗心是一刻也不曾离开云的。

而这时，云的一个电话又使林志平的心再起波澜。

"忘了我啦？像你这样高智商的人，不至于心胸那么狭窄，误解了我说话的本意吧。"

林志平握话筒的手淌汗了。他承认自己是敏感的，自尊心太强，最经不起别人的冷落与伤害，但云冷落、伤害了自己吗？

他再次走进了梦幻夜总会，坐在常坐的那个包厢。云正在乐池唱歌。她一只手握住话筒，一只手垂下，身子随着音乐的节奏微微起伏，一颦一笑，一举一动，都显得那么优雅得体，入时入心。上穿红色马甲，下穿黑色筒裤。这不是流行色，但可爱的女人穿什么衣服都是动人的。云唱的是一首《真的好想你》。云为谁而唱？歌声委婉、真切，如泣如诉，似乎全是对恋人的呼唤与祈祷。

今晚，林志平好希望云为自己唱一首歌，比如《执着》《一千零一夜》《我不想说》或者是《莫斯科郊外的晚上》。他爱这些歌的意境。他兀自产生了一点感动。但是云却没有注意他。不会是有意回避吧。他又看着灯光闪烁下的舞池，看着对对双双沉醉于声色犬马醉死梦生中的男女。云肯定也与其他男人跳温馨一刻，但云也会贴在别的男人的怀抱吗？《真的好想你》，他感到了有点讽刺意味，云不是为自己才唱这首歌的，不是。自己这不过是自作多情、自寻烦恼罢了。形影相吊，黯然神伤，他感到好生可悲可怜。

一时间，他觉得眼前的一切好没意思。这里没有真诚，只有欺骗；没有温馨，只有烦恼。古往今来多少英雄豪杰仁人志士拜倒在女人的石榴裙下，为情所困，干出多少荒唐事来。这世上最苦的就是一个情字，自己为何还要编一张网往里钻呢？也许云并不像自己想象的那样纯洁，并不在乎自己，也许在云的身边还有许多的男人，而自己只不过是无聊中的一个。他感到受到了戏弄、侮辱，心里一个劲地懊恼。早知今日，何必当初啊！

恰在这时，萨克斯奏出了一首风靡全世界的名曲，林志平冲动地走到乐池边。这个举动连他自己都说不清是要干什么。

云坐在乐池的木椅上，手里拿一罐无色饮料，嘴里含一根吸管，悠闲的啜饮着。面对舞池的缠绵，一副与己无关的样子。林志平"嗳"一声。云一见是他，十分惊讶地叫道："是你？你来了怎么不叫我呀！"

他不说话，做了一个邀请的姿势，显得十分绅士化。而在云的眼里，他的彬彬有礼，近似滑稽可笑，倒也不乏动人。

云愉快地接受了邀请，一进舞池就靠在他的怀里，小脸紧紧地贴在他的耳根。"几周不见，你倒进步了，知道主动邀请女士跳舞了。你的，大大的好！"

他仍沉默。心情还处在烦乱之中。

"你怎么不说话？好急人呀，我不喜欢这样的。"

云仰起头，噘着小嘴，显得十二分的委屈。

"《真的好想你》，刚才，你在为谁而唱啊。"

云瞥他一眼，小嘴仍然噘着。"就为这个呀。我心里想着谁自然就为谁而唱。并不是每个男人都能打动我的心呀，陪别人跳舞只不过是照顾情面而已。哪能都像你呀。你那么稳重，拉架子，你不请我，还不允许别人请吗？和你开玩笑呢，别又生气哟！你不要把任何事情都看得那么复杂，其实，许多事情都是极为简单的。给你提个建议行么？今后应该学会理解、体谅、安慰、尊重女人的心。女人的心比你们男人脆弱多了，特别地需要关怀，懂不懂？"

林志平知道是自己的错怪了，轻轻地拍了一下云的臀部。"哄你呢，让我们的生活中多一点插曲不好么？"

"可你的插曲叫别人如何受得了？这又不是写小说。"

林志平捏一下云的手心，算是认错、和解，接着便俯耳告诉她自己的想法。云听了果然高兴，又想参赛，又想当主持人。在他怀里，就像一个顽皮的小白猫。

电视卡拉ＯＫ大赛如期举行，不仅林志平这个总策划达到了最佳效果，云也以自己独有的气度、机智、灵巧和出色的表演征服了现场观众和永康城市百万电视观众。颁奖仪式开始，市委书记直接走到云的身边，见面就拍拍她的胸勺。"小丫头，不错啊。今后你就是我们永康城的杨澜、倪萍、李修平，我们永康城电视台也可以办《正大综艺》《焦点访谈》那样的节目，由你主持，现场采访，怎么样？愿不愿去电视台工作？"不等云回答，市委书记就给林志平下达了任务，"电视台没有这样的人才岂不可惜？这事就交给你来办吧。"

能进炙手可热的电视台工作，这对林志平与云来说都是一个意想不到的惊喜。林志平甚至比云还要高兴，第二天就打电话给云，要去学院见她。云却把他约到了永康城的清河岸边，云在寻找他们结合的最佳环境。

河边很清静，芳草萋萋，河水无忧无虑地流淌，而云这时却是一由心事重重的样子，第一次在她快乐无忧的脸上出现了忧伤、哀愁。

"难道你不愿意去电视台？"

云看他一眼，然后把脸扭向河水，随意扯一根水草吻着。"林老师，我将来肯定也会嫁人的。我担心的是你会恨我，说我在利用你。那样，我心里一辈子都会不安的。我又不漂亮，也不能给你带来什么安慰。你这样待我，是对我的一种奖赏、抬举啊。也许你不以为，可我这样想。我不想简单地说一句感激你的话，但是我心里——"

"不要说了。"林志平被云的这种赤诚感染了，打动了。他的目光越过她的耳际，投向远方。他想说：云，在你平凡的躯壳里蕴藏着一颗多么高尚纯洁善良的心啊！你给我的已经够多了，我不需要报答。

他承认自己爱云，希望获取她的身心。两人一见倾心，已成为事实。他每晚的梦，全都与云有关，已在情的陷阱里陷得很深了。作为性情中人，林志平十分向往劳伦斯在《查特莱夫人的情人》中塑造的浪漫生活。那林中的小木屋，雨中的情怀，月下的浪漫，灵与肉达到了至善至美的结合。还有沃勒《廊桥遗梦》中的庄园、农舍、草场，四天的缠绵走过漫漫人生长路，凄婉绝伦，一生的幸福莫过于此。就是有一间像贾平凹《废都》中的"求缺屋"也行啊。在大师们的笔下，性爱超越一切，升华成为一种宗教般的神圣，成为人性的最高境界。他真的非常向往啊。人生太短暂了，青春又能几何，自己为什么不能酣畅淋漓地爱一回啊！

他知道，云自然不是一个守旧的女孩。问题是现在，云究竟在为谁守身如玉呢？他不愿再沿着这个思路想下去了，此时此刻，云的悲戚与忧伤，叫他心疼。爱一个心爱的女孩就应该关心她，让她快乐才是。万般情怀都压在心中吧。

"你的调动与我们的交情无关。我还不至于拿这作交易，相信我，我不会侵扰你心灵的安宁，我会对未来负责的。

云回过头，竟是泪水满面。她终于从林志平眼里读出了信赖与真挚，噗嗤一笑，"你真好！"

"就为这？"

"当然还有很多很多咯！"云双手纯情地搂着林志平的腰，调皮地扬起头，美丽的芳唇热烈地对着他。哪意思再明白不过了：你吻呀！

林志平微微一笑，并没有去吻云，只是轻轻地拍一下云的脸蛋，长兄一般。"小丫头，快快长大成熟吧。"

"嗯！"云猛地在他的脸上吻了一下。

又一个有月的夜晚，正是云去永康城电视台上班的第一天。云已辞去了梦幻夜总会的事情。其实，尽管市委书记说了话，调动工作也还是很麻烦的事情。但毕竟，云成功了，未来对云来说，正是旭日东升、蓓蕾绽放。经过痛苦的思考，林志平已放弃了去云那间闺房交谈的打算，把云约到了蜡梅园说话。正是深秋叶落时节，梅叶尽落，老干虬枝挂满蓓蕾，冬天将是树树繁华。但眼前却是一派凋零肃杀之状，冷月、秋风、蜡梅园显得凄凉、阴柔。

云是怀着喜悦的心情赴约的。云重新布置了她的闺房，购置了钢琴、新书和世界名画。整个寝室充满了艺术气息。云的心灵窗户已经全部向林志平敞开，盼望着他的随时光临。但眼前的情景却给她亮丽的心灵遮上了一片阴影。

这分明是生离死别的气氛啊！云突然感到紧张，心里不由一颤，而林志平却在这时发起了思古幽情："……错，错，错！春如旧，人空瘦，泪痕红揾鲛绡透……"

"今晚你怎么啦？"云注视着他。"这时怎么想起这样的悲凉的词句了？"

"一千多年前，唐琬的《钗头凤》正好道出我此时的心情。"他淡淡地说。"我觉得心里难受。"

"你有心事呀。不过——你刚才背的句子是出自陆游之手吧，在唐琬的词中有这样的几句，我很是欣赏：欲笺心事，独语斜阑。难，难，难！"

林志平一怔，有些赧然。真的，自己怎么就记错了？自己也曾有过天真烂漫指点江山激扬文字的年龄，可现在，他自嘲道："记忆力在衰退，在你面前我是显老了！"

"不，我看你风华正茂！又博学，又能写，正是成熟的标志。男人这时，最具魅力。"

林志平知道，云是安慰，而正是这种安慰使他的心情越发沉重。蓦然抬头，他从永康城的窗灯中终于分辩了自家写字台上的那盏，妻和孩子此刻正焦心盼我回归吧，而那雄伟的市委办公楼里面，也有自己的一个位置啊。他感到心中一阵伤痛，肩上的担子与此刻的心情几乎同样的沉重。

云温顺地靠在他的身上，圆圆的眼睛迷茫地注视着他脸上的风云变幻。"你不要这么嘛，看了叫人家心里怪难受的。"

林志平将云搂在怀里，彼此聆听，彼此温暖，彼此慰藉。云温顺地靠着林志平，握住他的一只手，拉向自己的心口，两乳的中间。多么可爱的女孩，他这时真想长长地亲吻她，真想与她紧紧地拥抱在梅花丛中长醉不醒。这是他拥有的最后机会了。他的心突突乱跳。"不！"另一个声音在提醒他，他凄然松手，"我送你回来吧。"

"好啊！"云显然误读了他的含义。

两人默默牵手，缓缓走下蜡梅园的小径，穿过永康城的街道。就这样走到天涯海角吧，寻找一处鲁滨孙生活过的荒岛，永不分离，终身相守，多好！然而，学院到了，离云独居的闺房近了。他痛苦地停住了脚步。此生不可能了！

"进去啊！"云没有羞涩，只有满脸的期待。

他伤感地说："等下一辈子吧……"

"原来是这样！"云感到吃惊而失望。"你讨厌我了？"

林志平感到心头一酸，怕自己忍不住要落泪，毅然转身离去。走了几步又觉这样做，似乎太绝情，便又转身走到云的面前。欲言又止，感到此刻任何语言都苍白无力的。索性缄口不言。

云睁着圆圆的眼睛。那双林志平十分沉醉的美丽的黑色眸子，此刻全部写着委屈、幽怨，也许还有鄙夷吧。面对云的目光，林志平负疚地低下了头。

"知道我这时在想什么吗？"云说。

"想为我唱一首送别的歌，或者痛骂——"

"不，我好想为一个人的离去痛哭一场啊。"

云说完转身跑开了。林志平突然有一种心灵破碎的感觉。他目送着云的背影，一直看着她走进她的闺房。门依然洞开着，机会仍然存在，但他却没有勇气进去了。林志平转身欲走。一阵深沉的歌声从云的小窗里传了出来：……谁能与我同醉，谁知年年岁岁，咫尺天涯皆有缘，此情温暖人间……

两行热泪终于挂上了林志平堂堂的39岁的脸上。泪眼仰望，一轮满月悬挂中天。那朵云又出现了，亦真亦幻，若隐若现，似有似无，如同那屋里为自己以歌壮行的伊人。

吱！云闺房的门被轻轻地关上了。结束了，或许根本就没有开始。林志平苦笑着。好人一生平安！从今以后两人已是陌路之人，还能相互想念么？他自语道：云，我祝你找个好丈夫吧！一生都能好好待你——

1997年第1期《汉水》首发；1998年第2期《东海》发表。

永康女孩

照例是爽朗的早晨，深圳的中秋节其实与远在千里之外的襄阳故乡没什么两样，只是，丹丹一个人独居异乡已经对传统的节日没有什么感觉了，如果不是电视上对月饼的轰炸式宣传，她真的就忘了。晚上晓枫特意做了几个风味小菜，买了西湖月饼和法国红葡萄酒，情意绵绵地请她临窗品酒赏月，她实在没有什么心情，又不好让晓枫太扫兴，就象征性地饮了一点红酒，早早地就睡了，把晓枫一个凉在他们共有的客厅。她知道自己这样做也许会让他很伤心，但有什么办法呢？感情的事是无法勉强的。心灵里无法接受，即使走到了一块儿，结果还会是伤害，索性什么都不发生。

好在晓枫这人宽宏大度，从不强求，只是默默地暗暗地给她以呵护。这正是丹丹过意不去的地方。其实晓枫也挺优秀的，在公司是公认的秀才美男。自己做公关部主任，他做市场部经理，两人业务上配合十分默契。在公司都认为他们是天生的一对，事实上自从他们同住一个单元之后，大家都感到他们已是既定情侣了。但他们虽是一个大门出进，却是各居一室，费用实行AA制，谁也不欠谁。这套三居室的房间，他们布置得相当和谐，厨房、客厅、卫生间还有活动室共有，只是卧室才是各自独立的空间。像他们这样一对俊男靓女同处一屋，不可能不相爱，更不可能不寻求一点温情，但他们至今恪守君子协定，平安相处。

只有丹丹自己心里明白，她不能接受晓枫的理由只有一个，自己心中早已有了一个人。明知这是一个无言的结局，但她心里总是存在着一种美好的向往。有了这个人搁在心里，晓枫还能轻易进入吗？

午夜的那条手机短信折磨得她一夜未眠。

不就是一条短信吗？她已经背得乱熟了：初一的月亮弯又弯，想你的人很孤单；二十四的月亮圆又圆，祝你生日如蜜甜；中秋的月亮羞答答，爱你才把信息发。爱得深，说不清，月亮代表我的心。

事融多年，林志平作为一个身兼数职的政府办公室主任，又是一个很有成就的作家，还能记得自己的生日，让她真的很感动。

这一夜她就站在窗前，穿一件薄纱睡衣，遥望着南中国天空的一轮明月。她默念着苏东坡的千古绝唱：但愿人长久，千里共婵娟。千里之外的永康县，那个山区小县的平哥会不会有这样的情怀呢？

泪水不争气的流着。

她的心啊，天知地知，只是平哥不知。

早晨起床后，丹丹简单地整理了一下头发，一推开门就发现客厅里放着她爱喝的豆浆，还有蛋糕和月饼。她走进洗漱间，牙缸里已放上了凉水，牙刷上已挤好了牙膏。那一刻，她真想哭。她的感情防线就要被摧垮了。她真想投入外边那个男人的怀抱，忘情的喊了一声：晓枫，我爱你！但是她什么也没做。她洗漱完毕，略施淡妆，一个楚楚动人的白领丽人走进客人面对那位用情专一的男人依然是一副公事公办的表情。

晓枫吃惊地看着她，眼神怪怪的。

"又让你破费了。其实我也不想吃，你先走吧。"

丹丹知道自己的眼圈红红的，样子一定很可怜。

"独在异乡为异客，遇到这种亲人团聚的节日，难免伤感。你吃了早餐，一上班就好了。慢用啊，我先走了。"

她看着晓枫出门，眼泪又流出来了。这次不是为家乡的平哥，而是为刚出门的那个人。自己本来是一个坚强的女孩，怎么这一刻竟变得如此脆弱了？她知道自己已经面临着两难的选择了。等平哥，无望；爱晓枫，又下不了决心。她端起豆浆，一口喝干，然后摔门而出。她突然想歌唱，真的就唱起来了。于是在车水马龙的深南大道上，一辆行驶的红色本田，一个潇洒的女孩，一路歌声，成为深圳早晨亮丽的风景。她无意中唱出的仍然是林志平最爱听的那首歌：真的好想你，你是我灿烂的黎明，寒冷的冬天哟应早已过去，但愿我留在你的心。

这一天丹丹的工作效率应该是很高的，但做了些什么，脑海里却是一片空白。晚上下班后，她没有回宿舍，直接去了与平哥在深圳唯一幽会的地方：世界之窗的相约酒吧。

酒吧里灯影婆娑，人影迷离，音乐舒缓而沉醉。正好，那张他们拥有过的吧桌还空着。她很快坐过去。她要了一对红蜡烛，另外，又要了一杯绿茶。茶是林志平最爱喝的饮品，自己也受到感染，到了深圳仍然改不了饮茶的习惯。她没有食欲，到这里只是想找回一点过去的感受。

五月与平哥的那次偶然相会似乎就在眼前。

永康县一行党政领导在南方各地考察，深圳是第二站。他们在深圳的活动也仅有一天。那天上午是一个招商洽谈活动，下午参观大梅沙、航母乐园等处，晚上是永康一个在深圳做了大老总的企业家在深圳国际大酒店设宴。林志平放弃了下午的旅程，放弃了宴会，在帝王大厦给丹丹买了一条白金项链，然后给她打电话。

丹丹本来想推辞的，但那双腿就是不听使唤。她承认当得知林志平就在深圳的时候，狂喜的心情几乎就要跳出来了。于是他们约定在锦绣中华门口见面，然后就进了这家酒吧。

他们要的是牛排、番茄酱加红粉佳人饮料，自然还有一杯热茶，是龙井。她没想到的是，那么希望相见的人见了面却有一种陌生感。她很少说话，整个都是他在说。她像个小学生，慢慢地啜饮，静静地聆听，一直很被动。最后他真诚地向她发出邀请："跟我回去吧，到旅行社做导游，或者去电视台做节目主持人，由你挑。永康需要你啊！"

"这是你到深圳的目的吗？如果是，那我就太高兴了。"好像自己就说了这么一句，本来想幽默一下的，但话说出来却是干巴巴的，一点不生动。"回去做你的——"

林志平笑了，依然是丹丹熟悉的那种微笑。

"那倒不是。如果这里更有利于你发展，我尊重你的选择。孔雀东南飞，家乡太小了嘛。哎，不去我房里坐坐？"说完他看了一下手机上的时间。

"他们回去还有一个小时，我们还有时间，走吧。"

说不清为什么，那天丹丹一直就这么被动着，直到进了林志平的房间，她仍然处于一种茫然状态。

林志平一下子把她搂在怀里，然后是轻轻地抚摸，长长地亲吻，慢慢地她的衣服脱落在地上，似乎是在一个瞬间，他就上了她身上。只到这时她才找回了一点感觉，有了一种曼妙心底的幸福。

林志平小声说："要不要戴套啊？"

她本能地把他推在床上，一脸愕然。说不清自己怎么会突然生那么大的气："你把我当成什么人了？妓女吗？我到深圳来干什么？要找三陪小姐，大街上还真不少，你去那儿吧。"

说完几下就把衣服穿好了，整个过程她都非常地冲动，几乎没有考虑到林志平的感觉，没有听他的解释。

她几乎是跑着离开那个房间的，拦下一辆出租车就上了车。她看到林志平追赶过来，手里拿着那条紫纱巾。啊，是我的紫纱巾！他为什么不早拿出那条紫纱巾呢？兴许自己会改变的。可是晚了，出租车已经发动了。

不该去他的房间的，如果这一步走错了的话，那么当初那一步就已经是大错特错了。她想。

也许是自己过于敏感了。但毕竟一个女孩单身在外，又是在深圳这样一个充满诱惑的花花世界，本来就让人有种种猜疑，林志平的玩笑正好刺到了疼处。后来丹丹找了许多原谅他的理由，但还是无法释然。他的那句话使她至今难忘，也许一辈子也难以忘却了。她想起了那英的那首很流行的歌：你伤害了我，还一笑而过，你爱得灿烂，我爱得懦弱，眼泪流过……

酒吧里的喁喁私语令丹丹心情烦躁，无形地刺着她的神经。

她无奈地走出相约酒吧。平心而论，除了那一次的不欢而散之外，林志平给她的印象实在是太好了。她拿出手机，给他回复了一个短信：累了，请将心靠岸；错了，请想到悔改；苦了，才懂得满足；伤了，才知道坚强；醉了，才知道难忘；笑了，才体现美丽。你还是那么有才华，我欢喜。谢谢你还记得我的生日。

信息发出后，她的心情似乎好了许多。她不想马上回房间，于是打电话给晓枫："我请你吃夜宵，赏光吗？"

其实，一切都是自己的错，自己投怀送抱，怪谁呢？浅薄、轻浮，一段时间丹丹对自己恨到了极点。这也许就是当初义无反顾地离开那个生活了二十多年的故乡和那个自己深爱着的人的直接原因。

女孩一旦以身相许，就铸成了一生的错。

那是在永康茶叶节结束的时候。

她们12位茶叶节上的迎宾小姐、12个佳丽簇拥着踌躇满志、激情洋溢的林志平走向花草锦绣的紫薇林园。整个下午大家都处在一种十分兴奋的状态。因为林志平是茶叶节的总策划，又是迎宾礼仪的全权责任人。这群佳丽在他的手下训练了十多天时间，训练在室内外分别进行，又是开放式的，十多天朝夕相处，林志平平时那政府官员的威严、作家的神秘统统不存在了，展示给姑娘们的完全是一位洒脱、聪颖、有教养、宽厚的兄长，一举一动一颦一笑传达出来的都是一种慑人心扉的温暖和力量。人与人之间一旦没有了距离感，离知音知己就只一步之遥了。

那时的林志平真幸福啊，有那么多的红颜相伴！

大家笑着、闹着，众星捧月一般地宠着他。因为是庆功，林志平特地买了饮料、水果，还带了一部小型摄像机，一台高级照相机。12个女孩，来自不同的岗位，个个都是才女，大家轮流操作，姑娘们摆着各种时尚浪漫的姿势，单照，合影。自然他是主角。那天姑姑们与林志平留下了许多十分矫情的镜头，都被一阵笑语掩没。丹丹心里明白，像林志平这样优秀的中年男子，一定有很多的人暗恋着，自己不就是一个嘛。最后谁能走到一起，还得靠缘分，至少得有人用情。

在众佳丽安静之后，林志平开始兑现他的承诺："各位美眉，现在我代表茶叶节组委会向各位赠送纪念品，还有，我新出版的作品集。"

"哇！"众美眉一阵雀跃。

林志平签名，丹丹自告奋勇地替他盖章，可是轮到丹丹的时候，书却签完了，林志平抱歉地看着她："怎么少带了一本呢？丹丹别生气哟，我一定单独给你补上。"

其实这本书她在书店里已经买了，只是没有作者的亲笔签名而已。她无所谓，可雪儿似乎发现了新大陆。"这不公平吧，为何三千佳丽独宠一身呀，林主任不是有意的吧。瞧，咱们丹丹脸都红了。"

是的，丹丹的脸红了。冥冥之中，她就感到他们之间一定会发生点什么。后来真的发生了，而用情的还是她自己。

晚上是舞会，12个女孩，一位男士，真是有点辛苦他啦。但林志平却很卖力，一人一曲，绝对公平。在林志平和别的女孩跳舞的时候，姑娘们就在一旁乱蹦乱扭，只有丹丹静坐在那里，悠闲地欣赏。温馨的《梁祝》响起时，林志平毫不犹豫地走向她。

"请——"

那做作出来的绅士风度，有点滑稽，令丹丹好笑。何为缘分，其实就是巧合，一次巧合促使相识，一连串的巧合就是爱情了。灯光全暗下来了，偌大的空间，只有舒缓的音乐和细如流水的私语。他们合作得很默契，也很自然。但是在音乐快要结束的时候，她感到林志平的那只手有点异常了，在她的腰间轻轻地摩挲着，又轻轻地将她揽向怀中。这样，她的胸、她的腹就与他产生了一种若继若离的接独，然后他将脸贴向她的脸颊，轻轻地含住了她的嘴唇。

舞曲恰在这时候结束。

这一夜丹丹失眠了，少女的敏感的心使她异常激动。如果说，她可以拒绝来自任何一位异性的粗野或挑逗的话，那么，她无论如何也无法去拒绝那种温文尔雅的抚爱、那种沁人心脾的脉脉传情。

她开始渴望了，渴望什么呢？她心里并不明白。

睡不着，索性不睡。马上就是"五一"黄金周了，她突然心血来潮，决定给林主任送一枚节日贺卡。她是幼儿园阿姨，有一双灵巧的双手。她用几种彩纸做成贺卡，又用丝线在卡片上绣了一对小矮人，在小矮人周围绣了一个心字图案，让他们待在"心"中。这是一对多么幸福的小矮人啊，生活在一个上帝赐给的伊甸园里，无忧无虑，尽情享受天伦之乐。

丹丹为自己的杰作而高兴，第二天早晨就郑重的投进了邮箱。这枚卡片是不是还被收藏着，丹丹不知道，但这张卡片的确表达出了她对林志平的全部的崇敬。

长假后的第一天，丹丹接到林志平打来的电话，约她去办公室拿书。她似乎一直在等这个电话，心里无可名状地激动着。

那天晚上丹丹特意打扮了一下。淡妆素衣，丝丝清香，绝对典雅的淑女一个。走进林志平办公室的时候，林志平正在对着那张卡片沉思。她感到自己好像有些羞涩，心跳在加快。她看他的眼睛突然亮了起来，继而是脉脉含情的注视，接着便是火辣辣的跳跃。她看到了他手中的节日贺卡，那对恩爱的小矮人！一切语言似乎都是多余的了。她慢慢地走到他的身边，走进他的拥抱，进入他的长长的亲吻。那天晚上她第一次

听到他的赞美，一个女孩能够得到异性的赞美自然是幸福的、自豪的。

丹丹好幸福、好自豪啊！

"我的善解人意的女孩儿，你的卡片是我的至爱。知道你美在哪里吗？你长着典型的中国古典式的樱桃小嘴。你的动人之处在于你的清纯，而你的全部魅力在于你表达时的音韵和甜美的歌声。如此才女，屈为幼儿园阿姨，真是难为你了。看来，我该为你做点什么了，我会帮你的。"

是怎么离开林志平的办公室的，丹丹已记不清楚了。他的签名书她并没有拿到，相见的过程签名赠书已经显得不那么重要了。

接下来的幽会似乎就顺理成章了。

那段时间父母外出，家里就丹丹一个人，心里免不了有一点林黛玉式的闺阁落寞。她想林志平了，想和他说说话，想看看他的勾人的眼神。

一个电话，林志平就来了。

丹丹直接把林志平迎进了自己的闺房。其实他们什么话也没有，甚至没有顾上去注视对方，便是轻轻地拥抱，长长的亲吻。丹丹最感动的也就是这种拥抱和亲吻，像清风拂过耳际，像泉水流向心田。处于这种香风爱雨淋浴中的丹丹已经完全失去抵抗力了。她顺从地由着他，任他慢慢地脱去自己的外衣，自己的乳罩，最后是内裤。哇，这下自己全完了。她感到自己紧张透了，整个世界都不存在了。她被他小心地托了起来，又小心地放在床上。她闭着双眼，四肢软绵绵的，一副任人宰割的可怜兮兮的样子。

然而就在林志平整个身子俯向自己的时候，丹丹脑海里却突然出现了另外一个可怜的男人，那个与自己正处在恋爱关系中的同事王悦。他们之间并没有什么相互吸引的东西，却断断续续地谈了三年。已经到了谈婚论嫁的时候，她心里一直感到别扭，下这个决心要比自杀难多了。横竖不就是一嫁吗！她开始寻找接受王悦的感觉。就是在上月的夜晚吧，王悦约了她去散步。在清溪河边的草坪上，王悦拥抱了她，但她没让他亲吻。他们躺在草丛里，慢慢地就贴在了一起。她感到王悦下面的东西顶着自己。王悦喘着粗气，憋得一头大汗。她开始本能地守护着自己的防线，后来又有些不忍，心一软就把小腹贴到了王悦的下体。这时她感到有一种热漉漉的液体喷到了自己的大腿间，而王悦顿时像泄了气的皮球躺在那里。半夜里回到寝室，她看到大腿上粘贴的液体，还有一股青草与苏打的混合味道，一时感到男人好可怜，很脏。她清洗了很长时间。那种黏黏的东西让她对王悦产生了一种厌恶。之后，他们再也没有约会。她用各种委婉的方式抵挡着恋爱中的王悦，而现在却接受了身上的这个男人。

感情这东西啊，就这么怪！

整个过程就像一支绿色小夜曲。两性相悦，应该是人类至爱。林志平是尽心的，温驯的。他那最后的发自肺腑的呻吟，深深的震撼，让丹丹惊奇，甚至心疼。但她并没有感觉到快乐，反而还有一种轻微的灼痛。她有一种想哭的感觉。真的，她想哭。她设想过许多洞房花烛夜的情景，没想到自己的第一次却是这样的情形、这种感觉。丹丹不知道林志平是什么时候结束的，但她感到了林志平的兴奋，林志平的疲惫。她看着林志平很满足地的从自己的身上滑下，头枕在自己的臂弯，像个小孩，一只手无力地放在自己的腹部，然后轻轻地睡去。她听到了他在臂弯里发出的轻微的鼾声。

这时她真的哭了。

林志平很快就醒了。看到丹丹那副悲悲戚戚的样子，他越发爱怜，充满敬意和自责，像做错了事似的，倾心地搂着她。当他看到丹丹身下那块殷红的血迹的时候，大为吃惊。

"天啊，原来你还是——"

"你以为我是荡妇啊！我其实，是很传统的。"

"丹丹，对不起了，我没有伤害你吧！"他看着她刚刚成熟的乳房，看着她圆韵的细腻的身体，看着她万般情态的眼睛。"我以后会把你当小妹妹看待的。就叫我平哥吧。我发誓，我要对今天的事情负责。"

他轻轻地把睡衣披在她的身上，一双手紧紧的把她搂在怀中。

正是这句话激起了丹丹少女的情怀。她突然有一种心花怒放的快乐。

"你好坏哟，作家都是情种。对吗？"

她将整个身子拥入他的怀中，小嘴唇贴近他的唇巴，舌尖伸入她的口中。喃喃地说："平哥，别自责，没你的事。我有点想……我想要了……"

那个沉迷的夜是丹丹睡得最实在的一个觉，而且一个梦都没做。

第二天早晨，她拨通了王悦的电话，果断地告诉他："我们结束吧。不要问为什么，总之跟了我，你会痛苦的。"接着又给林志平发了一条

猎人的 LIE REN DE HOU DAI

短信：我很快乐。谢谢你的爱，我的亲爱的平哥！

之后，丹丹便一路歌声去上班。

一个单纯的少女变成一个成熟的女人，往往就那么简单，但是，如果要回到从前就永远不可能了。丹丹幸福地经过了几天悠哉乐哉的日子。但在一个雨打荷花的夜晚来临之时，她临窗独守，听到那点点滴滴、若断若续、似有似无的声音，突然产生了一种伤感情绪。她发现自己不仅在某些生理的器官上有了细微的变化，在性格上也似乎发生了变化。接下来的日子她变得多愁善感了，经常地想独处。甜美的歌声已经很少在她歌喉里出现了，常常拿一本《易安词钞》，满脑子都是李清照的婉约和憔悴。

她变得深沉了，爱思考了。

那天与林志平分别以后，丹丹再也没有和他联系。固执和任性开始在她细胞里孕育生长。她不想给他制造绯闻，也不愿去充当一个纯情人的角色。她要找回女孩的矜持和尊严。如果情爱的禁果是一种美好的回味的话，她要把自己与林志平的第一次作为人生的唯一去珍藏。为了不让心灵受到侵扰，她不再去公共场所露面，甚至报停了用了多年的手机号码，又去申请了一个连自己都陌生的号码。

丹丹知道林志平想她。就让他误会吧。林志平几次去幼儿园见她，她都让人推说不在。他又两次让秘书亲自给她递信，一次还把电话打到了家里。她都没有应约，但她很感动，特别是他的信，如今有几人还亲笔写信啊。才子的文笔是能够催人泪下的，她真的看得泪水涟涟。但她仍然没有和他联系。不是狠心，也不是绝情。是什么呢？她也说不出道理，但她有足够的理由。其实，丹丹心里非常矛盾。林志平的形象总是在脑海里呼之即出。

不想应约，不等于不思念；不想见面，不等于不爱。

那段时间她对本地的电视新闻非常关注。关注的人自然是林志平。每当林志平一出现在屏幕上她就会表露出一种欣慰，而当林志平一晃而过，她又马上表现出一种失落和无助。

女儿的这种反常情态已被细心的母亲看在眼里。那天晚上丹丹一离开客厅，母亲也随后关掉了电视机，接着就跟了进去。

她知道母亲一定发现了什么秘密，自己的婚姻一直是父母的心病。

她慌忙收捡梳妆台上的东西，但已经晚了。

"不用收了，其实放那儿也没什么，你自己的闺房嘛。"

母亲在身后轻轻地说。"你们已经发展到了什么程度，能告诉妈吗？"

她的手停在那里，一副茫然无措的样子。

梳妆台摆放的是林志平的书。书翻在扉页。扉页上印的是林志平的黑白标准像，笑容可掬，一副可亲可爱的神态。书的旁边是一本粉红色信笺，上面那张，从上而下、横横竖竖都是她的手迹，书写的只有三个字：林志平。而枕边放的则是林志平写给她的两封情意绵绵的书信和他们在茶叶节结束时拍照的那些合影照片。

这些再明白不过了。

"他爱你吗？"

丹丹愣愣地，不敢去看母亲的眼睛。

他爱我吗？她真的没有想过。

"丹丹，听妈一句话，好吗？王悦与你性格不合，分手了也好。可是与林——你想想，这现实吗？"

"妈，求您别说了。"她一下子扑在母亲怀里。这一刻她觉得自己的心全乱了。人生啊，有许多事情要去面对，而爱大概是最难处理的。

母亲静静地抱着女儿。过了好长一会儿，只听母亲长叹一口气说："其实妈并不想干涉你的私事，只是你闯进了一块禁地，这个问题对于你、对于我们家庭都太重大了。但妈的女儿，妈清楚。妈相信你会处理好个人问题的。妈只想提醒你一句，林志平不只是一个文人，也不是那种花心的腐败的人，他有很好的家庭，他是一个领导，还是十佳文明市民，有很好的口碑，又有名气，要他放弃这些——很难的。好好想想吧。"

她把母亲送出闺房，心里已经平静了。她把林志平的书收起，把那张写满"林志平"名字的信笺和林志平的情书放在一起。然后放进箱里。她强迫自己睡去，什么也不想，其实这时她心里已经有了一个大胆的想法。

爱情的归宿是什么？应该是婚姻，而爱情的升华应该是那美好的两性相悦吧！后者她得到了，但前者恐怕永远都是一个梦了。早知爱的结果是这么一种滋味，当初为何要偷食禁果啊。

丹丹正被这事烦心，而这时另外一个不好的消息也开始向她袭来。

幼儿园进行人事制度改革，实行园长聘任制，而第一个裁减的人选就是王悦。王悦是幼儿园唯一的男性，虽是幼师毕业，但一直在做后勤杂务，为人和长相都不错，却没有什么特长，减他在情在理。但王悦出生农村，家庭贫寒，又毫无社会背景，失去了这份工作就等于砸掉了饭碗。他已失去了爱情，又要失去工作，这对他无疑是雪上加霜啊！这不公平。她得帮他。没办法，丹丹只好自己出面，去找园长求情了。

园长也很痛快。"其实园里也需要他，但减人减事减支是教育局的硬指标，我也没办法，如果要保留他，除非有人主动辞职。"她看看丹丹。"不过，我可不希望因为一个后勤人员而失去一位优秀的教师哟。"

丹丹几乎没加思索。"谢谢园长对我的信任，如果能把王悦留下来，我会考虑的。"

丹丹感到自己的人生真的进入了梅雨季节，巨大的压力让她有点透不过气来。这时她好想去找林志平啊。她真的需要她的帮助，而且他也有这个能力。但是她很快否定了自己的想法。那么，自己的烦恼对谁说呢？似乎除了林志平再没有第二个人了。她突然对生活的这个城市陌生起来。

正如丹丹所想的那样，林志平也非常焦虑。他不知道丹丹为什么一下子就变得这么羞于见人，但他心里有底，像丹丹这样有才有貌心灵高洁的女孩子决不会做什么傻事，她一定遇到了什么难题，而这个难题肯定与自己有关。林志平多次约会无效，就想到了雪儿和那帮茶叶节上的姑娘。正好丹丹的生日快到了，林志平决定为丹丹举办一个别具一格的生日派对。

雪儿领命，带着姐妹们去探虚实。她们直接打道入府。门一打开，没等丹丹反应过来，众姐妹一拥而上，搭肩搂腰。一阵狂闹。

"老实交待，怎么躲起来了？"闹够之后，雪儿拉过丹丹。"该不是金屋藏俊，乐不思蜀，忘了我们吧。"

"还说呢，你们哪一个闲得住啊，成天都有一个护花使者守着。"

"今天没时间和你斗嘴。知道是谁让我们来的吗？是林大主任，平哥！"

"林志平？"她心里一怔，这个名字对她太敏感了。看到大家惊奇的目光，忙改嘴："啊，是林主任，亏他还记得我呀！"

雪儿寸步不让："咦，林主任好像对你有点意思哟。大才子爱上了大美人，那可是永康城里的一段千古佳话哟！"

"瞎说什么？"丹丹脸唰地一下红了。有一种秘密被揭穿的慌乱。

"开玩笑呢，你脸红什么！其实林主任这人挺好的。虽然有些贾宝玉主义，文人嘛，可以谅解。不过和他在一起，还真有点安全感呢。他有时就像个长辈、大哥，对我们这些姑娘谁不好啊。像他这样的才子没有一点风流韵事，那才不正常呢。你就给他创造一点机会嘛。"

"别谈他了好不好。一帮女孩子老在这里说一个男人，羞不羞啊！"

"好吧，咱们说正事。告诉你一个秘密，本来林主任要我们严守的，到时候给你一个惊喜。咱姐妹还保什么密呀。到时你也好有一个心理准备呀！中秋一过，你的生日就到了。知道吗？我们正在筹备活动，每人一个节目、一份礼物，要在电视台为你举办一次特别的生日party。"

"是吗？这怎么可以呢？"

"别愣了，神经兮兮的，只有恋爱中的女孩才会这样，看来咱们的丹丹在害相思病呢。好了，咱姐妹儿走了啊，等着吧。"

丹丹怔怔地看着姐妹们离去，突然有一种说不出的感动。她感激那个细心的男人，同时又有点怅然若失，如今这帮女生都不能静守清闺了，人人都有一位白马王子等着，而自己呢，却爱着一个不属于自己的人。她知道林志平想办的事情一定能够办到，他又善于策划，他操办的生日party绝对的高品位。她希望那一刻快点儿来到，却又非常害怕，到了那一天自己将如何面对呢？她好烦，好郁闷啊！

丹丹觉得自己不能再等了。女人的思维有时会超出男人的想象，那种临危的果断甚至超过一个临战的将军。她决定：出走！

丹丹真的就这样出走了。为了林志平，为了王悦，为了未来，她毅然地离开了她生活了22年的故土，离开了父母，而且是在自己22岁生日的前夕。她是悄无声息地离开的。临走时她又给林志平寄去了一张卡片，一张很素净的卡片。她在卡片上写道：平哥，为了不让你牵挂，请原谅我不再与你联系，当有一天你无法找到我的时候，我可能已在你的眼前消失了。我要去一个很远很远的地方，在那时，默默地，我为你祝福。

就这样，丹丹踏上了这片南中国的土地。

就像她非常依恋童年的故土一样，如今丹丹已习惯于深圳的生活了。

深圳的快节奏与人际关系，让她充实，起码很少分心。永康给她脑海里留下的种种印记都开始变成了一种遥远的梦境。

改变人生的途径有多种，但能够改变一个女人人生的大概只有爱情。

是的，爱情改变了丹丹。

丹丹珍惜对林志平的那份感情，但在她一踏上这片南国的土地之后，就幡然醒悟：爱情已不再是她人生的唯一。她要做一个独立的女人。将来如果需要嫁人的话，那也只是建一个巢，两人牵手终老。

在永康丹丹把深圳想象得很神秘，一到这里，才知道深圳是很宽容的。这是一个新生的移民城市，与自己一样，正处于起步上升的阶段。深圳需要人，需要人才，而那些不甘寂寞希望一展雄才大略的人更需要有深圳这样的发展平台。丹丹没有几天就找到了一份工作，而且薪水很高，只是她不欢喜那种有失尊严的事情。移民城市的优点在于宽容、自主，双向选择。短短一个月时间，丹丹不断地跳槽，竟然走了四五个部门，而且条件优越，薪水都很高。夜总会主持，美院人体模特儿，她都放弃了。她天生丽质，但卖笑与裸露，肯定不适应。她去一家大企业应聘，总裁独具慧眼，聘她当秘书，也被她婉言谢绝。

要吃青春饭，在这里她还真的机遇多多。一位新加坡大老板非常倾慕她的才貌，直言不讳地说："愿不愿意当我的少奶奶呀？我可以给你一栋别墅、一辆汽车，再给你配两名下人饲候。费用就更不用愁啦。"

说心里话，她并不讨厌这个人，彬彬有礼，给人一种儒商的感觉，如果在他身上多用点心计，她或许还有更好的机遇，但一想到"二奶"二字她就感到恶心。平时最瞧不起的是什么？女孩用色相捞钱，贱！

她也很坦然："如果你那里有适合我做的事情，我会尽力去做，而且我们也可以成为朋友，可是包养，那绝对是不可能的，我会自食其力。"

最后，丹丹选择了一家幼儿园，仍然干她的老本行，尽管薪水不是很高，但她热爱这份工作。不是说热爱是最好的老师嘛！她热爱，这比什么都重要。她干得很出色，半年下来就被园长聘为助理。

丹丹的心慢慢地安定了，那些美好的伤心的往事也渐渐地淡远。

一天，丹丹在翻阅一份南方报纸副刊的时候，突然一个熟悉的名字映入了眼帘：林志平。她急切地读着他的文章，一篇声情并茂的短篇小说。她在文字中读到了自己的影子。她的目光久久地停留在小说最后的那段话上：昨日的友人已经远走，如今的我，独自在严冬的紫薇树下寻找，寻找一个破碎了的春梦。他在文中引用了她最后寄给她的那张卡片上的文字，发出了肺腑中的呼唤：我的恋人，你在哪里？

啊，他什么都没忘啊。她的泪水滴在报纸上，浸润着林志平的名字，眼前模糊成一个温馨的场景——林志平在闺房中与自己的那销魂的亲密接触。

丹丹心一软，忍不住就给林志平打了电话，不过，语气是淡淡的："我读到了你刚刚发表的那篇小说，很欢喜。没别的意思，就这。"

她挂断了电话。可就是这个电话，让林志平记住了她的这个电话号码，于是他们又有了信息上的联络。

因为林志平的小说，因为他频频的温馨的短信，丹丹决定探家了。

女人做事，往往不需要深思熟虑，全凭心情，全凭感觉。

春节前夕，丹丹一路风尘赶回了永康县城。

等她回家，已是大年除夕之夜。永康城里十分冷清。机关放假，很多人回到了乡下。她知道林志平是孝子，每年的春节都要回乡下陪父母过年，何况他的老家在一个很淳美的山村，有山有水有蜡梅，那是他神牵梦绕的故土与创作的基地啊。丹丹在家里只能待三天。三天中，她除了陪伴父母，就是一个人去紫薇公园独处。她没有惊动那些同伴。她觉得一个人在灯火阑珊处静赏夜色的感觉也很好。她知道这回可能见不到林志平了。他的家乡不通手机信号，连电话也不通。那是一个真正的世外桃源。就让他好好修身养性几日吧。

丹丹又要走了。

她走得很沉重。

她乘坐的是一辆通往襄阳的豪华大巴，决定在襄阳机场改乘飞机。

车发动了，她希望出现奇迹。

车起步了，奇迹没有出现。

车子加速前进。清溪河，橡皮坝，紫薇公园，一一从窗前略过。

这时一个熟悉的身影在熊绎大道飞奔而来。

林志平，是林志平！怎么这时才来啊？

车越走越快。林志平还在追赶。嘴里不断地呼喊着什么。

她很想叫司机停车，但不知为什么，她一直没有说出口。

她慌忙解下自己系在脖子上的紫纱巾，从车窗丢下去。

她看到林志平捡起了紫纱巾，高高地举起。

那紫纱巾在林志平手上飘呀飘，直到什么也看不见。

丹丹又回到了深圳，但是她没有回到她热爱的幼儿园。在飞机上，她无意中认识了晓枫和他的总裁。那时晓枫还在做总裁助理。他们谈得很投机，而且晓枫是襄阳人，老乡啊。他们似乎很投缘。总裁热忱地邀请她加盟他们的公司，而晓枫也竭力促成。到了这家公司她才知道，这是一家跨国集团有限责任公司，在好几个国家都有企业和办事处，与欧盟、与美国和俄罗斯都有生意来往。在这里完全可以大有作为。从此，她拼命地工作，一步一步地提升，一直提到公关部主管。但她绝对不谈爱情。她怕再受伤。

一觉醒来，丹丹发现自己已是28岁的人了。28岁的白领丽人，应该是幸运的。但在内地，女人到了这个年龄早已开始相夫教子了，而她现在还是一个单身女人。她不是独身主义者，但爱情的门却紧闭着。

这天晓枫请了假，也为丹丹请了假。他要陪她好好地玩一天，散散心。丹丹没有拒绝，但她不想安排活动，不愿别人知道，就想在街上走走，好好地消化一下南国的风光。他们顺着深南大道往前走，一直走进何香凝纪念馆。丹丹买了一本何香凝的画集，一本邮票册。这些东西都是林志平的爱好，自己总是在不自觉地模仿。她看到一部《全宋词》，脑海里突然蹦出了一句伤感的宋词来：时光容易把人抛，绿了芭蕉，红了樱桃。

她望着晓枫。"我都28岁了。怎么这么快啊！"

"你呀，一闲下来就多愁善感，要不咱们还是去公司吧，一上班你就快乐了。你这个工作狂！"晓枫关切地说。

她望着晓枫，笑了。她知道晓枫多心了，难道自己和他在一起不快乐吗？是的，今天不该这样。她感到自己是该嫁人了。嫁了人就不会这么林妹妹了，一心去干事业，专心建立自己的小巢，不好吗？她又想到了永康，想到了自己22岁时的年华，想到那一群可爱的闺蜜，想到了林志平。那也是爱，但那爱不过是阳光下的一粒泡沫。她的本性是个不愿依赖男人的女人，何况到了这个年龄还以为对方是空气、阳光和水那种生命不可缺少的东西吗？但她确实需要一个人，需要一个宽大的胸膛和臂膀，毕竟自己是女人啊！

她向晓枫怀里靠了一下，抬头直视他的眼睛。"我们结婚吧。"

晓枫也望着她，饱含深情而缠绵悱恻。

"我早等着你说这句话呢！"

他吻了她，也是很温柔的那种。

她的眼睛湿润了。"我想对你说说我家乡的那个人——"

"不用说，我知道。"

她终于扑倒在她的怀里，两人拥抱着。

"我一时可能还难以忘记，让他在我心里占据一点空间，慢慢消失，可以吗？"

"可以。"

"我给他发条短信吧。然后你把我的这个手号码停了，重新上一个联通的号码。我也学学平哥，隐姓埋名，做个都市里的隐士。今后就这么好好做你的——老婆！"

"不对，是爱人！"他拥着她，深情地说。

"让我们的生活好好开始吧！我要用这一生的努力，好好爱你！"

2005年第5期《文学教育》以《女孩一个人在深圳》为题发表；《汉水》2016年第5期转载。

猎人的后代
LIE REN DE
HOU DAI

彩 姐

——1974年秋天的永恒创伤

彩姐赶来送行的时候，舒老师已经走了。

十几个穿着破烂的憨厚的山村小孩一溜排在古庙也是我所执教的堰垭小学门前的堰溪边，一个个都沉浸在与教师惜别的悲情中。彩姐也加入了他们的行列。舒老师在堰垭小学教书30余年。有一家三代都是他的学生，从某种程度上讲，他已成为这山沟里的偶像。

我久久地无动于衷地伫立着。面对孤孤零零地由古庙改成的学校，我不知道今后该以一种什么样的方式生存。古庙一分为二，一半是教室，一半是我的寝室兼厨房。脊梁上的兽头狰狞地瞪着我，烂出半截的椽子挤满了麻雀。整个古庙的历史浸淫着一部骇人听闻的鬼怪故事。古庙背后是绵远的高坡，右边是幽深的峡谷，左边是一片荆棘丛生的坟墓，而对面突兀而来的是苍莽的黑森林。这就是我要继续生活和工作下去的学校啊。年仅17岁的我与刚刚进入青春期的心灵随着舒老师的离去变得无助而混乱。

学生们围过来，十几双求知的目光对着我。我烦恼地挥挥手。"都回去吧。今天不上课，放假。"

"李老师，你担心什么呀。全村的人都会关心你的，再说还有彩姐我呢。"

彩姐这时已经站到了我的身边。

"彩姐！"我真想在她怀里痛哭一场。

彩姐爱怜地看着我。

彩姐的这种表情更增添了我的孤独和伤感。

认识彩姐是在一年前，我从学校分配来的时候。当我怀着满腔的热血与抱负，从保康师范分配到这座深山古庙的时候，一下子掉进了冰窟窿。它与我想象的差距太大了。那天夜里我几乎是睡在舒老师的怀里哭到天亮。其实，舒老师在我来报到之前就已办好了退休手续，一见我这么年小，就决定留下了，陪我又工作了一年。我报到的那天学校像过年一样热闹。彩姐稍后才到，她的身后还跟着一群长得几乎同样红润结实的山妹子。舒老师见了她们显得非常高兴，忙向我介绍道："这位是赵忠彩姑娘，堰垭大队的妇女主任，还兼铁姑娘班的班长哩。大队分工，她管学校。说是分管，其实是定期来学校给我帮厨，洗衣浆被，以后我就把你交给赵忠彩啦。快叫赵主任吧。"

"赵主任。"我拘谨地叫道。

"别叫她赵主任，叫彩儿。"姑娘们笑着闹着。

"彩儿。"

"哇，还真叫呀。"姑娘堆中爆发出一阵哄笑。"这么小就当老师，还是一个白白胖胖的愣头青孩子嘛。"

我感到很尴尬。彩姐骂道："闭上你们的臭嘴。人家再小也是老师，知识分子，比我们强，一群臭丫头、疯妹子。啥主任不主任的，我比你大，就叫我彩姐吧。"

"呀！"姑娘们一齐叫道。"彩姐儿——"

正是从那天开始，我结识了这位到过武汉参观过昔阳县大寨大队的铁姑娘班长彩姐，也默默接受了残酷的现实，在一种原生姿态下开始了我的教师生涯。在将近一年的时间里，学生家长们把我当作亲人一样对待，而彩姐则纯粹把看成一小弟弟，使我得以度过初入社会那种既空虚压抑又寂寞无奈的日子，对偏僻枯燥单调无聊的山村学校多少有了一点适应。现在舒老师到底还是走了，今后能够贴心贴已的恐怕只有彩姐了。

彩姐似乎看出我的忧虑。爱怜地看着我，欲言又止。但是，最后还是走了，她有她的事情。

天色渐渐暗淡，远处的群峰变成了魔影，近处的树林变得幽深。各种飞鸟开始归巢，老鸹哇哇地乱叫。山村的黄昏显得悲壮而荒凉。夜在浓浓地推进。

我迅速退回寝室，点起一盏油灯。我的心开始进入恐怖。这第一个独处的夜晚我将怎样度过？

荒野传来一阵犬吠。山风掠过窗前，拍打着窗棂，呼啸着刮向门前的黑森林。猫头鹰的鸣叫从东边传向西山，间或还有一两声野狼的长嚎。灯光忽明忽暗。我感到周围布满了陷阱，浑身毛骨悚然。我用凳子抵紧大门，用棉被遮严窗户，还是不能消除恐惧。我宛职置身于黑洞洞阴惨惨的地狱。

"李老师。"

忽然一种女人的声音从门外传入。我的睫毛竖了起来，连自己的出气都叫我心惊肉跳。深山古庙，我真的遇到了妖魔鬼怪吗？我突然想起小时候奶奶常讲的故事，鬼怪怕刀、怕血。我赶忙找来菜刀，毫没犹豫，对准自己的左手，砍在手背上。顷刻血流如注。我感觉不到疼痛，举起血手，四处挥洒。"来吧，我什么都不拍。不怕！"

"你怎么啦？是我，你彩姐。快开门，我是来看你的。"

啊，是彩姐。我猛地打开大门，像受了天大委屈的孩子，一下子扑在她的怀里。"彩姐，我害怕。"

彩姐搂住我，赶忙掏出手帕为我擦汗，给我包扎伤口。我全部的勇气顷刻烟消云散，似乎经历了一场大病，一下子瘫软在地。彩姐慌忙抱起我，一直把我抱到床上。我怕她离开，紧紧抓住她的手不放，几乎是乞求："不要走，彩姐，不要离开我。"

"你躺好，彩姐不走就是了。"

我仍不放心，仍然抓住她的手。她只好坐在床边陪着我。我仍处在恐惧不安之中，稍有一点响动就要擅动一下。到了后半夜，我浑身开始发冷，直打哆嗦。彩姐就把被子掖在我的身下，又把外衣盖在上面。我还是冷，在被子里抖得像拨浪鼓似的。所有能取暖的东西都盖在身上，我还是一个劲地抖动，上牙与下牙如金属一样撞击着。彩姐看看我，没有丝毫迟疑，果断地脱去内衣，紧挨着我睡下，一只胳臂揽过我的头，让我发抖的身子紧贴着她温暖的胸怀。我终于在她怀里安静下来，慢慢进入了无忧而甜蜜的梦乡。

梦中，我又回到母亲的身边。我成了一个婴儿。母亲把我抱在怀里。我含着母亲的乳头，惬意极了。我一只手调皮地在母亲的肚皮上抚摸着，先摸到了母亲的肚脐眼，又去摸母亲的胳肢窝。手被母亲轻轻地握住了，放在胸前。恰在这时我惊醒了。这时天已破晓。我发现睡在身边的不是母亲，而是彩姐，但那一刻，亲情超出了男女界限，超出任何欲念。她真正成了我的姐姐我的母亲。

"彩姐！"我轻声叫道。

彩姐一惊，慌忙坐起来，忙乱地穿好衣服，好半天不敢见我，我倒感到很自然、美好。她在厨房忙好了一切才叫我。

我怎么也起不来，身子像散了架似的，四肢已不听使唤。先是咳，接着开始发烧，继而又开始发冷。我病了。我静静地躺着，想到自己独在异地他乡，本来就够凄凉了，这一病又有谁来关心！越发伤心，泪不自觉地流了出来。彩姐忙过来安慰我。我叫一声彩姐，眼睛一黑，就昏过去了。

我一病就是半个月。半个月中，全村的人差不多都到学校看我，而彩姐却一直陪着我，耐心地伺候。夜里总是等我入睡了才和衣躺一会儿，等我醒来她就起了床。

第16天的时候，我的身体完全恢复。晚上彩姐特意从家里端来一砂锅香菇炖羊肉，还带了一瓶酒。我们的心情都很好，有说不完的欢声笑语。晚饭后，彩姐要走，我抢先关了门，彩姐嗔怪地看我一眼，就留了下来。我们在一盏油灯下坐着。但是，一坐下来，我们都感到不太自然，想好的话都不知该从哪儿说起。

夜深了。我催彩姐睡觉，她用眼睛嗔着我。她出气壮壮的，脸色绯红。我好奇地看着她。

"调皮，我有啥好看好的呀？"她说着一口气吹灭了灯。

黑暗中，她脱去了全部的衣服，也不管我就钻进了被窝里。我犹豫片刻，也脱去衣服。当我一接触被子就有一个柔软的身子向我靠来。我感到高度紧张。当我们的身子慢慢相挨的时候，我的心有一种快要蹦出来的感觉，每个神经与细胞都有说不出的兴奋与激动，我感到燠热无比，每一处青春的器官都在充血，两腿间那件东西陡然坚挺傲岸地竖起。我的心中只有一个概念一个目标，那就是身边这具神秘柔嫩充满诱惑和想象的异性胴体。我再也无法控制自己的激情与冲动了，饿狼扑食般地抓住彩姐丰满鲜活的乳房，毫无经验地猛烈地吮吸着，从她的乳头、颈脖

猎人的后代
LIE REN DE
HOU DAI

到嘴唇。世界与理想都不存在了，天与地也不再存在。宇宙间只有两颗滚烫的心一个阴阳合一的结合体。

在我毫无规则毫无经验的亲吻中，彩姐终于腾出手，双臂紧紧地箍着我，乳峰柔腹和细腻的大腿抵着我。彩姐的行为激发出我更大的欲求。

我顺势骑上了彩姐毫无抵抗的身子。就在这时，我感到有一股液体从我的头颅胸腹顺着下面那根坚挺傲岸的东西里喷洒般射出。彩姐的腹部、大腿都沾满了稠稠的黏液。

我说不出那是什么，不知道怎样进入彩姐的身体，但我却感受到了一种从未体验的永恒的幸福。

兴奋的高潮似乎在一个瞬间开始并结束，我有点软弱无力了。两人的汗水和下面的黏液糅合在一起，散发出一种特殊的芬芳。

彩姐根本不懂得怎样与我配合，但她却处在沉醉之中。她的身子开始变得柔弱娇软，两只胳膊婀娜无力。

我感到惶惑不安，发烧的大脑开始冷静。当我终于明白自己在干着一件多么荒唐的事情时，我的精神支柱一下子垮了，各种不堪设想的后果飞速在脑海里闪过，心灵的惧怕远远超过了那天晚上的恐怖。

"彩姐一生都是你的人了。你以后不会嫌弃彩姐吧。"彩姐带泪的脸紧贴着我的脸，柔声说道。

彩姐的话一下子把我从伊甸园里拉回到现实。我偷食了禁果！我怎么变得这么无知这么可耻啊！蛇诱惑了我。那可恶的蛇在哪里？可彩姐并不是我心目中的夏娃。我感到羞愧难当追悔莫及，无力地推开彩姐的双臂，沉重地跌落在床上，悔恨的泪如雨下。

彩姐侧身对着我，一只手搭在我的额头。

我麻木地望着漆黑的古庙，思维越过千山万水，又回到了母校回到了那个天真烂漫的学生时代。在学校我一直是女生追逐的目标，毕业的时候，几乎所有的女生都赠送了礼物，有的在手帕上洒下泪水，有的在日记本里夹了头发。然而分配的结果却令所的人吃惊。我是半夜偷偷离开母校的，在县城的清溪河边站到红日东升。我把同学们赠送的礼物连同那带泪痕的香帕那夹有秀发的日记本统统扔进了清溪河，发誓10年后再见分晓。

我气急败坏地推开彩姐的手，猛地坐了起来，怒目圆睁，尽管一团漆黑，彩姐一定感受到了我眼中射出的凶光。

"你怎么啦？你恨我？"

"是的，我恨你！我的前途全葬送在你无耻的乳房、肚皮和大腿间了。"我赤条条地站在床上几乎在狂吼。"你走。你出去。你走啊！"

彩姐走了，彩姐是哭着离开的。

好几天没见到彩姐，我开始心虚。彩姐对我的种种好处又开始一一闪现在我的海，我太冲动了，彩姐有什么过错呢？我找不出可以羞辱她的理由。彩姐这几天心里一定很难过。她受到的伤害远远比我深。我开始自责起来，寻找与她相见的机会。我要向她解释、赔礼，求她原谅、宽恕。

但彩姐一直没有出现。我越发焦急不安。而且这几天班上总是不太安宁，学生们在背后议论我。我叫来一个男生，想打听一点彩姐的消息。他开头也不肯说，问急了突然来了一句令我非常震惊的话："同学们说你和赵忠彩睡觉，乱搞。"

我感到脑子嗡的里一声响，好半天说不出话来。那学生还在说："他们还说王家要招你当女婿，说你是假装斯文，是流氓、坏蛋、下流坏子！"

"不要说了，你走吧。"我无力地坐着，非常地后怕。

接下来那个学生的话就开始应验了。首先是媒婆三番两次地上门说媒，接着是彩姐母亲暗地里来学校规劝与威胁。我毫无对策，晚上躺在床上无声地哭泣，泪水打湿了枕巾，而白天还要给学生上课，面对学生目光的审视。

难道就这样娶一个农村老婆吗？就这样在深山古庙里像耗子一样蜗居一生吗？不！不能啊！我必须离开这个是非之地。走，看来这是我唯一珠选择了。

我留下了一张字条，推说是去洞河中心学校开会，当晚就离开了堰垭小学。我从马桥公社找到保康县政府，又从县教育局找到母校，一路陈述着请调的理由，当然隐秘的因素我是只字不能提的。我恳求了一个星期，找了所有认识的人帮忙，最后还是母校校长出面说情，县教育局才答应把我调到另外一所山村完小执教。

重新回到堰垭小学，重新走进交织着爱与恨的古庙，我已做好了各种心理准备，不管怎么处置，只要放行就行。我等待着，但一切都很正常。

猎人的
后代
LIE REN DE
HOU DAI

学生们照常上学，村里人见了我仍然称我老师。过去发生的一切原本是一场虚幻的梦境么？这种不正常的正常连自己都感到怀疑，如果一切都没发生多好！

调动的通知几天就下来了，时间是1974年10月1日。我从保康师范分配到这所山村小学刚好一年零一个月，而我单独在这里工作仅仅只有30天时间。

离开前的夜晚，月光很好，我坐在古庙前的石墩上，望着孤零零的校舍，望着古庙脊梁上狰狞的兽头，望着远方和近处悠远深邃的峰峦、沟壑与森林，一时感慨万端，竟有些依恋。清纯的山村之夜，月光洒向山涧，树影婆娑，溪水潺潺。山风轻拂，夜莺彼此唱和。一切都显得那么和谐、宁静、厚重。这样的月夜，城市不会有，在我今后的生活中也不会有了。要走了，此后这里再不会有公办老师调来。我为古庙悲哀，为山村里的孩子们痛心。但我不能不走啊，原谅我吧！溪边有个人影晃动了一下。我警觉起来。

"是我，你彩姐。"声音是淡淡的，幽幽的。

彩姐！此时听到这个名字我不仅不感到反感反而感到由衷的亲切。

我可怜可爱的彩姐，你到底还是来了！

彩姐走近我。我不由吃了一惊。仅十多天不见，彩姐像换了个人似的，消瘦了，憔悴了。我羞愧地低下了头，等待着她的斥责与质问。

"你把彩姐看贱了。我不会缠着你不放的。妈和媒婆找你，我并不知道。我躺了好几天，病了，叫你给气的。你好凶，话好毒啊。你尽可放心，再不会有人找你的麻烦了。自从那天晚上的事情发生之后，我就知道，堰垭留不住你了。也是，你本就不该到这山沟里来的。要是我能控制一下就好了，真混啊，我——但彩姐不是有意的。彩姐对不住你。"

彩姐的话叫我非常地羞愧。这话该是我说啊。

"你是外地人，又那么小，我本没有那种想法。唉，都是命，是命！只是——你还能像那天晚上一样亲彩姐一口吗？最后一次。"

我望着彩姐。我不能娶她为妻，但不等于我不欢喜她，这欢喜之中其实也就包含爱的成分，但再荒唐地重温过去的梦境，相吻相亲相拥，今生不能了。我真想亲她一直，但此时我做不到。

彩姐失望了。"我就那么叫你厌恶吗？我知道，你心里根本没有我这个人。你连逢场作戏都不是，你只是害怕，想有一个伴儿，你根本看不起我，看不起这山沟里的人。唉，我把自己看得太高了。"说着她从身上拿出一块绣有鸳鸯戏水的白手帕和一双绣着喜鹊登梅的鞋垫。"我也没有别的什么东西送你，好在这是我亲手绣的，做个纪念吧，愿你福星高照，一生都有贵人相助。"

彩姐再次从我身边离开了，带着无限的依恋、哀怨和失望。望着彩姐亲手用五彩丝线一针针绣出来的手帕和鞋垫，我真想再大喊地叫她一声：彩姐！但是我终于没有叫出来。我怔怔地伫立在月夜里，感到眼角有两行泪水在流出。别恨我啊，彩姐！

我是国庆节的清晨离开堰垭小学的，那天上午马桥公社召开万人大会，处决一个女杀人犯。我赶到时枪声刚响，是三下。人们蜂拥地向刑场赶去。我没有情绪，站在粉青河堤上等着给我背行李的人。几个小时之后，那人才赶到。我问他怎么走了这么久。那人狠狠地挖我一眼："都是你做的好事！多么好的女娃子啊！"

我感到问题有点严重，但不敢追问原因。

"你前脚走，忠彩姑娘就投了河。"

啊，怎么会是这样这怎么可能？我一趔趄，差点摔在水里。

那人扶住了我。"幸亏我赶到，救起了她。苦啊，山里女娃子不比城里，你叫她今后还怎么看婆家？现在你倒舒坦了，就是苦了人家忠彩姑娘。从今以后忠彩姑娘与堰垭都与你这个无情无义的人无关了。走你的阳关道吧。"

这是我人生最初发生的事情，此后我便一步步进入社会的大染缸，饱尝着人生的种种险恶、艰辛与苦难。但1974年秋天在堰垭小学古庙里发生的那件事情，一直似一道深深地伤痕，隐藏在我的胸间，至今未愈。

彩姐，我怀念17岁！

猎人的后代
LIE REN DE
HOU DAI

《新作家》2003年第7期发表。

慧 娘

一

问题就出在那一张合影照片上。那是一张辛酸而传奇的照片。背景是台湾南部的一片阳光海滩，远处有一棵高大的榕树和几点渔帆。在这美丽的背景下两位一老一少的男女留下了人生中永恒的瞬间。老者穿一条游泳短裤，尽管60多岁了，仍然充满朝气。

这张有点夸张意义的照片，慧娘早已从邮局寄到了白沙河村村主任黎云平的手中，而且围绕着这张照片更是早已在白沙河村掀起了一场轩然大波，但这一切慧娘并不知道。她此时正沉浸在学成归来、衣锦还乡和将与亲人久别相逢的喜悦之中。她事先并没有把在这个时候探家的消息告诉云平和家里。三年了，她要给他们一个惊喜。她只是把台湾投资者杨可钦博士的先期投资汇给了云平，让他在家乡筹建白沙河村古桩蜡梅开发公司。她把全部的设计都写在给他的信中。

夕阳簇拥着晚霞，青山环抱下的山村一片炊烟袅袅。清清的白沙河流过脚下。慧娘被家乡的这一幅晚景撩拨得芳心荡漾。在一棵盛开着的古桩蜡梅树下，她放下蓝色的牛仔帆布包，蹲在水边，双手掬一捧清冽的河水，那泪就在眼里打转。贫困封闭的故乡啊，你的慧娘回来了！

路，还是离别时的那条路，但慧娘已不是从前的慧娘了。她变得美丽了，聪颖了，从事古桩蜡梅研究和致富家乡的愿望也更强烈了。三年前离开村子的那个早晨，她走得并不轻松。肖姑、云平和年迈的父母，送了一程又一程。分手的时候她忍住即刻倾泻的泪水，然而当她独自走过一道水湾的时候却号啕大哭起来。哭毕之后她便登上了去保康城的客车，然后转车襄樊，在襄樊乘上南行的列车，直奔苏州。

早春料峭的寒风吹着，古桩蜡梅落英缤纷，吹落在水中，吹落在她的头上。她从头上摘下一朵梅花。

"哦，馨口梅"。她脱口说道。

三年园艺专修，使她对任何一种花卉都有一种特别的敏感，而她十分痴情的还是故乡特有的古桩蜡梅。野生蜡梅是地球上的珍稀植物，生长于北美洲与中国鄂西北山区以及汉水流域。蜡梅花色淡黄、清香，开花在整个寒冬季节。蜡梅兜雄大而姿态奇异，枝干遒劲坚韧，夏时叶浓而有韵致，严冬繁花傲雪斗霜而不失妩媚。蜡梅花可入药，生津止咳，还可提取香精，制作美容保健品。古桩树兜是做盆景的上等材料，蜡梅还是城市最好的风景花卉。这是家乡的资源是财富啊！她掐一枝梅，贪婪地亲吻着。当时求学为它，现在回来也为它。这是她的专业她的梦想啊。

那年执意告别山村和亲爱的人后，她便只身去了苏州。为什么去苏州而不去深圳？为什么要去求学而不去打工挣钱？可以说这种心愿她在高中毕业那年就形成了。那是一个偶然的机会，她从班主任那里看到一份晚报，晚报上说在广交会上展出的一盆古桩蜡梅盆景，日本汽车商竟然愿意以13辆小汽车的代价换取而未成交。后来她又从另一种晚报上读到专家们已在东半球的中国湖北西北山区发现了古桩蜡梅。晚报上所讲的正是自己生活的方圆山区地带。她的脑海里立即出现了每到寒冬家乡悬崖、溪边、坡上盛开的一树树花卉。原来那便是一盆可以换回13辆小汽车的蜡梅呀！那一刻她无比的激动、振奋，找到了从小学一直到高中的同班同学黎云平，确定报考志愿。高考时两人同时填报了杭州大学园林系。然而，高考的分数公布出来，她与黎云平双双名落孙山。三年前的那个暑假她就在这棵古老的蜡梅树下哭了一场又一场。

命运之门是在那个暑假结束的前一天向她敞开的，班主任给她寄去了一份苏杭园艺学院招收自费生的简章，就是那份招生简章改变了她此后一生的命运。

她便这样走了，一走就是三年。今天，她怀着与三年前截然不同的心情，带着满腹的园艺学知识，更重要的是带着干爹杨可钦先生的委托和意向性巨额投资，向贫困落后但生长着地球上濒临绝迹植物古桩蜡梅

的家乡走来了啦。

二

慧娘回家后匆匆看过父母便走进了她三年梦绕魂牵的白沙河村村主任、同学长达12年的黎云平家中。相见的场面她早已在心中设计好了，那一定比离别时更加动人、缠绵。她想，在离别的漫漫的长夜中，云平一定枕着自己的照片和寄给他的信而眠。她要向他诉说三年的艰辛与奋斗、三年的委屈与思念。她要扑在他的怀里痛痛快快的大哭一场，然后两个一起去开发致富家乡的事业。她甚至想，尽管自己的事业还没有最后完成，尽管两人还没有登记结婚，这回她一定要满足三年前那个美好夜晚他的那个请求，共同享受无数文学家描写过的销魂时刻。但是，她所设计的场面并没有出现。

她一踏进那个熟悉的门槛儿，就有一种窒息的感觉。直觉告诉她，这个家并没有变富，相反有一种破败的征兆。她一眼就看见了黎云平。她的心在那一刻强烈地吊了起来。黎云平也在这一刻焕发出了强烈的热能，目光突放异彩。这强烈的变化一下子全被慧娘慑入眼中，她似乎要醉倒了。但是，她发现黎云平那火热的目光很快消失了，变得茫然而飘忽，吃惊而怀疑地看着自己。慧娘前倾欲要上前拥抱的身子僵持在凝固的空气中。她有些不知所措，睁大眼睛望着昔日的恋人。黎云平的头发蓬松着，身上穿着一套还是高中时当篮球中锋时的运动服。虽然是一米八五的魁梧身材，这时却显得委琐。

"怎么，不认识我吗？"他冷笑了一声，终于从他那朗诵过无数文学大师优美散文、在学校进行过慷慨激昂演讲的喉咙里发出了一句苍白冰冷的话语。"你怎么回来了？"

慧娘一阵难过。难道自己不应该回来吗？这就是和自己一起念过12年书的踌躇满志的黎云平？仅仅三年的时间就把他变成一个典型的农民？难道贫穷与世俗就这么轻而易举地改变着一个人的个性？不，我的云平哥不会变。她走过去拉着他的胳臂说："你呀，就这么对待自己三年没见面的——"她想说媳妇，但话到嘴边又变成了"同学"。

他本能地抓住她的手，然后又轻轻推开了。

"不欢迎么？"

短篇小说

"我敢吗？你现在是身价百倍的大学生，我算什么，农民一个。请坐，我给你倒茶。"

她心里真凉了，也有些生气。"谢谢你了，我不渴。在家里喝了。我给你的信你没收到？这么说，我在信中说的事你根本没放在心上？"

"不就是你干爹说的那事儿吗，我干不了。"

"你这是什么意思？"她感到"干爹"一词从他嘴里说出来似乎变了味，但她现在最关心的是事业。"那么，那笔钱呢？"

"钱在。"他从屋取出一张汇票。"物归原主。"

"你？"那是一张50万元的高额汇票。看到汇票，她伤心极了。她多么希望在她回家之前，黎云平把一切都办好，然后两人共享成功的快乐，然而，现在摆在自己面前的仍然是一张原始汇票。"这么说你把我的话全当了耳边风了？告诉我，这究竟是怎么回事？"

他终于抵不住慧娘那犀利的目光，慢慢地低下了头。"唉，你别问了好不好？一切都怪我，怪我无能、没本事，怪我当初没考上大学，怪这山沟里太穷，行了吧。也许我这样做伤害了你，但是——我心里很乱。你走吧，肖叔在家里盼着你，信给了他。啊，我还有事，我先走了。"

慧娘怔怔地站在那儿。这个相见的场面太让她难以接受了。她一步一步地向村支书肖叔家走去。她老远就看到了肖姑。她一下子扑在肖姑的怀里，泪水夺眶而出。

三

在三年前的梦想即将成为现实的时刻，慧娘多么希望黎云平突然出现在自己的面前，然后两人并肩去迎接台湾投资者杨先生，去迎接一向关心自己的老院长和保康县的有关领导的到来啊。但是黎云平一直有意地躲避她。

天上下着小雪，白沙河白茫茫一片，一树树冷艳的古桩蜡梅在风雪之中傲然独立，卓尔不群，显示出梅花高洁无瑕的个性与品质。面对这无比纯美的世界慧娘感慨万分。苍天不负她一片苦心，她选择了一个最佳的时节，干爹到此之后一定会流连忘返、慷慨解囊的。她非常感谢乡亲们的配合，感谢肖支书的支持。一切筹备工作都是按照她在学校时设想的方案进行的，而且肖叔负责的白沙河古桩蜡梅开发公司已装修完毕，直等杨先生一行一到就剪彩挂牌。离开学校时她曾向老师和同学们夸下海口，将来一定请他们到美丽的保康来旅游，到白沙河村赏梅、观雪。她要在家乡建立一个开发与研究稀有野生植物的中心。对未来她充满信心，封闭贫穷的山村一定会迎来走向世外的一天。这一天决不会太远！

她就在这种美好的心境中忙碌了一天。山村的宁静的夜又一次来临。早春二月的白沙河，一轮明月朗照着全村。山上、河边、村头，一树树蜡梅在明月的映衬下，显现出另一种姿态，那是一种清纯的蒙胧柔冷之态，蒙胧成信念、蒙胧成热血、蒙胧成铮铮铁骨。慧娘沉醉在自然的物态之中，那童年与过去的美丽往事也和古桩蜡梅一样在她的脑海开放起来。

夏天，就是这一条清丽的小河，她和黎云平在河里逮鱼、戏水，两个都脱得精光，整个小河都留下了他们幼稚无知的笑声。终于有一天，她发现了他身上与自己不同的地方，怯生生地问道："你咋比我多——"也许就是这一句话唤醒了他那混沌的大脑，马上穿好衣服，严肃地对她说："傻丫头，我是男子汉，你是我媳妇。"

依然是夏天，地点是保康高中教室，正赶上平时最刻薄的老师上课。他俩走在最后，正要进教室时，门被平时两个最要好的女同学关上了。上课铃响了，她怎么求情也没有用，这时里面的同学说，"要进教室可以，得承认你们是一对小亲亲。"她没法，只好说是。门开了，教室里哄堂大笑。这时那同学说，"老师临时通知，这节课自习，老师不来啦！"原来是那两个同学的恶作剧，但这时的辩解已无作用，从此留下了"小亲亲"的雅号。

还是夏天，接近初秋。离别的前夜，遒劲浓密的古桩蜡梅树下，他们紧紧地拥抱在一起，19年的青梅竹马、同乡同学，两人这么亲密的拥抱还是开天辟地的一次。但他并不快乐，一声不吭，一晚上几乎都是她在说。她知道他难过，舍不得她离开。然而，两人同时自费求学又不可能，太困难了，就是她一个人去读书，两家助的钱还不够一学期的费用，但都困守在家里，她实在不甘心。在高中，他们都是品学兼优的学生呵。最后还是他做了让步，她为他的宽容而感动，百倍地给她以温暖。

"你怎么不说话嘛，好急人啦！"

他突然推开她，双手捧着她的头，用火辣辣的目光看着她："我等待你。"

"不等我你还想找别人去呀，你敢！"她大笑。

"不，不是这个意思，我是怕你——"

她一愣。"噢，原来你是担心这个呀。好吧，我对天发誓。"

他一下把她的嘴堵住了。"别当真！我相信你。你放心地去吧，安心学习，钱的问题我想办法，你把资料按时寄给我，我边学边干，先替你打好基础。将来一个大学生媳妇，一个农民老公，我可不能把这距离拉得太大啦。"

"呀，你好坏哟，老公，多难听，不晓得说句文雅的吗？不过，你也太多虑了吧。"

"不，我这是实话。"他把她紧紧地抱在怀里，第一次长长地放肆地吻着她。一只手毫无经验地抚摸着她的嫩乳。当他颤动着把手伸向她的小腹并慌乱地向下揉弄的时候，她轻轻地握住了他的手，然后放在自己的胸前。"你呀，急什么？迟早还不都是你的？等我学成归来，我们把这满山遍野的花卉开发出来，你想怎么样就怎么样。将来不管情况发生什么变化，我都是你的媳妇。云平哥，"她吻了他，然后躺在他的怀里。两人都处在对美好未来的憧憬之中。那一夜他们就这样坐在一起，直到东方发白。

这一幕幕的美好回忆实在是太清晰了。三年来她一刻也没有忘记两人的诺言，按时给他寄资料，半个月一封信，但他却未按时给她寄生活费，而且很少回信，偶尔一封也是千篇一律的几句，就是这她也从中得到了极大的安慰和鼓励。钱的问题确实使她陷入了困境，甚至差点走向堕落。是的，她可以不回来，凭她的容貌与才华她可以在任何地方立足，何况还有杨先生——

"慧娘！"肖姑不知什么时候站到了她的身边。看到肖姑她真有一种想哭的感觉。她拉住肖姑的手恳切地说："肖姑，你告诉我，我做错了什么吗？"

"这么能干的姑娘还会做错什么呀，别乱想。云平这孩子确实不错，当村主任很卖力，乡亲们也拥护，只是这山沟里太封闭了，办什么都难。为修村里这条公路，为盖小学，他把家里值钱的东西都卖了，这几年我还没看见他穿过一件新衣服，真难为他了。其实他对你——哎，我想问你件事儿——"

"你问吧。"慧娘一副虔诚的样子，可肖姑突然停住了。"咦，你怎么不问了呢？"

"今晚不说这个，咱们先回吧。现在一切都办妥了，你肖叔高兴，他要请你喝几盅呢。你肖叔当了几十年的村支书就这点不好，爱喝酒。"

"不，你不说我就不走。"

"好一个犟丫头。其实也不是什么大事，唉，白沙河这山旯旮太封闭了，落后的乡风作贱人啊。告诉肖姑，你和杨先生——"

"怎么，你听到什么风流传闻了？"

"那倒没有，你云平哥读过不少艳情小说，他对所谓的干爹太敏感了，还有那张照片——"

"呀！原来是这个！"她一阵大笑，"这太有意思了。肖姑，这是个小秘密，好了，咱们陪肖叔喝酒去吧。"见肖姑未动，她又说"你不相信慧娘？过几天我给你讲那张照片，讲讲那段美丽的故事，行了吧。"

四

晚上慧娘破例喝了许多酒，以祝庆她的第一步成功。她非常地快乐，向肖姑一家讲述在外面的所见所闻，还唱了许多歌，都是六十年代风行的台湾校园歌曲。她的情绪也感染了肖姑肖叔，他们也跟着唱。唱六十年代流行的知青歌曲和七十年代的革命样板戏，还有毛主席语录歌，尽管时间已远远前进了一大步，但唱这些歌时都如昨天一样亲切。肖叔望着慧娘说："等你的事业成功了，白沙河富了，我们就办个俱乐部，专门唱以前那些老歌曲。"

慧娘攀着肖叔的肩："肖叔伟大，您这个想法大大的好哎！"

他们几乎闹了一夜，第二天天刚亮，慧娘就叫醒了肖姑："咱们去请云平出山吧，我曾向杨先生夸过口，白沙河开发公司经理非他莫属。"

"你可别太自信。云平是不易拐弯的。"

"绝对没问题。"到了黎云平家，慧娘先发制人。"好一个黎云平啊，跟我捉了十几天的迷藏还不够吗？我是来请你当经理的，怎么，白捡个经理还不愿意？忘了三年前你说的话了？说，是干还是不干？"

黎云平显然没有思想准备，他嗫嚅着："这——"

"不许含糊其辞，说，是干还是不干！"

肖姑一个劲地给他使眼色。面对恋人那火辣辣的热情，他的全部防线终于崩溃了。"唉，你叫我怎么好拒绝哟！"

"好，这才是我的云平哥。"她一下子勾着他的脖子，在他的脸上猛的一吻，然后对着肖姑做了一个鬼脸。"我们走。"

天晴了，白沙河吹来了一阵早春的东风。晚上，慧娘特意把肖姑约到河边的那棵古桩蜡梅树下。两人坐定以后，慧娘说："现在我可以给你讲讲那张照片的来历了。"

那是上大二的时候，她的一篇纪实散文《寂寞的古蜡梅》在《岭南花卉报》发表不久，她就收到来自台湾的一封长信。当时并没有引起她太大的注意，后来校刊转载了她的散文，还配发了作者小照、简介和评论文章。她就把这期刊物，给那位来信的读者寄去，算是回信。她当时完全是出自于礼貌和一种好奇心，谁知正是这期刊物促成了她与杨先生的父女之缘。

杨先生专程从台湾赶到苏杭园艺学院。慧娘是在一个明丽的早晨被叫到院长室的。她一走进院长室就发现院长在与一个老头交谈。那老人一见到她就马上终止了谈话，露出惊疑的表情和眼神，痴迷地望着她。她被看得很不自在，窘迫地低下了头，那老人颤抖着站起来。"雁儿，我的雁儿啊！"说着这话就一下子把她抱在怀里，嘴里一遍又一遍地重复着那个叫雁儿的名字。莫名其妙，慧娘望着老院长。老院长显然也沉浸在这场面之中，他搀扶着那位老人，连忙说："不要激动，不要激动。"然后老院长慈祥地对慧娘说道："没什么，没什么，杨先生是把你当成他死去的女儿了。杨先生是著名的园林博士，还是美国和东南亚好几所大学的客座教授。杨先生就是给你来信的那位台湾读者。他对你文章中提到的古桩蜡梅非常感兴趣。是慕名而来的，慕名而来呀。"

"对对，完全是这样。"杨可钦这时才从失女的悲痛中清醒过来。"慧娘小姐，我失态了，请原谅。你太像我女儿了，太像了。"说着从手里拿出了父女俩在海滩上留下的那张最后的合影照片。乍一看，连慧娘自己都十分吃惊，世上竟有这么像相的两个人吗？唯一不同的就是照片的女孩眉心没有慧娘那一粒小红痣。

"可我的雁儿她走了。她是在美国加利福尼亚大学读书时死于一次车祸。"

猎人的后代 LIE REN DE HOU DAI

"是这样！"慧娘被杨先生那种对女儿挚爱的心情打动了，脱口说道："那我就做你的干女儿吧。"

　　"这么说小姐也有此意？你同意了？你真做我的干女儿？"杨可钦一遍一遍地摇着她的手。

　　她本来是出于一时的同情，谁知杨可钦早有此心。在即成事实的面前，她犹豫了。几天后，当她全面了解杨可钦的身世、为人和治学的态度之后，又在老院长的撮合下，按传统的形式拜杨可钦作了干爹。她知道"干爹"一词如今已成了老少配的代名词，但她却是杨可钦严格意义上的干女儿。因此，她的心灵很坦荡。她把这一喜讯及时写信告诉了云平，本来她要寄一张与杨可钦举行父女仪式的留影照片的，结果在寄信时她却装了杨可钦与生女雁儿在海滩上接受阳光浴的那一张。

　　肖姑的眼睛湿润了，她被这个巧合故事打动了。"好心的慧娘，你做得对，可你怎么不早说呢。"

　　"我怎么知道云平会这么狭隘、小气。"

　　"不行，我得赶快去向那个浑小子说清楚。"

　　"这又何必呢？等杨先生来了再说也不迟。"

　　"鬼丫头，你把肖姑都给蒙了，都怪我老眼昏花，可云平——唉，你这玩笑开得也太出格了，白沙河不比大学校园。要知道如今的云平，他和你不在一个档次。"

　　"总之，他会理解我的。"

五

　　杨可钦先生到来的头一天，黎云平终于以鄂西北古桩蜡梅研究所白沙河古桩蜡梅开发公司经理的身份出现了。他穿戴着慧娘特意从杭州为他购置的西服、领带、皮鞋，显得英俊而潇洒。但是他的情绪仍然阴郁，他心中那一个解不开的疙瘩在作祟。尤其是马上要见到那个什么杨先生了，他心里越发别忸。

　　杨可钦一行到来的那一刻，云平终于有了一点笑容，慧娘向她投去了感激的目光。但当他看到慧娘亲切地上去搀扶着杨先生并亲切地称他"干爹"的时候，他又有一种无法忍受的悲痛。全村的人几乎都来了，慧娘显得十分活跃，她成了台湾客人与村民的纽带。杨可钦一下车就被这里独特的生态环境吸引住了。

"名不虚传，真正地名不虚传啊。这么好的植被，这么好的生态，这么多茂盛的古桩蜡梅，全世界绝无仅有啊！白沙河、保康、鄂西北，这不仅是一个村、一个县的骄傲，也是一个民族的骄傲。"

杨可钦擦去因激动而流下的泪水，喃喃地重复着一个意思。本来他首先要拜访慧娘的父母、拜访慧娘给他介绍过的肖姑、肖叔，还有那过门的女婿的，但一见到这满山遍野的古桩蜡梅，他就忘记了一切。他太兴奋了。他像一个健壮的小伙子一样，不，简直是一个淘气的小孩，这里瞧瞧，那里看看，从河边走到崖头，又从崖头走向山坡，每看到一棵古桩蜡梅，他都极为虔诚的端详着、抚摸着，还时不时地记录、取样、做标本、拍照。人们好奇地跟着他，以至一同到来的老院长和县里陪同人员都无法靠近。慧娘紧跟在身边，完全像是一对相依相亲的父女。然而，越是这样，黎云平越是如鲠在喉。终于到了慧娘与云平幽会的大梅树，杨可钦也在这时暂停了观察。他拍着慧娘的肩膀说："有了你和这新发现的古桩蜡梅，我的余生就有滋味了，我的事业可能还会出现一次新的爆发。我要好好感谢你哟，慧娘，你的散文写得很美，但我要给你泼飘凉水，那是文学，不是学术。你应该把自己的理想志愿建立在家乡这有待开发的古桩蜡梅上。通过你的研究，让古桩蜡梅这一地球濒临绝迹的植物在全世界重放异彩。"

"还望干爹多加指导。"

"那是自然，那是自然。"

中午，白沙河人以特有的热情在肖姑家为杨可钦一行设宴招待。

慧娘不失时机地把黎云平介绍给杨可钦。杨可钦问道："你就是那个有远见的小伙子？不错，不错。"但是云平巧妙地推开了杨先生的手，一副不卑不亢的样子。

宴席很快摆好了。菜是地地道道的鄂西北风味，而酒则是白沙河自己产的佳酿。杨可钦不胜酒力，但他抵挡不住乡亲们的热情规劝，喝了许多酒。他有点醉了。他在人群中拉过慧娘，又一次想起了他的雁儿。

"雁儿，我的雁儿。"

慧娘点点头。"我是雁儿，是你的雁儿。"

杨可钦突然老泪纵横，一下子把慧娘抱在怀里，不停地亲吻她的额头。

封闭的白沙河村在公共场面从来没有出现过这样的镜头，都愣在那里。

黎云平的热血哗哗地爆炸，烈酒使他变得毫无理智，几年的怀疑、猜测、忧愤，都在这一刻证实、爆发。他愤怒地推开人群，猛一把扯过杨可钦。"呸，老流氓。好一个专家、教授，你滚！白沙河不需要你的臭钱。在海滩上风流还不够吗？还要到这山沟里来风流？"说完一拳重重地打在杨可钦的脸上。在他第二次打过去的时候，慧娘猛一下护住了杨可钦。那一拳重重地打在慧娘的脸上。

"蠢小子，你给我住手！"肖姑一下子拉住了困兽般的黎云平。

慧娘对着黎云平喊道："好威风的黎云平，你打呀，你打呀！"

惊魂未定的杨可钦这时酒已醒了许多。看着慧娘说："怎么会这样，怎么会这样！"

"你给我滚开！"黎云平喊道。

"好，我走。这小伙子不欢迎我，我还是先走吧。不过慧娘你不要难过，我不会计较，对白沙河和古桩蜡梅我是不会放弃的，不会的。"说着向吉普车走去，一边走一边喃喃地说："误会了，误会了！"

六

杨可钦先生一行远去了，白沙河村又恢复了原有的宁静。早春的寒风吹过原野，满山的蜡梅花纷纷飘落。这突然的一幕令慧娘万分吃惊，她永远也没有想到，三年没见，黎云平竟然变得愚昧无知到这种地步。

然而，此时的黎云平也似乎经历了一场噩梦。他的酒全醒了，十分羞愧地望着慧娘。

"黎云平，你，无知、愚蠢。我瞧起你，瞧不起！"慧娘十分委屈，大滴大滴的泪水洒落在地上。

"云平，你过来。"肖姑叹口气。"你干了一件多么大的蠢事呀，知道不知道。"

黎云平欲言又止，他从身上取出慧娘寄回的那张海滩留影。"这叫我怎么解释？"

"你呀，真是大傻瓜。你仔细瞧瞧，那是慧娘吗？古往今来相貌相同的人多的是，脸型、穿戴上不说，慧娘眉心有一颗美人痣，那照片上的姑娘有吗？那是杨先生已经去世的女儿，她叫雁儿。杨先生就是因为慧娘像他去世的女儿才执意要她做他的干女儿的。云平你真想得出来，流氓，慧娘是那种人吗？杨先生这次来还打算认你这个干女婿的，你咋这么傻哟！"

"这是真的吗？"黎云平夺过照片反复地观看着，他的脸由红变白，额头冒汗了。"我的好肖姑，你咋不早说？"

"我要说，可慧娘不让，她是想考验考验你的。慧娘回来这段时间，你这样冷落她，你太伤她的心了。可人家不计较，你不该——"

"别说了肖姑，我错了。我真混啊。"

"这时候你晓得后悔了？还有叫你后悔的呢。"肖姑把慧娘拉在怀里。"这孩子是为乡亲们好呵。告诉你杨先生是台胞，是专家，也是富商。他已与县里签订了合同，在保康建立鄂西北古桩蜡梅研究中心，第一批投资50万美元，其中就有10万美元是投给白沙河村的。10万美元啦。你小子还愣着干什么？还不快给慧娘赔礼道歉。"

"不用了。"慧娘推开肖姑。"现在说道歉还有什么意思。弄成这个局面，确实太叫人伤心了。唉，我也走了。"

乡亲们一下子围住了她："慧娘，你不要走。"

肖姑分开人群。"大家别阻拦，让慧娘走吧，她是去县城见杨先生的，我陪她一起去吧。慧娘是念了大学的，见过大世面，懂大道理，耍小孩脾气，慧娘不会。"

慧娘与肖姑走了，黎云平追悔莫及，望着再一次远去的恋人失声痛哭道，"慧娘——"

乡亲们也跟着一起喊道，"慧娘——"

原载《花溪》1998年第7期。

猎人的后代
LIE REN DE
HOU DAI

菊　儿

　　菊儿第一次感到这种黑夜温馨而浮躁的时间是在夏天。那个夏天是个香菌疯长的季节，因为白沙河整个儿都是阴雨绵绵，这样的天气对于一个山村来说本不会有任何温柔或浪漫的故事发生，但恰在久阴初晴的黑夜菊儿经历了一次刻骨铭心的感情洗礼。那个夜晚，整个白沙河村失眠。

　　事情的发生很偶然，属于朦朦胧胧的那种。

　　菊儿白天在香菌场劳动时总有点走神，柳技术员说东，她听成了西，弄得大家拿她好一阵子取乐。这时她就感到燥热无比，极想洗一个热水澡。晚饭后，哥嫂与父母照例各自忙农村永远忙不完的事情，她便自己烧了热水，躲在自己房里洗澡。如果按照山村的洗法，也不脱衣服，把毛巾拧成绳，伸进内衣里，两手来回地搓背。三下五除二，洗罢了睡觉，也不会有故事，但菊儿不，她不仅脱光了衣服，还像城里人那样，全身仰卧在木盆里，让热水浸没了她的臀部、小腹。雾气在她身边缭绕、升腾，浸润着她的肌肤与灵魂。她的身子在热水里纤柔似竹，洁净如雪。她用水轻轻地荡着热水，水漫过大腿，漫过胸脯。她的身子整个儿淹没在水中了。她悠闲地看着自己的身子，发现在自己的胸前，热水的平面之上有两座小峰耸立着，就像一对新笋，两座小岛，随着水的波动正在微微颤动。这一发现使她非常兴奋，原来自己早已出脱成一位大闺女了。她猛一阵儿脸红，心跳加速。

　　菊儿开始想入非非，她的思维在这一刻突然越过自己的空间，在她所熟识的异性之间徘徊，最后定格在一个外乡青年男人的身上，就是那位正在白沙河村香菌场进行香菌技术指导的技术员柳林。一想到这个人她就感到热血奔腾，烦躁无比。这是一种非常奇妙的感觉。她从乡农科所把柳技术员请来，一个月耳鬓厮磨地拜师学艺并没有想到自己会与他有什么联系，但这时她非常渴望见到他，渴望听他循循善诱的指点，渴望嗅他身上散发的清淡气息，渴望看他沉邃忧郁的眼神。

这种奇妙的想法令一向稳定的菊儿突然超出常举。她迅速擦干身子，换上衣服，立即向香菌场走去。此行的她并不明确，她只觉得内心深处有一种想见到这个人的冲动。

远远地，她发现柳林正在香菌棚里看书，一支蜡烛刚刚换上。桌上微型录放机里正放着一支好听的流行歌曲。那歌名一听就叫她心慌肉跳：爱你没商量。看着看着，菊儿就有些动情，有点激动、向往。她本来可以在这时候进去或者走掉，但她偏偏回去拿了一双布鞋，又返回香菌棚。那布鞋是她给铁柱哥做的。铁柱与她在五岁时就定了娃娃亲，而现在她要把这鞋送给另外一个男人了。

"柳老师——"

她轻柔地也是深情地叫道。

她感到柳林先是一惊，接着眼睛一亮，站起来就有一种彬彬相邀的姿势。她非常欣赏他的这种风度，感到少女的心灵被撩拨得滚烫。

菊儿念过初中，是村里培养的技术员。柳林上过农函大，攻的是林特专业，就当了菊儿的老师。为了开发白沙河村的香菌资源和这么一位漂亮美丽的学生，柳林决定把白沙河村办成全乡的香菌示范村，长期无偿服务。

学生向老师求教天经地义，本不可能产生故事，但菊儿偏偏在这么一个月黑之夜走进了柳林的临时卧室。菊儿望着柳林。柳林会意地一笑。两人各自读着对方眼睛里的内容。这一凝一笑，那蕴含在眼底的早有的谜语似乎一下子清晰了，明朗了。故事便有了开头。

接下来菊儿一直处在一种迷离萌动之中。她看到柳林高兴地把她给他的布鞋换上，幸福地来回走动。接着，柳林就从他的牛仔包里取出了一件红色连衣裙。看到柳林手上的红裙子，菊儿才感到自己今晚办了一件大傻事。原来柳林——但是，菊儿不后悔，甚至有点得意。

那裙子像一朵桃花，非常耀眼。她敢肯定，这个山村在这以前还没有出现过穿裙子的姑娘，现在她已经拥有了，而且还是从背后拉拉链的

猎人的后代
LIE REN DE
HOU DAI

那种。这在首都北京都很流行。

她就在他的面前换上红裙子。她很自信，就如电影上的女孩子一样大方，当着一个男人的面脱衣、换衣，一点都不慌张、羞涩。她让他给她系腰带，拉拉链。柳林开始很听话，双手在她的背后很规矩，接着那手就从她的腰部缓缓伸向她的胸间。那手就在她的双乳处调皮地停止了。菊儿突然感到方寸全乱了，身子软弱无力地靠在对方怀里。几乎在同时，柳林紧紧地搂住了她。菊儿感到非常地幸福和激动，想说什么，但她的嘴唇被另一张嘴唇衔住了。第一次被男人亲吻，被男人抚摸，她有一种想哭的感觉，泪果然蓄满了眼眶。他说了些什么，全然无知。她只记得一句："我要娶你，娶你！"

时间过去多久他们不知道，香菌棚外喳喳的耻笑他们也没有听到，直到香菌棚的篱笆门猛地被踢开，他们才被惊慌地分开。但是已经晚了。

香菌棚外站着怒气冲冲的铁柱哥和羞愧满面的父亲，铁柱和父亲背后围着一层层人。菊儿本可以在这时挺身而出，承担一切，当众宣布内心的渴望，但她恰在众多熟悉的面孔面前慌乱了、胆怯了。一失足成终身悔恨，她把柳林一个人丢在那里，自己跑回了家。

菊儿几乎一夜未眠，就在彻夜的思考中她终于对自己的终身做出了抉择。她决定解除与铁柱的娃娃婚约。嫁给柳林，不，她要把柳林留住，共同发展香菌生产。柳林的技术可以致富白沙河全村。她决定立即向铁柱和本村宣布这个抉择，但是，当晨曦缓缓爬上青龙山的时候，她却得到了一个振聋发聩的消息：柳林被铁柱打了，连夜被乡亲们赶出了白沙河。

为什么？为什么这样对待一个白沙河有功的外乡人？

菊儿如箭穿心，万分悔恨。菊儿又一次来到香菌场。

香菌棚里那一排排经过柳林技术处理的香菌杆结满了香菌，再过几天就可采摘了，就可以上市赚大钱了。然而，此时此刻却是人去棚空。柳林临时搭的木床上放着菊儿昨晚换下的衣服，衣服里面夹着几本指导香菌点种、发育、烘烤技术的书籍和那台微型录放机，但是，那双布鞋他却带走了。看到这些，菊儿更加难过。

"柳林，柳哥——"

菊儿顺着白沙河流去的方向跑着，直到浑身大汗淋漓，精疲力竭。

菊儿跑着、跑着……前面是山，是水，是漂浮不尽的流云。她就站在绿水回环的地方，迎来了又一个无月的夜晚。

这个夏天发生在白沙河畔的故事从开始到结束就这么简单，自从有了这个简单的故事之后，菊儿就欢喜在无月的夜晚沉思了。

菊儿的两眼清清的，纯纯的，时时都是一派有水欲滴般的蒙胧。柳林走后菊儿就顶了班。她也吃住在香菌场，每天晚上也点支蜡烛，也看书，也听磁带。一个夏天都穿着那件红色连衣裙。然而，她的这种有违山村常规的行为却破例地没有受到任何人的指责，没有人议论，甚至连一向以菊儿主人自居的铁柱也没有去烦她。这反而使她更加痛苦：心上人，你在哪里？

这个故事发生之后，白沙河村迎来了有史以来的第一次富有。山里人拒绝爱情与浪漫，但他们不会拒绝金钱。奇迹也在这时发生。香菌上市不到一个月，像突然从土圪塔里蹦出来似的，村里一下子出现一茬俊俊爽爽的后生，几乎全村所有的女孩子都拥有了一条红色的裙子，而男的则是一色的夹克衫。这个变化来得迅猛、突然，是这个封闭的山村始料不及的。这很容易使人们联想起柳林和菊儿，全村人都有些惭愧了。然而菊儿却从此不再穿红裙子。

菊儿瘦了。菊儿再没有笑容。

从那个夏天开始，全村每家每户都做了香菌，都请菊儿当技术，村里人都叫她菊儿技术，就如当初叫柳林柳技术一样，他们都把那个"员"字省了，顺口。菊儿很乐意别人这么叫她，这样就可以时时想到那个被自己伤害过被铁柱哥侮辱过的人。菊儿一切都按着柳林的样子做，也带了徒弟，也是与她一样标致的女孩子，到哪里指导也都不要报酬。乡亲们心里过意不去，慢慢地就在她面前夸几句柳技术，人家知道，说这个，菊儿心里喜。菊儿听了，自然就干得更细心，太阳就开始在她脸上露面儿。

做村主任的哥不忍心，就瞒着菊儿去了乡农科所，但几番三次都没有找到柳技术。人家说，柳林自打白沙河村回来就辞职下海了，有的说去了广州，有的说去了上海，更准确的消息是说他在深圳办了一个信息公司，专为内地山区传递科技与致富信息，也从事山区土特产品流通业务。村里人知道这事后，便不再对菊儿提说柳技术，怕她伤感。菊儿仍然专心致志地搞香菌技术，不说也不笑，天黑了仍然点支蜡烛，看书，听磁带。

当又一个夏季到来的时候，人们发现香菌棚里突然传出了歌声，不是磁带，而是菊儿的清唱。唱的还是磁带里那几首：爱你没商量。第二天，菊儿就穿上了那件红裙子。菊儿一穿，白沙河其他女孩子就黯然失色了。菊儿长得标致，脸蛋上两个酒窝，一笑浑身金碧辉煌，村里男女老少越发欢喜她的模样，敬重他的人品。

接着隔三岔五邮递员就跑得勤了，每次到，都要给菊儿一个大信带，有时还是一个包裹，还让菊儿在本子上签字，按手印。菊儿接了，看了，那脸蛋上的两个酒窝就像装满了红高粱酒，带着醉意。村里人也暗自思忖：我们的菊儿技术心里有了新主了。只是苦了铁柱，愣头青式的，成天越发没个笑脸，也不敢去提那结婚的事情，又没法使她心回意转。

菊儿隔几天又要洗一次澡，还是那样，把整个身子装进大木盆里，让水漫过臀部，浸过小腹与大腿，最后水面只露两座尖尖的微微颤动的山峰。在热水里浸润肌肤，菊儿感到整个身心都荡漾在春水里。

菊儿一下子变得繁忙了。她是村里的菊儿技术，农家致富顾问，村委会选举时大家又选她当了村里的科技副主任。但菊儿仍然与从前一样，仍然在香菌棚，继续做柳技术传授的工作，专心教她的几个徒弟。村里已经把香菌棚盖成了两间漂亮的砖瓦房，装了电灯。每到无月的夜晚到来，菊儿仍然在那夜色中独处，思考。慢慢地，菊儿总感到有一双仇视的哀怨的目光在窥视自己，她知道那个人是铁柱哥。自从在五岁时双方父母结为儿女亲家之后，十几年来，自己一直是他未过门的媳妇，这在白沙河村已成定论，可偏偏蹦出一个柳技术，而自己又偏偏生出那个古怪但确属发自肺腑的念头。菊儿想，铁柱哥啊铁柱哥，你痛苦你难过，你打几下我倒还说得过去，但你总不该打人家柳技术啊。你把白沙河请来的财神撵跑了，你就是白沙河的罪人。菊儿无法原谅铁柱。

不久，香菌棚里又没有歌声了。那件掀起轩然大波的红裙子再次从白沙河消失。菊儿陷入了一种深深地自责之中。柳技术与铁柱哥，他注定是要伤害一个了。她不再给远在深圳自封为总经理的柳技术写信了，迫使自己去亲近青梅竹马的伙伴铁柱哥，毕竟他们之间有过甜蜜的两小无猜的童年，毕竟产生过简洁的爱慕与依恋。菊儿终于找到一个机会，她把铁柱叫到自己的香菌场。菊儿又做了一双布鞋。菊儿没有别的。菊儿幻想铁柱也像柳林那样，深情地看自己，然后当面换上布鞋，幸福地来回走动，就是有点过分的举动也无妨呵。但是，这样的场面没有出现，半点也没有。

铁柱接过鞋就揣在怀里，然后赌气地看着地下，一声不吭。菊儿感到很失望、伤心。

"你不晓得试试？"

铁柱就去试鞋，穿了一只又停下了，奇怪地望着她。"这鞋不是那个人穿的那双吧？"

菊儿的泪水就刷一下地流出来了，她一把夺过布鞋几下就剁成了碎片。"你走，你走吧！"

铁柱突然一下子跪在菊儿的面前，声泪俱下，那样子显得非常可怜，甚至丑陋。菊儿一下子愣在那里。铁柱的这一跪一哭，把她残存在心底的唯一对他的一点尊重与依恋全都冲散了。如果是柳林，他决不会这样的，不会的。菊儿哭喊道："铁柱，你窝囊，龌龊。这辈子别想我跟你了。你不走，我走！"

菊儿就是从那天晚上开始思考出走的问题的。她决定离开这个山村，去找柳林。自然，她还会回来。她说过，要把柳技术留在这山村的呀。菊儿想，那个时候，她一定把白沙河的姑娘们带出去见识见识，她一定要把白沙河村与深圳联系起来，让山村的乡亲们也像城里人那样生活。菊儿很快把这个想法传给了深圳的柳林。但菊儿并没有急着走，她还想给铁柱哥一个机会，还想和他谈谈心。她不想让他太难受。好说好散，菊儿不是那种无情无义的人。

又一个黑夜到来的夜晚，菊儿向铁柱家走去。她走得很轻。她怕惊动了邻居。到了铁柱门口，菊儿正要推门，屋里突然传出了热烈地议论声，一口一个菊儿，似乎全都与自己有关，菊儿很尴尬，僵立在门口。屋里议论越来越刺耳、恶心。原来他们在商量一个迫使菊儿就范的阴谋。

"你铁柱无种。你不想先开了她的苞？"

"女人都是花花肠子，给她一干，装个娃，她就乖了。菊儿是叫那姓柳的惹花了眼，先破了她的瓜，她才会死心。"

"菊儿喜欢一个人在晚上呆想，你就趁她不防备，把她干了，然后就逼她结婚，那时还怕生米做不成熟饭？"

"菊儿气盛，她决不会从，不如想办法把她灌醉，然后兄弟们一起干！

哈哈哈——"

菊儿听不下去了，再听，她的肺就要气炸。菊儿感到突然有一股冲天的怒气涌进脑海。她几乎集中了全身的力气，一脚撞开大门，冲进屋里，横眉冷对屋里的每一个人。好一会，菊儿一句话也说不出来，浑身发抖，她伤心透了，也愤怒到了极点。

"想不到你们这么卑鄙、无耻！铁柱，用不着你强迫，也不需要耍什么阴谋诡计，我菊儿送上门来了，有胆你就来。你今晚敢做伤天害理的事，我明天就上法院告你强奸罪，逼婚罪。你们都听着，我菊儿在白沙河村也为大家办了一些好事，就是人家柳林又碍你们什么事了？不就是欢喜我吗？他帮我们发家致富，你们却恩将仇报。你们还算人吗？父母养了我，乡亲们待我不薄，我菊儿不会忘恩负义。你们容不了我，我走，但我还会回来的。谢谢你们给我上了一课，我菊儿走了。"

菊儿走了。菊儿是在一个无月的夜晚离开山村的。菊儿为什么选择无月的夜晚离开？谁也说不清楚。但菊儿离开的夜晚，白沙河一路灯光不断。这使菊儿非常感到。她对着默默送行的乡亲们拜了三拜："一年后，我和柳林还在家乡办婚事。菊儿以后还是白沙河村里的人。"

菊儿是在姐妹们的十八相送中离开了。那个夜晚，整个白沙河又一次失眠。

原载《三峡文学》1996 年第 4 期。

秀芝大娘的青涩情爱

日子一天一天地过去，白沙河水无声无息地流过叶秀芝大娘独居的老屋时，老人家就坐在门前看风景。这时便有一声咳嗽传来。

叶秀芝站起身，走到河边。看着河对岸咳嗽的老汉。

老汉姓程，名彦直。

太阳将在西边沉落的时候，东边便有了晚霞。于是，二人同时走向下游，走进那一片枫林，河水流经枫林便转了一个湾，形成一个小洲。枫林下是老汉十年前为自己选择的墓地，两个老人同时走向枫林的石凳，并没有问候，没有表情，只是木雕般的对视，似乎想从对方密集的皱纹里领略诠释人生的秘密。

晚霞染红枫叶，映照着二位老人。两张古稀的脸竟是满面红光。

晚霞消失的时候，老汉坐下，把最光亮的石凳让给了叶秀芝。秀芝大娘也不推让，便坐在老汉身旁。

天上渐渐地灰白，渐渐地清越，一条闪亮流动的银河伸向东西，地下便是浓浓的夜色。他们静静地坐着，没有语言。他们在用心灵交流。时光在他们身边悄然流逝。他们似乎并不在乎。70年的岁月就这样过去了，风风雨雨，恩恩怨怨的日子也都过去了，留下的只是记忆，苦涩的、甜蜜的、辛勤的，什么记忆都有，就是没有悔恨。或许他们根本就不懂什么叫悔恨。70年来，他们生息在这闭塞的山村，劳动，生养，爱与恨，相濡以沫的生活滋润着他们平淡的心灵。他们不企求什么，只求能有一段平静的日子，恩恩爱爱的时刻。

夜深了。叶秀芝扶着老汉站起来。"彦直，回吧！"

"回。"

苍老的回音之后,两个老人便各自回到了孤独的老屋。

夜,浓浓的推进,白沙河寂然无声,山村似乎进入了混沌与永恒。

如同无数个平淡而宁静的夜晚一样,秀芝大娘依然和衣仰卧在床上,目光呆呆地望着冰冷的土窗,望着外面的世界,窗外是宁静的山村,白沙河如泣如诉,月光如水,她知道河那边的老汉也没有入睡,那支伴随他50年的铜烟袋正在忽明忽暗地闪动,缕缕青烟袅袅上升。他一生的期望,苦与乐都糅合在芬芳的烟草之中,还有爱,还有那剪不断理还乱的情分与债务,如同烟草,淡淡的香,淡淡的苦,品不够那浓浓的滋味。然而,冰冷的白沙河阻隔了两栋老屋,40年来悱恻缠绵的恋情并没有使两个鲜活的胴体光明正大的滚抱在一起,如今他们都已年逾古稀,但那种对肌肤合一的渴望与快慰并没有在叶秀芝心中消失,而且随着身体的衰老越来越强烈地折磨得她夜不能眠。

老人家翻个身,随后从忱边拿出已经摸得发皱的照片,泪,就流了出来。照片上是她的四个孩子组成的四个家庭的合影。孩子们的脸蛋、长相酷似他们的老子,那个死鬼。丈夫在她的记忆里已经淡远了,但孩子们却是他们俩共同的血肉铸造,她希望与孩子们一起共享天伦之乐,安度晚年,让快乐洗刷半生的伤口。她端详着照片上的儿子、儿媳、女儿、女婿和孙子们,一个劲儿笑,笑到最后就成了哭。老泪纵横,最后叹一声、骂一句无情无义的早去的男人:"短命鬼儿,娃都给你盘成人了,为妻这辈子不欠你的债了。"泪落在照片上,落在她封冻日久的心底。

40年前的那个夜晚,惊心而动魄。大雨如注,狂风猛烈地摇曳着门前的杨柳,闪电如同七星蛇吐出火红的信子在土窗外肆意炫耀。她与四个娃依偎在一起,瑟瑟发抖,狂风闪电夹着暴雨,哗的一声杨柳树拦腰折断,她感到这是个灾难临头的预兆。果然,门猛地被推开,程彦直驮着血肉模糊的男人走进屋里。不用询问,一切都真相大白,程彦直从背上放下男人时,脸色铁青。"窑塌了,我没来得及———"她扑过去,见到的是一张变形的残缺的血脸。她惊叫一声,昏了过去。等她醒来,自己正躺在彦直怀里,四个孩子跪在他们身边撕裂地哭喊着:"娘——娘啊!"

这是白沙河最惨痛的一夜,几乎所有老一辈的人都记忆犹新,雨下了三天三夜，送走死去的朋友之后，程彦直沉稳的脚步便踏进了叶秀芝死寂的心灵："你男人是为了养家糊口才冒险的。人死了不能再活，活人过日子要紧。不要愁苦了，压断脊梁骨也要把几个苦命的娃儿抚养成人。我帮你。"

就是这几句话动摇了新寡的叶秀芝轻生的意念。也奠定了她后半身心的苦难，而程彦直本人也从此为自己背上了沉重的十字架。

秀芝大娘擦去眼泪，似乎擦去了记忆里的灰尘。40年前的这段话如同昨日一样清晰，程彦直是忠厚质朴的如同这山里的柿子树，自己与四个幼小的娃就在这粗壮的柿子树下歇荫，吃那苦涩的果子。孩子们是栖息在树上的鸟雀，翅膀一硬，飞走了。远远地飞了，撇下了遮荫避雨的柿树，任凭西风摇曳，任何雨雪剥蚀。她为此而难过，流泪、叹息、失望，但毫无办法。她爱女儿如爱眼睛与心肝，但她不能容忍孩子们这样无情无义地对待恩人。她知道孩子们在心中在私下永远感激他们的"叔叔"，但他们再也不会叫他一声叔叔了。他们心中只能容下父亲，尽管他们连父亲的形象都已模糊。

"彦直，彦直！"她在心里呼唤着老汉的名字。"让我们再回到那个酷热无风的八月之夜吧，眼下这世上疼爱你的只有我了，也只能有我啊！"

她终于坐了起来。一束柔和清冷的月光从土窗里照进屋里，远处有一只水鸟在啼叫，她知道河那边的老汉此时不会有睡意。人一过70，夜间都在往事中度过。这是因为他们的往事中悲苦成分太多的缘故。可孩子们不理解。他们只承认当娘的养育之恩。彦直用血汗与口水把他们一个个喂大，而他们却不愿承认这个事实，孩子们有错吗？自己有错吗？彦直有错吗？她说不清。她索索地下了床，走出门外，山村月色斑驳。她披着月光，遥望远方，孩儿们都在几百里外的城里工作、生活，小女儿苦儿用尽了花言巧语，哄她劝她离开这里，去那神仙般的城市享福。她始终不为所动。如今孩子们都在城里建立了自己的小巢，她已无牵无挂。她牵挂的只有一个人，只有河那边的老汉，她望着那熟悉的老屋。她曾经在那门槛前徘徊了千百次，但是，无形的蛛网阻拦了她的脚步，她没有迈出去，她为自己的怯弱而惭愧。她感到自己还是越来越老了，彦直也越来越老了，来日不多了，这回，她要跨过去，投入那老炕，即便是即刻去死，这一生也对得起彦直了，后半生的种种苦痛、艰辛、委屈、恩爱也都值了。她为此而感动，精神振奋。

她义无反顾地跨过昔日温润的河水，走向亲人。她一踏上程彦直的老屋心里就感到有一股特别亲切的温馨。这温馨使她变得像少妇一样敏感，老汉真的没有睡。他似乎早已预感叶秀芝要走进自己这栋陈闷古老的旧宅，每晚都是半掩大门，每晚都在等待。

屋里燃着幽暗的灯光。屋中停放着一口黝黑铮亮的柏木棺材。程彦直肃穆地立在棺材前。叶秀芝走向老汉，立即感到一股古柏的奇香。程彦直慢慢地揭开棺盖，里面存放着他俩的老衣。她知道，这是他俩的双人棺材，老汉这样做是要告诉自己：咱们今生已经不能做夫妻，死了就葬在一起吧。她很感动。生前死后，咱们都是夫妻啊，看着老汉的脸。那里横七竖八地布满了岁月雕刻的沟痕，深深的浅浅的都是对幸福人生的渴望。她把目光移到神龛上，地上还有一堆新烧的红纸灰，再看神龛上，她一愣，上面依然供奉着老汉死去20余年的瘫痪女人的灵位。他似乎明白了：在自己到来之前，老汉已向死去的女人祷告了，洗礼了灵魂。她突然感到自己今生与死后都不配做他的女人，他应该与死去的女人合葬，那个死去的女人比自己的命运更悲惨啊！

她感到背脊里有一双冰冷的目光正透过心底，眼睛里充满哀怨、屈辱，眼睛下是一张因痛苦而变形的嘴巴，嘴巴张成了O字。她记得是在自己男人死后的第三年，程彦直的女人因患产褥热瘫痪了，从此再没生育。他把当父亲的那份慈爱完全放到自己的四个儿女身上了，亲密无间地相处，她自己也从中体味到了那种骨肉般的亲情，而孩子们大了却把这些当成了耻辱，就因为自己与彦直没有一根婚姻的纽带而来往过于亲密。她看着老汉。在她心中，他永远是一座大山。大山需要河水的滋润，但她没有能像江海那样给大山以妩媚，只是如幽谷里暗藏的无名小泉，偷偷地给他送去些许的温柔。就这也无法逃脱世人的谴责。对于这样崇高的人自己还有什么更宝贵的东西不能给予呢？她无恨无悔，悔恨的是在她女人死去之后，没有冲破世俗的冷眼与孩子们的百般阻拦去为他生育一儿，继承程家的香火。他一个人除干完两家的农活帮自己抚养四个孩子外，还要侍候卧床不起的女人，白天喂水喂饭，晚上擦洗。他多么需要一个帮手啊，她为那个好心而苦命的男人而感动，流下的都是感激敬佩的泪水。有一天，她终于勇敢地走进了他女人的病床，她杀了唯一的母鸡。她要帮他，要理直气壮地去为他尽一份内人的责任，但是，她错了，瘫痪女人不会接受她的好意，当她跪着喂那瘫痪女人鸡汤的时候，她看到的就是这种可怕的脸形，那女人把鸡汤喷在她的脸上，恶魔般地要撕打她。她瑟缩了，怯步了，无声地回到了家里，从此只把感激的泪往心里流，她知道自己与彦直的风言风语已经在白沙河蔓延，从此在所有人的心目中自己不再也不是清白的女人了。她感到对不起彦直，不该让他承受这份冤枉。她承认自己的心已经属于彦直了。她没有别的报答，多少次，她提出把自己这已毫无意义的身子献给他但他没有接受呵。他怕对不起那个狠心的死鬼。认了，命运；认了，这不白之冤。寡妇门前是非多，谁叫自己是寡妇呵。她从此再没有进过彦直的门，就是在他的瘫痪女人死后也没有进过。她不忍搅乱另一个苦命女人的平静的心灵与灵魂。但是没想到自己在70岁之后终于狠心地割断与四个孩子的骨肉亲情抛弃世人的指责与嘲笑走向恩爱患难40年的彦直时，又感受到这种哀怨目光的威力。女人的命也如苦难的十字架。

她慢慢走出门外。老汉紧跟在她的后面。二人走到河边的白果树下停住了。西边的长庚星正亮。他们默默地望着长庚星，直到在曙光下消失。

枫林，晚霞。白沙河不停地流淌。

一个平淡的日子过去了，又一个平淡的日子来临。秀芝大娘依然坐在门前看风景。当她领受着白沙河中幽玄淳厚的清风，感受着山林四周时绿时蓝时浓时淡的神秘韵味时，脑海里便会腾跃起一股柔光甜腻而又催骨震心的影像，内心便涌起近乎虚脱的失落和由此而触发的有带痛楚的快感。晚霞与夕辉也便在渐渐潮湿的干枯眼眶里闪烁出斑驳的亮光。她也有过柔情蜜意大汗淋漓的销魂时刻。尽管是片刻欢愉，在她一生中已经是够难得珍贵的了。

一个燠热无风的八月之夜，白沙河在满月下做着金灿灿的丰收之梦。叶秀芝丰腴的身影从土屋里迤逦而出，在朗朗的清辉里悠悠地飘动，像一片月白风清下的斑斓彩蝶。白沙河荡漾着涟漪，她面对清波，那是一泓饱食月色的琼浆玉液，美丽的影子在水里摇曳。她心里热切地跳动，淡远的记忆滚过脑海，季节的风雨虽然吹走了少女的烂漫吹走了少妇的风韵而那淡淡的清香与秀俏的体态依然残存，她渴望入水，重新体验一次无忧无虑时代的活泼与快乐。她看一下远方，似乎为这种变态与冲动

找到了依据。她有理由也完全应该舒心轻松一下啊。彦直是船，载着她已经渡过了生活的苦海。她解脱了生活的重压。四个孩子如山谷里的苦菜花，彦直榨出身上的油汗浇得他们壮壮地成长，三个考上了省城的学校，最小的女儿苦儿也在上初中，这时正在床上甜甜地入睡。

在这月光朗朗静无人声的夜晚，她要痛快的洗浴了，补偿一下冰冷无光的生活。她急切地无畏地剥去衣裤，鱼一般滑入水中。那裸体轻盈地在水中飘动，黑发与月亮糅合在碧水之中。十几年的郁闷与烦躁随着有节奏的呼吸吐在空中，化为夜色消失。人生的一切美好重新回到心中。水花撩起，光芒粼粼。哦，生活依然淳美！

突然，透过水花她看到了一对如同月亮般明净的眼睛，那非常熟悉的影子凝固在水草丰茂的岸边。她静止在水中，岸边那男性的喘息把她僵硬杂乱的心搅动得燥热而单纯。这一切来得突然来得自然是冥冥之中的巧合是神灵的安排。感谢上帝！她没有回避没有犹豫果断地走向岸边将水淋淋的肉身投入他充满咸涩汗味的怀中。

在厚实茸软的秋草之上，他们从波浪翻卷的洪峰一直走进了静谧的港湾。这一段不长的路似乎经历了一个世纪，温润的甘霖终于复活了近似枯萎的老草古竹。沐风沐雨的时刻过去了。一团黑云慢慢滚来。祸患在萌生。他们无动于衷，两颗受伤的心已经进入了永恒，直到黑云变成大雨打来时，秀芝才惊坐而起，一个"呸"字如惊雷在空中炸响，她听清了，是苦儿委屈愤恨已极的哭喊。

啊，女儿的眼中完全摄下了这荒唐而丑恶的一幕，世间顷刻又变得昏暗不清。

程彦直惊得目瞪口呆，但她却十分冷静。她平静地穿衣平静地送他回瘫痪女人身边。这是她第一次也是最后一次与彦直灵魂的完美结合，因此她决不悔恨。她知道，孩子们的怀疑从此被证实，人们的流言从此成为事实，彦直在孩子们心中父亲般神圣的威望与地位从此失去。但是，她永远怀念那燠热无风的八月之夜，怀念那厚实茸软的秋草，怀念那水那月那夜色。然而，如今燠热无风的八月已经过去了，不会再有了。在人的一生之中幸福欢乐的时刻不可能重复第二次，该珍惜时就该珍惜啊！

秋天一天天地变浓，秀芝大娘坐在门前数着散落的黄叶如同数着逝去的岁月。时间久了，淡远的往事又会回到眼前，这时便有一声苍老的咳嗽转来。

老汉，来吧。她听惯了那咳嗽，懂得咳嗽中的无限深情。夕阳下，两个老人相互搀扶着走向火红的枫林，晚霞正浓。

秋天例外地长晴。

他们日日在枫林静坐。没有问候，没有语言，仍然是静静地木雕般的对视。秋天渐渐地变冷，枫叶日日地变红。两个老人都感到自己很老很老了，步子迈得艰难了。老汉不再抽烟，不再回想往事。痴迷地端详着脚下的泥土。他嗅到了泥土的馨香。夜深了，秀芝大娘轻轻地说："彦直，回吧！"没有回声，老汉仍望着脚下。那里在向他招手。秀芝大娘再唤一声，老汉就用目光讷讷地询问：咱俩就这样永远地坐下去行吗？不再回孤独的老屋，不再留恋那闹哄哄的红尘，不再牵挂亲人，不再偿还债务，不再……

但是，他们仍然回到了各自孤独的老屋。秀芝大娘还有未了的心事。程彦直痴迷地坐着，时间对他来说更显得无意义了，但秀芝大娘却变得忙碌了。他不再看风景，日夜地拾掇。她把四个孩子用过穿过的衣物重新整理好，把老屋里重新打扫清洁。这是孩子们的根，总有一天在他们有了人生的种种体验之后，他们就会回来的。她有些羡慕一生无挂的彦直了，四个娃毕竟是自己身上的肉蛋蛋，毕竟是自己了而难了的心病。她拿出孩子们的照片端详着，凝视着。当远方的清风吹过耳鬓的时候，似乎嗅到了孩子们的鼻息，听到了孩子们的笑语。风于是变得温馨。她那愁肠百结的心化解了，明朗了。如果孩子们这时候回来，她想，自己一定会改变主意，随了他们的心愿。但是孩子们不会回来了。娘在他们心中只是偶像，他们恨自己，她望着照片喃喃自语："为娘的没有错，没有错啊。为娘的见不到你们了，为娘的要走了。"她没有伤感，也没有泪痕，很坦然地拿出一把老式的铜锁，永远地锁住了老屋。

当两位老人再一次走进枫林的时候，世界一下子变得温暖热烈起来。夕阳斜射在枫林。枫林像火，像血。白沙河血管般流过脚下的土地，整个山川变得十分慈祥宽厚仁爱。老汉仍然把最光亮的石凳让给秀芝大娘。这一次他们是要彻底地结合了，灵魂再不会因红尘俗事而分离。两个老人的灵魂紧紧靠拢的时候，过去那惨痛的人生拆散和因此而造成的心灵灼伤便永远地画上了句号。

猎人的后代
LIE REN DE
HOU DAI

是在那个燠热无八月之后的又一夏天，那应该是个欢乐之夜。叶秀芝在享受了三个孩子升学、工作的欢乐之后，苦儿再次显示出山村穷苦孩子的勤奋与睿智，又以优异的成绩考上了市卫生学校。醇正敦厚慷慨的山民来了一批又一批。夜深了，苦儿入学的费用已大大地超过了，四个孩子亲昵地感激地依偎着母亲。他们发了誓，要让劳苦功高的母亲度过一个幸福的晚年，但是，他们忽视了母亲的心灵所爱。叶秀芝想到了早去的男人，想到了彦直。她哭了。孩子们读不懂这泪，也哭了。这时门被推开了，程彦直兴冲冲地出现在他们面前。他手里提着跑了几十里路买来的酒和肉，兜里放着他出五天苦力挣来的五百块钱。但是，他却看到了一双双不友爱甚至是仇恨的目光。他被看得低下了头。这种目光他在那个燠热无风的八月之夜之后便从苦儿眼里领受了，他一直为此而痛心疾首，但是，四个孩子同时这么仇视而且是在苦儿升学之喜的欢乐时刻他十分不懈，叶秀芝慌忙站起来："还不快叫叔，他是你们的恩人啊！"

"哼，好一个叔！"苦儿拦住了母亲。"你来凑什么热闹？你搅得我们还不够吗？东西拿回去自己吃吧。希望你以后不要到我们家里来，不要老缠着我妈。无耻！"

叶秀芝感到脑子天昏地暗般旋转。程彦直睁大眼睛望着四个自己亲手拉扯大的孩子。酒与肉掉在地上。酒瓶碎了，一个梦，也碎了。

"你不要受不了，自己做的事自己知道。乘人之危，你对得起我死去的爹爹吗？对得起我们兄弟姐妹吗？你说，给你一千块钱，不少吧。"

钱重重地压在他的手上压在他的心里，像一块巨石，压得他喘不过气来。他明白了，孩子们长大了羽毛丰满了，不需要他了，但是十几年的供养十几年的辛苦十几年的亲情一千块钱能消得了帐吗？他把钱放在眼前看了又看，大笑一声，然后猛地扔在叶秀芝脸上，转身回到了他的老屋。那一夜，他手里的铜烟袋一直超负荷地燃烧着，烟雾弥漫，吐露着无法排遣的愤懑与忧郁。那一夜，叶秀芝对着男人的亡灵，木然无语。四个孩子一起跪在母亲的面前，请求宽恕。她无动于衷。压抑、痛悔、委屈笼罩着白沙河两栋老屋，孩子们一直跪着，当晨曦照进土窗时，她终于哭着说："你们起来吧。"

又一个夜晚来临。四个孩子一起走进程彦直的家，一起跪在他的面前，苦儿哭诉着："叔，我们伤了你的心。你有气今晚就当着我们四个的面发吧。你对我们的大恩大德，我们永远不会忘记。叔，你也该为我们想一想。我们都大了，成人了，以后还要成家。我们还要做人呵。你和我妈的事白沙河谁不知道呵。我们不会恨你。你去和我妈说说吧，让她跟我们走。这一走，我们是不会再回这白沙河的。我们无脸回来。叔，你可以当我们的父亲，你已经是我们的父亲了。你就成全我们吧。"他是个农民，粗人。他受不了这种感情折磨的礼遇。他把孩子们一个个扶起来。送走他们之后，他一个人躲在屋里爆发了一场大哭。叶秀芝终于走了，给过她爱给过她恨给过她情的白沙河，叶秀芝终于离开了。但是，当她登上开往县城的公共汽车时，她省悟了，不顾一切地返回了白沙河老屋，她知道这一次自己伤透了孩子们的心，与孩子们千缠万绕难解难分的母子情结散乱了。孩子们年轻，可以闯荡世界。彦直为自己和孩子们耗尽了血汗，他需要一个人尤其是一个妇人去熨摩那颗孤寂老朽的心灵啊。她义无反顾。

两个老人相互对视着，过眼云烟的往事淡远了，那积压在内心深处的火山般的情感正在爆发。他们走过了苦难，经历了人生的大起大落。他们已经悟出了人生的真谛，两个古稀之人就像少男少女一样拥抱在一起。这是人间最真挚的爱情。爱得死去活来的俗男俗女有几个真正懂得爱情？爱情在他们那里被亵渎了。只有走过漫长的路的人才懂得爱情是多么地宝贵！他们紧闭着双眼，用心灵感受人生最珍贵的感情。两个老人的眼角都挂着泪花。泪水洗去了记忆的灰尘，洗去了人生的悲欢离合，也洗去了自然的阴晴圆缺。他们对皇天之下的大千世界已经十分满足了，不再追求，不再希望，不再留恋，他们紧紧地依靠着。古稀的脸上露出安详，露出平和，露出微笑。人生终于进入了纯美、圣洁、超脱的最佳境界。太阳迅速西去，在即将消失的一刹那，终于完成了最壮丽的一幕：彩霞满天，染红了枫林。

原载《汉水》1992年第8期；入选1983年《湘潭文学》纪念毛泽东主席诞辰100周年征文集，荣获征文一等奖，获奖入选时题为《晚霞染红枫林》。

魁　弟

魁弟，现在我们可以谈谈心了。我一直在寻找着这种机会，尽管你的身份地位文化教养与心理素质都不具备与我交流的条件与可能性，但现在我可以排除这一切心理障碍。我要努力进入你那狭窄闭塞着一团破絮可以说有点不健全的肮脏的心灵。不是说作家的眼睛是解剖刀吗？他的缜密的思维可以破译任何一个灵魂的密码。就让我来试试？

就让我把你的心迹流程浓缩在一个单位时间内吧。这是某年某月的某一天，具体时间不重要，问题是在这一天你的变态心理发展到了极致。这是关键。读者喜欢读这种刺激惊险传奇的情节。

这是一个美丽的清晨，美丽得有点不可思议，带有血腥味道。

你大概从是零点开始起床的，准确地说，你根本就没有睡觉。这之前，你把莲子抱在床上，你还要疯狂淋漓地干一回。你把莲子的衣服剥得精光。莲子又开始剥你的衣服。你们相互拨弄着对方的敏感部位。莲子说我下面现在都来潮了，你快干吧。但是，你突然激情消退，兴致锐减。当时你根本就不知道这世上还有禁欲主义一说，但你确实感到世上还有比性交更有意义的事情。你要复仇，用自己的长刀在故乡白沙河干出惊人之举。单纯的性交，整个动物界通行，没劲极了。你穿上衣服，把惊恐不安的赤条条的莲子放在床上，独自走出那座聊作遮风避雨的草棚，走在白沙河凌晨清淳的空气中。那一刻你的心情确实很好，整个世界就你一个人，你觉得你真正是一个自由平等之身了。然而，随着白沙河第一个人影的晃动，你的心情又开始变坏。这个世上只要还有第二个人存在你就会感到压抑、屈辱。你把自己隐藏在一棵黄莲椰子树的浓荫里，窥视着全村的一切。多少年来这棵大树成了你种种劣迹的见证。

　　弯弯的白沙河流过你的眼前。河水不大，但清洌。沿河两岸，住着一村人家。你的对面就是我的老屋。严格地说那并不算老屋。那是1970年秋季，我14岁时盖的房子。因为父母久居于此的缘故，我总是习惯在文章里把它写成故乡的老屋。其实，真正的老屋应该是你现在蜗居的地方，也是我的生身之地。祖父一生潦倒落泊，逃难于此，随便搭了三间茅棚，又在大门前栽了一棵泡桐树，随取名桐树坡。茅草屋四周还栽有核桃、柿子、板栗、花椒、杏、桃等果树。道场边有一株垂柳，夏天我用枝条编成花环，戴在头上，充当英雄的反法西斯战士。屋后还有竹园，常有长尾锦鸡出没。茅屋下方有三棵高大的女儿红，四周爬山虎、乌鸦葡萄和八月炸粗壮的藤蔓攀附树间，自然形成一架吊棚，夏可遮阴避雨，冬可挡风雪。春夏时季，喜鹊、黄鹂、麻雀、黄蜂都在里面做窝。茅屋四周数里之内无人烟，次森林与杂花野草葱郁浓密，古林中常有老虎黄狗窥视猪羊，野猫守待鸡鸭，天空还常有鹞鹰盘旋。这里还是蜻蜓、蝴蝶、蛐蛐、萤火虫的王国。10岁以前，这里是我童年的乐园。

　　我出生于1956年5月20日，农历。猴年。五月石榴花。我降生时，正好迎来第一声雄鸡高唱，祖母欣喜若狂热泪盈眶地说，李府出贵人啦！这小东西赶在鸡抬头出世，吉祥，黄袍加身不敢想，至少也做个七品县官，封妻荫子，光宗耀祖。以后祖母也常常拿这个来开导我，但数年后草棚倒塌，父辈兄弟仨如猢狲散，各自成家。桐树坡啊，我的古典的家园，从此成为荒凉之地。

　　我怀念我的桐树坡，那是我曾经生活过的桃花源，现在你又回到我出生的地方，但历史永远无法还原了。你的眼睛睁得滚圆，仇恨地盯着白沙河全村，盯着我的老屋。你想到了你的屈辱的身世，想到了人间不平。你眼里燃烧着熊熊的火焰。

　　不！

　　你突然一声怒吼，惊得四周鸟雀狂飞。你总是这样狂喊，有时在白日，有时在夜晚，有时与女人性交的高潮之时。你的这种毫无理智的呐喊不仅是因为一个白沙河一栋老屋这我知道，你那压抑的膨胀的悲愤心情无处迸发。

　　你本不是李家的血统。这一点你清楚。你是在我的叔父死后第五年的冬天降生的。但你一定要坚持姓李。有人说姓名不过是一种符号，跟谁姓都一样，事实上并不那么简单。你怕别人骂你野种。但这不是你的错呀！问题的关键在于婶母当初根本就不该生你。

提到婶母，我就会想到小时候那些美好的日子。婶母嫁给三叔的时候，我已6岁，乍作少妇，婶母光彩照人，待我特别好。她喜欢搂着我睡，甚至在与三叔做爱的时候，也要我睡在她的身边。我特别喜欢看婶母在三叔身下那种可爱可怜的样子，真逗。但是，这种欢乐很快就结束了。三叔一行五个青壮小伙子用雷管炸药去粉青河里炸鱼，结果有三人葬身水底。那是白沙河最悲惨的事件，三个年轻的女人成了寡妇，四个幼小的孩子成了孤儿。三叔抛下了年轻的你的母亲。我说不清婶母是从什么时候开始堕落的。她搞了多少男人，无人知晓。婶母逐步堕落的过程正是我人生逐步上升的过程。我开始鄙夷她，到后来连话也不愿和她说，最后婶母的位置永远地被挤出了我的方寸。直到现在我才感到，这不能全怪婶母。她的堕落还有更深的社会因素。

关于婶母的人生，将是我未来的一个中篇或是长篇小说的内容。我要把婶母的苦难经历与心灵流程袒露给全社会，以恢复她以及与她有着同样命运的女人的名誉。

你不识时务地出生了。你的命运也就注定了。你无法知道你的血型可以与一个什么样的男人吻合。要是知道，你会一刀子宰了他，然而再去为他戴孝叫他一声父亲。那个可恶的混账男人，他既然敢与婶母偷欢，为什么不敢去承担一个可怜寡妇和她所生的一个无辜孩子的责任呢？狗都不如的东西，真该开除他的男人籍。

这种身世决定了你猥琐孤僻的个性。你一生下来第一眼看到的就是带血的太阳的狰狞，第一次忍受的就是寒冷与饥饿，第一句听到的赞语就是好一个漂亮的野杂种。你没有哭。你的哭不会引起大人们的同情只会遭到嘲弄的目光。从生下地开始你就懂得牙齿碎了应该吞进肚里，眼泪只能流进心底。

太阳升起来了，你的心在阳光的照射下更加坚硬。白沙河边出现了一队上学的孩子，都戴着红领巾。看到红领巾你就想到了鲜血。猪血你喝过，味道不怎么样。人血呢？人血的味道是不是很鲜美？你现在想喝人血。你被逼着去喝一头难产母猪的阴血的时候正是上小学的年龄，但你上不起学。在你的记忆里不可能有童年与温暖的概念，不会知道白面馒头与巧克力的滋味。饿了渴了，在身边随便抓一把什么东西就能填饱肚子。但是你不该在8岁的时候还去喝那难产母猪的阴血。也许你是饿极了，也许是那白面馍馍诱惑了你的食欲。你忘记了你的人格尊严。

那是怎样的一幕啊。十几个孩子围着你，为首的是支部书记的儿子，每人手里都拿着一个白面馒头，条件是只要你把地上留下的难产的母猪的阴血喝光，十几个白面馒头全归你。你真的去喝了，像狗一样跪在地上舔着。

这时我出现了。

我一脚踢在你的屁股蛋上。你的整个身子在原地转了一个圈，身上沾满了血水。孩子们一哄而散。你站起来眼睛追逐着渐渐远去的那些顽皮孩子。你想的这是那白面馒头啊。我又给了你一个耳光。你这才缓过气来，两眼凶狠地顽强地看着我。我这一掌并没能打出你的善良的人性来，倒是打出了你骨子里包藏的恶欲。魁弟，哥错怪你了。

你的反抗与报复是从支书的一个不满周岁的婴儿也就是那个为首逼你喝难产母猪阴血孩子的小妹开始的。那是个很漂亮的女孩，如果活下来一定能够出脱成为一位可以使无数无耻男人垂涎欲滴的美女。你瞅准一个机会接近那女婴，先是挖出一条肥大的蚯蚓让她吮吸。那女婴把蚯蚓当成了母头的乳头。女婴正吸得高兴，你拔掉了蚯蚓，又给了她一只绿头苍蝇。那女婴一用力就吸进了肚里。你跑了，而那女婴却永远失去了生命。你是从仇恨一个从生下来就享受着高贵与温暖的婴儿开始，从而仇恨整个世界的么？

接下来你的恶作剧几乎达到了登峰造极的地步。我敢说，发明蒸汽机的瓦特与发现生物进化规律的达尔文儿时的聪颖也不过如此。你的恶作剧体现出一种背叛科学的探索精神，属于未来边缘科学研究的范畴。

你先是以支书的西瓜地为试验。每当月夜来临，你便握一把小刀，窝藏于瓜叶之间，挑一个半熟的西瓜，打开一个方口，掏出小半的瓜瓤。你先吃掉瓜瓤，然后对着方口拉一点大便，再盖上方口，让它吻合如初。那一年支部书的西瓜疯长，人们争相购买，因为那不红不黑不甜不酸的西瓜吃起来格外爽口，被视为新品种推广。你还在一个骂过你野种的水果专业户的梨园里进行过为梨注入驴尿的试验，从而改变了梨的内在结构,一个个长得如同葫芦。你把蚂蚁撒进五保老奶奶的米饭里,竟然治好了那老人多年不愈的头晕眼花心跳症。

你就在这种对抗与报复中长成了一个壮小子。你已不在乎别人怎样看待你了。你开始成为村里一个典型的无可救药的无赖,一个恶棍。人们像躲瘟神一样躲着你。开始尝到了这种报复与对抗的滋味。你从中得到了快感与幸福。

中午的太阳烈烈地照着。你改变了一下窥视的姿势。你盯着我的老屋。在你实施血腥报复全村宏伟计划之前,你需要在这个本家老屋里初试一下锋芒。

你恨我?本来就是平起平坐的兄弟,为什么一个在天堂一个在地狱?你想不通感到不公平是吗?但你错了。

我是一个勤奋的在逆境中不气馁的人。我们的祖父一贫如洗无爵无品,不可能给后代留下什么,而那个鸡抬头出生可做高官的故事不过是祖母鼓励我发愤上进的启蒙教育。我靠的是我自己。15岁走出这栋老屋,一切都是从零开始,尽管没念上大学成为抱憾终身的事,但我却能在工作岗位上双向发展着我的前途。仕途上,我从山村里的一个小小教员做起,一步步地走进县委机关,走进人人羡慕的组织部、宣传部;事业上,从豆腐块那样的文章写起,废稿装了两麻袋,终于成了一个小有名气并正在成为大有名气的作家。这些你做得到吗?其中所付出的心血与艰辛你能理解吗?你本来就不是李家的血脉,即使是又将怎样?人与人的智商是有差异的呀。有人吃黄金宴有人喝稀粥菜汤有人前呼后拥做大官有人流血流汗下苦力,人世间就这么不平等。

不!

我相信你又要狂喊了。你的呐喊那时已足以让全村人畏惧、丧胆。村里人说,你不是有一个坐乌龟壳的当官的哥吗?你那当官的哥写的字儿不是能卖几毛钱一个吗?你咋不去找找他寻个风光的事儿干干呀。他们让你上县城找我,借此把你赶来白沙河。你在村里待腻了,才思枯竭了,老是重复同样的恶作剧也烦了。你也想到外边世界里闯荡闯荡。

受了村人怂恿,你茅塞顿开,就去找你大伯——我的父亲。

父亲就进城求我。父亲说,你握了好长一把刀啊。

我不是因为那刀才接济你的。你毕竟也姓李。这一个李字如何掰得开呀！这样你就进了县城里的一家工厂。你很自豪。你也希望像一个正常的人那样去生活去工作。这不错。

但是，你了解城里人吗？城里也有不平也有丑恶，城里人其实比白沙河的山民阴险贪婪歹毒多了。当官的哥代表着一个阶层也在被人仇视着。哥也被人管也不敢放纵活得也累也窝囊啊！在你走进这家工厂第五天的晚上，你遇见一个叫玫的女孩。在这之前你还没有见过城里的女人。玫有很丰韵的身材，胸前箍着海绵乳罩，隆起了两座山峰，嘴唇涂得猩红，眼圈涂着蓝色眼影，头发染成了金黄。你看得有点痴呆了。这很失男人风度。

城里女人也是女人，表面上个个都是美人坯子，骨子里她们比白沙河的女人俗气多了。有人说当今社会是出美人的时代，那并不是女人本身变美了，而是现代化学工业与美容整形业兴旺发达的结果。

小李哥哥，本小姐与你交个朋友可以吗？

玫的话你似懂非懂，但小姐一词使你感到无比的新鲜。玫见你也并不什么好货色，就坐到了你的大腿上。你粗野地搂着玫，小姐小姐地叫个不停。你被玫性感的体态与迷人的眼神迷惑住了。但你不知道，如今小姐一词已被人们用滥用俗了。想当初一叫小姐心里就如春风荡漾，马上就感到有一股温馨一种柔情飘来，就想进入一种境界，就想挽着她去湖边读一篇散文说几句英语朗诵一首古诗，或者握一支横笛持一把七弦琴去山泉下演奏平湖秋月、高山流水、梁祝化蝶与春江花月夜，或者躺在绿菌草坪上数天上的星星整夜都不产生邪念。如今这小姐是什么呀？小蜜呀、傍大腕呀、公关小姐呀、美腿小姐呀、美臂小姐呀、最上镜小姐呀、陪舞小姐呀、陪唱小姐呀、陪聊小姐呀，多啦！，一听小姐二字我都有点肉麻，有点条件反射了。现在朝任何一个地方一站都是美女如云，有谁还是可以和我去湖边散步读书去泉下弹琴赋诗窈窕淑女知己红颜的呢？如今还能去什么地方找到一个纯情的女孩啊，不是我过于悲观，甚至连找一个处女都难了。但玫对你来说的确是太富有魅力了。

接下来你们的对话十分简洁。

玫说，你有一个当官的哥哥在组织部？是他给你的开的后门？你还来不及回答，就被玫勾上了床。

我知道，这之前你尽管有满身恶习，但还说不上恶贯满盈。那天晚上，玫疯了一般，逗弄得你如同死猪一样动弹不得。玫在玩弄你。玫在你的身上发泄着她对当官的哥哥和哥哥这个阶层的仇恨。你们可以说是同病相怜，但玫是精灵而你却是蠢驴。第二天早晨你仍四肢瘫软，玫却精神抖擞。玫鄙夷地望着你。

有当官的哥哥撑腰又怎么样？弟弟还不是脓包一个！玫说完大笑不止。

你开头有点惶惑，莫名其妙，接着也跟着讪笑。

玫突然停止笑声，重重地扇了你一个耳光。没出息的东西，只会给你哥哥丢脸。说完甩门而去。

玫的玩笑开得沉重，你无法明白，也不可能警觉。你受了诱惑，以后每晚都有打扮妖冶入时的女孩去找你。你来者不拒。你学会了抽烟、饮酒、跳舞、赌博、偷盗。你从农村无赖变成了城市流氓。

玫再次勾你上床的时候，你已神魂颠倒无可救药了。起初玫只是为了报复玩弄，这回她是有目的的。玫挽着你走进了威严的县委机关大院，走进了我的居室。这以前你根本没有到过我的居室。我羞于接纳你这个野种确切地说应该是无赖，弟弟这个词对你来说我使用的频率几乎等于零。你不知道我的住处但玫知道。玫有心计。走进屋你显得惊惧不安，嘴唇乌黑，手在发抖。玫一直挽着你的胳臂，脸靠在你的肩上，挑衅地看着我。

我是你弟弟的情人。玫说。

我真想上去宰了你们。我内心愤怒到了极点。但我不动声色。我是有身份有教养的人，我在什么时候都不会轻举妄动。

玫说，实话告诉你吧，厂里要撵我走，接替我的是你们组织部一个科长的姨妹子。她进不进厂我管不着，但我不能走，不能！玫在拿你要挟我。玫得逞了。玫得逞后再次甩了你。玫瞧不起你。玫其实是个很不错的女孩，有气质、灵秀，但时代不让她做小家碧玉大家闺秀良家妇女啊。那时，我是你的保护伞，是你的挺硬的后台。玫实在没办法了才用这招，但你不知道珍惜。你太愚昧无知了。这是你的劣根性。

也许你对玫还真的动了感情。玫离开你后你好几天精神萎靡不振。

这时莲子出现了。

但是，当莲子出现在你床上的时候，你在工厂里已是朝不保夕了。

组织上决定派我去省委党校进修，县城四处都在传言我要调离组织部去一个无权无钱的单位任职。我失去了往日的威望。再清廉的官难免也有敌对势力，哥也是。但哥还有一手，能写，哥可以在官场和文场之间游刃有余，哥永远不会消沉。

你失去了保护。先是被曾与莲子好过的一群坏小子毒打一顿，财务劫洗一空，保卫处又无端地严讯审查了你三天，厂里就炒了你的鱿鱼。公安局准备对你实行行政拘留。是玫事先向你透露了消息。保护弱者，是人的天性。玫可怜你，同情你。这时的玫已辞去了工厂的事情，去宏达歌舞厅当了职业歌手，并正在向业务副经理的位置发展。玫说，走吧，带着莲子走，不要再给你的哥哥丢人现眼了。

城里你是待不下去了，本来城里就没有你的位置嘛。你在一个漆黑的夜晚带着莲子逃回了你屈辱的白沙河。莲子不是和你逢场作戏，她是把你当成可以寄托终生的人。莲子是弃婴，15岁沦落风尘，经劳教后立志重新做人。你有了莲子也就有了新生。莲子应该带着你渡过无边苦海。但是你害了自己也害了莲子。你应该忏悔。

阳光下的罪恶就要开始了。你开始从大树下走出来，暴露在阳光之下。你仍然目不转睛地盯着我的老屋。老屋里来了许多的客人，都是你熟悉的怀恨过的白沙河人。

这天是农历五月十四日，母亲的60大寿。白沙河恪守传统，生日都是过农历。我是五月二十，你大伯是六月初九，嫂子是二月十八，两个侄女一个是二月初五，一个是五月二十八。但你的生日呢？谁也说不清楚。你不在意这个，也从未过过生日。

这天我因为要迎接一位省部级的大领导，未能赶回，等我回到老屋，已是母亲60大寿的第二天，而你此时正安详地躺在一床洁白的被单上，莲子则成了阶下囚，等待着正义或非正义的枪声。

你首先看到的是我的62岁的父亲和正沉浸在生日快乐的母亲。两位老人的出现使你产生了些许的负罪感，毕竟在你漫长的屈辱与苦难的生活中两位被你称为大伯大妈的老人给了你点滴家庭的温暖。这点滴的温暖对你来说就该终身相报啊。

但接着走出来的福就使你怒火中烧了。福是我从远房兄长家过继来的儿子。我把老屋和两位老人都委托给儿子福了。福成了老屋的合法继

承人。我知道，你永远无法接受这个事实。福是五府之外，是外人，而你是三代嫡系后裔，最有资格继承老屋，完全可以以两位老人为父母，赡养他们终老。恰在这一点上你被视为外人，野种！哥有时也庸俗狭隘偏颇低下自私。人都有两面性，双重人格。原谅我。你因此恨福，恨老屋。与玫一样，你仇恨一切。

老屋的酒席摆上了，客人们围上了桌。这时你出现了，可以说你的出现并没有给人们带来恐惧。福给你上了烟，斟了茶，拉你入席。你都接受了。人们知道，在你从县城工厂重新返回故土的这段日子你的那颗心已被村干部捏碎了，人格被压扁了。你又回到了8岁以前那个为了获得几个白面馍馍就可以爬在地下喝难产母猪阴血的时代。谁见了你都可以向你吐一口痰，踢上一脚，再不行还可以关你，给你戴上手铐，限制你的人身自由。你的忍耐达到了极限。

我知道你之所以能够如此忍辱负重全都是因为莲子的缘故。人们恰恰忽视了这一点，忘了你曾经是无恶不作的无赖、地痞、流氓。你一发怒就如一头野狼。你的复仇的火种就在昨晚被强烈的引发了，而且达到孤注一掷的程度。

你一把推翻了酒桌，一拳打倒了福，又揪出一个你平时看不顺眼的村邻踩在脚下。你一手执刀，一手举着利斧。

天啊，我的纯净的白沙河故乡就要大开杀戒了！

这时，你大伯大妈出现了。他们迎着你的凶恶的目光迎着你的利斧长刀向你一步一步地靠近。你的手有此软了，心在发虚，最后你终于放下了斧头与长刀。你回身离去，走了几步，又转过身来，对着两位老人深鞠一躬，然后扬长而去。

那一刻并非你的良心发现，你突然感到这样独自对自己同姓人下手毫无快意，亲者痛仇者快显不出英雄本色。你要带着莲子，带着你心爱的莲子苦命的莲子杀尽天下恶人。恶人你杀得了吗？再说如今恶人与善人并没有明显的界限。

血色黄昏的时候，你回到了桐树坡的草棚。莲子为你准备了丰盛的晚餐。这是最后的晚餐了，莲子因此做得精细。回到草棚回到莲子的身边你顷刻体验到一种家庭的温馨。你拥有了莲子，拥有了一个真正属于你的女人，你的人生就得到了升华。莲子已经成为你生命的一部分，不，应该是生命的全部。原来这世上男人离了女人是没法生活的呀。

《圣经》上说女人是从男人身上抽下的一根肋骨，男人没有肋骨不就成了废物？男人是船，女人就是航灯；男人是汽车，女人就是方向盘；男人是夜行侠，女人就是北斗星。你拥有了这样的女人，一下子看清了人生的全部底色，很美。你要好好地活啊！

你脑海里闪现出许多美好的镜头，全都与莲子有关。你要让莲子生个儿子，最好是一男一女。莲子系着围裙，在屋里烧火做饭，做针线活。儿子和女儿在道场里抓蝴蝶捉蜻蜓。你一个人在地里劳动，嘴里哼着古典的鄂西北神农架小曲儿。坡上草儿青青，牛羊成群。四周是大森林，田边地角全是簇簇野花，没有一条通往外界的道路。你一家四口就生活在这个小小世界里，永远不与外界发生往来。你与莲子辛勤而快活地经营着这样一片天地，男耕女织，鸡鸣犬吠，儿女弄巧，一家人享受着天伦之乐。多好！其实，你已这样做了。

从县城带着莲子偷偷跑回白沙河的那天晚上，你没有回到婶母的家中，直接到了荒凉孤僻的荒山桐树坡。你要把桐树坡作为你与莲子的永久的居留地。做出这个决定的时候，你肯定想到了我，因为我出生在这个地方。这块地方一定是块风水宝地咯！你要在这里生儿育女。你的儿子一定要就在城里乘乌龟壳小轿车的我一样出息，女儿一定要像玫一样漂亮聪颖。你对玫依然难舍难忘。

带着这种美好的愿望你开始平地基，盖草房。在平地基时你挖出了一白一青两条蛇，蛇就是龙，果然是风水宝地。你好几天乐不自禁。尽管桐树坡已失去了我儿时的那种纯净自然那种幽美田园风光，但你感到很满足。人只要一生活在理想之中，人生就会变得非常地有意义。你与莲子终于有了一个安宁的环境。你要脱胎换骨，要真正成为一个好人，一切从头做起还不晚。

然而，在这个世界上想做什么都容易，唯独想做一个好人，难。很多杀人越货十恶不赦的恶人本质上并不坏。人之初，性本善，恶人都是后来被逼的。你也是。

首先深入你温馨草棚的是支部书记，接着便是村主任、会计、妇女主任，还有你根本弄不清职务的头头脑脑。他们问莲子的来历，问你在县城工厂里的表现，让你谈今后的打算。你都一一地回答。回答这些提

猎人的后代
LIE REN DE
HOU DAI

问时你很谦卑很虔诚，不是要按照村规民约行事做良民吗？做良民就得从谦卑地回答干部的问题做起。

接下来便是办各种证件，诸如土地证、身份证、山林砍伐证、计划生育证、牲畜屠宰证、义务工登记证、三提五统交款证、教育费附加证、团费证、外来人口暂住证、社会治安综合治理证等等。你不懂这些，但有莲子，莲子是念过初中的。莲子可以应酬。

办了证就是交款，十几种项目，每天都有人上门，都带着红头文件，都是一致的官腔。你开始懵了，你不解，心中一片迷茫。原来居家过日子还有这么多繁杂的内容还要交钱？你看着莲子。莲子说，皇粮国税，应该的。莲子说了你也说，皇粮国税，应该的。

该办的证办了，该交的钱交了，这下该安宁了。你想。

但这时治保主任登门了。治保主任管社会治安。你与莲子都是不安定的社会因素，是社会渣滓嘛，没有人管还行？治保主任穿着当兵时的绿军装，身背双管猎枪，手里握着电动警棍，就显得特别地威严。一看到治保主任你就有一种灾难临头的预感。心里发怵。治保主任一进门就盯着莲子看，眼里露出邪恶的淫荡的绿光。

莲子想躲开，治保主任抓住了莲子的手。你就是城里来的婊子？

当时你最忌讳的就是这个。你宁可别人骂你千遍万遍野种也不愿听到别人说一句莲子是婊子。只有你知道莲子的身世理解莲子那受伤的高洁的心灵。莲子在15岁那年被人贩子从孤儿院里绑架到一个荒郊，强暴后被卖掉。莲子先后被转卖了5次，每卖一次都要遭到非人的强暴。第6次买她的是个私营旅馆的老板。那板不仅是个色狼还是丧心病狂地拿女孩肉体赚钱的坏蛋。老板见莲子有一副柔弱无骨婀娜多姿的身段和灿如桃花的脸蛋含情似水的大眼睛，顿时感到财运滚滚而来，就安排莲子在旅馆做了服务小姐。莲子从此开始了卖笑卖肉生涯，日日夜夜遭受着衣冠禽兽们的百般蹂躏。莲子被政府解救出来的时候已是麻木不仁了，心灵上伤痕累累，外表上如同行尸走肉。你同情莲子可怜莲子发誓要加倍地爱护莲子。在这世上莲子是最苦命的人，你毕竟还有母亲还有家族而莲子几乎是举目无亲孤苦伶仃。

听了治保主任的话你的血一下子膨胀沸腾起来，眼睛睁得滚圆。有种的再说一遍！你吼道。

婊子配野种，乌龟找王八，怎么样？治保主任笑了。

你忍受不了这种戏弄这种轻视。你的拳头终于在治保主任的脸上开了花。

这一拳打出了你的志气，也打碎了你的美梦。你被带走了，带到了镇上的派出所，一关就是半个月。莲子不敢去看你，莲子害怕被抓走。莲子也不敢去求治保主任，莲子害怕那绿色的目光。莲子整天整夜望眼欲穿地等你盼你。你也是。每当夜晚，你们对着同一颗星星交谈，都是苦藤上的苦瓜，都有道不完的苦水。银河啊，暗渡过牛郎织女的银河，为什么不想方设法让这一苦命的恋人鹊桥相会？你咽下自己的唾液，莲子吞下自己的眼泪。等你被放回草棚的时候，莲子已憔悴得失去人形。你们抱头痛哭。

但是，你们的悲剧正演到高潮。一只无形的手正在伸向你与莲子的中间。一对生死恋人就要被拆散了，一段人间至情将被阴霾遮掩。你回来了，莲子该走了。莲子是黑户口，是被你勾进白沙河村的婊子。村里有一个野种无赖恶棍还不够，还要再添一个婊子吗？莲子要被治保主任遣送回县城。县城里莲子哪有家呀，她只有你只有白沙河桐树坡上的一间遮雨草棚。这对你来说简直是噩耗是晴天霹雳是万钧雷霆。你无法接受残酷的事实这种毁灭性的打击。你不能没有莲子，失去莲子就意味着失去你自己失去生命。你问天问地问人间，公理何在？你的那些美好的愿望顷刻间如同风吹肥皂泡一样破碎了，消失了。

仇报仇报仇我要报仇！你狂喊着。

白沙河桐树坡风雨茅庐下的你的那颗心变态了发狂了。你的全部恶性在那一刻暴露无遗。

夜色临近。桐树坡草棚开始孕育恐怖。血腥布满天空。

你开始与莲子对饮。你们喝了两瓶烈酒。两人的性情被烈性的烧酒撩拨得火辣辣的了。你的眼睛充血，几乎全部变成了红色。你一把拉过莲子，一拳打在莲子的胸前。

莲子应声倒下。

你抓住莲子的头发吼道，我的手劲咋样？

莲子说，还行。很有力量。

你又一拳打过去。莲子柔弱的身子像一朵飘飞的鸽子花散落在地下。

她几乎不能动弹了。

起来。你再次吼道。

莲子挣扎着，站起倒下再站起。

你把莲子抱在怀里，发疯似的吮吸莲子的眼泪、鼻涕、口涎。然后你几下剥掉自己的上衣。来吧，莲子。你说。对着我的胸膛撕咬，要心狠手毒。你撕呀，你咬哇莲子！

莲子也疯了，对着你的全身乱抓乱咬，直到气喘吁吁汗流如雨，直到你的身上伤痕累累，鲜血染红全身。

真他妈痛快！你狂喊道。你的眼泪如雨而下，糅合在血水之中。这是你第一次流泪，也是最后一次流泪。

你把莲子托起来，一步一步地走到床前，小心地把她放在床上。你梳理好莲子散乱的头发，抹去她脸上的泪痕与血迹。你极为温柔地望着莲子那灿若桃花的脸蛋和含情如秋水的眼睛。你好激动啊！你轻轻地解开莲子的衣扣，脱去她的上衣，取下她的乳罩。出现在你眼前的是两座颤微微的小山峰似的乳房。乳沟与四周平滑柔嫩，乳房光亮而充满生机，那乳头就像两粒带露的红樱桃。那是未经攀折的樱桃树啊！那一刻你想到了你的母亲，想到了也许就是这两粒红樱桃阻止了你来到人间的第一声啼哭。每一个男人最初都把女人的乳头视为生命的源泉，到后来才把乳房看成玩物。这就是高智商的人的所为吗？

母亲，人类之源，让我千遍万遍地赞美你，歌唱你！

你往下去掉了莲子的鞋袜，又去掉她的长裤，最后那条小红裤头也轻轻地被脱去了。这一切你做得那么虔诚，那么神圣。你看到了莲子那白皙的大腿、那坦荡的小腹和那幽谷四周的萋萋青草。

你褪衣上床，双膝跪在莲子的两腿之间，头深埋在莲子的小腹上。

这是人类的生育之地啊。人的结局各有不同，但生都是来自同一个地方。男人们啊，你们为什么要在这样神圣的地方发泄呢？那是对人性的亵渎，是对母亲的亵渎。两性交欢有多种说法，你最欣赏做爱一说。男女做爱一是繁衍后代，二是双方悦愉身心，除此则是兽行。

女人，我的太阳，你身体的每一处都神圣的，让我们百倍地去爱护吧！

你久久地沉静着。莲子双手捧着你的脸，拉向自己的芳唇。你整个身子覆盖着莲子。你们迅速进入到两性交合的忘我境界。他们配合极为协调默契，全身心地投入。你们终于找到了人性的最佳境界。

做完了两人的事情，你们走到草庐外面。月光皎洁，山川生辉，你们赤条条地站在月光之下，相互欣赏着对方的裸体。那一刻你们的恶性又开始复发了。你们好一阵狰狞的阴惨惨的狂笑。

狂笑之后，你们各自穿好衣服，每人带一把长刀。然后你一把火点燃了那间你们亲手盖起来的留过美好经历的充满无限希望的风雨茅棚。桐树坡啊，我的生身之地，理想的伊甸园，这一回你是彻底地被毁灭了。

熊熊的烈火照耀着你们的狰狞面目。

你们成了山林的幽灵，成了催魂夺命的野鬼。

我几乎已经嗅到白沙河的血腥气味了。上帝啊，快阻止你的疯狂的臣民吧。

你们一前一后，走在白沙河的月夜之中。

你们来到那棵你最为熟悉的高大的黄莲桠子树下。你一刀劈下了一根树枝，刀刃锋利，得心应手。你开始盘算着先从哪一家下手。你一眼就看到了治保主任窗户的灯光。

狗男人，明年的今日就是你的周年。你狞笑着。

你们迅速向治保主任的家靠近。

但是，你选错了对象。治保主任是行武出身，当过几年武警战士，参加过追捕全国通缉的逃犯的战斗。你还不是对手。你们推开治保主任的大门时，治保主任已经看到了你手里的长刀露出的寒光，但他并没有惊慌。他先向你友好地点了点头，然后站起身，面对着你，留下一个空档。这一手足可以看出治保主任训练有素，非同一般对手。你把刀对准治保主任的胸口。治保主任冷静地与你周旋着。莲子竟然被这场面吓呆了。

不过，你此时此刻并不紧张，也不想急于求成。你想到了猫抓住老鼠后逗弄老鼠的愉快情形。你也想像猫戏弄老鼠一样戏弄一下治保主任。然后再下手。但是你发现眼前的这个猎物并不像老鼠那样好对付，时刻在准备着反扑。你的手有些发抖了。

必须沉着，果断！你提醒自己。

你的刀就在这时猛地刺向治保主任的胸口。治保主任一闪身，你的刀深深地扎进了治保主任身后的神柜。这第一个回合，你失败了。

你丢下刀，从背后猛地抱住了治保主任的腰，将他的胸口对着莲子

的刀。

快刺，莲子。你声嘶力竭地喊着。

莲子如梦初醒，刀迅猛刺来。

治保主任恰在这时带着你来了一个180度的转身，莲子的刀正好刺进你的后心。

这是一个瞬间的事情。莲子与治保主任同时怔怔地站着。你的胳臂慢慢地松开。你慢慢地转过身，深情地看看莲子，看看治保主任，看看门外美丽月色下的温暖人间。

你笑了，笑得妩媚、舒心、甜蜜。

你的身子像一只美丽斑斓的凤尾蝶，在空中来了一个轻松自如的旋转，旋转成一个美丽的弧，然后訇然倒地。刀尖从你的前胸露出来，上面挂着你的热血，像火焰在你的胸前燃烧。

白沙河的一天就这样过去了，一个生命就这样消失了。世间物趋于寂然。

生命的消亡与时间的消失一样，值不得大惊小怪。人一百年的生命过程与路边小草、足下白蚁短暂的生命存在没什么不同。我们不能轻视生命，也完全没有必要杞人忧天成天提心吊胆地过日子。生是一种现象，死也是一种现象。谁也改变不了自然的法规。想开些吧。假设当初那个混账男人不与婶母偷欢，根本就不可能有你的生命也不可能有生命的苦难。

有生与无生本没有什么区别。显赫一生幸福一生又将怎样？不也只是数十年光景？最后不也是同样的归宿？黄土遮身，尸骨化为泥土，泥土繁衍绿草红花。上帝对谁都一样，绝对的公平合理。据科学家们预测，地球总有一天会毁灭。皮之不存，毛将焉夫？注定人类包括一切生物都将消亡。我们捡一条生命，活上几十年，该知足啊！即使地球不会毁灭，人类也会自己毁灭自己，而且这一天也并非遥远的事情。我不是悲观论者，也没有沾染过浓的世纪末情绪。你今天的归宿，也是我明天的归宿。生命作为一种现象，一种存在，没有高贵卑劣之分。人可以选择自己的成长道路，但无法选择自己的出身，选择爹娘。

你自卑什么呢？在你脱离母体之前，你并不知道人间会是这种情形，否则你会窒息而亡，拒绝出生。你善良的怀着对人世间的种种憧憬来到人间，你希望你短暂的生命成为一道美丽的七色彩虹，即使来去匆匆，也要在人类历史的长河中留下光辉的一瞬啊！你去了，带着不解、带着迷茫、带着深深的悔恨与愤懑去了。除了莲子，人间没有什么值得你眷恋，而莲子还要为你偿命。你无辜，莲子无辜啊！

所谓的高贵低下、优尊卑劣、悲剧喜剧，全是人类自己而为之。原来人才是地球上最可怕最不可捉摸最狡诈最凶狠残暴的动物。显赫的人尽可去显赫吧，但草民也不必悲哀。在这世上，总统有时并不比清洁工更高尚，乞丐有时并不比亿万富翁更低贱。我们得看得起自己。

现在好了，你又进入了一种永恒的混沌世界。你该又是一个平等自由的细胞、原子或是细菌了。

安息吧，魁弟。阿门！

原载《当代作家》1999年第4期，发表时题为《你不能这样背叛》。

乡长的故事

    喧嚣了一天的沮水乡终于安静了。天色暗了下来。乡长林志平在旅游景区建设工地草草扒了一口饭，返回办公室。他想迷糊一会儿。书记长年病休，大小事压在他一个人头上，他被乡里的一切事情弄得精疲力竭，有时心情不免烦躁！

    咽得一下门被打开，林志平唬地一下站起来。党政办主任庹云山火急火燎站到面前："耿……"

    "耿你个头啊耿，不知道我刚坐下迷糊一会儿呀。什么事？"

    "对不起，这我真不知道。卞乡长打电话说，沮水乡旅游发展论证会8点开，有关部门领导和专家都到了，就差你了。会是你亲自定的啊。"

    林志平一拍脑门。"妈的，都是叫狗日的张半龙给闹的，老子怎么把这么大的事儿给忘了。现在几点？"

    "七点不到，到县城一个小时，来得及。"

    "走，一起去。"

    说罢林志平拿起车钥匙就出门，也不叫司机，直接发动了那辆老式的桑塔纳。见庹云山站在车外看着他不动，叫道："楞你个头儿啊楞，上车呀。"

    永康县沮水乡旅游发展论证会议放在县宾馆6号会议室。林志平与庹云山到的时候，正好8点，省市旅游专家和县有关部门的负责人都到了。卞兰兰一个多星期以来，都在联络筹备这次论证会，乡长不到这个戏她就唱不下去了，所以一个劲儿地打电话催。见林志平准时赶到，她心里高兴，赶忙向大家介绍："这位是我们沮水乡乡长……"

林志平很礼貌地向大家拱拱手。

"我叫林志平，沮水乡党委副书记、乡长。感谢各位专家、各位领导对我们沮水乡的关怀支持，旅游这一块主要是卞乡长在分管操心，我来晚了，对不住大家。卞乡长，开始吧。"

论证会由沮水乡党委委员、副乡长卞兰兰主持。首先播放的是反映沮水乡全貌的专题片。随着镜头的拉动，出现在眼前的是《荆山楚韵》片头。荆山山脉中的云旗山千峰万壑，郁郁葱葱，一条沮水奔腾而过。沮水两岸麦浪滔滔。林志平认真地看着，不时拿眼睛看看娇小俊美的卞兰兰和身边的小伙子庹云山。他知道解说词是庹云山写的，组织拍摄制作则是卞兰兰一人操办。他为乡里有这么能干的人才而欣慰。15分钟的片子放完了，接下来是湖北旅游设计院的王工开始介绍沮水乡开展旅游建设的总规和详规以及景区景点配套服务项目的设置。也是用投影仪。屏幕上不时出现沮水乡未来的美好图景，林志平一直耐心地看着、听着。其实，这些规划在他那里早已谋划好了，湖北设计院也是按照他的思路设计的发展规划，有些地方他已经组织人员进入了前期工程。只是现在经专家这么一穿，就形成了一幅美丽宏伟的蓝图，让他兴奋。有了这个旅游建设总规他就可以在全乡干部中大力实施了。论证会开得很成功，大家提出了许多中肯的建议，对沮水乡的旅游发展给予了充分的肯定。论证会一直开到晚上11点多，林志平站起来说："再次感谢各位专家、各位领导、各位朋友对沮水乡的关心和厚爱。夜已经很深了，我陪各位专家去吃个夜宵吧。本县的各位领导怠慢啦，下次请你们到沮水乡去旅游，我再陪各位喝尧治河1988。"

说是夜宵，其实也只是大排档，但是大家都非常开心，闹到深夜两点多才回去睡了会儿。天刚大亮，林志平就敲开了卞兰兰的门，随即又叫醒了庹云山。"卞乡长把县里的事弄好，送走专家，做规划的费用一分不少。再去旅游局把县城到沮水乡沿路的旅游指示牌搞定，田局长是你同学，钱他们出，内容你定。庹主任回去准备材料，我要召开全乡群众大会。今年是沮水乡的旅游建设年，一切围着这个事儿。我再出去一趟，去招个大商。"

"还要招商？"卞兰兰惊讶地看着林志平。

"不招商我们的旅游怎么发展？我现在有个新的思路。外商招不来我招内商，花财力人力求爷爷告奶奶地去外地乞求所谓的商人，还不如在我们地方的土财主身上动动脑子。外商来了干什么，要地要政策，目的一达到一溜了之，留下乱摊子还不是我们给他擦屁股？"林志平见卞兰兰与庹云山都奇怪地望着他，自知说多了。"好了，招商是县里的大政方针，毫不动摇。我去一趟河南平顶山杨树沟煤矿。你们先各干其事。"

"你去找何山魁？"

"对，找的就是他。只有他有这实力。"

林志平开着他的桑塔纳轿车紧赶慢赶直到天黑才到，开得他腰酸背疼，想不到这高速路上开车比乡道还累，这时他真才后悔没叫上司机。看到别的车一辆一辆超过去，他就是敢超速度也高不过120码。电话早已打给何山魁。他就是要实地看看这家伙到底有多大能耐。

何山魁早在高速公路出口处耐心地等着，眼睛一直盯着鄂f5字头的车辆，见林志平的车从收费站出来，赶忙迎了上去。

林志平把车停稳后出来，一把抓住何山魁的手，有些动情地叫道："何山魁，好你个土老财！你不看我，还要我大老远来看你？"

何山魁见只林志平一个人，大为不解："哎我的父母官，怎么是你一个人？"

"怎么嫌我人少？要我带警察拷你？"

何山魁赶忙叫下车上的司机。"你来开林乡长的车。林乡长坐我的车。我们进城，先吃饭。"

林志平坐上何山魁的路虎，一时颇为感慨。"这有钱呀，就是好。你这路虎比我的桑塔纳跑得就是稳。气派。"

"林乡长不嫌弃，我们公司赞助你一辆？"

"这你可别害我，你敢送我可是不敢坐。乡长官不大，可是丢不起，沮水乡的事情我还没办好呢。"

汽车直接开进了一家五星级宾馆。宾馆的服务应有全有，林志平感到这可能是他这一生中最为豪华奢侈的一次享受，吃的是人参燕窝，喝的是茅台，住的是豪华套间，何山魁真把他当作家乡父母官啦。暴发户的钱，就他妈腐败一次吧。林志平看到眼前的五星级宾馆，立即想到了他的沮水乡。将来，不久，就是今年，他一定要在沮水河畔，云旗山下，建一座星级宾馆，还要在云旗山建别墅群。林志平今天完全放开了，何山魁怎么安排他不管，他也要体验一下经济强大之后的那种滋味。

洗浴后何山魁进屋，他知道林志平的来意，只是还没有挑明。见林志平精神不错，忙说："林乡长今天太累了，要不我们去唱唱歌吧，洗脚也行。"

"唱歌就算了，脚我刚才已经洗过了。"

"那么我们洗洗桑纳，这里小姐的按摩功夫那可是一流的。"

"何总就别费心了。从小的讲，我对这些不爱好，从大一点讲，我还是沮水乡的党委副书记、乡长，对这些是从来不沾的。"

"林乡长过虑了，这里的服务都是很正规的。有特殊行业许可证。再说你乡长坐怀不乱，何况外人不知。"

"不是你说的那回事，瓜田李下，知道吗？避闲。我这人看似大大咧咧，但做事有底线。好了，今晚破费你了，只此一回，明天你把房子退了，我去看看你的矿山，就在你矿上吃矿上住。"

平顶山到杨树沟煤矿要走50多公里，全是山路，难怪这里人全都开越野车。并不全是显富，主要还是适用。路虎在这样的路上就显示出特别的优势，大坑小洼，不费劲就过去了。到了杨树沟林志平才感到城乡的巨大差别。城里高大的楼房与农村低矮的土坯房，西装革履的城市市民与满身黑灰的工人形成巨大反差。林志平骨子里的那股责任感油然而生。

何山魁对林志平深怀敬意，像这样关心家乡外出打工人员的领导绝无仅有。他带领林志平参观他的厂房、矿区，带领他看地上作业和井下作业。详细介绍他的领导体系，管理模式，运作方法。在何山魁的矿山打工的竟有一百多沮水乡人，就凭这，他也是在为家乡做贡献。林志平第一次感到创业的艰辛和不易，也使他感到干什么事情都必须付出，甚至是艰难地付出。

在一个满身灰黑的老乡面前他问何山魁："你当初就是这么干起来的吗？"

"甚至比他还苦。我是从井下爆破手干起来的，一年当班头，两年当包头，也是赶上好机遇，十年干成现在的规模，总资产接近5个亿。"

林志平望着远方来来往往的矿车自言自语道："能从一个打工的小班头十年做到一个5亿身价的老板，绝对部是一般的人。"

何山魁似乎没听清。"林乡长说啥子？"

他想，这样的人给他一个村，他肯定干得好，就是给他一个乡他也不见得干得比别人差。林志平回头紧紧盯着何山魁："老何，跟我回去干吧。"

他见何山魁疑惑地看着他，更加坚定地说："是沮水乡的男人，你何山魁就应该回沮水乡发展。人过留名，雁过留声，你何山魁既然闯出来了，就应该在你的家乡做点业绩，立起你的口碑。"

设想过林志平怎么开口，但绝没有想到他会以这样的方式激自己就范。何山魁一时反应不过来，忙对林志平说："林乡长，这事不急，我们晚上谈。你不是还要慰问老乡吗？他们也想见见乡里领导。"

这是一个特别的晚上。在杨树沟一个农家小酒馆里，林志平与何山魁相对而坐，五菜一汤，喝的是尧治河618，高度烈性酒。林志平详细地向何山魁介绍沮水乡未来的发展规划和自己一步一步实施的打算，听得何山魁热心沸腾，激情满怀。何山魁虽然只读过小学五年级，但他聪明过人，小时候家穷，穷到兄弟三人轮流穿一条裤子。他知道穷是啥滋味。他也想为家乡的脱贫出点力，但是他有力使不上，因为过去的一些不检点，在乡亲眼里没落下好名声。何况他强娶初中没毕业的刘兰花为妻的事惹怒了卞和村的老小，平时回去都不多。他为此发誓要在外干番大事业，人模人样地走回家乡，再去带领家乡人走向富裕，让大家看看他何山魁到底是个什么样的人！但没人相信他，也没有合适的平台。现在作为一乡之长的父母官亲自上门找他，他能不心动吗？

"可是我这样回去，领导们能接受吗？"

"怎么不能接受？相信共产党这点胸怀还是有的。天天讲解放思想，不拘一格用人才，怎么用？重在落实两个字，发展才是硬道理，懂吗？我不是领导吗？我现在站在你的面前，就可以证明一切。我现在有两套方案供你选择，一是以你们公司的名义投资云旗山景区开发，你发财我发展，成立沮水乡云旗山景区有限责任公司，首期投入三千万；二是你回卞和村当村干部，带领全村人脱贫致富，云旗山景区由沮水乡、卞和村和你个人共同开发，成立股份制企业。实现三方共赢。你看怎么样？"

"林乡长怎么定，我都没意见。我这里已有安排，两头都不会误。我可以回乡报效家乡人民。但乡亲们的工作还要林乡长做。"

林志平端起酒杯一口喝下。"好小子，我就知道你不会丢下你那如花似玉的老婆不管的，是个男人，干了！"

"干！"

林志平说："我明早就走，统筹全乡，作好安排。"

"我随后就回，不，我的投资可以先期到达。"

"好！"两人一拍即合。

林志平直接回到了乡里。他办公室没进，就去察看建设工地。在永康县，沮水乡是一个边远大乡，面积700多平方公里，人口只有两万多。没有什么资源，长期以来，就靠种粮过日子。这几年，通过发展茶叶、反季蔬菜、养殖业，使一部分人脱离了贫困线，解决了温饱，但发展速度一直在全县之后，这是历届党委政府痛心疾首的事情。但沮水乡楚文化底蕴丰厚，特别是云旗山，是三国关云长大战的古战场，山势险峻，风景秀美，旅游发展起来了就能拉动全乡其他产业一起上。林志平到任后认准了发展旅游一条路，决心在位于卞和村的云旗山上大做文章，做好文章。项目一上报，立即得到了县政府的认可。关键就是资金瓶颈问题难以解决。现在资金有了着落，他心里一块石头落地，心情格外舒畅。他兴致勃勃地走着，一辆工程卞车擦身而过。他一惊，很快镇定。他一眼望去，到处都是繁忙的景象，在沮水乡处处都是建设的工地。这正是兴旺之象。

欣慰归欣慰，但想到资金的困难，他又感到压力巨大。

沮水乡四面环山，中间一条沮河穿流而过，这里正在建设马踏沮漳水的关公公园，左侧是一栋三星级宾馆，在通向云旗山腰的重点景点策马望荆襄的公路上工人们正在加紧搅铸泥清，建成景区一级公路。在云旗山的悬崖上工人们正在做悬崖摹刻，雕刻的是楚国早期的十八位楚子。从策马望荆襄到云旗山顶架一道索道，悬岩中修建凌空栈道。在今年全县经济工作会议上他是向县委县政府立下军令状的，全面开发云旗山景区，力争四年建成国家4A级景区。

"林乡长你回来了，你还真及时。"卞兰兰戴着安全帽从工地上跑向他。

"你现在都成我们乡的铁姑娘啦！建设进度怎么样？有事情吗？"

"肯定有啊，我正要向你汇报呢。"

"好，那就回乡政府说吧。"

知道林乡长回来了，在家的党委政府的干部都围了过来。这已成习惯，一乡之长也是一家之长，每次外出回来，大家都要围在一起，谈笑风生，有时要解决的事也就在这种场伙解决了。这样一来，沮水乡党委政府的会就相对少多了。这也是林志平一贯的作风，凡事删繁就简，说干就干，雷厉风行。

卞兰兰说："林乡长，我们现在这么多建设工程，已到六月份了，还没给人家一分钱，工头、民工都在问我要钱，我怎么解释！再不给钱，工程进度肯定会受到影响。"

"速度只能加快，云旗山景区明年对外营运，这是必须的。告诉他们，民工的工资六月份一分不欠，工程钱先结20%。"

"哇塞，今儿是怎么啦，乡长突然有底气啦。"

"和尚还能叫尿憋死！不就是几个钱吗，大家说，是不是呀。"

说得大家哄哄大笑。卞兰兰咬咬舌，也觉得是这个理儿。"那当然，我们乡长那是谁呀，林志平，泰山压顶不弯腰！"

乡里工作按部就班地进行。

林志平把卞兰兰、组织委员、庾云山，还有民政干事叫到办公室，又安排财务室买了烟、酒、水果，安排民政所准备了1000元现金。办齐了这些，大家都不知道乡长葫芦里卖的什么药。他这才说："告诉你们吧，我今天要去慰问老党员。"

"这个时候慰问老党员？"卞兰兰一脸疑惑。"慰问谁？"

"卞和村的支部书记、村主任何守业。"

"慰问他干啥子？他占着茅房不拉屎，长期不理政事，是个又尖又滑的老滑头，再说他也早该换下了。"

"这不是没人选吗？你们想想，我们乡的旅游景区重心是云旗山，云旗山又在卞和村。要搞好云旗山景区开发，卞和村的两委班子至关重要。现在不是换届时候，我们去做工作请他让贤。至于接班人，我已务涉到了一个。"

"莫非——何山魁？"卞兰兰似乎明白了。"那就走呗。"

卞和村是沮水乡面积最大的村，几乎全是高山，人口居住分散，女的外嫁，男的外出打工，留下的全是老人和儿童。因为村穷，谁也不愿当干部，何守业一干30年，又长期患病，这个村的班子一直陷于半瘫痪状态。何山魁就是这个村的人，靠打工第一个先富起来，人能却没人敢用，其实也没人往他身上想。

何守业的工作倒也好做。见了一下来了这么多领导，还是乡长亲自带队，他非常感动，马上就在让贤退休文件上签了字。

林志平也没想到这何守业的工作这么好做。在沮水乡，卞和村是出了名的集体经济空壳村、社会治安泛滥村、计划生育多孩村，最穷的在卞和村，最富的在卞和村，最泼皮无赖的也在卞和村。原因很简单，一个字：穷！治理这样的村，关键就在于要选好两委班子，选准一个班长。何守业主动辞去村党支部书记、村主任职务，并推荐侄儿何山魁接班，这让林志平心里有了底。林志平很感激眼前这个不称职的老同志，他能提名何山魁，就在道义上支持了他，也在村里形成了影响力，自己对组织部也好汇报。

林志平对组织委员说："组织上用干部不是有两种方式吗？一是选举，二是任命。关键时刻，我们采取第二种。你现在就可以起草文件，乡党委任命何山魁为卞和村党支部书记兼村主任。"

组织委员说："这不妥。何山魁还不是党员。"

"他不是县政协委员吗？政府委员不是党员？"

"政协委员有的是非党，有的是民主党派。"

"妈的，真是个土老财，连党都不晓得入。那这样吧，由你组织委员亲自培养，'七一'入党，急是有点急，特殊时期特殊人才嘛，一年后预备期到再任命。你操作一下吧。那就先让何山魁代理卞和村的村主任，通过村民代表讨论确认。卞和村的工作请卞乡长负责，庹主任配合。在何山魁担任村书记以前，就请卞兰兰同志代理卞和村党支部书记吧。"

卞兰兰想要说什么，林志平手一挥。"就这么定了。"

这时，林志平的电话响了。

"这该死的手机，我最讨厌带手机，想它响的时候不响，不该响的时候嘀嘀嘀。"

一看是县委办公室电话，马上接通。他"呵呵"地应许了一阵关上手机。立刻对庹云山说："通知派出所所长，去信访办把张半龙给我押回来！"

说完觉得不妥，转身对卞兰兰说："算了，还是你辛苦一趟吧，去把他接回来。庹主任晚上在政府食堂安排饭，我亲自接见他。我就不信，

收拾不了他这个泼皮无赖。"

张半龙这个人其实也并不是太坏，因为他祖上几代名医，到了他这一代只传下了一些治疗疑难杂症的秘方。就是云旗山上的那些根根草草，他采回家一鼓捣，就治好了人家多年不愈的老毛病。他也不收钱，四乡八邻哪里有场合都就少不了他，在卞和村乃至沮水乡都很有名气，为此卞和村里换届时还选他做了村民代表，提他当书记主任的都有。

张半龙是坐着沮水乡的桑塔纳轿车回来的。车子直接开进了乡政府食堂。庾云山已经按林志平的吩咐安排好了晚餐，卞兰兰与张半龙一到他就立即给林志平打了电话。

张半龙虽说是见过些市面的，但见到林志平还是显得有些局促。林志平伸手去掏烟，张半龙以为乡长要和自己握手，赶忙双手握住。"林乡长，我给您添麻烦了，我不是告你的状。"

"张半龙，你这一状告得好，县林业局给我打了电话，那些古老的紫薇列为省级名树保护。每棵树补助五百块。好事。先不说这个，先吃饭。你去县政府告我乡政府，劳苦功高，今晚我得好好陪你喝几碗。"

林志平亲自斟酒，给张半龙斟一碗，也给自己斟一碗。"来，我先敬你第一碗。"说完一口喝尽。张半龙吃过不少场合，哪见过这阵势，赶忙端起碗也一口喝尽。

林志平斟上第二碗。"开发云旗山景区，受益最大的是你们卞和村，公路从卞和村过，张家祖坟挡了道，坟不迁，路要绕道，你让游客步行爬到云旗山？我在沮水乡这几年，不好也不差，还没人去上访，你，张半龙，沮水乡名人，今天带了头。今年县里考核，沮水乡因你要扣掉5分。你给我敲了警钟。我敬你第二碗。"

张半龙不敢怠慢，马上端起来一口喝下。"林乡长你误会了，我是要保住那些古树。"

"保护古树也轮不到你呀。你以为乡长是白干的，卞和村紫薇古树群是通往云旗山的第一处景点，乡里的旅游总规拿入重点景点建设，景点名字叫中华紫薇林。你听听，中华紫薇林！这名字多响亮，多气派。中华紫薇林在哪里？在沮水乡，在你们卞和村。云旗山景区建成了，建好了，第一个受益的就是卞和村，还有你，张半龙。紫薇长放半年花，云旗山景区建成以后，每天上千人的游客，吃饭，喝水，买特产，看病，都在那山上。你张半龙不是神医吗？乡政府出面找卫生局，你就在中华紫薇林里开家草药铺，如今是中医吃香，草医最受欢迎。你张半龙还愁不富？还怕出不了名。你是名利双收啊。可是那十几座坟堆躺在哪儿，你张半龙不动，别人都不动。你让游客大老远地来，花钱看坟堆，不煞风景吗？来，我敬你第三碗。"

张半龙赶忙站起来，接过林志平的酒碗。

"这碗我敬乡长，敬乡长。我自己来。"他不敢正眼看林志平，自己先喝了。"祖坟我迁，我不是没钱迁吗？不是没找到地儿吗？"

"地方乡里早规划好了，迁坟费每座三千，随迁随付。今年是沮水乡旅游建设年，你们卞和村啥资源没有，乡上好不容易找到的致富门路，你不仅不支持，反倒给我捣乱。亏你还是半条龙，我看你就是半条虫，不是益虫，是害虫。"

"乡长说得对，我张半龙永远成不了一条龙。和你林乡长比我只能是条虫，但我不是害虫。我去县里并没说你林乡长的坏话。"

"还经得起你说坏话吗？说也没啥。不说了，喝酒。第四碗。"

"哎，我的好乡长，酒是不能再喝了。我错了，错了还不行吗？我没觉悟，我是虫。坟我迁，我带头迁。"

"好，这才是神医张半龙。你这名医，沮水乡老百姓离不了，乡里搞旅游，各方面人才都需要，你要把张家祖传秘方好好继承下来，发扬草药医术，在沮水乡有你的用武之地。酒还喝吗？"

"不喝了，不能喝了。林乡长的意思我明白，以后张半龙就唯你马首是瞻，若再敢越雷池一步，天打五雷劈。"

"那就要看你的行动了。今天卞乡长亲自接你，规格不低吧。有始有终，还是卞乡长送你回家吧。"

"不敢不敢，我自己走。我走回去，也好醒醒酒，清醒清醒头脑，好好消化消化你林乡长苦口婆心的教育。"

张半龙走了。卞兰兰伸出拇指。"林志平同志，林乡长，大大的，厉害！"

屋里一阵哄笑。林志平说："别闹了，下面该我们了，你们看我表演，也饿了。来，吃饭，喝酒。"

不到一个星期，卞和村的十几座祖坟都迁走了，旅游公路工期速度加快，中华紫薇林景点建设工程如期上马。一切按规划进行。

林志平带着卞兰兰一行到卞和村查看工程建设，老远就叫到一阵悠扬的山歌传来：

　　　　一路唱歌一路来，
　　　　一路采花一路开；
　　　　蜜蜂见花团团转，
　　　　花见蜜蜂朵朵开。

　　顺着歌声看去，在一座险峻的山崖下面，是一座独立的四合小院。一股悬泉从山崖高处飞流下来，在小院旁边形成一湾碧潭，泉水在潭中积聚后绕过小院的竹林流向沮水。小潭前矗立一座奇石，上面刻着三个大字：梅香泉。几棵高大的白果树遮去小院的半边，四周是含苞待放的紫薇和枝叶葳蕤的蜡梅。院内院外种植着各种各样的花草，看上去就似人间仙境。卞和村山大人稀，绿水青山，风光旖旎，人虽贫穷，民风却不俗，这小院虽有些鹤立鸡群，与这山水风光倒也相得益彰。时至五月，正是麦黄柳绿时节，山歌引来山鸟阵阵附和鸣叫。

　　"那边是何山魁的家。何山魁家有啥喜事，刘兰花这么高兴？"卞兰兰是刘兰花的闺中密友，最爱听她唱山歌。刘兰花家穷，初中没读完，就辍学了。她奶奶是沮水乡有名的山歌王后，耳濡目染，跟奶奶学到了许多民歌。

　　　　妹在唱歌哥在听，
　　　　要把山歌放在心；
　　　　人多难说知心话，
　　　　山歌当中细听音。

　　"走，去她家坐坐，狗杂种何山魁也该回来了。"林志平说着，先走一步。一行来到何山魁的小院，两条藏獒凶猛地叫着，刘兰花喝住了藏獒，一看是乡领导来了，赶忙开门迎接。

　　"你是生了儿子还是有了相好？把半爿山都闹翻了。"卞兰兰说。"这是我们林乡长。"

"在沮水乡如果我林志平还用介绍的话，那就不是沮水乡的乡长了。老何快回来了吧，有你这娇妻在家，他就安得下心？"

"他的魂儿早丢了。不是丢在这儿，是你林乡长面子大，他一天就待不住。想当官。那边还有笔业务，十天内保证回来。这不，人没到，钱已打到我卡上了，两千万，怕你林乡长急着用，耽误了工期，我正要找你呢！"

林志平一听，喜上眉梢，伸出双臂，激动地走向刘兰花。

"要拥抱哇！"刘兰花本能地后退半步。

卞兰兰笑着接过话："我们林乡长是性情中人，爱江山也爱美人，抱抱你何妨？只是，你林乡长挖人家男人墙角，又想人家娇妻。这可就是道德问题咯。这样，我也插插足吧。"说着她也张开双臂走上去，三人一下子抱在一起。

这一幕也被跟在后面的张半龙看到了。他鼓掌笑道："林乡长的为人，我已经领教了。我们沮水乡能遇到这么平易近人、这么能干的领导，不愁不发。你们推举何山魁当领导，我张半龙第一个赞成。我拥护。"

林志平松开手，对着大家说："谁能为沮水乡的发展做贡献，不问出生，不管来路，谁就是沮水乡的功臣。今后老何就是卞和村的领头人了，也是沮水乡云旗山旅游风景区的开发商，我们党委政府支持他，卞和村的群众更应该支持他，跟着他干，错不了。发展旅游，张半龙闲不了，你刘兰花也不能闲着。风景区要成立楚风民俗艺术团，乡上还要注册云旗山旅行社，团长经理都是你刘兰花的。乡上还是请卞乡长牵头。"

"好！"卞兰兰说。"我也唯你马首是瞻。"

林志平望着刘兰花。"告诉老何，沮水乡人民感谢他，沮水乡等着他，我林志平盼着他。"说毕他回头望着庹云山。"我看沮水乡半年工作总结会就放在卞和村开吧，住农户，吃工地，看工程，察民情。这就是会议的主题。"

按照林志平的要求，沮水乡半年工作总结会开得成功。在很多重大问题上达成高度一致，比如选用能人当村干部，工作重心转移到旅游建设，乡党委政府领导每人包一项工程建设项目等等。

会后全体与会人员视察建设工程。

林志平带着乡党委一班人登上正在建设中的策马望荆襄时，电话响

猎人的后代
LIE REN DE HOU DAI

了，是老婆宦雪芹打来的。

老婆说："记得今天是啥日子吗？生日啊！"

林志平一拍脑门。"你瞧我这乡长当的，连老婆的生日都忘了。"说毕就关上了手机。

细心的卞兰兰在一旁正好听了他们两口子的对话，赶忙对大家说："我建议党委视察就到这里吧，林乡长还有大事呢。"

众人一阵附和。"林乡长，沮水乡旅游建设局面已经打开，以后大家分工负责，具体事情乡长就可以少操心了。"

林志平与班子成员们一起走出建设工地，乘车回到乡政府。他换了一套干净的衣服，驾着他的"宝马"桑塔纳就往城里赶。进了县城，他觉得妻子的生日就这样见面不合适，还是要送点纪念品什么的。送什么好呢？买束鲜花？订个大蛋糕？都没意思。这时他来到一家时装店，看中了一件绿底兰花的连衣裙，也没磨价，付钱就走了。出了店门又去珠宝店买了一条白金项链。

林志平家住县直幼儿园小区。他小跑上了自己的六楼2号，一嗵敲门，宦雪芹从猫眼一看是他，老公，故意慢慢地开门。

"你没钥匙啊！"说着拉开门让进丈夫，接过他的公文包。"我的大乡长，终于有时间啦，我不打电话你就记不起今天是什么日子。"

林志平风急火燎地跑进卫生间。"我先洗把脸吧。我是从云旗山上赶回来的。你不知道，我们沮水乡旅游建设现在多么红火！"

"张口你们沮水乡，闭口你们沮水乡，今天在家不谈工作！"

"好，不谈工作，谈生日。你瞧我给你买了什么？一件连衣裙，再配一副白金项链。我的夫人啊，永远都是大美人。祝你生日快乐！"

"你说什么？我的生日？"

"是呀，不是你的生日难道还是我的生日不成。哎，今儿几啦？"

宦雪芹哭笑不得。"你这是哪跟哪啊，今天农历五月二十。我的林大乡长，你已经年满43岁啦！还这么不成熟？"

林志平一下子愣在那里。是呀，阳历6月就是农历五月，今天是自己的生日，520，我爱你，不是自己当初追宦雪芹时说的吗？妻子比自己小五岁，是八月十五。

"这一阵子乡里事情多，他忙得有时连顿饭都顾不上吃，哪记得这个。"

"唉！"妻子叹叹气。"你们这些乡镇干部啊，真是够辛苦的。忘了就忘了吧，好在你还没忘记给我买礼物，童心未泯，孺子可教，老婆也奖励奖励你。"说着从卧室取出一套浅灰色暗格西服，一条红色领带，还有一双软底皮鞋，一双蓝色丝袜。

"来，换上！"

林志平这时很是听话，乖乖地按照妻子的要求穿戴。深情地望着妻子说："我买的，你也穿啊！"

"行，我也穿。"

两人穿戴好后，一起走到试衣镜前，相互相视一笑。高大威武的林志平显得非常潇洒，高挑柔细的宦雪芹小鸟依人般靠在他的肩膀。两人似乎又回到从前恋爱的日子。

这时，林志平的电话响了，是县政府办打来的，通知他八点去县政府会议室参加紧急会议，县长亲自主持。宦雪芹一看时间，才六点二十分。

"还有点时间，我们吃饭吧。我叫强强晚上给你发条短信，老爸生日应该让他知道，他成人了绝不能让他像你这样。今天你生日，陪你喝点我自己做的葡萄酒吧。"

说完刮一下丈夫长满胡茬的脸。"瞧你这乡长当的……"

载于《芳草·潮》2015年第4期，题为《请将》。

猎人的后代
LIE REN DE
HOU DAI

纪委书记

一

　　林志平近来总是无端地烦恼。他似乎陷入了一张无形的网中，一躺下就有无数的敌意的愤恨的惋惜的目光盯住自己。但是，当他翻身下床，拉亮灯，风息浪止，一切如故。他抽出一支烟卷，嗅嗅，很香，但无火。他苦笑了一下。自上任以来，他亲手摘掉了七名副局级干部的乌纱帽。他得到了什么？林包公，一个外号而已。他把那支烟捏成粉末。杨永功，伯父，案犯。他不敢想象。他痛苦地闭上眼睛，美丽而软弱的杨丽便出现在眼前。他和杨丽相爱三年了，两人的感情如胶似漆，但他没有去过杨家，一次也没有。他想去见见未来的岳父大人，每次都被杨丽婉言谢绝了。"我爸不欢喜干你们这行的人。"啊，人家不欢迎干这行的，他还说什么。半年前，他送杨丽去华师大进修，临别时，杨丽依偎在他的怀里。"你放心，我父听我的，真不干，我就逃婚！你不信？"他信。但她的革命几十年的爸爸竟然犯了贪污贿赂罪，她信吗？他有些口渴。屋里没有水，没有饮料，仅有半瓶翁泉特曲。他猛喝一口，烈性酒呛得他两眼落泪。他猛地把酒瓶扔在地下。"啪！"酒瓶炸了，酒气充满空间，他突然感到，今晚心情真他娘的坏透了。

　　他疾步走出县纪委。夜晚正浓。街道、铺店和高层建筑上的霓虹灯闪烁着五彩缤纷的光芒。他路过一家舞厅，舞厅的对门是咖啡馆，一阵阵乐声从幽谧的灯光里流溢出来，一对对夫妻和少男少女依傍着走进去。那份脉脉温情的自信与喜悦使他怦然心动。他从小就生活在这个县城，却从未享受过这种温柔。18岁参加工作，一开始就干刑侦，现在又干上了纪检。特殊的岗位使他的个性变得刚强了，对一切不法之徒有一种职业的愤恨。但他始终固执地认为：自己拥有一颗爱心。他看一眼舞厅，想起自己35年的孤凄生活，心里不由泛起种种遗憾。

他慢慢地走着。杨永功的案子总是在脑海里翻腾。其实这并不是一件大案，完全可以争取主动，赢得宽大。他真希望杨永功去自首呵，并为此而作出了种种努力，都事与愿违，杨永功不但居功自傲，处处设卡，而且还有那么多有来头的人为他说情、开脱。他常想，既然世人皆浊，何必唯我独清呢？为了杨丽，为了今后的荣升就放弃这次吧。但党性告诉他，这不可能！

他在梅泉公园门口停下，有一对情侣认出了他："林书记，您有约会啊！"他机械地笑笑，想到了杨丽。杨家已经把他当成了仇人，因为工作性质不同，他在永康县几乎成了众矢之的。无论是在街上还是在办公室，他都时时感受到一种无形的压力，一种仇视，尤其在接了杨永功的案子之后，更加大了这种压力的程度。在这个时候他是多么需要杨丽需要她的温情需要她的理解与支持呵！他和杨丽就是在这个公园相识的。经过一段若即若离时断时恋的折磨，当他从三个流氓刀下救出杨丽时，终于得到了杨丽火一般热烈的抚慰、亲吻，脑海里铭刻着一句滚烫的话："林志平，我爱你，永远——"

永远——能吗？他走进公园。梦似乎已断。

"妹妹你大胆地往前走，往前走，莫回呀头。哈哈——"

迎面走来一个疯子，林志平转身往河边走去。疯子抓住了他的衣角。"林志平，哪里走？还我局长，还我头来。"是他？原林业局副局长，因受贿被免去了副局长职务，受处分的当天就疯了。案子是他办的。他很同情他，本来是个不错的人才，就因为几个铜板而毁了终身。他想安慰他几句，疯子却抱住了他。他推开疯子，几乎是小跑，在一座假山旁停下。

他看着夜空和夜空下的灯红酒绿，十分沮丧。金钱，私欲，可以把健全的人变成疯子，可以毁掉人生。善良的人们，你该自重自爱呵！

他沉重地走出梅泉公园，伴随而来的是无尽的困惑。回吧。

168

二

一个通宵的失眠，林志平感到很疲乏，早晨起来他吃了一碗稀饭和一块油饼，便步行来到郊外的荒草滩。他说不出是一种什么力量的驱使，要来凭吊一位含冤自杀的姑娘的孤坟。他沉重地踏着蒲公英和苦菜花，身边的清溪河闲静地流淌，背后是群山环抱的宁静的永康县县城，离开了县城，就离开了爱与恨的烦恼，就离开了烦心的人情纠缠。他真想就这样无忧无虑地走下去，让自己纷繁的心灵在大自然的怀抱里得到永恒的宁静。但是，他不能，起码在这个案子脱手之前不能。

他一直走到红豆杉下，拿出一位十分俊秀的姑娘的半身照片，端详着，心里十分沉重。这位姑娘就长眠在这棵红豆杉下，没有墓碑，就一堆长满青草的黄土。她叫吕红，一位出色的主管会计，刚刚度过22岁的美好年华，就因为写了揭露杨永功的信之后，不堪凌辱而含恨自杀。吕红在向组织写信时不仅署了真名，还寄上照片，一位多么勇敢而单纯的姑娘呵。可是这封举报信竟然上上下下转了12家，最后差点转给被告本人。这是渎职、泄密、草菅人命，是不负责任的恶劣作风！每当想到这些，一个公民的正义感和一个共产党员的强烈责任感就油然而生。这种感情是女人如水的温柔与金钱地位的诱惑都无法改变的。他回首而望。县城笼罩在一片雾霭之中，太阳透过晨雾照射着山城，显现出一个五彩斑斓的大千世界，人心、世态、官场，能有这般明净多好！

他的记忆的荧光屏又闪现出昨日的一幕。常委会议室，宽绰光亮的会议桌四周坐着永康县常委及纪委监察局等部门的领导人，他一字一句地汇报着，显得十分激动。已经是初秋，他的额头仍然渗出豆大的汗珠。主持会议的县委副书记递给他一条毛巾，示意他可以慢慢讲。会场寂静无声，可以看出他的汇报已经在各位领导心中引起了强烈震动。但是，在讨论时，他却被人们提出的一个个疑点难住了。经过几个月的调查，取了数十人的口供写成的调查报告，却被领导们剖析后几乎驳得体无完肤。表决时，大家一致认为，给予杨永功党内警告处分。他怔怔地看着调查报告。这就是说杨永功仍然逍遥法外地做他的商业局长，吕红仍然含冤地下。他接手这个案子已经三个月了，尽管吕红的举报还没有取得最有力的证据，但这种处分是不平民愤的。县委书记征求他的意见时，他竟毫无话说。所有的目光都看着他。他感到血管里的血在沸腾，胸口在爆炸，搞刑侦养成的职业习惯在膨胀。他拍案而起。"我宣布，这样的会议我退席，像杨永功这一级领导干部的问题不从重从严处理永康县的党风怎么纯洁？不处理杨永功，我就辞去纪委书记职务。"说完便愤然离开了会议桌。

"回来！"叫他的是县委书记。他停住脚步，看着县委书记严肃的目光，感到了自己的冲动和失态，他还没有回到会议桌，县委书记就宣布散了会。他没有动。县委书记走到他的身边。"同志，群众舆论再大，终究不能代替事实，说他贪污受贿，要有真凭实据。我们干纪检的更不能感情用事，继续干！"一只手有力地拍在他的肩膀上。"记住，下次讨论的时候必须拿出强有力的真凭实据！"

真凭实据！他看着脚下的一片青草，真正的实据已经长眠在地下了。他感到有些山穷水尽，围绕杨永功已经结成了一张坚实的蛛网，他只是打开了一个缺口，不能搜查，不能拘捕，查账无据，怎么办？有人保，有人说情，何况还有杨丽的亲情，他真想就这么交差算了。但是，当吕红的照片再次在他眼前出现时，县委书记的话、永康县群众愤怒的目光一起涌入了脑海。他看一眼脚下的黄土，热血又开始奔腾。"妈的，我还逃避什么？"他猛地转身。

他走得很急。进了城，人就多了，总有人与他寒暄，这使他更加心烦，他跨过人行道，这时，一辆摩托车嗖地停在他的身边。

"林志平，我姐姐有信给你。"

他一愣，继续走。"哎，叫你呢。"他停步。叫他的人摘下头盔，是杨君，杨丽的弟弟，他上穿喜尔登T恤衫，下穿雷诺牛仔裤。他们身后紧停着三辆摩托车，都是单腿点地，一个个淫狎而低俗。

"信呢？"

杨君冷笑一声。"想做杨家的姑爷就别那么心黑，告诉你林志平，如果再对老头子纠缠不休的话，别怪咱哥们儿几个不客气。"说完四辆摩托直冲而去，旁若无人，透露出一种花花公子的高贵与无知。

林志平不知是怎么走回纪委的。他的脸色很不好。同事们都很吃惊，劝他休息，他笑笑，依然看他的材料。下午他接了三个电话，都与杨的案子有关，谁都没有明说，那潜台词却十分明确：手下留情。接第四个电话，他一听口气就撂下听筒。"以后再有电话找林志平，就说林志平不在，死了。"说完愤然离开了纪委。

晚上，他躺在家里沙发上，脑海里激烈地斗争着。突然，门外传来轻微的响声，很快又消失了。夜仍然静悄悄。他打开门，四下无人，门上贴着一张纸条。他揭下来，上面仅有三个字：女驸马！他百思不得其解。他久久地伫立在阳台，望着夜空，天上是繁星，地下是灯光，夜色十分美丽，可他心里却无法宁静。

三

林志平的家，两居室，虽是单身，却布置得十分合理，透露出主人对生活的热爱与自信。但林志平却被那张天书般的纸条弄得头昏脑涨。他重新翻阅着调查报告：杨永功借去北京开会之机到南方游山玩水花去公款两万余元，他以权力作交易将九名亲属安派工作，他收贿仅茅台酒就达300余瓶。这些都是事实。但他侵吞50万元巨款的举报却无证据。举报人已死。证据！他又想起了县委书记的话，也许这张纸条就与那50万元巨款有关。但送信人是谁？三个字的含义是什么？他已为此苦思冥想了三天三夜，毫无结果。他有些困，收起了材料。这时有人敲门。

进来的是杨丽。林志平十分吃惊。他们已有半年未见，但没有出现热烈的场面。杨丽站在靠窗的地方，目光始终没有离开桌上他们的合影。他们相爱三年，这是他们唯一的爱情记录。杨丽是个孝女，也是痴情女。她爱爸爸，却不愿按爸爸的标准择婿；她爱林志平，却又不愿违背爸爸的意志。这种矛盾的心理，使她开朗的个性变得忧伤了，低沉了。昨天她接到弟弟耸人惊闻的信，不顾结业考试前的紧张复习赶了回来。腐败分子？她不信，问爸爸。爸爸说："神经病，爸爸像吗？不过是小人诬陷罢了。"她问弟弟。弟弟诡谲地说："问你的如意郎君去吧。"她就来了。她没有勇气问。茶几上放着饮料、水果、巧克力，都没有动。沉默，每次都是这样。但这次似乎有一种不祥的预兆。

"杨丽，怎么突然回来了？"

"问你呀。"杨丽直视着林志平，姣好的容颜变得苍白无力。"我爸爸真是贪污犯——不，这不可能！"

"杨丽，我们不应该这么谈话。"林志平走向她。杨丽把头转向窗外。

"怎么会呢？爸爸是老革命，妈妈去世后，他生活得很节俭，这几年，我们家不缺钱，物资丰富，生活充裕，爸爸不至于——"她回过头来。"也许，也许你们都在隐瞒我！"

林志平把她搂在怀里，感到她的身子在颤动。她的身子发凉，软弱无力，瘦弱的身子里包藏着一颗易碎的心。她太娇贵单纯了，从小到大，是阳光、鲜花、雨露包围着她。她成长在舒适的温室，艰苦对她来说是陌生的，甚至怀疑世上还有穷苦与丑恶，就连三年前的遭遇她也认为那是生活的戏剧是缘分，因为她认识了林志平。在她的眼中没有砂子，世界是暖色的。爸爸以及爸爸的上级与同事在她的心中筑成了一道圣洁的屏障，拦住了阴暗。她生活在理想的王国里，如果把她从鲜花与彩梦中拉出来，面对血淋淋的现实，她承受得了吗？她会发疯的。

"我好怕，好怕！"

林志平想安慰她，却不知怎么表达。他抚摸着她。这是他们最纯真的时候。以前每次约会都是压抑地分手。她太脆弱了。有几次他决定理直气壮地走进杨家，摊牌，同意就继续谈，不同意就拉倒，这不是很正常吗？当看到她惶惑不安的目光又退却了。有时他真想突破那道神秘的防线，从肉体上占有她，他知道她是不会拒绝的，但她总是克制着自己，怕伤害她，怕亵渎两人之间圣洁的恋情。

"林志平，到底怎么回事，你告诉我行吗？我总感到——"

他看着他的脸，泪痕斑斑，眼圈里还有滚动的泪花。不，不能告诉她真相，起码现在不能。他摸去她脸上的泪。"丽丽，安心回去考试吧，明天我送你上车。"

杨丽怀疑地看着他。他不敢看她的眼睛，苦笑了一下。"你应该相信我。"

她破涕一笑。"我信。"双手捧过他的头，热烈地亲吻着。"你这人不是太坏嘛。"

他闭着眼睛，任她亲吻，心里却有说不出的酸涩。"我们去给你爸爸作作工作，他如果有什么问题的话，可以向组织讲清楚，你看呢？"

"行！"杨丽一如平时的天真活泼。"同时向他公开我们的关系。"

这是林志平第一次进入杨家，屋里的布置是令人难以置信的简朴，尽管杨丽早已给他介绍过，但还是令他疑惑。无论怎么看也不像一个犯

有贪污受贿错误的人的家，但他无法回避事实。他真诚地希望杨永功认识错误，不管结局如何，他作为杨家未来的女婿都会与杨家父女一起度过感情的难关。

杨永功正好在家，杨丽亲昵地拉着父亲的手。"爸爸，他是——他是林志平。"杨丽看一眼林志平，有意省去了附加词。

"伯父。"林志平亲昵地叫道。杨永功一挥手。"纪委领导驾到，找我有什么公干？"

"爸爸，他是我请来的客人。"

"客人？你坐吧，失陪了。"说完就走，杨丽拉住了他。"爸爸，他来，是想和你谈谈。"

"和我谈谈？谈什么？"杨永功转身盯住林志平。"林志平，我究竟犯了哪家王法？你们纪委为什么偏偏抓住我不放？我工作40年，没有功劳也有苦劳吧。和我一起参加工作的人，大都捞上了处级、厅局级，谁家不是现代化？如今有点职权的哪个不捞？我捞到了什么？一个科级干部，得罪了一批人，有人告我，诬陷我，你们就信了？你不是有权吗？你可以处分、撤职、开除，我等着。你走吧。我就这个态度。"

"爸爸。"杨丽早已泪水满面。

"你出去，我们家不欢迎你。"

"爸爸。"杨丽终于哭了。

"杨丽！"杨永功几乎在吼叫。

林志平慢慢朝门外走去，心里充满了惋惜、失望与痛苦。他在门口停了一下，屋里杨丽哭着说："爸爸，你怎么能这样——"

"你不懂，他在搞你爸爸的案子，他是专门整人的。"

他听不下去了。下楼，步子像铅一样沉。

四

林志平兴奋得一夜无眠。他终于破译了"女驸马"三个字的谜底。"女"是吕字的谐音，即吕红。"驸马"是虚指，即吕红的未婚夫。吕红的未婚夫原是商业局人秘股长，吕红自杀后他自愿调到一个边远乡供销社工作。就是说吕红在自杀前已经把她掌握的杨永功贪污的重要证据交给了她的未婚夫，而她的未婚夫之所以要求调走，也正是为了掩人耳目，等待时机。

　　早晨邮递员送来一封信，是杨丽的字迹。他拆开信，一张用红笔写的信露了出来。他拆开读着："林志平，你在欺骗人！伪君子，你必须忏悔！"信上留着杨丽斑斑的泪痕。看来她已知道事情的原委了，维系两人情感的最后一丝红线断了。杨丽离开时没告诉他。他没去送行。其实那天他去了，就站在月台上。杨丽是乘商业局小车去火车站的，送行的只有她爸爸杨永功和弟弟杨君。下车的时候，她打了个趔趄，显得娇弱无力，杨君上去搀扶，被她推开了。她没有回头，没有看一眼月台，没有向爸爸和弟弟说声再见就登上了火车。这悲伤的气氛感染了林志平。他在心里呼唤着：上帝，这是我的错吗？我错了吗？他想奔上去，与她作一次真诚的告别。呜——火车开了。一个梦，失落了。

　　电话铃响了。林志平一惊，在关键时刻是决不能儿女情长、英雄气短的。他把写给县委书记的信交给办公室办理之后，便开始了他的秘密行动。

　　五天后当他重新踏上永康县县城的时候，他感到天是格外地蓝，像完成了一项重大使命似的，精神振奋，脚下生风。他没回家，径直往县委办公楼走去。他走过一条街，感到有人一直尾随着自己。他有些警觉，加快了步伐。一个穿港衫的青年拦住了他。他不愿与人纠缠，绕过去，那人当胸就是一拳。他站定，话还没出口，接着又是一拳打来。

　　"停！"这时，杨君出现了。"让他死个明白。"杨君身后还站着两个跃跃欲试的青年人。

　　林志平盯着他们，眼里露出正义的目光。"想干什么？"

　　"干什么？揍人！你不是纪委书记吗？不是林包公吗，不是铁面无私疾恶如仇吗？今天叫你尝尝老子的厉害。哥们儿，揍！"

　　林志平本能地护着公文包，左挡右挡，这使他们更加疯狂。他本来学过擒拿，会点武功，但他没有还手。他的鼻子、嘴巴已被打出了血。围观的人越来越多，竟然没有一个人站出来说话。他愤怒到了极点，大声吼道："你们这些蠢货，法律是不会轻饶你们的。"他索性端庄地站着，怒目圆睁。"打吧，不怕犯法的再打。"这手还真灵，杨君首先停了手。"别打了，留他一条活命，让他去报案。"说完四个人扬长而去，围观的人也哗一下散了。他紧抱公文包，跟跟跄跄地向前走去，走了几步，双眼一黑，一头栽倒在地下。等他苏醒过来已是第三天上午。他躺在永康县中心医院的高级病房里，神志还清醒，第一件事就是找他的公文包。护士把公文包递给他。他看看材料全在，又睡了。

他的伤很重。鼻子和嘴巴全被打破了，脸浮肿，脚下受伤。两根肋骨折断。当时第一个救他的是一个小学三年级学生，接着便是老师和警察。送进医院时，他已经在街道上昏迷了四个小时。这件事在永康县震动很大。县委书记、县长亲自守候在医院抢救。杨君等四人已被公安局收容审查，杨永功迅速被停职检查。这戏剧性的效果林志平是在一周后才知道的。听到这个消息他并不感到惊喜，反而十分沉重。本来是能够迅速结案的问题，为什么偏偏要在造成了震动之后才能引起重视呢？惩治腐败的目的难道仅仅是为了处分几个人吗？

病房外的阳光很好，护士搀扶着他下床。有人敲门。进来的竟然是杨永功。林志平有些感动，想亲切地叫一声。叫杨局长还是叫伯父？似乎都不合适。"您——"

杨永功直接走到病床前。"我不知道你的伤这么重。"他有些沉重。"但是，我来的目的并不是看望你。如果早知道你受的伤这么重我会来的。我不说假话。今天，我来是要告诉你，杨君他们对你下手并不是我的旨意。我杨永功革命几十年还不至于觉悟低到这种程度，不至于这么卑鄙。我承认杨君是我放纵了，惯坏了。他打人犯法，有法律制裁。至于我，我想告诉你，我已接到上级的调令，你辛苦几个月搞的材料白费了。你好之为之吧，告辞了。"

"什么？"林志平一阵目眩，又一次昏迷过去了。

五

林志平又来到了荒草滩。他的脚步不再轻快，心情也不再振奋。苦菜花落了，草枯了。来这里寻找什么呢？他有一种深深的失落感。

荒草滩又多了一座新坟。没有树，没有草，孤零零的，似乎在向善良的人们昭示：我是无辜的。这是杨丽的坟，林志平沉重地走向它。手里握着她最后留给他的遗书。没有称呼，也没有落名。

他在杨丽的坟前站定，默哀。大雁南飞，蜻蜓在草丛中流连。多自由的生灵呵。他终于向县委、向组织递交了一份最严密的调查报告，维护了党纪，主持了正义，但心爱的人却从此消失了。为什么杨丽偏偏是杨永功的女儿呢？他望着远方，又想起了入党时的场面。

他又想起了出院的那一天，他被戴上红花，穿着校服戴着红领巾的少先队员们夹道欢迎他。他被簇拥着走进会场。先是授予他模范纪检干部的光荣称号，接着由别人介绍他的事迹，再就是少先队员们发言。但他需要的仅仅是这些吗？他看着那一张张天真无邪的笑脸，心里暗想，你们把我当成英雄，其实我什么也不是呵！我就是我，是一个实实在在的凭党性办事的活人。他想说，但他不能说。散会后他躲在屋里哭了。这是他第一次哭，第一次这么伤心。这样的结局是他没想到的，不情愿的。第二天他看到了杨永功。他感到有些难过，为他，也为他们全家。短短的时间杨永功已经变成了一个小老头了，这次对他的打击几乎是毁灭性的。是谁毁灭了他？是什么毁灭了一个老干部？他看着杨永功慢慢地走向检察院，走向新生，但是已经晚了。

林志平在杨丽的坟上栽下一棵红豆杉，使它与吕红的坟遥遥相对。他又挖来一棵野菊花，栽在杨丽的坟头。做完了这一切，他单腿跪在杨丽坟前，把那份留给自己的遗书焚烧。他已决定终身不娶。他默念着：杨丽，我对不起你。但是，作为一个共产党的纪律检察干部，我必须对得起党对得起自己的良心啊！

他猛地站起来，坚定地向县城走去。失去的永远失去了，不会再来，既然如此，就不必惋惜，不必回首，大胆地往前走吧。新的生活即将开始。

原载《汉水》2017年第2期。

全票通过

"老王，该表决了。"党委副书记刘静望了望庄严肃穆的会场，再次小声地提醒党委书记王长城。

王长城木然地坐着。斑白的头发顺着耳鬓一直连向嘴角那银色的胡须，显得老而健壮。他脸上没有一丝表情，眉峰紧锁，两眼平直地望着门外，睫毛上挂着泪花，看起来刚毅憔悴。听到刘静的话，他慢慢地收回目光，巡视着到会的党委委员们。这一张张面孔多么熟悉呵！从1977年他重新担任林业局党委书记以来，凡是重大事情，他都要和委员们一起商讨。可今天——从委员们的眼神里，他好像意识到了什么。

悲痛在折磨着他。昨天，当他在基层林业队听到独生儿子王东因公牺牲的噩耗时，冠心病马上就复发了。老伴哭得死去活来，半夜被送进了医院。但是，他没有落泪，没有说话，一直这么沉默着，像泥塑木雕一般。直到一小时前，局党委根据王东生前的表现和请求决定追认他为中国共产党党员，并请王长城参加党委表决时，他才有所表示。现在，党委会已开了一个多小时，根据多方考察，证明王东已具备一个党员的条件。临到表决时，王长城又沉默了。会场静得使人感到窒息。

王长城已有40余年的党龄了。因为他脾气古怪，遇事爱扭个死理儿，40年来，几经起落，最后一次竟停职十年之久。王东是迎着共和国开国大典的礼炮出生的。在父辈精神的熏陶下，这孩子全无纨绔子弟的陋习，却有与父相同的个性，深得父亲的宠爱。在那场历史的误会中，王长城已是自顾不暇，尽管思念妻儿稚子，终不能过问一声。后来得知，王东母子已到一个边远山村落户了。儿子到底怎么样了？这一去便杳无音讯。直到1977年他复职时，父子才得一见。谁知这次相见，却又是那样一场难堪的僵局。

"爸爸。"十年动荡不安的生活，已使王东失去了儿时的纯朴，染上了一副玩世不恭的样子。"帮帮忙，给我弄张党票！"

"什么？"牵肠挂肚的儿子，竟会变成这副模样，王长城大为吃惊。

"入党呗，趁你还在台上，我也要捞个差事干干。有权不使，过期就作废啦！"

"好你个蠢小子，十年没见你倒出息得不错了，就凭你这句话，老子还得让你锻炼十年！"

锻炼十年虽是一句气话，他却把儿子下放到自己手下一个最艰苦的伐木队。不过，王东倒也有骨气，他拼着命，在第一年就当上了劳模，第二年又被作为纳新对象上报到局党委。看到儿子的进步，他感到由衷的高兴。但是，这么快就纳新，他又觉得为时过早。他说服了王东所在伐木队的党支部书记，又让他把自己的意见转告王东本人。那年中秋，出于骨肉之情，他破例买了两瓶葡萄酒，赏月团圆，借以弥补十年愧对儿子的过失。那天晚上是他复职后过得最痛快的一个晚上。从那以后，不断听到儿子进步的消息，他这个作父亲的不由从心里感到欣慰。秋季工作忙罢，他准备亲自把儿子送进党内。作为一个老党员，他感到这是一种神圣的职责。可是——他悔恨，他想哭。像八级地震，突然间把他推进了痛苦的深渊。

王长城再一次把目光收回。突然，他看到了儿子的遗书——那份入党申请书。他的身子不由震动了一下，发胀的大脑好像清醒了许多。儿子是为保卫国家财产而牺牲的，党不正需要这样的能在关键时刻为她献身的忠诚儿女吗？儿子是他生的，但不是他个人的财产，而是党和人民的财产！他的心动了，他感到自己的软弱是对儿子的亵渎，是对党员称号的亵渎！他环视了一下会场，好像有一股力量支配着他。他毅然庄严地举起了右手。

几乎与此同时，在座的委员们都举起了右手。刘静默默地清点了一下票数，大声宣布道："全票通过！"然后，走到王长城的面前，激动地说："老王，你休息吧！"

王长城深情地望了大家一眼，平静地说："谢谢同志们——"

原载《三月》1983年第2期头条，选入《全国微型小说选》第二辑。发表时署名沙粒，本篇为作者小说处女作。

明秘书出书

　　明志原是康山县政府办的公务员，平时别人整材料写文章，他打开水做卫生，别人除工资外还可收入点儿稿费什么的，他就那200块一月的薪水，总感到低人一等，因此越发地勤奋。但他怎么卖力，领导也不知道，特别是欧阳县长，顶多说句"小明不错"，和他同时进办公室的几位有的入了党，有的提了干，而自己还是公务员一个。时间长了，他就用脑子捉摸，用眼睛观察，原来那些人都能写文章，文章发表后署的都是领导的名字。其实那些文章也不难，领导讲话、各种材料稍加转化，变换一下口气，就是一篇调研文章，然后署上某位领导的大名，找家适合的刊物或报纸寄去，发了，领导一高兴，岂能不被重用啊！明志想，我何不也试试？私下也练起了"豆腐块儿"。

　　机会终于来了，县农业局报来一份如何调整产业结构的材料，主任不在，就交到明志手里了。明志读完材料，心理好一阵激动。他用了两个通宵，又请来高中时的语文老师帮忙，改成了一篇调研论文，最后署上欧阳县长大名挂号寄给了市报。没想到市报正缺这类文章，又是县级领导亲自撰写，文章马上发出来了。看到报纸，欧阳县长十分惊讶，尽管事先未和自己通气，心里还是很高兴，但问遍办公所有主任、科长，都说没有写，最后发现竟然是公务员明志。欧阳县长有些怀疑，正好市报又来约稿，说文章见报后反响很好，希望县长再写一篇经验性的论文，任务就又落到了明志身上。明志又去找农业局，既然县长如此看重，农业局也不好说什么，只有搞好配合。第二篇文章很快就写出来了，虽然质量差点儿，但是约稿，市报还是如期发表。身边有这样的人才，岂能不用？于是欧阳县长提议，明志就进了调研科。

明志深知机会难得，更加发奋，大小文章一样写，大报小报同样投，有分量的文章都署欧阳，豆腐块儿都署明志，几年下来，自己有了小名气，欧阳县长也在全市成了有口皆碑的理论家。功夫不负有心人，明志从办事员、副科长到科长，现又报提副主任一职，正在公示，无论职务怎么变，但在永康县人们都叫他明秘书。县长秘书，半个县长，明志心里特别滋润。不仅如此，每年还有上万元的稿费收入，可谓名利双收。

一次全国性的征文，明志为欧阳县长写的文章获得特等奖，在人民大会堂颁奖。欧阳县长让他代领，明志不仅进了京城，还借此在全国几个著名景区旅游了一圈，回家已是明副主任了。这时市委干部考察组下来，传闻欧阳县长要当市政府秘书长，明志心中暗喜，有了欧阳这棵大树，将来必有好前程。他左思右想，决定为欧阳县长出部文集，捧红了上司，也就为自己铺好了台阶了。于是他一边联系出版社，一边编书稿，还托省里的同学请一位退休老领导写了序。赶在欧阳任命的文件下来之前，明志的书稿已进了印刷厂。

天有不测风云，欧阳县长因为牵连到一桩经济案，市政府秘书长易人，不久又被派到中央党校学习两年，而明志却被市政府办看中，调去当了调研科长。在书稿一校的时候明志正好上任，看到书稿，他心里很不是滋味，自己辛辛苦苦写的文章，最后竟然署的是他人之名，不免自嘲悲悯。经多方打听，欧阳提拔一事可能无望，再说自己到了这个层次，今后靠自己的才华弄个处级干部不在话下，于是就把欧阳著改为明志著，撤了原序，加了自序，对文章发表的前因后果作了说明。

书很快印出来了，明志给所有的领导都送了，最后也没忘了给欧阳县长寄去一本。年内，市政府换届，欧阳被通知从北京赶回，选举结果，欧阳竟然成了副市长。原来那桩经济案与他无关，是诬告，组织上为了培养才让他去中央党校培训。这个结果对明志来说无疑是一个沉痛的打击，出于无奈，他还是去见了老领导。欧阳十分乐观："小明你好，书我看了，编得不错，早该如此嘛！你让我出了名，我还没来得及感谢哩！知识版权，这个我懂。与其说将来为署名闹到公堂，不如现在就是非分明。"

明志无地自容，嗫嚅着说："欧阳市长，今后——"

"今后我们又是同事了，还望你多支持哟，来，咱们握握手。"明志

猎人的后代 LIE REN DE HOU DAI

握住欧阳的手，眼泪夺眶而出，千悔万恨不知从何说起，剩下的书再也没有勇气送人了。

载于《百花园》2002年第6期；《襄樊广播电视报》2002年8月9日第20期转载。

短　篇　小　说

中篇小说

饮食男女

一

血色黄昏，凉风习习。从市政府到蜡梅公园是一段不算太繁华的街道。我尽量保持一种闲适的心境，漫步而行，借以回忆白天上司与同事们对自己的印象。每天都是这样。然而，近来我却有一种浮躁苦寂之感。我已无法平平静静地生活。

蜡梅公园毛泽东与鲁迅塑像上的镀铜已经剥落，但两位伟人的丰采依存。我在两位伟人之间徘徊。一辆奥迪徐徐开过。香软柔腻的轻音乐夹着男女的调笑从车内传出。那份淫逸、那份高贵、那份旁若无人的气势令我压抑而反感。接着又一辆桑塔纳开过来，里面坐着永康市开什么会都在台上装模作样的人。什么能力不能力，有了权，女人云烟小汽车茅台酒外汇券统统来吧，权术深沉首长风度谁都玩得转。不想当将军的士兵不是好士兵，我也能当官啊。我有这能耐。协调能力、组织能力都强，综合、分析、判断、决策的能力更棒，处理、撰写各类公文更是得心应手，千里马一匹，可伯乐何在？有谁知我识我用我？秘书科长，这就是我将近20年忍辱负重含辛茹苦的慰藉吗？

公园里十分清静，然而，这种清静反而使我烦闷压抑。不知为什么，有时芝麻大点的事，也会严重刺伤我的自尊心。也许，我太敏感了。在我的记忆中，我有许多次升迁的机会，然而每一次的干部调整我都被这种种理由搁置了，平时只要带点文化含量的工作领导都想到了本人，而在关键时刻我就在领导们的视线中消失了，每在这时，我总是用张学良

猎人的
后代
LIE REN DE
HOU DAI

184

的座右铭来安慰自己：宠辱不惊，看庭前花开花落，云留无意；毁誉由人，望天上云卷云舒，聚散任风。然而这一次……

我走到湖边的一座假山旁。正要坐下，发现一对男女早已捷足先登，纠纠缠缠，还夹杂着吵闹声。啪，一记耳光，好响亮！是故作姿态还是半推半就？如今谈情说爱都这样，说不到三句话就接吻，相交不到三天就上床，至于爱情本身的高贵内涵已降为处理品了。唉，本来是要清静一下心灵的，却被这场面弄了一身晦气，我懒得再转，刚要离开，就听那女的突然大喊一声："警察，抓流氓！"我一愣，前后无人，她在向我求救？她真的遇到了麻烦吗？

我没有犹豫，几步走到他们面前，一副英雄救美人的姿势。

"你，你少管闲事！"那男的本能地松了手。"少见多怪，咱们玩朋友，你管着吗？"他边说边知趣地退出了假山。这时正好有一辆市政府的小车开过来。他手一招，钻了进去。妈的，原来是一个恶少！

望着远去的小汽车，我心里说不出是一种什么滋味。那种久久郁结于胸的烦恼又向我袭来。

"刚才，幸亏您解救了我。"

原来那女的还没走。

"那人不是您的男朋友？"

"哪能呀，我们才认识三天，他就缠住我了。"

"不过，你刚才倒是挺机智的。"

"您过奖了。我也是急中生智。不过，您该这么问：小姐受惊了，这样才符合您的身份呀，我说的不对吗？沙耘老师。"

她倒挺幽默！沙耘是我的笔名，没多少人知道，平时人们都叫我小说题目下的那个，或者称呼我李科长。职微言轻，我一般是不提的。能知道我名笔的女人，绝对的不俗。

我开始注意她。她穿着洁白的春秋套裙，连鞋袜也是白色，黝黑的波浪长发上戴着白色发箍，左胸高耸的乳峰处别一朵红郁金香胸花。那身段、面貌、神情、语态极为和谐极自然地融为一体，亭亭玉立，透露出高雅飘逸的淑女气质。她爱白色？白色象征纯洁与坦荡。这与我的趣味倒十分接近。我感到有一点亲切。在哪里见过她吗？

"不用想了，我知道您不认识我。但我认识您。"她说，"小小的永康市能有几个像您这样的大手笔呀。我读过您的小说。温柔勇敢的女性，剽悍坚强的男子汉，神秘而又充满人情。还有那些清新隽永的散文，特别是那本《浮生独白》，我一直珍藏呢。我是读了您的作品才了解您的文品与人品的。"

"是么？其实作者本人却是个懦夫。"

"这只是您自己的评价。我，也包括喜欢您作品的读者都认为，您正是通过您的作品表达出您内心的反抗意识以及您的高雅情趣和喜怒。凭我所闻，您本人也是一位真正的男子汉，刚才的举动不就是最好的证明吗？"

"啊？"我很欣赏她的这种评价与直率。"不过，像您这种独到的见解，我还是第一次听到。"

"那今后我们就经常交谈嘛。能与您联系吗？"

"当然可以。"我笑笑。"电话5812348。不过，我们科的电话听筒坏了，用的是对讲机，透明度太高。这样吧，我喜欢在公园散步，一般晚饭后，我会准时来的。"本来我是随便说说而已，说完就独自离开了。走了几步听到她在身后笑道："您还没问我姓名呢，这叫我怎么联系呀？"

哦，对了。她又该说我不符合身份了吧。我忙转过身。她的右臂举过头顶，手里握一块洁白的手帕，正微笑着看我。那告别的姿势实在优雅动人。

"我叫咪咪！"

咪咪！是的，这个名字在我并不陌生，都是一些风流或是有伤风化的传闻，甚至机关政治学习还拿她做反而教材。从机关团委书记到舞厅歌手到美专模特儿到时装模特儿，这一系列的经历谁听了都会惊讶的。站在我面前的这个人难道就是咪咪？

"吃惊么？您身在政府首脑机关，不怕涉嫌的话，可以找5813523红都夜总会。我现在就任那里副总经理。红都随时欢迎您的光临。拜拜！"说完她倒先我一步离开了。今晚与咪咪的邂逅，使我感到有点意外，也有点惊喜。

猎人的后代 LIE REN DE HOU DAI

二

就在我被王市长的一份讲话稿弄得精疲力竭的时候，老K把电话直接打到了市宾馆的材料办。"咱们聚一聚吧，带嫂子和侄女们一起来。六点水上音乐餐厅见，迟到了是要罚酒的哟。"

尽管有老K的严词在先，我还是迟到了。本来我还是提前半小时走的。先给妻子挂电话。学校今晚有活动，她要我在家看好孩子，等她。等我回家，一对双胞胎女儿都趴在门槛上做作业。她们没有钥匙，进不了屋，脸上身上全是灰，都噘着小嘴儿。我给她们洗了脸，一人给一块钱，让她们随便买点吃的，等我赶到水上音乐餐厅，还是失约了。

老K见面就是一阵数落。"你呀，总是优柔寡断。什么时候才能改掉你那酸腐文人的习气呢？姗姗来迟，你忘了今天是什么日子吗？"

我疑惑地望着老K。

"今天是你的生日！老兄，你已经36岁了，还这么粗心大意？嫂夫人和两个侄女呢？"

今天是我的生日？我确实忘了，前几天妻子还在向我唠叨这事呢，都怪王市长的那份讲话稿。因为那份讲话稿，我把自己关在市宾馆，这几天妻子都没告诉。我望着老K，心里很是感激，在这个人情日渐冷淡的时代毕竟还有人在关心着我，爱护着我。

"好啦，你这个人不可救药，嫂子嫁给你也算倒大霉了。"说着他把身后一位穿工人服但气度不凡的女孩推到我面前。"这位是潇潇小姐，我的邻居，虽然是工人，却是才女，小说写得不坏。我这一生不想再写狗屁文章了，这鼻子只嗅得铜板臭，嗅不到翰墨香了，拜托你把她培养成咱中国丁玲第二吧。"说完颇为快慰的大笑。"这里还有一位你的崇拜者呢。怎么会有那么多女孩子崇拜你？咪咪，快过来见见大作家。"

"咪咪也在？"我感到有些失态，忙说，"咪咪，认识，认识。"

咪咪诡秘地笑着，不知为什么，这时候见到咪咪我竟然有一种老朋友似的亲切。她的眼神告诉我，她也是这场生日宴会的策划者之一。屋里还有几位书画和文艺界朋友，看来这场聚会本身就充满着一种浪漫情调和浓郁的艺术气氛。能在这种文化与友谊的氛围中度过我的36岁生日，真是太幸运了。

"你现在是官场中人，文政兼顾，又想吃鱼翅，又想得熊掌，但愿你能如鱼得水，仕途通达，青云直上。今天我一没请政界人物，二没请企业大亨，大家多少都是与文学艺术沾点边的。为沙耘的36岁生日，大家痛快淋漓地喝几杯吧。"

老K这个开场白倒别开生面。我非常高兴，她的女秘书小红已为大家斟好酒和饮料，大家边喝边谈，整个宴会显得轻松、和谐而愉快。我已经很久没有这种平等与放纵的享受了。

酒到半酣，老K和咪咪会意一笑，咪咪便站起来说："今天是沙耘老师的生日，下面让我变个戏法给诸位助兴吧。"说着她那纤纤玉指便向餐厅的对面墙壁指去。"大家请观赏。"

但是，出现在我们面前的却只是一块壁镜。

"好戏就在眼前。"只见她用手轻轻按下手上的遥控器，壁镜便慢慢从中分开，一个奇妙的空间立刻展现在我们眼前。她再按一下按钮，一具巨型的五彩生日蛋糕模型出现了，36支蜡烛型彩灯突放异彩，接着"祝您生日快乐"的乐声弥漫房间。大家都被这奇妙华美的变化惊呆了。

真没想到早已投身商海的老K还残存这么一份高雅美好的情致，今晚真令我刮目相看了。

音乐重复播放到第八遍时，咪咪说，"沙耘老师，请您来吹灭生日蜡烛吧。"

我不解，电蜡烛也能吹吗？

"哦，你把这遥控器一按就可以了。"

我充满好奇地按了一下按钮，蜡烛一下子全熄灭了，生日蛋糕也消失了，壁镜慢慢合拢。屋里立即传出《高山流水》的优美旋律。彩灯闪烁，宴会处在一种蒙眬柔美之中，于是大家便频频举杯，生日宴会再度进入高潮。

"我说老李，咱们说点正经的吧。"宴会即将结束的时候老K说："你在市政府熬到何日才有个头啊，我劝你还是趁早到我的公司吧，随便给你个闲职，一月的工资就够你养家糊口，班不上也行，专心写你的小说，官场有什么值得你贪恋的？你堂堂一名大学生，近20年工龄，冰箱买不起，电视不带彩儿，写一堆作品，连印本集子都还掏空家底，老婆孩子跟着受洋罪。何必呢？听说政府要下派一批干部去基层任职，会不会轮到你老兄？我说了你心中要有个防备。"

老K的话很突然，大家都面面相觑。

"你老K拉人入伙也不选个场合，人各有志，沙耘老师也是身不由己，你又何必强求。"咪咪说。

"好，是我不识时务，不说这些，没人听，还是喝酒。"老K将杯中的酒一口吞下，然后掏出一盒万宝路，自己先点一支，然后给大家每人发一支，我和潇潇不要，咪咪接过香烟，慢慢地用手捏着，直到捏成粉末。这时，老K的那位女秘书小红小鸟依人般地偎到老K身边，老K顺势把她抱在怀里，在她脸上猛地一吻。小红从他怀里挣脱，转个圈，对着大家嫣然一笑。"我们老总喝多了。"那姿势很是优雅娴美。

"生活太紧张了，遇饮酒时须饮酒，待高歌处且高歌嘛。你老李也别太认真，虽然我不是官场上人，但我对那里面的一切了如指掌，如今这世道没有靠山和背景，你有才又有什么用呢？用你时把你是人才难得，不用你时你是臭狗屎一堆，历史的误会让你当上了秘书科长就算幸运了，就是再升上一级两级，还不是办公桌上断送一生？"

"老K，这么好的气氛都叫你给破坏了，你到底还有完没完？"咪咪制止道。

"不，你就让他说吧，我现在还真的愿意听几句老K的杂文语言。"我了解老K的个性：果断，自负，以我为中心，如他的杂文一样锋芒毕露，但他自荣升为星汉实业股份有限公司董事长兼总经理后杂文也不写了，却培植了一个经济头脑。

"如今是全民皆商，商海天地宽。这家伙想拉我下海，你就让他拉嘛。"

"可你没这个卵子。"

这话就有点粗俗了，我发现整个宴会潇潇都一直在旁听，而且没有喝酒，显得过于拘谨，于是就提议："潇潇，你别往心里去，我们是老朋友，无话不说的。我敬你一杯吧。"

"这提议太好了。"咪咪站起来按一下遥控器，室内又变幻出一种虚幻活泼的色彩，接着《只要你过得比我好》的舞曲缓缓涌起。咪咪举杯道："就算我敬二位吧。喝了这杯，大家跳舞好不好？"

"还是女人周到。女人万岁！"老K大笑道，"干了这杯，咱们与老李欢乐今宵。"

但是，干了那杯酒我便和大家告别了。我知道，妻子一定还在家里等我，在我36岁生日她决不会无动于衷的。我刚出门，潇潇也跟了出来，街上月色融融，整个街道显得有些沉寂。

潇潇给我一篇她写的小说稿，我只好和她边走边谈。一接触很久没有交谈的文学，我就有说不完的话题，家庭的牵挂，生活的重压，工作的烦恼都一股脑儿丢脑后了。潇潇的心情似乎也比宴会上的好多了。和潇潇走在一起我感到很愉快。我似乎还没有见过这么质朴的女孩，尤其是那一身洗得发白的工人服，把她衬托得非常纯洁自然。我们走到了剧场门口，是散场的时候了，突然，有两个浑身都是酒气的男子从我们之间直冲过去。看到其中一位男人，潇潇一愣，忙拉着我的手说："我们快走吧。"话刚说完，那个胖男人就折了回来，眼睛盯着潇潇，目光里充满淫荡与邪恶。潇潇的神色突然十分紧张，慌张地向前走去。

"喂，怎么要走哇？"胖男人紧紧跟随在潇潇的身后。"难道你不认识我了吗？你真有魅力，你的温柔叫我难以忘怀。香香小姐！香香——"胖男人哇啦哇啦地叫着，几步就跑到了潇潇的前面，正要动手动脚，我从背后抓住了他的胳膊。

"师傅你别管，我和她是老朋友了。香香，跟我走吧，我有钱，我给你买项链、戒指。"

"走开！"我气愤已极。"别胡闹，你认错人了。"

"认错人了？怎么会呢？前天晚上——"

潇潇在我们说话之间跑开了，她跑得很急，背影不停地耸动。她一定哭了。她很伤心。等胖男人反应过来，潇潇已经跑得无影无踪了，这突然的一幕似乎发生在梦中，我来不及思考，但我一直处在极度的震惊之中……

三

早晨起来，我十分疲倦，浑身慵懒。凌晨在枕边产生的噩梦，现在仍然笼罩着我的情绪。

走过办公室我打了一个哈欠，接着又打了一个喷嚏。陆续上班的同事们望着我，都是不解的样子。他们不知道，现在出现在他们面前的我已经是一副36岁的面孔了。人间冷暖，世态炎凉尝遍，我感到好累、好累！

猎人的后代
LIE REN DE
HOU DAI

办公桌上放着一个硕大的信袋，里面装着两本崭新的《汉水文学》，上面有我的小说。这还是三年前的作品。这几年，工作和人情事务越来越复杂，我被公文、冗务挤压得连气都喘不过来，几乎与文学绝缘，这篇小说的发表也算是我36岁生日收到的一份最好的礼物。拿着刊物我竟然产生了发表处女作时的那种激动，久久地审视着，不愿放下。毕竟我还有一种超出别人之上的才能，这样我就有比别人更多的选择未来的余地。为什么要在一棵树上吊死呢？退一步也许海阔天空啊。

办公室里一片嘈杂。谈笑、议论的中心仍然是民主推举政府办主任和下派干部两件事。老主任升任市纪委书记，主任位置空缺。两件事都是近期的热点新闻，也是同僚们私下角逐的焦点。这时，分管机关工作的涂副市长送来一叠需要及时处理的公文。我把其中几份分给几位秘书处理，把最短的一份灾情报告交给最晚上班的骆刚抄写。

骆刚看一眼报告手稿，一手搭在我的肩上，一手指着报告手稿说："头儿，就这么几个字，你科座就带带头吧。"骆刚平时办事总有一副干部子弟的优越，今天似乎更有点不一般了。"怎么，不可以吗？"

"好吧，我自己处理。"

"这就对了！"骆刚打一个口哨，回到自己的座位，旁若无人地翻看《大众电视》上的美人玉照。我不好发火，再大的气也只好憋着。在我们秘书科，谁都可以拉出一个班的头头脑脑作后盾。骆刚的老头子是地区行署常务副专员。我有什么？农民子弟一个。再说马上要进行民意测验，犯不着因一点小事而失去人心。

我开始抄写灾情报告，抄了两份就错了六处。我的注意力已无法集中。一踏进36岁这个门槛，年龄的危机就如巨浪般撞击着我的心灵。那天老K的话一直萦绕在我的脑海，是的，我不能让青春和才华白白流逝，不能在办公桌上浪费一生啊。一个人的一生中能有多少拼搏与奋斗的时间呢？不能再这么窝囊下去了，从政从文，我都要自己去寻求一条出路。

我再看看骆刚，他竟然在办公室里玩起了游戏机。全不把我这科长放在眼里。妈的，有后台就这么张狂！我抄不下去了，一气之下，索性把灾情报告撕成了碎片。顷刻间那种急流勇退的想法便化成了烟云，人活一口气，为了不受欺凌，为了摆脱这尴尬的境地，我得去争！

我要当官！

四

政府办举行民意测验，尽管早有思想准备，我还是有些紧张，对于我来说，也许是最后的机会了。民意测验放在我们秘书科举行。涂副市长进屋尽管走得很轻，还是被几位女士围住了。我没有去表示亲热，兑茶、敬烟、抹凳子这些讨好的活儿别人早就抢着干了。

接着进来的是组织部年轻的干部科长。待政府办所属六科三室二办一局的人到齐后，他让我给每人发一份打印着所有成员姓名的纸单。接着会议开始，涂副市长代表市政府首先动员。

涂副市长是函大毕业生，讲话很有气势，从中央的大政方针讲到永康市的改革开放，从机关消肿讲到建立竞争机制。最后他说，这次民主推举政府办主任和推荐下派干部是市政府改革的一部分，要充分发扬民主，尊重民意。要求大家慎重考虑后，认为谁胜任办公室主任就在谁的姓名后面打钩，谁符合下派条件就在谁的姓名后面画圈。

人们开始窃窃私语。有人在观察我。我感到有点振奋。在政府办无论从能力、人缘、资历应该说都非我莫属。至于下派，那应该是小青年们的事，譬如骆刚。像骆刚这类干部首先就该去基层锻炼。我该与这科长微职拜拜了吧。

要命的是电话铃恰在这时响了。是我的电话。因为听筒坏了未修，只好用对讲机。

"请问你是——"

"听不出来了吗？我是咪咪呀！"

我的好咪咪，你为什么要选在这种关键时刻给我打电话？我的心突然一搐，额头冒汗了。

"告诉你一个好消息，美专准备举办一次裸体艺术绘画展览。以我为模特儿的素描和油画各选了10幅。我都看过了，很美，是真正的艺术品。你能去看画展吗？我想请你写一篇评论，好不好？你看了后肯定会激起艺术灵感的，说不定还会产生一篇轰动全国的大作呢。这是艺术，你不至于有什么顾虑吧。"

咪咪的圆润的女中音在屋里回荡。屋里的每一张脸似乎都定格成了硕大的"？"。科长与模特儿，政府机关与夜总会。这种联系将意味着

什么？我的心里更加慌乱了。

"你怎么不讲话呀？看了展览，我要在红都夜总会为你举行专场舞会，把永康市的文艺名流都请去。别看你是永康市的大才子，可你在政府大院里关得太久，个性过分压抑，满脑子的陈腐僵尸，我要帮你冲洗冲洗。谁叫你要收下我这个学生的呀。"说着咯咯地笑起来。

对讲电话里的颤音如同雷鸣闪电，我感到四周的目光如同针刺一般直射心底。女人，我在玩女人，是像咪咪这样的风流女人！这消息将会以最快的速度迅速扩散。尽管时代已经到了20世纪90年代，但在政界桃色新闻仍然是一根最敏感的神经。完了，这许多年苦心经营的好印象全叫咪咪这个电话给砸了。

"我想你大概找错人了吧，我不认识你。"

我一下卡断电话，回到座位心里仍然咚咚地跳着。我失态了。我干吗这样？然而，就在我与咪咪对话的过程中，屋里所有人都完成了打钩和画圈的重任，都交给了那位干部科长。大家都看着我。我在众目睽睽之下不知在谁的名下打了勾、画了圈，交卷的时候竟然把桌子上的茶杯碰倒在地下。

啪，一声巨响。那一刻，我无地自容，狼狈极了。

五

在我心情最坏的时候，老K到了。此时此刻，我非常希望有一个人来听听我的诉说，分担一些我的苦闷和惆怅。然而老K并不能真正理解我复杂的心情，何况他也没时间。他从豪华公文包里拿出一份请束。"这是我的事业，你老兄无论如何得赏光啊。"

我看着请束。烫金，素雅而气派。里面还有一张特邀证。上面印的是"星汉实业股份有限公司太虚佳境歌舞厅特邀嘉宾"字样。

"你这歌舞厅的名字真够玄的。谁敢去呀。"

"这是适应消费者心理，投其所好嘛。现在兴时髦，讲排场，贪大求洋，谁落后一步，竞争场上谁就会跌得鼻青脸肿甚至倾家荡产。经营这么大一家商业集团公司不亚于指挥一场海湾战争。我也是被逼的。最近我不仅扩大了商场经营范围，还开办了咖啡厅、西餐厅，市场营业额大增。今晚开业的太虚佳境歌舞厅，王市长和人大高主任去剪彩。我那可是两把价值几万元的金剪子哟。这也是竞争的手段，花俩钱算什么？凡出席开业仪式的每人发一份厚礼，除此还送一张嘉宾特邀证，商场同时建立时装表演队，每晚在舞会中场表演20分钟，我要以此吸引更多的顾客，特别是大款和年轻貌美的女士。"

老K的胆略、智谋与气魄，我服。我与他称兄道弟那阵儿，他还是小商店里的三等公民。他长得英俊高大，很受女孩们青睐。那时我写小说，他写杂文，以此来消磨过剩的精力，时有惊世骇俗之作，但他志不在卖文。时势造英雄，卧薪尝胆20年，竟然发展成拥有千万资产的星汉商场总经理，最近又适时建立起股份制企业，成为星汉实业股份有限公司董事长兼总经理，一夜红遍永康市。

"看你这身横肉，在太虚佳境里可别风流淫逸过度啊。"我也想幽他一默。

"告诉你。"他狡黠地一笑。"只要我愿意，一晚上可以玩三个女孩，而且大都是没有开苞的，不过最有味道还是少妇，懂得什么时候与你配合。"说这话时他又显露出写杂文时的玩世不恭，而我听来总感到有些刺耳。

"你现在是市委市政府的典型，要努力塑造自己优秀企业家的良好形象，特别要注意生活作风问题。起码应该好自为之，珍惜荣誉。"

"老兄，出类拔萃的人物都是用不着培养的。我现在什么都有了，还在乎荣誉吗？至于生活作风——"他奇怪地望着我。"你那是20世纪的观念了，现在是全球思维观念大解放的90年代，懂吗？应该说，这是一种生活方式，一种人性最高价值的体现。如今是金钱万能，多少明星、大学生为了钱甘心情愿去卖笑，给大款们当情人，以青春和情感的代价赚够了钱再从良，做高贵妇人。这个时代，怎么说呢？没钱，就寸步难行……"

"不要讲了，你忙，请回吧？"我已没有与他交谈下去的兴致了。这种交谈的方式只能增添我的不快。他有钱，但他不懂得我此时的心情。

"你不承认这是一种事实吗？"他站起身，走了几步又回过头说道："老兄，该收心还是趁早收心吧。官场与商场都是战场，我以为你还是当作家比较稳妥。要想在官场混个出人头地，难！你不愿听？好吧，我走，以后需要的时候随时叫我。要钱，我给；想跑官，我给你开道。别嫌我说得难听，有钱可通天，在官场混，没这手不行。想玩女孩，兄弟我包了。"

"你走吧。"像什么话，我真的生气了。

送走老K后正好涂副市长找我。我走进他的办公室，他并没有交待什么任务，随便交谈了几句，他说："过几天再说吧。"

此后的几天，我心中一直蒙着一层阴影。涂副市长找我打算谈什么呢？怀着这样一种心情，我再次向蜡梅公园走去。路上碰上了潇潇。

今天她特意打扮了一下，蝙蝠衫，牛仔裤，虽然不是名牌，但穿在她身上却显得格外清爽。然而这种清爽却怎么也掩饰不住她的憔悴。自从有了那天晚上的经历之后，我就一直在想，潇潇会不会步入歧途呢？这使我不得不与她的小说联系起来。她的小说恰恰是这方面的题材。

我们默默走了好长一段路，谁都不好开口。最后还是我打破了沉寂，谈到了她的小说，但是她总在回避着实质性的问题，就是小说的内容。这种交谈令人沉闷。我发现她走得很累，目光黯淡，脸色苍白，便说："你的小说写得很有灵气，我已替你寄给《汉水文学》杂志了，发表是不会有问题的。你的基础很好，起点也高，丢了挺可惜。千万要树立信心，坚持不懈，耐得寂寞。等这段忙过，我去你家看你吧。"

"啊，您千万别——"她神经质地说："谢谢你的教诲与鼓励。对不起，我今天有事。我先走了。"

应该说潇潇在我心中并没有占据太重的位置，她在我的生活中倏而出现，倏而消失，都无所谓的，但从她给我的印象来看，她的身世与遭遇都是很不幸的。好人为什么总不能一生平安呢？

我继续向前走去，发现有一辆红色蓝鸟王总跟着我。原来是老K。

那天我没有出席太虚佳境歌舞厅的剪彩仪式，但那个宏伟壮观的场面我却从电视屏幕上看到了。老K与市委书记、市长的合影照片第二天就刊登在《永康市日报》的显要位置上，优秀企业家，市场经济的弄潮儿，还向学校、灾区、福利院捐款，大量购国库券，向贫困山区投资，能够表现自己的都有他。锋芒毕露，大出风头，这是他的个性，但他不该这样。我感到我们之间的距离在拉大。

"老兄啊，我知道发了请柬你也不会去，所以才亲自上门。你也太不给面子了。我究竟在什么地方得罪了你呢？就算我们思想观念不同，生活方式不同，总还是朋友吧，我这个人本质上不坏，我为消费者提供优质的商品，以最佳的服务参与市场竞争，一边疯狂地赚钱，一边尽情地享受，无功无过，问心无愧。我所做的那些并不完全是为了收买人心，给脸上贴金字招牌。我要借此作广告，提高知名度，以便牢牢地站稳市场，把握主动权，游刃有余。你是没吃醋不知道醋酸。我也难啊。"

蓝鸟王开走了。他的最后一句话使我内心产生了深深的共鸣。我茫然地向前走去，近处是水，远处是山，天空白云悠悠。

六

咪咪的那个令我尴尬的电话似乎并没有引起连锁反应，而老K的话倒是应验了。我如愿以偿地去了一次地委大院，轻而易举地完成了涂副市长交给我的一项特殊使命：代表他去给地委领导送春茶。这些茶叶看起来礼物菲薄，却是价值几千元一斤的高档芽茶。涂副市长办事在永康市一向以精明过人著称。他选择县、市领导班子换届前夕与春茶上市的时机送点茶叶可谓匠心独运，而让一位秘书出面既掩人耳目又顺理成章，也避免了送礼行贿之嫌，我的任务完成得相当出色。

从地区回来我直接去了涂副市长家。差不多按了三分钟门铃，保姆才把门打开。书房里有音乐之声，是舞曲，涂副市长大概在学跳舞，一位歌舞团的年轻女演员在给他当教练。我正要进书房，涂副市长走了出来。见了我，他显得十分高兴，迫不及待地问道："情况如何？"我正要回答，他又说："不忙不忙，坐下说。"接着给我泡茶、拿水果。这些本该保姆做的，他都亲自包揽了。然后紧挨我坐下，关切地看着我。我有点受宠若惊。

我深知他此刻最为关心的是什么，便详细向他汇报办事的全过程。其实地委大院我都去过千百遍了，为了慎重起见，临走前，涂副市长特别给我抄了每个领导的住址、门牌与电话号码。怕出差错，我找到在地委办工作的朋友，详细了解了要去的几位领导当天的活动安排及晚上活动的途径。晚上去时，人都在家，而且心情都不错。我选择的是最佳时机。这些领导干部平时看起来高高在上，其实接触了都非常平易近人，当我说明来意之后，几乎都把我当上了座上宾。而我所讲的每一句话都是与涂副市长研究好了的。

"新茶刚刚上市，涂副市长特意让技术员定做了几斤，让我送几盒请

您尝尝鲜。"

这句看起来毫无政治色彩却充满情谊的极普通的话，几乎每个领导都听得眉开眼笑。老书记还当场打开一盒让在座的人品尝，一边品茶一边感叹说："小涂这小子是个人才嘛。"

听了我的叙述后，涂副市长非常高兴，这就使我从个人感情上与他靠近了一步。他把一根剥好的香蕉递给我，看着我吃。那是一种感激之情、信赖之情。

但这种眼神很快就消失了，很快就变成了一种居高临下的打量。我知道他的目的已基本达到，接下来该是他亲自出马了。他这样做的目的是不言而喻的。他与王市长的矛盾已经明朗化了。究竟是权利之争，还是钱权交易？我无法解释。我只是奉命行事而已。书房里的舞曲响了，涂副市长站起来说："办得不错，先回去休息吧。政府办主任人选，市长办公会准备研究，你好好干吧。"

接下来我为涂副市长办的另一件事就是，在这次领导班子换届之前为他赶写了一篇理论文章。这是一个人才能的具体体现，也是升迁的阶梯。谢天谢地，他没有再让我去干那些我感到为难甚至鄙弃的事情。写文章毕竟是我的特长。

他给了我10天时间，我在第九天就完成了撰稿任务。送审时他第一次对我推心置腹地真诚："审什么审哟，大作家的文章嘛。以前那些报告、讲话稿之类要审，那是例行公事，放着谁也不会让你一次通过的。再给你10天时间，辛苦一趟，带点礼品，文章一定要在地区日报上发出来，争取上省级报刊，国家级也试试吧。"

走后门发文章这在我还是第一次，但这次我别无选择。地区日报的总编老刘是我的文友，平时都是他找我约稿，这次我却带着礼品上门求他。老刘拿着稿子说："咱俩没说的。这次你是不是有提拔的可能？我可不能给他白发。"

"别说得这么难听。"听了他的话，我有一种良心被强奸的感觉。"就算我求你了。"

老刘够朋友，稿子很快在理论版的显要位置发出来了，地委组织部还以内刊的形式转发了这篇文章，令人欣慰的是中央一家权威性的党报也寄来了用稿通知。然而就在涂副市长的声名远扬威信大增的时候，我却病了，功能性心脏早搏。我在医院的病床上一躺就是半个月。总编老刘把报样直接寄给我。文章标题下署着别人的大名，我已没兴趣看了。涂副市长并没有去医院看我，平时那些抬头不见低头见的同僚们也只是集体象征性地去探视了一下。对于人情冷暖，我一时颇多感慨。去得最多的倒是咪咪、老K和一些无职无权的穷朋友，一聊就是几个小时。潇潇给我送了一个花篮，装的是她从山上采了野花。妻子请了假，两个孩子一放学就到病房陪我。我穿着柳条病人服装，打针吃药，没事就与病友们穷乐。15天的病榻生活不仅使我感受到了人情冷暖、世态炎凉，也让我享受了一种少有的天伦之乐。生病有时并不是一件坏事，它可以作为一个人心理的调节剂。试想，假如一个人长病不起，那么，他的追求、他的争名夺利还有意义吗？出院的时候，我竟然对医院的一切产生了一种深深的眷恋之感。

我茫然地漫步在街头，遥望着市政府雄伟的办公大楼，竟然连回去的愿望都没有。对那里的一切我已有些厌倦了。

七

出院以后，医生又给我开了半个月的病休假。我把自己关在屋里，静静地读了几本书，写了一篇《住院琐记》交《汉水文学》发表。心情竟然出奇的宁静。

总想见见咪咪，总想向她述说一种歉意或许还有别的什么心情。在一个迷人的黄昏，我走出书斋，漫步来到咪咪的红都夜总会。

用彩灯装饰的"红都"二字半分钟闪烁一次，迷彩灯帘如繁星灿烂，主体灯似明月朗照。夜总会门前有台球、书摊，还有露天卡拉OK，完全是一座现代娱乐城。可以看出，这里充满青春、活力与温馨。这里属于含羞草、紫罗兰、太阳花的天地，我以前怎么忽视了这个地方？咪咪成天生活在这种环境里，难怪她那么快乐，无忧无虑。我在售票处买了门票。售票小姐端庄秀丽，态度亲切热情，门两旁的礼仪小姐温文尔雅。20块钱一张门票，买一次舒心的享受。值！

走进舞厅，我找了一处不显眼的地方坐下，两个彬彬有礼的小姐走到我的身旁，一个向我介绍服务项目，一个问我要什么饮料、糕点。面对这种礼遇，我真的无法拒绝了，便点了一杯咖啡、两碟瓜子。一分钟不到，咖啡瓜子就送上来了。小姐鞠个躬，甜甜地说："需要什么服务，请先生随时吩咐。"

我发现咪咪正站在乐队间，心里就有点感动。这会儿自己也不明白在期待什么，渴望什么。我只希望咪咪能够发现我。

灯光摇曳。一阵疯狂的迪斯科之后，乐曲像一条扭动的蛇蝈蝈贴着草皮蜿蜒爬过，将一对对温馨男女吸进舞池。一名歌手甜甜地歌唱。那些穿牛仔裤、老板裤、迷你裙的少男少女搭肩搂腰，潇洒随意似在公园散步。一个女孩双手吊在舞伴的脖子上，小脸仰起，红嘴一张一合，娇嗔地说着什么。倒是几对中年男女跳得认真而投入，穿花摇摆，近乎表演。我敢肯定，沉浸在灯光、音乐与轻歌曼舞中的男男女女绝对不会有如我此时的苦恼。即使有，他们也会在此刻一扫而光。

咪咪不知什么时候站到了我的面前，手里握着一束清香扑鼻的红玫瑰。"沙耘老师，祝你康复！你能来这里赏光，我真高兴。"

咪咪她今晚穿的是一身粉红色旗袍，胸花却是一朵白莲花，一起一伏更显得楚楚动人。

"咱们换个地方怎么样？换一个能够帮助病人迅速恢复身心健康的地方。"她让领班打开一间装饰幽雅的情人包厢。说是包厢，实际上是一间小型舞厅。"这'情人'二字对我们有点不伦不类。你就屈驾一次吧。"

我们刚落座，就有一位小姐送上饮料、水果、口香糖，还有两杯我叫不上名的洋酒。小姐让咪咪在卡片上签字后便恭立在门口。"你去吧。这里没你的事了。"她对我说，"我们这里管理严格，总经理也是如此，但对顾客绝对地奉若上帝。如果没我，她会站着随时听你使唤。"

情人包厢里应有尽有，可卧可坐，既可与服务台和点歌台保持联络，又可独立地自娱自乐，拉开窗帘可以感受外面热烈欢乐的气氛，拉上窗帘又与外面隔绝成独立的小世界。我和咪咪就在温馨宁静的情人间促膝谈心。

她的兴致很浓，对未来充满信心，滔滔不绝地向我介绍红都夜总会的情况。这里的消费很高，然而却夜夜爆满。

"但是，支撑我们夜总会生意的主要还是公费，比如一些行政事业单位的头头脑脑，国家和集体企业的厂长经理们。你们的涂副市长跳舞的水平不敢恭维，兴趣倒很浓厚，来得最多。公家的钱嘛，不花白不花。

当官的一夜舞，农民半年粮，就苦了你们这些小兵小卒。真不公平。"

她这不是讽刺，但我无话可说。

"我好希望有个知己能够和我在一起聊聊天啊。"她突然有些伤感。"我成天接触的不是花花公子就是道貌岸然的伪君子，如今找一个纯洁的人真如凤毛麟角一样难。"她脸上露出了与她个性不相称的忧郁。看来她的内心是脆弱的，并不那么刚强。

我看着她，内心也产生了一丝悲凉。是的，寻一位真朋好友的确很难，尤其是同性之间，而异性之交又有谁能够爱你终身呢？

"算啦，不说这些不愉快的事情了，你难得来一回，我陪你跳舞吧。"

乐队正演奏一支闻名全世界的圆舞曲。"还是出去随大流吧。"咪咪拉着我的手，我们走出包厢，滑入舞池。她的舞跳得娴熟、轻捷、飘逸、训练有素，明明是她在导舞，却让我处处显示出男人的风度。这使我感到非常地轻松愉快。蓝色的多瑙河之波在阳光下闪闪发光，欢乐流淌。音乐声中，我已是一个完全康复的人了。

一曲下来，我们喝一杯饮料，继续上场。咪咪完全属于我，弄得整个舞池都无精打采，而乐队却演奏得格外起劲。我的舞技今晚发挥到了极致，舞姿优美而富有个性。这使我自信我在各个方面都是一个很有潜力很有发展前途的人。我的心情极好，过了今晚，我该上班了。我应该用我的人格力量战胜我的懦弱。真的，我害怕什么呢？

离开红都的时候，咪咪把我送到大街，在我挥手向她告别的时候，她的身后，红都夜总会硕大的电脑显示屏现出四个大字：

难忘今宵！

八

我又上班了。将近一个月没有上班，对于办公室、同事和领导都有一种久别之后的亲切之感。但是，每一个人见了我都好像昨日还在一起一样，有的招招手，有的连句问候的话都没有。我不禁对自己的多情哑然失笑，一头钻进了秘书科。一个天才如果被束缚在办公桌上，那么，他不是夭折就是发疯。正如身强力壮的人饱食终日而无所用心，准会中风死掉一样。这是莱蒙托夫《当代英雄》中的名句。不知为什么，我突然想到了这段话。

桌上放着王市长关于抓住机遇、发展经济的讲话稿，厚厚的一叠，王市长修改后由我作最后的文字润色。这本是一篇纯属经济问题的讲话稿，王市长却加上了几段反腐倡廉的文字。在改动的地方有好几处提到个别领导干部私欲膨胀，跑官，拉山头，行贿受贿，甚至生活腐化、糜烂，严重影响了永康市的党风政纪，损害了市委市政府的形象。领导的讲话往往是最敏感的神经，一句话很可能预示着领导层的新动向。王市长所指什么？是仅指这种现象还是暗示具体人？王市长从地区纪委调永康市不到一届，却颇得人心，他不至于利用讲话影射什么人吧。但是，永康市政府班子一正十一副，这次换届地委只定了一正六副的职数，本来市长们之间的关系就很微妙，在这上与下的关键时刻，那弦就绷得更紧了。涂副市长会不会在这次换届中败北？出院后的种种迹象以及人们的冷淡态度使我总感到一种无形的压力，阴影总是笼罩着我的心灵。

唉，想这些干什么？

报纸到了，都去抢着看各自爱看的报，找自己的杂志、信件。我毫无兴趣。独自走出办公室，政府门口的五针松幽绿招人，两盆香水月季含苞待放。花草不是俗物，却被俗物们弄做高雅的点缀。花草有知，也该有被捉弄的感觉。

"雅兴不浅呵，头儿。"骆刚首长派头般拍着我的肩膀。"有个叫聂文的想见见你，我的哥们儿。"

"我现在什么人都不想见，也不认识这个人。"

"这没关系。他是地委纪委书记的内侄，咱们王市长调永康市前就在他姑父手下当差，他以前在地区电视台工作，后来搞过外贸、旅游，发表过报告文学作品，最近被派到我市文联——"

"这与我有什么关系？我没兴趣。"

"你这人糟就糟在这里，以为举世皆浊你独清，其实你错了。我劝你不妨换个角度想想问题，不要一听到别人有背景就反感嘛。这是他的名片。"我接过名片，一串吓人的头衔差不多占据了名片的大半，而最后一行则是中共永康市市委宣传部副部长兼文联主席。原来是想通过文联进入仕途。

"你是作家，他是文联主席。人家对你有礼，你又何必拒人于千里之外？他暂住市宾馆215号房间，你什么时候去都行。"说着他走到停车场，叫出一辆皇冠。"头儿，忘了告诉你，地区的几个铁哥们儿来看我，我带他们去郊外兜兜风。今天不上班了。"

这家伙太狂了。他还懂得什么叫尊重别人吗？我再无心转，便回到办公室。全科的人正凑在一起，叽叽喳喳，先是议论一起凶杀案，接着便是物价上涨、工资和住房。每天都是这样。可我自己呢？王市长的讲话稿放在桌上。我怔怔地看着。满篇的汉字突然变成了雨点、冰雹。我在风雨雷电中穿行，浑身湿透，落魄如丧家之犬。

就在这时，突然接到涂副市长的通知，地委组织部的一位科长在市宾馆召见我。那一刻，我的心几乎提到了喉咙眼儿上。地委组织部来人召见我，这意味着什么呢？我望着涂副市长，希望从他那里得到一个圆满的答案，他却冷冷一笑。"省委决定在县市班子换届前集中宣传一批领导干部的典型，地委组织部点名要你撰写王市长的事迹。作家嘛，现在该你大显身手了。"

原来是这等差事！

受到涂副市长的嘲弄，我感到自尊心受到了极大的伤害，第一次对这个人产生了反感情绪。但是，我仍然怀着一种难以说清的心情赶到了那位科长下榻的市宾馆。等我赶到，会议室里已坐满了永康市的所有首脑人物。涂副市长已在我之前赶到了，而且还是会议主持人和材料牵头人。这叫我十分意外和不解。他抢先将我介绍给地委组织部的那位科长，并对着王市长大加渲染我的才能。我看着涂副市长的表演，一种厌恶鄙夷之感油然而生。当在场的头头脑脑人人都发表见解之后，撰写王市长事迹的通讯便被作为一项政治任务交给了我，并授权对王市长本人以及相关人员进行全方位座谈、采访。而且调子已定，文章将在省报和地区日报发表。我隐隐地感到，这对我并不是一件好差事。作为一下部下，我很难准确把握和评价自己的上级，很难摆布平衡领导者之间的关系，他和涂副市长的关系似乎也很微妙，再说文章发表以后又会产生什么样的结果和反应呢？我再次被推到了进退两难的峰口浪尖。

但是，我无法拒绝！

九

在紧张采访王市长的空隙，我按骆刚的指引，来到市宾馆215号，拜访那位新上任的文联主席。但是出现在我面前的人却叫我十分诧异。原来是在蜡梅公园纠缠咪咪的那个人——那个自诩为青年作家的家伙。他就是文联主席？我愣住了。

"想不到吧，作家先生，我们早已打过交道。冤家路窄，不打不相识嘛。你是永康市文坛名流，我没有理由和你计较，咱们握手言和吧。请进。"

看来他就是骆刚介绍的聂主席无疑。我走进屋里，房间里正在放录像，柔和的壁灯给房间平添了几份蒙眬、温馨。但录像却充滞着淫荡，屏幕上一个赤裸的女人从远处走来，胸部和腹部越来越清晰地放大在眼前。进了屋才发现床上还躺着一个欣赏录像的女人。杏黄色迷你裙薄如蝉翼，经过修饰的两乳像倒扣着的日本富士山，迷你裙与长筒袜之间裸露出粉嫩的皮肉。床上还散乱地放着裸体扑克牌、卫生纸、巧克力，床头上放着香烟、水果、高级香水等，透露出一种奢侈而淫乐的气息。

"我来介绍一下吧，她叫——"

"你有什么吩咐，请讲吧。"没等聂文讲完我便打断了他的话，我知道这地方不是我待的，早知如此，我真不该来。"我还有急事。"我补充道。

"急着去为市长大人树碑立传？"

"这与你无关。我是受命履行我的职责。"

"对对，是受命。咱先不谈这个。听说你打算出一部小说集？不过，现在出书可不是学生印练习册，得打通许多关节，得花钱买书号。实话告诉你吧，我已弄到几个书号，计划编一套报告文学丛书。我当主编，请你出任常务副主编，市里的主要头头们都是编委。这是筹资出书，企业作后盾，是个赚钱的大门路。我们成立一个企业文化编辑部。一套丛书编出来你就是大富翁了，到那时还怕你出不了小说集？"

出小说集？这对我确实太有诱惑力了。为了出版散文集《雨夜梦想》我花去上万元，但是出版小说集一直是我的心愿。"你让我考虑一下吧。"

"行，不过要快一点，时间就是金钱嘛。我还有一件事拜托你。"他从床上那个女人的手提包里拿出一份手稿。"这是我新写的一篇报告文学，省里一家大型刊物答应发表，请你给我润色一下吧。"他把稿子递给我，然后狡黠地看着我，"听骆刚说，涂副市长很器重你。可这个人你不能跟。他快完了。告状信都写到中央纪委了。"

我握着稿子，机械地怔在那里。这时从外走进一男一女，聂文忙去

中篇小说

应酬。我独自走出门外。聂文在屋里喊道："写王市长的文章你可要卖点力气。他少年得志，大器早成，势头大着呢。攀上了他你将来就有出头之日了。"

"扯淡！"我几乎是逃着回家的。

那个晚上，我差不多通宵未眠。听着妻子均匀的呼吸和女儿们的梦呓，我感到十分惆怅，泪水无声地流在枕边。为什么生活总要把我推到一种难堪的境地？总是让我接受各种阴风冷雨的无情鞭笞？拂晓前我终于入眠，梦中各种龇牙裂口的丑恶嘴脸交替在眼前出现。我被噩梦吓了一身冷汗，醒来聂文的稿子还压身下。汗水把稿子浸湿得几乎无法辨认。

接下来我便专心致志地座谈、采访王市长的事迹。因为有地区组织部的尚方宝剑，采访工作进行得非常顺利。我在市政府生活十余年，成天与当官的接触，但真正把书记、市长们作为采访对象进行推心置腹的交谈却从未有过。通过一周时间的采访，我终于发现，领导层也是一群活生生的人。他们也有常人的幽默、牢骚与喜怒哀乐。揭去领导者与权利的面纱，他们更显得平易、随和，而且谈吐不凡。怀着这样一种激动的心情，我结束了采访，开始对素材进行过滤、消化。在我的心中，一个活生生的七品市长开始立了起来，他完全可以代表我们党的那些优秀分子。希望世事清明，希望生活美好，希望清官复出是人们共同的心愿，而以极大的热情饱蘸笔墨反映这方面的典型和人物，正是一个作家义不容辞的职责和良心。怀着这份虔诚，在一个朝霞满天的清晨，我开始投入了紧张而愉快的写作。

十

连续三个夜晚的挑灯夜战，弄得我精疲力竭。晚上，妻子一个劲催我睡觉。躺下不到五分钟，灵感又来，爬起来继续写。妻子索性放弃努力，赌气道："好吧，只要你挺得住，就再挺一个通宵吧。明天早晨叫醒孩子的任务就交给你。"结果天亮前我躺在桌上睡着了，醒来一看手表：7点25分，离学生上课时间只有35分钟了。可两个孩子都叫不醒。

"起床！"我一巴掌打在老二屁股上。她翻过身又睡着了。我又好气又好笑，又给她一巴掌。她捂着屁股大哭起来。她的哭声惊醒了老大。老大惺忪懵懂地拿起圆领衫便往两条小腿上套。我又给了她一巴掌。结

猎人的后代
LIE REN DE
HOU DAI

果两个都哭了。

"谁再哭，还揍。烦死人了。"

"你心里有事儿拿孩子出什么气呀。"妻子赶忙起床。"你呀，叫我怎么说呢？你白天上班，晚上加班，夜里还要没完没了地写。怕吵了你，我们娘儿仨挤在一间屋子里，她们有时连话都不敢大声说。还对不起你？别人没烦，你倒烦了？！"

看看妻子，我无言以对。妻子又教书，又带孩子，又做家务。她没烦。我烦什么呢？

一个上午我一个字都没写出来，怔怔地对着稿纸，越想越浮躁，越急越没感觉。下午索性去公园划船，晚上又去红都跳舞。回家后，妻子给我冲了一杯热气腾腾的牛奶，然后领着孩子们去另一间房里休息。我的情绪大振。这个通宵写得顺手极了。当太阳从万年山升起的时候，我的这篇6000余字的人物通讯也就大功告成。接着用一天时间稍作修改，便送交市委常委集体审定。市委书记要我在会上宣读。结果比我想象的还要顺利，众口一词，当场通过，晚上，妻子特意为我做了一桌好菜。我一下喝去半斤白酒，之后便大睡了两天两夜。我太疲劳了，也太兴奋了。

稿子送走以后，我度过了一段轻松的日子。上班下班，读书看报做笔记，心情相当平静。

收到《永康市日报》周末版时我正在阅读一份内部参考资料。翻开报纸，一个醒目的标题映入眼帘：《一个风流女郎的泪痕》。整整一个版面，叙述的是一个化名香香的女工如何从一个有理想有才华的女青年堕落成暗娼的全过程。这是一篇纪实文学，但我一读就明白，文章写的是潇潇，是潇潇啊！这是真的吗？我前天收到《汉水文学》的用稿通知，编辑部还等着发她的生活照片和创作谈呀。这太叫我难以接受了。

我把电话打到老K的星汉实业股份有限公司，老K不在，打到他家里，忙音。我不甘心，骑了一刻钟自行车赶到他家里。门虚掩着。这家伙果然在家。我闯进卧室。他竟然还在睡大觉。枕边放着移动电话。我拉开被角，一个女人的惊叫吓了我一跳。两人正一丝不挂地搂着。我实在没想到会在这时看到这种场面。老K真变了。"你他妈的干这种事连门都不晓得关？"

"对不起。"老K坐起来坦然地说，"我不知道你在这个时候来，请先回避一下吧。"

"潇潇出事了，你不知道？"

我走出门外，心里说不出的悲哀，为老K，为潇潇，也为我自己。老K穿好衣服走出来。

"进屋说吧。"我没动。他接着说："你不知道潇潇有多可怜，他们家太穷了，全家的担子都压在她一个人身上，而她不过是一位20多岁的姑娘啊。她是被迫，不，也不完全是被迫。她是用牺牲自己的办法拯救全家。她已辞掉工作很久了，每天去给外商或外地游客当导游，晚上陪舞，后来发展到陪聊、陪宿。这样一天可以赚到大几百甚至更多。上个周末她在宾馆与一位深圳老板同宿被保安人员堵住，男的是来我市投资的，没罚，她倒罚了三千元，还抓去关了几天。她的罚款还是我替她交的呢。现在已经没事了。"

"就这么简单？"

"你说此类事情能有多复杂？不就是那么回事儿吗。别信报上的捕风捉影。"

"可她是你的邻居，又有才华，你应该挽救她。"

"怎么挽救？你是不了解他们家的情况。其实，这也没什么值得大惊小怪的。现在什么都在贬值，知识、文凭、文学、人格、道德，唯有金钱万能。如今是全民皆商，有谁不在拼命地捞钱？可那些无职无权无地位的弱女子有什么？她们只有一副色相。能挣到钱干什么不可以呢？潇潇这样做，其实也是一条生路，赚够了钱，有了雄厚的资金再从事精神文明，再从良当作家嘛。"

我望着老K，对他这时的幽默很反感。"今天，起码在这个时候你不配与我讲这番话。告辞了。"

我独自到了潇潇家，到了潇潇家我才感到后悔。这个时候我来干什么呢？

潇潇穿着灰暗的便装，趿拉着拖鞋，头发松散地披着，眼睛默然无神，充满哀怨与委屈，脸色苍白而憔悴。

"您坐。"话说得有气无力。香烟、开水，都没有。她慵懒地在我对面坐下，已是弱不禁风了。

我坐的地方正好对着整个房间。她家的一切一览无余。这能算个家吗？仅仅一间半房，半间作了潇潇的闺房，另一间一半是她父母与两个弟弟的寝室，一半是厨房，中间一方布帘隔开。屋里没有任何上档次的家具，唯一的贵重物品是潇潇房里的书和单卡收录机。在靠近厨房的一张床上还躺着一个病人，毫无生气，已经成了植物人。他是潇潇的父亲。

潇潇开始向我叙述她的家史："我爸爸原是工厂里的汽车司机，两年前翻车压断了腰，就一直躺在床上。我母亲是农村户口，长年靠爸爸的工资养活。爸爸出事后，妈妈就靠捡破烂挣一点生活费。我脚下还有两个弟弟，一个读初一，一个读初三，成绩都很好。我一直想把他们供养出来，可我每月只有60多块工资啊。如今60多块钱顶什么用？我——"

她欲言又止，肯定还有更深的苦衷。我不想再听她的那些辛酸的叙述了。她已经够不幸够痛苦了，我何必再去揭她的伤疤呢？我把编辑部的信和用稿通知递给她。

"用稿通知？我的小说发表了？"她接过去迅速地游览着，接着把头深埋在用双手捧着的用稿通知单中，久久不动，全心体会着个人价值被承认的幸福。过了一会儿，她抬起头戚然地说："我真不知道怎么报答您才好，可是，这已没有必要了，一切都太晚了呀。人家知道了我的情况以后还会给我发表吗？"她终于无声地哭了。

"潇潇！"

"沙耘老师，我不值得您同情、怜悯，我是自作自受，但有一点请您相信我。我的这颗心是洁白的。我好恨——好恨啊！"

我离开了潇潇和潇潇那个散发出霉味药味的家。夜里，我辗转难眠，潇潇的身世和她那声泪俱下的诉说使我很难过。大千世界，芸芸众生，为什么会有这么多的不平呢？仅仅是因为命运吗？我多么希望潇潇重新振作起来啊。

第二天早晨，我一走进秘书科就接到咪咪的一个晴天霹雳般的电话："潇潇昨夜投河自杀了！"

整个上午我的脑海几乎都处在一片真空之中。自杀了！像潇潇这样心比天高、命比纸薄的才女又有什么能比自杀更能证明她的心灵是洁白的呢？潇潇终于进入了没有烦恼没有欲求的天国。这也是每一个人的必然归宿啊。我把《汉水文学》的用稿通知和信件点燃，看着它在我的手中烧成纸灰。一阵清风吹来，纸灰散发在空中，飘飘远去。啊，一个弱小的年轻女子的生命就这样无声无息地消失了……

生与死，原来仅只一步之遥！然而生命仅仅只有一次，短暂得就如雷电闪烁的一瞬，此后就永远不会再出现，我们为何不百倍地珍惜呢？蚂蚁尚切偷生，何况万物之灵长的人类。自杀，轻生，无论再充分的理由，都是最愚蠢的行为。

十一

连续七天的暴风雨，把永康市淋成了重灾区。就在这七天的暴风雨中，我的心中也经历了一场风暴的侵袭：冷雨、冷风，还有冷冷的目光、冷冷的讥讽。就在我的那篇人物通讯发表当天，我便成了永康市的新闻人物，我与王市长都成了人们议论的中心话题。几乎所有的人都用异样的目光看我。首先作出反应的竟然是涂副市长。在常委集体审稿时他是最先表态的，然而文章出来后，他却到处散布谣言，说什么材料不真实，许多情节都是作者的杜撰，甚至还说作者与主人公都在沽名钓誉。人心太险恶了！

我本来就没打算出力讨好，但这个结果却是我怎么也没想到的。我反复阅读发表的文字，除了不该在地委组织部那位科长后面署上我的名字之外，我并没有说过头话呀。我懂得新闻的真实性原则。但我在什么地方犯了众怒呢？经过七天的反思，我终于明白。我可以写争鸣小说，写纪实文学，写嬉笑怒骂的杂文。但我不该去写一个现任市长，何况这个人又是我的顶头上司。我的真诚被误解了。

我有口难辩。

暴风雨过去，阴云仍然遮住天空。我的眼泪流在心里。更叫我无法接受的是迟迟未决的市政府办公室主任一职，也在王市长事迹见报的第二天确定了。市委红头文件下来，骆刚被任命为永康市政府办主任。据组织部朋友透露，民主推举我得票最多，而且在某些方面我已在履行办公室主任的职责了，然而结果却是这样！

我怀着难以言说的心情走进办公室，没有一个人和我说话。

这时骆刚进屋，我的那些部下都蜂拥而上。一个个甜甜地叫着他的官衔，刚从打字室调到秘书科的年轻小丫头还从他身上掏出五十元人民币，自告奋勇地去买喜糖。我强压着内心的反感与被人耍弄的苦痛，默默地做着一些应做的事情：扫地。倒痰盂。洗茶杯。夹报纸。

离下班还有一刻钟，凑热闹的人三三两两地走了。我末动。最后一分钟时，骆刚走到我的身旁说："老科长，咱们找个地方喝几杯吧。"

他第一次这么叫我，也是第一次尊重别人。

"可以。"我没加思索就答应了。

他叫了一辆富康轿车把我们送到市宾馆，肥胖的宾馆经理早已恭候在门口。我们径直走进餐厅。

菜并不丰盛，但都十分可口。桌上摆有茅台、啤酒和葡萄红酒。"咱们俩痛痛快快地喝酒，不谈公事。请。"他拿过一瓶茅台，给自己斟满，一口喝下，然后看着我。

我拿过一瓶法国白兰地给自己斟一杯，也一口喝干。然后各自再斟，再饮。

看来对这次职务之变他并不十分激动，而此时我也并不悲伤。

"头儿，啊，我这么叫惯了。以前我是你的部下，谈不上唯命是从，也不至于叫你太为难。今后从个人心理上讲，我仍然是你的老部下。"

"谢谢。用不着笼络，我这个人跟谁都叫爹。"

"一个办公室主任，正科级职务，犯不着你这么耿耿于怀。你以为我就这么看重这个职务？我是赶上了时机。当然，有了这个职务作阶梯，再上就容易多了。我知道你能力强，工龄长，为了对家人和朋友们有个交待，熬得很苦。这次也该你上。但干部任命中的各种复杂关系你是没法弄明白的，劝你索性就糊涂一次吧。你的笔头子厉害，升不上去还可以当作家。在这次变动中，我个人并没做任何手脚，我还不至于那么卑鄙，与你争饭碗。谁让你在关键时刻出那么大的风头啊。你觉得自己是无私的、善意的，也可以说是出于党性。可别人偏说你是别有用心，借吹领导向上爬。你向谁解释？我今天是推心置腹，真心相告，咱们同事数年，并没有根本的利害冲突。今后更应该捐弃前嫌，相互照应，合作共事。干杯！"

碰杯。同干。

"聂文与你合作编辑报告文学丛书的事，你考虑得怎样了？这对你是个两全其美的事。现在又正是时机，你何乐而不为？"

"不感兴趣，不感兴趣的事我没法做。我讨厌见到聂文，讨厌一切人。"

"有这么严重吗？其实聂文也是想帮你一把。出书对写书的人很艰难，但对不写书的人却很容易。如今就这么怪！难道你还没有悟出一点道理？咱们不谈这个话题。告诉你，老涂这个人你不能跟，太阴险，靠不住，是个过河拆桥的角色。跟领导，一定要认准人，你不过才36岁嘛，不能遇到一点波折就这么悲观。我们那班铁哥们已经有点势力了，你要耐心等待。"

"真他妈俗！"我猛地站起来。"不谈公事？你已讲得够多子。我郑重告诉你骆刚，从现在起，老子谁也不靠，就靠我自己。"

"痛快！"他也站起来，两眼逼视着我。"今天我才第一次发现你还是个男子汉，还有点骨气。告诉你，做人不能太窝囊，顶天立地，沧海横流，方显英雄本色。但我有必要提醒你一句，今后对我的工作，你必须支持、协作，也可以说照办。但你也完全可以放心，更深的含义我就不明说了。我骆刚决非不义小人，我会尊重你的。"他抓起酒杯。"干不干？"

"干！"

我们同时干完，同时掷杯于案。他睁着泛红的眼睛盯着我："我真诚地奉劝你一句，今后的日子还长，放聪明一点，圆滑一点，熬表现没用，多玩几个像我这样的朋友对你不会有坏处。"说完扬长而去。餐厅里，我一个人愣着。我拿过一瓶五粮液，一口气喝去大半瓶，早已淤积在胸的悲愤与委屈随着烈酒的热力一起涌上心头，泪水就像春潮一般夺眶而出。

我醉了！

十二

咪咪，咪咪——

我在心里轻轻地呼唤着这个亲切的名字。我相信听到我的呼唤她一定会惊喜地走出来，热烈地和我拥抱、亲吻。我一定要紧紧地把她搂在怀里，让她的热情温暖我的一颗苦寂无助的心。

可是我幻想的场景并没有出现。咪咪站在窗前。她很专注。直到我走到她的身边仍然毫无所知。她的波浪长发披在肩上，正好盖住无领透明衫裸露的那一部分，下身穿一条乳白色短裤，手里握一叠画稿，怔怔地望着窗外的天空。从她的半边脸上可以看出她的悲戚与忧伤，眼角下有条明晰的泪痕。她刚刚哭过？

看到我，她的目光跳动了一下。泪水唰一下流了出来。

"美展被取消了。我在美专的模特儿合同也提前终止了！"她喃喃地说。

原来是这样！本来是我到她这里来寻求安慰，看来现在该我安慰她了。"这是因为什么？"

"莫名其妙，毫无道理，说是市委宣传部的指令性意见，公安局还要审查所有画稿。这与公安局有什么关系？"她看着我，似乎意识到什么，于是破涕一笑。"瞧我。你来，我应该高兴才是啊！"

她关上窗户，拉上天蓝色窗帘，然后打开红蓝紫三色彩灯。屋里立刻充满着梦幻般的色彩。房间不大，但布置得非常典雅温馨。正墙上装饰着达芬奇的《蒙娜丽莎》和老贺野修市的《湖畔少女》，侧面则是她自己的黑白肖像油画，装饰得也十分精美。油画旁边挂着画板和蓝色遮阳帽，靠床的地方安放着豪华镭射音响，梳妆台上破例地没有放高档化妆品，倒是一尊维纳斯女神像格外引人注目。床上放着一把小提琴和一个毛茸茸的黄色雄狮，地下还有红色霹雳鞋，鞋的周围全是撕碎的画稿。

"哎，你坐呀。"她让我坐在她的床上，把手中的画稿交给我。"委屈一下吧，我去换套衣服。"

她走进更衣间。我便开始欣赏以她为模特儿的画稿。全身的、半身的、卧势的、立势的，每一幅画都从一个角度表现出一个深刻的主题。咪咪的形体真美。面对这些人体画稿我感到：去掉任何装饰的人体才是完美的、纯真的，任何一个自主的人都会坦然地面对这些美好的裸体，从中获取美的享受，得到启迪，只有无耻小人才会用淫秽的目光看待裸体艺术。面对这些画稿我几乎如痴如醉了。

"好了，作家先生，美吗？"她飘然地走到我的面前。

呀，她一下子变成了另外一个人。紫色的连衣裙，衬着一朵绿金芙蓉胸花和一条黄色项链，显得既素雅又高贵。看来她对我的事全不知晓，在这个时候提起也就毫无必要了。

"来点什么？雪碧、威士忌还是水果？"

"你真阔呵。"

"谈不上阔，但收入还可以。我原是机关团委书记，就因为把机关文化生活搞得活了一点，丰富了一点就受到了责难，甚至有人把两口子打架、第三者插足也推到了我的身上。真是天方夜谭！此处不留姑，自有留姑处。

在永康市我是最早停薪留职的机关干部，结果却被炒了鱿鱼。这样倒干净。我现在干红都夜总会副总经理，月薪可以拿到5000元，如果高兴，晚上陪客人跳跳舞还有更多的收入。去美专当业余模特儿是无偿的，那是艺术，我不想让金钱玷污艺术，但人家要给，一次800元。不过，这一切都不是我的终极目标，告诉你，我想当画家。"她在我的身边坐下，把一罐饮料放在我的手上。

她从画稿中抽出一幅题为《忏悔》的油画。我们共同欣赏着。画面是一位半身裸女。裸女微仰着脸，双目翘望，似乎在向未来展望，表现出一种青春少女的纯真与梦幻。这些从形式到内容、从思想到艺术都很有品位的油画为什么不能展出？

"现在人们对人体模特儿有偏见，视裸体艺术为洪水猛兽。但我不怕。我就是冲着那些伪君子来的。这是艺术是事业啊。"她又抽出一幅。"这是我最后一次当模特儿老校长亲自画的，送我做纪念。"

我看着这幅《沉思的少女》。画面是一位全裸女孩。背景是宽广无垠的海洋，一轮红日正从海面冉冉升起。少女一只脚站在温柔平静的海浪中，另一只腿曲起，正好挡住腹部下面的部位。左肘支膝，手背托着下颏。另一只手撑着浑圆的大腿，目光凝视远方，整个身心都专注地进入了一个美妙、理想、神圣的境界。

画的意境深深地打动了我。老画家正是通过自己画笔下所展示的人物形象和丰富的思想内容激励咪咪：战胜平庸，抓住时机，向着既定的目标前进！

面对画像和咪咪，我心中有一股激流在涌动。我看着她的眼睛。她也看着我，黑色的眸子秋波一般明澈、丰富、热烈而满含期待。我伸手把她拥入怀里。

"你真好！"她感动了。两泓秋水，神采飞扬。

我想说：我并不高尚。我也庸俗、也懦弱、也卑微、也自私，甚至——

她用一个指头按住我的嘴唇。"我不要你回答我，我愿和可爱的人在一起。愿做我热爱的工作，而且不惜失去一切。"她紧紧地抱着我，双手无意识地轻轻揉弄着我的肩膀。她的脸紧贴着我的胸脯。我感到那里凉凉的有些湿润。她动情了、流泪了。

"人生就那么六七十年光景，一眨眼工夫就过去了，好比风中的一盏灯，风一吹就灭了，就没我们啦。该好好地活呀！想爱就爱，想哭就哭，想干什么就干什么，没有人指指点点，多好啊！"

"唉，还是不谈这个吧，听了叫人怪伤感的。咪咪，我给你看看手相怎么样？"

她顺从地把一双手伸开放在我的手中，但她的情绪仍然处在一种低落的状态。她有一双表演和演奏气质的纤纤素手。她右手的金星阔大，感情线深而有力，只是生命线中间折断了，但折断处有一个方框保住了断口，预示她一生虽有几次风波仍能安然度过。

"别自欺欺人了。"她一笑，把手收了回去。"我的手相不坏，生命线、头脑线、感情线都好，可我不信。人关键要看他自己怎样活，对吗？但一个人真正要想活出自己的方式来也难。人们不理解我的工作、为人，好多人把我看成坏女孩，在永康市能这样真诚待我的恐怕只有你了。别看我成天乐呵呵的，可我心里苦，苦不堪言。真想躺在一个我可以依赖的喜爱的男子胸怀里美美地长睡不醒。"

"还是找个伴侣吧。这对你的事业有好处。"

"我怕，怕被家庭所累，怕进了城再也出不来了。我不是独身主义者，人还是要找的。我想找一个老实人。最好是教书匠。我要攒一大笔钱。40 岁以后，他教书，我就辞职，在家里当个好妻子。等他退休了，我们就去游山玩水，走遍全国的名川大河，风景圣地。玩累了，玩够了，满足了，各人在血管里注射一支氰化钾，就像马克思的二女儿劳拉与丈夫拉法格一样，毫无痛苦、遗恨，安然地离开人世。"她起身打开窗户，注视着茫茫夜空。她为自己的话而感动了。

我回味着她的话，也站起来向永康市的夜空望去。我一向以为自己对庄子和萨特有所研究，其实我只不过学了点皮毛，咪咪的几句话就解除了我多年的疑窦。人生是什么？人生不就是在能干事业的时候痛痛快快干自己所热爱的工作，在不能干事业的时候能痛痛快快地享受生活吗？为什么要去追求一些非分的不切实际的东西呢？在咪咪的面前我的那些对仕途的想法和做派显得多么荒唐可笑。咪咪啊咪咪，我多么希望今宵此刻能够永存永驻，多么希望以你的清纯清洗我的俗气与市侩！但是——

夜深了，我该走了。

"你要走吗？"她的声音有些颤动，眼角挂着泪珠，整个面部始终对着窗外。"你为什么要走啊？好吧，你还是离开吧，离开吧。我就不送了。"

我慢慢地离开咪咪，离开那间毫无杂质的温馨的闺房，走进茫茫的浓浓的夜色之中。那一刻我的心似乎失落了，茫然不知所措。

我漫步在午夜街头。街头的卡拉OK如茫茫夜空中的不灭星辰，有人在幽幽地清唱：

> 因为爱情总是难舍难分
> 何必在意那一点点温存
> 要知道伤心总是难免的
> 在每一个梦醒时分
> 有些事情你现在不必问
> 有些人你永远不必等……

十三

一觉醒来，涂副市长突然调动了。这消息在我其实已是一件无所谓的事了。我对他的种种反感、鄙弃也在这时一笔勾销。政府办下派干部的事随着骆刚的上升和涂副市长的调走而被搁下，但我的心已无法专注于市政府机关了。我开始思考着一个决定自己未来命运的大问题。

"李科长，带几个人去摆一下凳子吧。"骆刚说。

于是我就去搬凳子。一个上午我请摄影师、搬凳子，完全是一种机械性的劳动。全体政府办工作人员在市政府门口与涂副市长合影留念。我仍然在履行着一个秘书科长的职责。

永康市政府班子不团结的问题不仅惊动了地委，还引起了省委的重视。省地两级联合工作组在永康市考察一个多月，几乎所有副局级以上干部都参加了座谈、投票，还进行了广泛的民意测验，最后却是皆大欢喜。王市长升为市委书记兼市长，党政一肩挑，涂副市长调往一个山区县担任县委副书记，另外10位副市长三人进人大，两人进政协，一人调地区行署工作，而骆刚却意外地被增选为副市长，接替涂副市长的工作分管机关。这样永康市政府班子职数就由12人降为六人，成为全地区年龄、文化、性别、党派等结构最为合理的班子。省报还为此编发了通讯，

214

并刊发了评论员文章。然而，我对此已不太热衷了。我已成了局外人。

"不要了。"在我搬最后一趟凳子时骆刚喊道。

我端着凳子站在摄影师身后，涂副市长突然从中心位置上站起来喊道："咱们的大科长怎么不来呀，位置给你留着呢。集体合影后，咱们单独来一张吧。"

大家都看着我。我感到非常坦然。我向涂副市长看去。他这个人其实是可悲的，此时此刻他在我的心目中已经降低到一个可笑的角色了。我冷笑一声："涂副书记有兴趣，你就自己照吧，恕不奉陪了。我祝你青春永驻，官运亨通。"说完丢下凳子，转身离开了那里。回到秘书科，我感到很气愤，一把推翻办公桌上的茶盘。啪，茶杯砸碎了两个。

办公室里静极了。就我一个人。我在这里发什么脾气啊！我把茶盘与茶杯碎片收好，再看看自己用过的办公桌、电话机、文件夹，心里突然升起一种依恋之情。老朋友们，我要与你们告别了。注定，这里不是我的栖身之地。

嘟——嘟——

电话铃响了。

我踌躇着。毕竟我接了十几年电话，有一种本能的习惯，便小心地拿起了听筒。没想到打电话的竟是聂文。此人在这次人事变动中荣升为市委宣传部长，还兼文联主席之职，正是春风得意马蹄疾的时候。我刚准备撂电话他抢先说道："哎呀大作家，我找你找得好苦。咱们讨论一下编辑企业报告文学丛书的问题吧。"

听到他的话我很反感。这个时候我对出书与对仕途一样，全都不感兴趣。"谢谢部长大人提携。我这个人不识抬举。鄙人的这点才华不值钱，但不想随意糟蹋！"没等他答话我就撂下了电话。我感到心中有一种说不出的痛快。

放下电话骆刚就走了进来。"你先别走。请到我的办公室去一下吧。我有事找你谈。"

"因为没有和老涂合影？"我冷冷地说。

"不，是另外一件事。这件事对你很重要。"

"是吗？我便随后走进了他的办公室。骆刚担任副市长后显得干练、果断，一扫纨绔子弟的习气，也没有养成多少领导的派头。进门后他说：

"我当副市长后，政府办主任一职再次空缺。经市长办公会讨论，决定——"

我一听就明白了。我终于当上政府办公室主任了。听了他的话，我不由自主地发出了一阵大笑。我想到了一块被别人啃剩的骨头。

"你笑什么？"骆刚疑惑地看说我。"你不相信呢？"

"骆刚，请你别在意我这样称呼你。如果三个月前或者更短一点时间有哪位首长找我谈这个问题，我会万分感激的。但现在这个对我已经不重要了。我仔细比较了我们两人的能力，你这个人适合于指挥员而我只适合于当老百姓，人与人之间的确存在着本质上的差别。"

"你在讽刺我吗？"

"不，我是真诚的。你适合从政，像你这样的人当官应该说是百姓之福。你对我的关照，我很感激。但我有我的做人准则，有我的选择。如果你还念咱们之间的那么一点私交的话，就请你在这个问题上不要让我为难。"

说完我便走出了他的办公室。

"请你还是考虑一下再决定吧。"他在屋里大声喊道。"你这人怎么一下子变得如此固执？"

十四

是的，我变得固执了，也变得大胆了，勇敢了。我挽着咪咪的胳膊向清溪河芳草滩走去。

我们平静地走着，走进夏季，走进自然，走进深厚与纯真。母亲河啊，温馨在召唤。

"我们游泳好吗？"进入芳草滩后咪咪建议道。

我不会游泳。咪咪便把饰物、手表、钱包等一一取下，放在我的手上，又将上衣、长裤和鞋袜脱下毫不迟疑地放在我的怀里。出现在我面前的是一个只穿着比基尼泳装的健美的女性。

"委屈你了。我去游了啊！"

她张开双臂，一头扎进水中。像海豚一样舒展自如地直插河心，然后缓缓地露出水面。在河中，她一会儿逆流击水而上，一会儿又漂流而下。那欢快轻松的节奏，那美艳无比的英姿一下把我带进了安徒生的童话世界。我面对的完全是一位超凡脱俗的美人鱼啊。她再次潜入水底之后便奋力向对岸游去。她从水中走向岸边，走入草丛。萋萋芳草包围了她。她在无数

盛开的野花中掐了一朵红百合。她把红百合高高举起，向我致意。我也举起她的金项链默默向她回礼。我们之间虽然隔着一条河，但我们有理解、有信任，心心相印。这比什么都重要。她把红百合含在口中，一步步走向河水，直到河水淹没了她的颈部，然后双腿一蹬，四肢伸展，整个面部胸部几乎浮在水平面，平静地任河水驮着她漂流而下。含在中口的红百合就像一朵出水红莲。她那仰游的姿势令我惊羡不已。我也感到很快乐、很激动，顺着她漂流的方向跑着。我想喊、想大笑、想放声高唱。她像一只命运小船，那口中的红百合就如一盏理想之灯，指引我向着一个没有烦恼、没有忧愁、没有丑恶、没有飞短流长、没有尔虞我诈、没有争权夺利、没有弱肉强食的自由王国奔去。一时间，天与地、山与水、花与树、河中的她与岸上的我都融为一体了。她游了多久？我追逐她跑了多远？全然无知。一直游到一棵垂柳的浓荫下，她才款款上岸。水淋淋地一个人儿站在我的面前。

"能给我擦擦背吗？"

我有点惊悸地望着她的柔嫩的无抵抗的脊背。当我的手一接触，她就全身战栗起来。她扭过头，用闪亮的带着可怖的双眼恳求地望着我。她不能自已了，而我胸怀里也泛流着一种对她报答的无限美妙的欲望。但我们都控制住了自己的激情与渴望。

我们在草坪上坐下，接受着阳光的沐浴和清风的安抚。莹蓝透澈的天空，蝴蝶翻飞，水鸟啁啾，她侧卧着，一只手托住头部，半边身子埋在绿草之中，秀美的头发和嫩草杂糅在一起，丰满的胸脯上两座小丘巍峨地耸立着，圆润鲜明的小腹和幼稚深阔的肚脐里显露出青春少女成熟和渴望爱抚的信息，大腿与臀部那坚定而下奔的曲线显示着流畅下坠的风韵与华丽。在这具透明无瑕的躯体上完成了一个真正的女性。

我们就这样一动也不动地躺着，谁也不说话，不想说，都闭着眼。彼此感受着心跳，倾听着呼吸。世界没有了，杂念没有了，美与丑也没有了，连躯体也不存在了。世上只有两颗心，两个灵魂，两朵彩云，两粒在太阳折射下闪闪发光的水珠。

"把衣服换上吧，比基尼太叫人难以忍受了。"

"你真好。"换了衣服她说，"我好喜欢你啊！我不是坏女人。我很纯洁。我还是——"

这没头没脑的话弄得我神经兮兮的。"你是好女人。我是好男人。

这世上不会有比我们两个更好的人了。你纯洁善良，有才华，热爱生活，充满青春活力，追求理想和事业。这些我深信不疑，也非常钦佩。我不是柏拉图主义者，我需要你，非常地渴望，但绝不会在此时……"

"谢谢你这么尊重我，理解我，信任我。好多男孩子和我玩朋友，说不到三句话就要接吻，拥抱，乱摸。他们想要的是我这个人，而不是我的心，弄得我把男人都看贱了。刚才我好怕啊。你要是那样做了，我会很伤心的，尽管我爱你，尽管我也渴望。你是我一生中最敬佩的男子。我希望你是完美的。我有个预感，在我这一生中再不可能遇到比你更好的男人了。你的人格力量将会影响我的一生。我爱你，真的。"

我感到眼眶湿润了，泪水不争气地流下来。因为我的母亲、妻子与女儿，我尊重所有的女性，珍惜美，珍惜人世间最纯真的感情。肉体的满足是暂时的，心灵的爱与人格的尊重才是永恒的、神圣的。有爱就能代表一切。我终于勇敢地吻了她，长长的甜甜的亲吻。

"我真高兴！"她爬在我的胸脯上，亮亮的一双大眼睛含情脉脉地对着我。"我懂得你这个吻的含义和分量。我会铭记一辈子的。"

我把她的头揽在怀里，目光向远方投去。远处是重重山峦，是悠悠闲适的流云。山以外的地方是生我养我的故乡。啊，白沙河梅香泉在向我致意！

"我觉得你决心脱离政府机关是一种非常明智之举，可是你为什么执意要去乡下呢？留在城里不是更好吗？各方面都方便，大家还能有个照应。哎，我们一起办实业好不好？或者你就专事写作，由我们供养你。其实老K也非常希望你和他一起干。他那个人有弱点，太自负，但对你绝无二心。"

"老K重义气，我对他有过偏见，现在想来确实好笑。我想和他深谈一次，毕竟大家都是患难之交嘛。但对于我个人的去留，我是经过深思熟虑的。我想当一个作家，农村才是我生产大作品的土壤，至于机关生活我已很丰富了，随手拈来就是一篇精彩之作。"

"可在感情上我还是不希望你离开。我舍不得你嘛！"

"我还要回来的，当然也不会太快。我想沉下去一段时间，系统地读一点书，认真地思考一些问题，重新感受一下火热的农村生活。这些年的机关生活把我的棱角都磨平了，人也变得畏畏缩缩。但它对我的创作并非毫无用处，我仍然珍惜这段生活经历。我还很年轻，还想在事业上有所建树。咪咪，谢谢你给了我这么多的鼓励和温暖。今后，我们永远都是最为知己的好朋友。我会永远记住这一切的。我也祝愿你早日实现自己的心愿，事业成功！"

我把她的金项链戴在她的脖子上，又把她的一串开心钥匙挂在她的心口，然后，我在钥匙上深深地一吻，表达出我对她的无限的真诚和祝福。

"我相信我们都会成功的，会的！"她喃喃地说。

我轻轻托起她的头，四目久久地对视。

她哭了。两汪泪水晶莹透亮。

十五

这个夏天比任何一个夏天都漫长，湿润。

在这个夏天里我有许多事情要做，但我只做了一件事，那就是，我精心地对我的藏书、报刊和手稿进行了认真整理。面对一篇10年前的旧稿和杂志社的退稿单，我曾久久地沉思，一天无语。夜晚，梦总是萦绕在10年前的场景。于是，我便走回往日的欢乐、自信和踌躇满志。我已很久没有这种感动、祥和、豁达的心绪了。

妻子在学校放暑假以后便带着女儿们回乡下老家了。这就给我留下一片自由的思维天地。而上班也只是一种形式。我在这片自由的天地里自由驰骋，常常伫立在窗前或者阳台，一片朝霞，抑或落日夕照，还是满月清辉，都能激起我无限的遐想。我开始处在一种创作的冲动状态。梦中，我常常回到乡下的老家，感受着家乡那种敦厚淳朴的民风。我从15岁走出故乡的那栋土屋后差不多20年没有嗅过泥土的芬芳了。但我的父母还健在，生我养我的那间土屋还在，孩提时代玩耍的土坡与小河还在。对我来说，未来不是梦，而眼前的种种倒像是一场梦境。

我开始正式考虑到乡下深入生活的问题，开始起草我的辞职申请。

正在这时，咪咪及时地给我打来了电话。她已辞去红都夜总会副总经理职务。她要随老校长去南方的一个开放城市，参加在那里举办的人体绘画艺术大展。咪咪是作为老校长的学生一同前往的。她已被美专破格录取，不是去做模特儿，而是去做学员、做画家！咪咪的愿望终于实现了。她的这个喜讯极大地鼓舞了我。我真替咪咪高兴啊！

我刚放下电话，一个人便破门而入。是老K的女秘书小红。她给我带来了一个十分震惊的消息：老K被捕了！

　　这突然的消息使我目瞪口呆，刚刚还是座上客，怎么转眼就成了阶下囚？

　　"告诉我，他是怎么回事？"

　　"这是他从收容所写给你的信。他要我告诉你，不要为他难过，也不要为他奔走。人在哪里跌倒就在哪里站起。"

　　小红走了，我仔细地回味着老K的话："人在哪里跌倒就在哪里站起。"这话太有哲理了。我打开老K的信。信是用铅笔写的，无头无尾，可以看出他写信时那种复杂悔恨的心情。我读着信，字字句句都强烈地震撼着我的心灵：

　　……想不到平生没有书信来往，而给你的第一封信却是在牢房写的。我是在去香港和东南亚考察回来的当天被传讯的。当时我非常冲动，我是优秀企业家、劳动模范、市政协委员嘛。但是进来后，经过干警的教育和开导，我对自己的所作所为也进行了反思，我感到自己确实有违法乱纪的行为，比如偷税漏税、赌博、生活放荡不羁，竞争方式也不当等等。可我这些几乎都得到了有关部门和领导的默许，报纸、电视对着我吹，我是脚踏薄冰处处有保护。为什么？因为我有钱，名目繁多的赞助、摊派、捐资，来者不拒。我是财神，是唐僧肉，所以我是一路绿灯，即使违法乱纪，也处处逢险化夷。我的教训太深刻了。我是以身试法，用最大的代价接受法律的教育。法院正在对我的问题进行终审调查，我可能会被保释或被判为监护居住。法院这样做，也是出于对企业的考虑和对我个人的宽大和挽救。今后将如何经商、做人，在我已经有了一个明确的选择。我会百倍地吸取以前的教训，重新做人！
　　……

猎人的后代
LIE REN DE
HOU DAI

　　我把这封信看了多遍。那一刻，我竟然变得非常地平静。老K与咪咪，从他们的变故中又一次加深了我对人生的领悟。我为咪咪高兴，同时也为老K高兴。他终于认识了自己。我把老K的信收好，重新动笔起草我的离职申请。写好离职申请后便向蜡梅公园走去。我以一种宁静的心情

220

在公园内信步，待返回时已是华灯初放。

家里亮着灯。呀，妻子已经从乡下回来了？我的心里突然有如热恋般激动。我推门而入。"爸爸！"两个女儿一齐叫道。这一声稚情的呼叫令我百感交集。

妻子显然已回来多时，屋里清扫一番，脸上敷了淡淡的脂粉，穿的是我们恋爱时我第一次送给她的粉红色套裙，项链和戒指也是结婚时我赠给她的纪念品。一时间，少女与少妇时代的妻交替在我的眼前出现。原来我的妻也是这么美？机关冗务、官场应酬、曲意奉迎使我美丑不分、妻女两忘了。我太感动了，冲动地要去拥抱她。妻脸一红。"看你，孩子都大了！"

"爸爸要和妈妈亲嘴——"老二拍着手说。

我把一对双胞胎千金拉在身边，每人给了她们一个吻，此时此刻，我能做到的也就只有这了。大女儿把我拉到书桌前。"妈妈还给你买了礼物。是书。"书桌上果然放着一大摞新买的书籍，全是我非常需要而且是下了多次决心都因为缺钱而没敢买的作品集、理论书和工具书。我看着妻子的眼睛。从她的目光里我已明白一切。她已看了申请。她全力支持我。这样我的信心就更足了。

"其实这事你应该早和我商量的。我早就有这个想法。你在市政府生活那么累，弄得我们都不知道如何是好。你生来就是做事业的人，在事业上你一定会成功的。官呢，能做就做，看机运吧，顺其自然。"

面对妻子的理解与支持，除了感激我还能说什么呢？

"两个孩子的工作我都做好了。至于我，忙一点，累一点都无所谓，只要你过得愉快就好。孩子你放心，我会照顾好的。现在是众望所归，就等你了。"

我心里一热。"还等什么？我现在就去交申请。"说完就向骆刚的办公室走去。我感到我的脚步是那样地坚实、有力。是的，我会成功的，一切都会成功的！

载于《长江文艺》1995年第4期。2016年10月收入《襄阳文学65年》中篇小说卷。

中 篇 小 说

红尘劫

春节的一大早，母亲就对我说："昨夜我又梦见你甲哥了。我的苦命的侄儿啊！"

母亲说这话时眼角挂着老泪。母亲的话也勾起了我的心思。

我的甲哥，你现在还好吗？

甲哥是母亲的一块心头肉。母亲与姨妈是一对孪生姐妹。因为难产，外婆生下她们就去世了，从此两姐妹便如白沙河村的苦菜花一样苦苦地活下来，竟然出脱成一对美人坯子。那个时代，美反而是一剂苦药，姨妈的美丽成了她悲剧人生的祸患，但我母亲从小务实，20岁不到就嫁给了三代赤贫的父亲为妻，而姨妈却决断地抛弃死死追求她的龙山虎，嫁给洞河中学校长华洪伟。

这就奠定了我与甲哥一生不同命运的基础。

其实，甲哥的天分极好，学习成绩远在我之上。小时候，我以顽皮著名，而甲哥却以文静好学而倍受人们喜爱。武汉大学毕业的姨父给甲哥取了一个很气魄的名字：华栋梁。甲哥的身世与他的很帅的长相、很帅的名字注定了他在整个中小学阶段的学生领袖地位。但是，甲哥的这种地位对我毫无作用，我总是变着法子欺负他，放学路上让他背，在学校作业多半是他代做，有了玩具总是我先玩，而他不气不恼，总是让着我。甲哥从小就有良好的心理素质和教养。如果不是那场特殊的灾难，我相信，甲哥一定不会有负家族所望，他一定会成为家乡一位出人头地的人物。母亲常拿我与他作比较，常常感叹姐姐有福气，生了一个将来可以作国家栋梁的儿子，而自己则只是给李府增添了一个犁地锄禾的农民。但后来的结局却恰恰相反，甲哥并没有成为栋梁，而我却从一个农民的后代、一个山野顽童一步一步走进了保康县的首府，当上了一个还算说得过去的幕僚，并成了一名业余作家，而且走向全国，并在朝着"著名"的那个档次靠近。

历史往往就是这样幽默！

然而，姨妈为了成就甲哥却付出了终生的代价。

姨妈他们那一代人应该是单纯而壮丽的，但特殊的历史环境却一再改变着他们的人生轨迹。小时候，姨妈、母亲、父亲、华洪伟，还有龙山虎都是最要好的伙伴。他们在一起念书、打柴、玩耍，度过了无忧的童年。姨妈的苦果是在12岁那年播下的。那天，他们在一起玩一种找媳妇的游戏，这主意自然来自于最聪明的姨父华洪伟。规则很简单，两个女孩藏猫猫，三个男孩蒙着双眼寻找，谁捉住了其中一个女孩，谁就可以得到十个红枣的奖赏，并接着玩进洞房，结为小夫妻。蒙眼由姨妈来完成，在蒙到姨父时她有意留下了一点缝隙，并向他露出了与她年龄不相称的含情一笑，比姨妈年长两岁的华洪伟自然心领神会。但是，龙山虎却在他们暗送秋波的时候扒开了一只眼，当号令一响，他便以最快的速度抱住了姨妈。姨妈一见不是华洪伟而是龙山虎，又急又气，一巴掌打在龙山虎的脸上。华洪伟恰在这时赶到，姨妈便站到了华洪伟的一边。龙山虎遭到冷落又挨了打，一路小跑哭着回到家中。

这件事在老一辈人中一直引为笑料，而在五个孩子的心中却从此留下阴影。之后他们便渐明事理，华洪伟与龙山虎的关系也日益疏远。那时，母亲与父亲的关系已在祖母的撮合下明确，姨妈与华洪伟则成了一对恋人。到了20世纪50年代初期，华洪伟考上武汉大学读书，龙山虎作为苗子当上了生产队长，父亲也当上了会计，母亲和姨妈都成为了生产队里的宣传员、积极分子。但是，姨妈却从此很少有笑脸，华洪伟一去四年很少有书信来往，寒暑假回来也是匆匆一见。姨妈几乎每晚以泪洗面，而这时龙山虎又开始了强大的爱情攻势，村里人也传说华洪伟已在大学里谈了对象，不会要姨妈了，姨妈终于在回天无望的情况下答应了龙山虎的求婚。然而就在他们要成亲的时候，华洪伟毕业了，并且分回到洞河中学教书。事情的转机是在一个雨夜。魁伟而又彬彬有礼的武汉大学毕业生华洪伟敲开了姨妈的房门，两人相对无言，最后华洪伟赠给了姨妈一个军用书包，书包里放有一支钢笔、一个笔记本和一封简洁的表白心迹的书信。那是那个时代最珍贵的礼物。事情本可就此结束，但早有预防的龙山虎也在这时出现在姨妈屋里，他一进门就抢过书包，几下撕毁了笔记本和书信，凶恶地把华洪伟推出门外，猛地关上大门，然后一下子跪在姨妈的面前，乞求姨妈留他过夜，然后成亲。整个过程姨妈都是无动于衷的，但龙山虎的这一跪一求把她残存的对他的一点好感全都冲销了。

"你走，你走啊！"姨妈泪水满面。

龙山虎依然跪着。

"你不走，我走！"姨妈一直走到华洪伟的家中，第二天又随他到了洞河中学，一个月后他们便在学校举行了婚礼。姨妈与华洪伟结婚的消息如晴天霹雳一般打在龙山虎的心中。他一个星期卧床不起，为此受到了工作队长的严厉批评。龙山虎从此把婚姻看淡，找了一个残废姑娘草草结婚。对女人也从此产生了一种变态心理。

他要报复，他怀恨一切。

甲哥是在一年后的苦夏出生的。那时工作人员都不兴带家属，姨父只是一个教师，更没资格带家属了。姨妈结婚后依然回到了白沙河，依然在龙山虎手下当一名社员。甲哥出生不到半个月，龙山虎就逼着姨妈下地劳动。姨妈心高气盛，背着婴儿就下了地。夏天的太阳如火，泪水、汗水和奶水顺着姨妈的身上往下流。

父亲看不过，抓住龙山虎的衣领。"你他妈的还算人吗？畜牧！"姨妈在父亲的庇护下休息了一个月，之后便与男人一样参加劳动了。甲哥长到8岁，姨妈便把他与我一起送到姨父那里读书。为了摆脱龙山虎的纠缠，她便搬到我家居住。但龙山虎一直在伺机报复，迫使姨妈就范。

那个时代总有一些不可思议的事情发生。1966年的红色风暴到来，龙山虎第一个成立了"风雷激"战斗队，夺了老支书的权，自己当了大队革命委员会主任，父亲也被当成走资派的走狗而被罢免了会计之职。姨妈的命运从此开始置于龙山虎的淫威之下了。但姨妈知道怎样保护自己的一方净地，艰难的苦度岁月，到了1970底，姨父被教育战线的造反兵团打成三反分子、黑帮，遣送回家。这时的龙山虎已成了一个土皇帝，大权在握，鞭子直指姨父，甚至连还未成年的甲哥也不放过。一年后，姨父畏罪自杀，姨妈也含恨离开了白沙河村。从此，甲哥惨淡、凄凉而悲壮的人生就这样开始了！

姨妈与甲哥是在一个下着小雨的深秋清晨离开故土的。

1970年的姨妈不过才36岁，但经过一次次人生的重创使她过早地衰老了。身子瘦弱得像一杆枯槁的山茅草，已经经不起颠沛流离之苦了。但是，她不能不走，她要远走高飞，找一个安静的地方，发誓要把她与华洪伟唯一的儿子华栋梁培育成人。公社里给他们开了一张证明信，房屋与财产贱价出售，自留地充公。她一贫如洗，人生都毫无保障，还管什么财产啊，这一切她不留恋。她走得义无反顾。前面会有怎样的不测风云？等待他们的将是一种什么样的情形？姨妈不知道，甲哥也不知道，前面是坑，是悬崖，也得跳。

他们没带什么行李。秋风吹打着姨妈单薄的身子。甲哥望着生活了18年的家乡一声不吭。母亲哭得死去活来，而姨妈已是欲哭无泪了。

他们走了，怀着悲愤无比的心情走了。整个早晨我都如木头一般站立着。我不知道应该向他们说些什么才好。直到母亲一声"珍重"之后撕裂的哭声传来，我才如梦初醒。

"甲哥，你等等。"我几步跑到他的面前，把一本看得破烂的《烈火金刚》和姨父留给我的黑色钢笔郑重地放在他的手里。他严肃地望着我，严肃得就像一个饱经风霜的成年人一样。但是他什么话没说，转身就走。

"华栋梁，就这样分别了吗？"我感到鼻子一酸，泪刷地一下子就流了出来。

也许是华栋梁的称呼起了作用，甲哥再次停住脚步，再一次盯着我。

"又不是去上刑场，你哭什么？"他的眼睛睁得滚圆。

我发现他眼里冒火。那是一股愤怒的仇恨的痛苦的烈火。我一下子被他的这种表情震慑住了，不知所措。

他一把抓住我的胳膊，叫着我的乳名，一字一句地说道："长庚，等着我。我华栋梁还会回来的。我有大仇在身，我不会不报也不能不报！"

甲哥就这样离开了生他养他的故土，此后十年音讯全无。

1980年当我们再一次在故乡白沙河相聚时，他已是神农架大山里的一位成熟的猎人了。十年的变化真是太大了，国家的变化自不必说，小小的白沙河村也从打砸抢最烈的村开始进入了法制的轨道。父亲不仅恢复了会计职务，还接替龙山虎当了村支书。"四人帮"倒台后，龙山虎判刑三年，从劳改农场释放回来后又是一场大病不起。那时母亲每天都在唠叨同样的话："你甲哥与姨妈悲苦的命运该结束了呀，咋还不回来呢？"

甲哥果真回来了。

甲哥突然出现在我的面前，我几乎不敢相认了，与十年前的那个甲哥判若两人，他长得高大威武，满脸的胡须。头戴白色头巾，扎着绑腿，腰里插着一长一短两把自制的腰刀。他仍然没带行李，只身去，也是只身而回。

"姨娘！"甲哥深情地叫了母亲一声，然后扑通一下跪在母亲面前。"侄儿回来了。侄儿现在可以给含恨九泉的父母报仇了。侄儿要亲手宰了龙山虎那条老狗！"

那时我已当了八年教师了。1972年3月1日，当我走出深山白沙河第一次登上县城的最高学府保康师范的时候，而甲哥却在封闭的山中受苦。同年12月31日我提前毕业，又被分回深山，从教学点教师做起，到中心小学负责人，刚刚就任当年姨父任校长的洞河中学教导主任，甲哥又是一种什么情形呢？与甲哥相比，对生活我还有什么可抱怨的呢？

当时姨父的冤案刚刚平反昭雪，我是在开完姨父的平反会议后匆匆赶回家向母亲报喜的。而且，公社党委也作出决定收回被疏散在大山里面安家落户的所谓五类分子这其中就包括甲哥一家，更重要的是我还带着通知姨妈和甲哥去落实政策的任务，而甲哥却不请自到。

见到甲哥我有一种说不出的喜悦。但甲哥的突然归来却与此无关。这一切他并不知道。他没有忘记当年的誓言。他是回来报仇的。

母亲老泪纵横，悲喜交加，倒忘了去扶他起来。她一个劲儿地抹眼泪，不停地叫着姨母的名字。"我苦命的妹子哟！"

"姨娘，请您给我一碗烧酒。"甲哥单腿跪立。他的声音变得浑厚粗壮，没有商量余地。十年的大山风霜把他的性格锻打得更加刚强了。

"甲娃，起来吧。"母亲递给他一碗热茶。

"不，我要烧酒。"他的话果断而坚定。

我发现说这话时他眼里又放射出十年前告别故乡时的那种火焰。母亲一时不知道如何是好。我从屋里给他倒了一碗自家酿造的苞谷酒。他感激地看了我一眼，算是对我们久别重逢的问候，然后一口气喝下了那碗烈酒。他把酒碗递给我，站起来向母亲深深地鞠了一个90度的躬。那架势就如同出征赴死的武士一般。然后，他从腰里抽出一把长腰刀，转身就冲出了大门。

整个这一幕似乎发生在一个瞬间。我来不及思考，来不及作出任何反应。倒是母亲临危不乱，一巴掌打在我的肩上。"你小子还愣着咋的，快去拦住他。你甲哥要去杀龙山虎，杀人偿命，那是犯王法的呀。"

然而，当甲哥怀着新仇旧恨出现在龙山虎门口的时候，一切都为时已晚。龙山虎死了。

就在甲哥出现在村头的那一刻，龙山虎已在大病之后怀着对人间的眷念和对姨妈一家的愧疚之情咽下了最后一口气。遗体就停放在厢房里，样子相当丑陋，昔日杀气腾腾的威风随着三年的劳改而荡然无存。本来他也可以像姨父与父亲那样为人处事，造福乡里，但他却被特殊的时代风云和背景扭曲了灵魂。历史造就英雄也造就败类。

龙山虎一家人肃穆地望着充满杀气的甲哥，每一个人的脸上都看不出半点的惊惧和疑惑，都是一副任人宰割的虔诚。

面对仇人的遗体甲哥伫立了差不多一个小时。

一个小时的时间甲哥完全能够对自己的行为作出解答，也完全能够对毫无反抗能力也根本就没有准备反抗的龙山虎一家施以暴行。但是，他高举的刀终于无力地放下了。他的复仇计划随着仇人龙山虎的死亡而变得毫无意义了。他无力地走出龙山虎的灵堂。一直走向黄土坡上的姨父的坟前。他的神情沮丧。他根本就没想到会出现这样的结局。那一刻他似乎苍老了20岁。后来我才知道。为了复仇，他狠心地背叛了一位对他以身相许的恩人，此后，他的心灵将永远无法得到安宁。

"天哪！"甲哥大喊一声，腰刀一下子扎进了自己的左手心，顷刻血流如注。他把双手举过头顶，对着姨父的坟头和远山的亲人双膝跪下，失声痛哭道："母亲啊，孩儿不孝，你的深仇大恨孩儿没法替你报了。水杉姐，苦杏儿，我该死。我对不起你们母女啊！"

甲哥一遍遍地这样哭诉着。腰刀落在脚下，血顺着高举的手滴在他的额头、脸上，与泪水糅合在一起。血水和泪水浸透了他的半个身子。他的精神支柱完全崩溃了，身体也垮了下来。此后几天他都躺在我的床上，发着高烧，嘴里不停地说着胡话。醒来的第一句话就是呼叫他的水杉姐和苦杏儿。抛妻弃子，忘恩负义，复仇计划又宣告落空，他怎么能够心安？

"作孽啊，龙山虎。"母亲开始向我讲述起姨妈与龙山虎之间那一段屈辱而血腥的故事。

自从姨妈生下甲哥以后，龙山虎便开始了变本加厉的报复，多次想占姨妈的便宜。后来姨妈住进了我家，姨父又被提拔当了校长，龙山虎才有所收敛。真正促成龙山虎报复计划的实施是在姨父被遣送回家的那段日子。那天，姨父带着甲哥，背着一床铺盖卷，人还没有到家门口就被龙山虎安排的民兵截走了。第二天，龙山虎便押着姨父游村，一个生产队两天，白天参加劳动，晚上接受批斗。每天夜里龙山虎都要到姨妈家里游说一次，都被姨妈严词拒绝。游斗到第6天，姨妈实在不忍心丈夫再这样被折磨下去，当龙山虎再次登门入室的时候，她早已一丝不挂地躺在床上，怒目圆睁地看着龙山虎。"你不就是想和我睡觉吗？这与洪伟有什么相干，何必那样狠心地整他呵。反正我这皮肉不值钱，你来吧。"

"不要说得这么难听嘛，你本来就是我的，是姓华的霸占龙妻。"龙山虎饿狼般地扑向姨妈。

可怜我那心性高远、守身如玉的姨妈，到底在恶势力的面前屈服了、失贞了。姨妈，这能怪你吗？你永远都是无辜的！

姨父终于在第二天回到了家中。仪表堂堂的姨父已是骨瘦嶙峋，不成人形。夫妻俩相见，已无半滴眼泪。甲哥已经失学，过早地成为生产队里的劳力。姨妈原以为满足了龙山虎的欲求，就可以度过一段安静的生活，没想到龙山虎欲壑难填，接连不断地纠缠，有时达到一天一次，弄得满城风雨，姨父也耳有所闻。一天，姨父前脚走，龙山虎后脚就到了姨妈家。但是姨父走到了半路又想到还有东西未带，也是他命中该有此劫，等他返回家中，正听到姨妈的哭声和斥责声从卧室里传出来：

"你无耻！你混蛋！你半点乡情都不讲。你这个畜生！"

一阵淫笑传出来，姨父再听不下去了。他呆呆地立在门口，大滴大滴的泪打在地下，一时悲愤交加，无地自容。身为丈夫，不能给妻子以安全和温暖；身为父亲，不能给孩子以慈爱和教育；身为一个男子汉，不能保护一个弱女子，还有何面目立于人世啊！他把身上唯一的五元钱用汗巾包好放在门口，转身就跳进了白沙河。

那年姨父刚满38岁，正是人生最辉煌壮丽的年龄！

等姨妈满足了龙山虎的淫欲，看到姨父留下的东西，一切为时已晚，姨父已是黄泉下人了。姨妈哭了五天五夜，哭干了眼泪，最后眼泪变成了血。那五天，白沙河阴风惨惨，大雨如注。第六天的清晨，姨妈挣脱照护她的人，一阵风跑到了姨父投水自尽的河边。她本来也想追随姨父乘鹤西去，却看到了甲哥。五天时间里，甲哥几乎没落一滴眼泪，多半时间就独自守候在姨父投水的地方。

"你想干什么？"姨妈忘了自己来河边的目的，拉住儿子的手。"你怎么不哭？娘知道你心里难受，你哭出来就好了，当着娘哭，你哭啊！"

甲哥却在这时给姨妈跪下了。"娘，儿子什么都知道，儿子不怪你。爸爸的仇儿子一定会报的。可是娘，你千万别走爸爸的路，你答应我。"

姨妈一下子抱住甲哥。"好孩子，妈答应你！"母子俩抱头痛哭。

那时姨妈已下了离开这个是非之地的决心。但她不想这么轻易地离开。姨父满百日的那天，姨妈主动找到了龙山虎。姨父投水后，虽定了一个畏罪自杀的罪名，但龙山虎毕竟做贼心虚，再没敢去纠缠姨妈，现在看到姨妈自己走上门来，已是求之不得。但姨妈有个要求，要龙山虎把家里人全赶走，她要去他家里与他同欢。龙山虎二话没说就答应了。晚上，姨妈精心收妆一番，也不躲避别人，直接到了龙山虎家。龙山虎早已是心花怒放，正躺在床上做那温柔之梦。姨妈脱去衣服，委身在龙山虎身边。当龙山虎的身子压向姨妈的时候，姨妈突然从身边抽出早已准备好的剪子，猛一下子剪断了龙山虎的生殖器。龙山虎杀猪般地号叫着，姨妈掀掉龙山虎的身子，把剪断的那半截脏物塞进他的嘴里。然后轻松地穿衣，洗手，握着血淋淋的剪子走出大门，一直走到马桥公社，投案自首……

听了母亲的叙述，我对姨妈又增添了一份敬意。那血淋淋的一幕似乎就发生在眼前。多么刚烈的一位女子啊。如果不是历史的误会，姨妈一定能成长为一名巾帼女杰的。同时，对甲哥悲壮的人生也倍感痛惜，而对他多少带点愚蠢、鲁莽的复仇行为也深感可嘉和同情。但是，我有繁重的教学任务，不能相伴照料病中的甲哥。一个月后，学校放假，这时甲哥也在母亲的悉心照料下渐渐恢复了元气。在一个满地金辉的月夜，我们走到儿时玩耍的白沙河边，找一块草坪坐下。夜风徐徐吹来，我们

中篇小说

开始了久别重逢后的第一次长谈。

山中的十年岁月，交织着甲哥的爱与恨。

甲哥与水杉姐的第一次相遇是在他和姨妈面对一头重伤的黑熊的山梁。那是他们被赶出故乡白沙河后的第七天。他们带的干粮全部吃完，而要去的地方还不知道有多远。姨妈本来就弱不禁风，七天的劳累加上饥渴使她已精疲力竭，再也走不动了。甲哥只好坐下休息。这时近处传来了一声沉重的枪声，接着就有一头水牛一般的黑熊向他们跑来。他们从来没有见过这样的野兽，两人都吓呆了。黑熊这时也明显感到受到了前后夹击。经过瞬间的僵持，黑熊狂吼一声向他们逼近。就在黑熊两只硕大的前掌利爪向他们抓去的一刹那，一只猎犬箭一般飞来，一口咬住了黑熊的后腿，接着枪声响了，黑熊应声倒下。他们得救了，姨妈却在这时昏了过去。

开枪的是一个一副猎人装束的姑娘。姑娘看到昏死过去的姨妈，二话没说，把猎枪扔给甲哥，背着姨妈就走。甲哥跟着那姑娘，翻过山梁，来到一个山水环绕的山村。姑娘的家就到了。那是一栋相当考究别致的雕花木板房。

甲哥根本想象不到在这样的大山深处还有如此华丽的建筑。当他一踏进那栋雕花木板房的时候，就感到，他今后的人生将会与这一家人发生某种联系。此后若干年，再一次回忆当初的情景时，他仍然固执地认为，人世间缘分是存在的。正是因为缘分才会使两个完全不相识、地位悬殊、种族有别，甚至相距千里万里之遥的异性胴体结合在一起。

那天晚上甲哥就睡在那姑娘的床上。他太累太累了，一睡就是几天，醒来还以为在梦中。他轻轻地走进姨妈睡的客房。他还不清楚姨妈的情况，只见姑娘守候在姨妈床前。一位白发银须的老人正在给姨妈扎磁针，旁边放着酒碗。碗里的酒燃烧着。老人每扎一针，都要蘸一下酒火。这是一种很奇特的治疗方法。屋里还熬着草药，散发出与这山里同样的芳香。甲哥站立在他们的背后，心里充满着无限的感激之情。一时间，人间冷暖，世态炎凉，都涌上心头，泪水大滴大滴地流了下来。他慢慢跪在他们的身后失声呼叫道："恩人啊，我华栋梁给您叩头谢恩了。"

老人放下手中的磁针，双手去扶。他不让，他开始向老人和姑娘哭诉着自己的身世和遭遇。听完了他的哭诉，老人的眼角也挂上了泪花，而姑娘却哭成了一个泪人儿。老人扶起了他，拍着他的肩头说："孩子，从今以后这里就是你的家了。青龙寨不会慢待你的。"

这时他才知道，这个地方叫青龙寨，背后那架大山叫青龙山，与他们要去安家落户的大九湖正好相反。他们走错了路，却遇到了好人。青龙寨是一个只有十多户人家的小村，属神农架管辖，左邻保康，右靠房县，一脚可以踏三县，远离尘嚣，民风醇正。过去以狩猎为业，如今主要经营药材、香菌、木材，粮食则以适宜高山生长的燕麦、荞麦、洋芋为主。如今打猎照样是山村不可缺少的内容。

收留他们的这家姓王。老人叫王海山，是山中世代相传的郎中。姑娘名叫水杉，是老人唯一的孙女，芳龄20。水杉的父亲两年前死于一头受伤的黑熊的利爪下，母亲耐不住寂寞，不久前与一个四川木匠私奔了，祖孙俩便相依为命。

甲哥与姨妈终于又有了新的归宿。然而，姨妈自被黑熊吓昏以后再也没有清醒过来，积劳累、惊吓、屈辱、大痛于心而成疾，神医王海山也无回天之术，中风造成瘫痪，成为植物人，直到去世，一直都没能从那张床上起来。

甲哥从此便以自家人的身份在那栋雕花木板房里出入。

青龙寨环抱在群山之中，仅有一条崎岖荒路与外面的世界相通。村中有一条山溪流过，人称苦水。苦水不苦，冬暖夏凉，虽处于海拔几千米的大山之中，水边生长四季常青的水草。山中有水獭、娃娃鱼、团鱼、钱鱼，还有一种只在夏季才出现的水生物桃花鱼。这些成了村民取用不竭的财富。

甲哥感到自己每天似乎都生活在世外桃源，除了大山、小溪，到处都是森林。森林里有鸟语，有花香，有虎啸狼嚎，有无数他从来没有听说过的飞禽走兽和古老的植物。农忙的时候，他随老郎中上山种庄稼、收割；农闲的时候，老郎中就带着他去采草药、打猎。他已习惯于吃大碗的熏腊肉，啃燕麦面饼，喝浑浊的山楂酒或橡子酒，习惯于披坎肩、扎裹腿、穿草鞋，而且已习惯于穿猎装、披蓑衣、戴斗笠。他已学会了吼那粗犷豪放的山歌，轻松自如地钻山、赶山。白天，他总是在林中或庄稼地里度过；晚上，有时坐在苦水边看月亮，有时点上一卷桦树皮读那本百读不厌的《烈火金刚》或者写上几句从中学课本上学来的诗词、名句。这时，水杉姐便会无声无息地走近他，靠着他的身子坐下。

"姐！"每在这时他总是要亲切地叫水杉一声姐。而水杉姐也就格外幸福地依偎着他。

自从甲哥与姨妈住进水杉家以后，水杉姐就再也没有上山打猎了。他要为全家人做饭，要做家务，要伺候毫无生气的姨妈。甲哥非常感激水杉姐。在他的心目中水杉姐就如东方救世观音与西方的圣母一样高大。甲哥多么希望自己有这么一位亲姐姐呵。他们表面情同手足，但内心里却都有一种异性相交的渴望。他们平静地生活了一年又一年，就在三年后的一个暮春之夜，他们终于熬不住青春男女那烈火般的内心冲动，忘情地交合在一起了。在与水杉姐初试云雨之后，甲哥仍然怀着感恩的虔诚心情称水杉为姐。性爱是爱，手足情是爱，两种爱的交融，构成这一对青春男女的爱的极致。

然而，也正是那次与水杉姐的弄云播雨，甲哥无意中伤害了一个人，一个更执着地爱着水杉姐的猎人的后代。那人名叫山虎，是水杉姐青梅竹马的伙伴。山虎九岁就开始学赶山，15岁就成为青龙山的猎手了。16岁与水杉姐订婚。就在两人即将完婚的时候，甲哥与姨妈出现了。水杉姐便一再推迟婚期。山虎为了帮助甲哥与姨妈，默默地接受了未婚媳妇的请求。想不到甲哥竟然充当了山虎的情敌。

甲哥时时感到有一双愤怒的眼睛在窥视着自己，开始变得惊悸不安。这一切水杉姐早就看在眼里，但是她毫无办法。她爱山虎，也爱甲哥，或许这里面还包含着一种同情或献身的成分。

事情终于在一个朦胧之夜有了了结。那晚当甲哥在苦水边一出现的时间就发现一把明晃晃的尖刀对准了自己的咽喉，接着当胸就挨了一拳。他一个趔趄，重重地倒在水里。打他的是山虎。山虎上前一步，尖刀再次对准他。

这时水杉姐出现了。水杉姐一把抱住山虎，乞求地说："虎哥，把刀放下，你不能杀他。他是好人，也是一个苦命人。求你了，虎哥。"

山虎哼一声，推开了水杉姐，从水里拉起了甲哥。那刀仍然对着他。"狗东西你听着，从前水杉是我没过门的媳妇，我保护她。现在她欢喜你，但她仍然是我的妹子，我还要保护她。从今以后，你敢离开青龙山，我就砍断你的腿。你敢欺负水杉妹子，我就白刀子进红刀子出。"说完一刀砍断了泉边的鸽子树。山虎走了，把水杉姐留给了甲哥。

甲哥与水杉姐哭抱在一起，直到拂晓。之后，他们便像夫妻一样生活了。山中看重结婚的形式，但他们并不在乎法律上的证件。一年后，水杉姐生下了一个女孩，这就是苦杏儿。

苦杏儿长到五岁的时候，姨妈终于走到了生命的尽头。姨妈进山十年一直卧床不起，也一直没有说过话，但是就在她将要离开人世的时候却突然醒了过来，并且坐了起来。她颤抖着抓住甲哥的手断断续续地说："甲娃，白沙河是你的根。你一定要回去。为你父亲申冤，为你母亲报仇！"

姨妈就这样去世了。枉来红尘走一遭，临死，还背着沉重的十字架。

那一段时间，甲哥的心情坏透了。他显得异常粗暴，看什么都不顺眼，时时都想发火。水杉姐百倍的安抚与温暖都不能让他心绪平静。他的方寸全乱了。他脑海里总是不断地出现过去的那一幕幕辛酸屈辱的场景。一想起父亲的死，一想起母亲临死的话，他复仇的决心就在胸中暴发。他要报仇，亲手杀掉龙山虎。但是他却无法带走水杉姐，也不敢与她提及此事。山虎的刀他并不怕，他怕水杉和苦杏儿的眼泪，怕老郎中那痛苦失望的表情。他非常苦恼，去与留的矛盾强烈地折磨着他。最后他终于作出了最无奈最痛苦最绝情也是最残酷的决定：逃走！

那是一个漆黑的风雨之夜，晚饭时他向老郎中王海山敬了酒，又敬了水杉姐的酒，夜里他哄睡了苦杏儿，又和水杉姐温存了一番。这一切他做得天衣无缝。凌晨的风雨更大，他趁水杉姐熟睡之机，悄悄逃出那栋雕花木板房，一口气跑上了青龙山梁。他舒了一口气。

"亲人啊，不要怪我！不是我无情无义，我有大仇未报啊！"

甲哥绝没有想到，在他出门后，水杉姐也起了床，而且在他身后还跟着一个人。他所做的一切都没有逃过那个人的眼睛。那个人就是山虎。就在甲哥转身向山下逃走的时候，一脚踏空，跌入山虎早已准备好的捕获野兽的陷阱。陷阱里铺着套网。两边绳索迅速上升，甲哥像猎物一样被高高地吊在套网之中。

这时，山虎出现了。两眼仇恨地盯着大套网中的甲哥。接着山虎手起刀落，甲哥重重地摔在地上。山虎上前一步，一刀割断网绳，尖刀对着他。"没心肝的东西。我早就知道你的心是黑的，没安好心。你害了水杉妹子，老子今天先废了你。"

水杉姐也恰在此时赶到。她一掌打落山虎手里的刀，拉起甲哥说："你快走吧。"

山虎愤怒已极，捡起刀猛地向甲哥投去。

甲哥身子一侧，刀扎在水杉姐身上。

甲哥一愣，发疯地抱起水杉姐。

水杉姐用力推开他，向他怀里扔一个包裹，吃力地说："你快跑，快跑啊——"

甲哥回来了。十年的青春永逝了，这代价对每一个人来说都太大了。在这个世界，你什么都可以赔，唯独赔不起青春赔不起时间。

甲哥失去了双亲，母亲便把他当作自己的儿子一样对待。但是抛弃妻子、有负恩公却成了他心中一道永远无法愈合的伤口。他的性格变了，沉默寡言，谁也无法给他带来丝毫的欢欣。他在郁郁寡欢中消磨时间。一年之后，政府按政策全部补发姨父开除回家后的工资和死后的抚恤金，同时让他顶替父职，在姨父工作过的学校教书，之后，学校又以委托培养的形式让他读了三年教师进修学院，取得了大学专科文凭。他成了像姨父华洪伟校长一样很有声望的中学语文教师。

野山芳林渐渐淡远了，恩爱的人儿也渐渐变得虚无缥缈了。

青山、苦水、雕花木板房都成了遥远的过去。结束了，人生悲剧；告别了，一切人为的灾难！

但是，就在甲哥的人生开始走向辉煌的时候，青龙寨传来了一个晴天霹雳般的噩耗。老郎中王海山上山采一种叫金钗的草药时，被催生子鸟铁刀一般的翅膀割断腰间的保护绳，不幸摔入万丈深渊，死于非命。山虎在寻找老人尸体时与一头野猪遭遇，被咬断左腿右臂，成了终生残废。

命运啊，你为什么总是与善良的人过不去呢？

自甲哥逃离以后，痛苦与悲愤一直笼罩着那栋雕花木板楼房。水杉姐万念俱灰，唯一的心思全都放在苦杏儿身上。山虎也一直未娶，但谁都不涉及他们那段已成为历史的婚姻。但是，就在山民们背回血肉模糊的山虎的当晚，水杉姐却宣布自己从此改嫁山虎，抱残守缺，她要侍奉山虎终身。

甲哥再次离开生他养他的故乡的时间是1990年的深秋，一个雨雾空蒙的清晨。命运啊，这难道是一种难逃的劫数？

那时，我已从深山之中的洞河中学走出，堂而皇之地走进了县教育委员会的大门，而且襄樊市教委也正在为我的调去而铺路搭桥，这时保康县委组织部也计划调我去当科长。仰天大笑出门去，我辈岂是蓬蒿去。我的才华终于被人发现，但出类拔萃的人是不用发现的。当时，我就处在这么一种踌躇满志的自信之中。听到甲哥再次放弃正在上升的前程，而这一步对他来说是何等不易啊，我好一段时间沉默不语。我无法诠释他那一颗复杂的心灵。遥望着那白云缥缈的远山，换了我是永远做不到的。

甲哥变卖了所有财产。他没有征求任何人的意见，没有向亲友告别，也没有向学校写辞职报告。但是，他却未能忘记仇人龙山虎。

临走的头天晚上，月儿当空，整个白沙河显得静谧、肃穆。原野空无一人，甲哥拎着从街上买回的一只白公鸡，先走到仇人龙山虎的坟头一刀斩断白公鸡的头，用祖传花瓷碗接下白公鸡的血，之后，将无头白公鸡丢在龙山虎坟前，然后走向姨父的坟墓。他点燃三炷高香，在白公鸡血碗里兑上烈酒，放上三只小碟，分别装上小馒头、面条、炒鸡蛋，然后虔诚地跪着。那一刻，他想到了许多往事，泪挂在两腮。月光惨烈地照着。他端起血碗，举过额头，猛地洒向姨父的坟头。他在以白公鸡的血替代龙山虎的血，祭奠姨父。

做完这一切，甲哥回望白沙河，回望梅香泉和我的老屋。他脸上已没有了泪迹。他显得很平静，许多的怨怨仇仇、恩恩爱爱都在这一刻了结。

人生是什么呢？人生不过就是从零开始，一个一个阶段地走过，最后迎来了终点，走向坟墓。显赫一生与低贱一世，又有什么两样？你捞到大官，你腰缠万贯，就算是丰富的人生么？每一个人都有自己的位置，总统与平民都有自己的轨道，只是机遇不同而已，交换个位置也还是那么回事。人的一生如同路边一棵小草、水中一尾游鱼、天上一粒繁星，缺你不会感到寂寞，何必要去争江山打世界，为名为利尔虞我诈呢？有个人爱我，平平静静过一生，能显赫则显赫，不能显赫就平淡一生，那才是人生最高境界啊！

甲哥啊，我的甲哥！那一刻，他的心归于自然，真正成了一个超脱物外的智者。

红尘无路，深山有爱。走吧！

他走的仍然是原来的路，几乎没受到任何的阻隔，晓赶夜行，三天就赶到了。他又来到了那座山梁，来到了那栋雕花木板房。面对过去的一切，他感慨万千，物是人非，去的人去了，活着的人已不是从前的人，但他再不会离开了。他要承担起一家人的生活重担，就是做苦力，或者就如山中旧有的风俗招夫养夫那样生活，他也干，他发誓要报答水杉姐，抚养苦杏儿成人，照料山虎生活起居，淡泊与山外的一切恩怨，终老山林。他怀着忏悔与献身的心情再次走进了那屋。

冷漠，甚至是仇恨，这是甲哥踏进那栋熟悉的房间时的第一个感觉，接着便有一种破败与凄凉的气息涌来。当初那种温馨亲切新奇的情景不复存在了。那一刻，他的心几乎渗出血来，一种浓浓的负罪感油然而生。

水杉姐已明显地苍老了，见了他除了惊讶的表情，接着便是不信任的苦笑。

苦杏儿已成了大姑娘，尽管穿得破烂，但在她的身上已复原了一个青春少女的水杉姐。这使他宽慰，但苦杏儿见了他比水杉姐还要冷漠。

最惨的是山虎，他就躺在甲哥与水杉姐成婚的那张红桃木床上，180公分的魁梧身躯因失去左腿右臂而显得萎缩不堪，但他那双猎人的眼睛却充满敌意。

他们不欢迎甲哥。甲哥不能说什么，默默地接受了这个现实。他心里明白，任何忏悔的表白，任何亲昵的语言都是多余的，唯有能证实自己的就看自己今后的行动了。他把老郎中王海山生前居住的房间清扫一遍，就这样住了下来，开始做他应该做的一切。

甲哥不再去理会、计较水杉姐、苦杏儿与山虎对他的态度，就像当初老郎中那样，无声地担负起家里最苦最重最脏的活路。他以一个殉道者般的虔诚帮着水杉姐，每天给山虎洗一遍澡，隔两天背他出门晒晒太阳。深山密林中的那栋雕花木板房，那个残破不全的家终于因为甲哥的再次出现又有了新的生气。然而，那个家却一直没有笑声，阴霾笼罩着每一个人。他们并没有从心灵上接受甲哥。这使甲哥很伤心，也很痛苦，但他并没有灰心。

甲哥再一次成为那栋雕花木板房的主人是在一个瑞雪纷飞的除夕之夜。白天，他给每人发了一套新衣裳，在门上和堂屋贴了吉祥的春联和年画，还做了一对大红灯笼，满屋都点上了红蜡烛。他在道场上放了鞭炮，还陪着苦杏儿放了许多烟花礼炮，之后又分别敬了财神、山神和春神，

又在正堂燃了三炷香，分别在老郎中和姨妈的灵前三叩首，默默祷告他们的在天之灵。

做这些事情的时候，甲哥已完全是这山里，这家中的主人了。水杉姐默默地看着，心中的忧虑早已冰消雪融了。做好各项仪式，甲哥恭敬地抱出山虎，放在正堂上首，一家人这才开始吃那团圆晚宴。

空气有些沉闷，甲哥便给每人敬酒，从山虎开始，一杯接一杯劝。酒到半酣，山虎再也控制不住自己的感情，泪如疾雨一般滴在酒中。他端起酒杯一口喝下，又满斟一杯放在甲哥的面前，心里似有千言万语要说，但一句也说不出。

甲哥端起那杯酒一饮而尽，然后把手伸向山虎。两只结实的山民的手紧紧地握在一起。

"爹爹！"苦杏儿一下子扑在甲哥怀里，小手抚弄着甲哥的脸庞。"妈心里好恨你啊！"

"爹爹应该恨，我知道你心里也恨。我也恨我自己。"

"不，妈心里最疼你的。"苦杏儿拉过水杉姐的手。"你说是吗？妈。"

水杉姐在一旁泣不成声。"你爹是我们王家的冤家，妈前世欠他的债。"

"水杉姐。"甲哥严肃地说道，"我从此改姓王，我要做王家的后代，你就叫我一声亲弟吧！"

这时一阵滚滚冬雷穿过弥天大雪，在青龙山的上空炸响。山虎斟一杯酒，哈哈地笑着："团圆了，团圆了，人有情，天也有意呀！"说完便开怀畅饮。

山里农谚说："腊月雪，粮成堆，上山打猎背篓背。"第二年青龙山果断是百年不遇的大好年景，那栋雕花木板房的兴旺景象终于在甲哥的治理下恢复了。

然而，就在那一年的春天，山虎再一次以山里人特有的侠义与无私胸襟成全了甲哥与水杉姐的第二次结合。他自杀了。这是最残酷的一幕。我不想告诉读者这个悲剧性的结局，但这是生活真实，我无法回避。

那天晚上，当甲哥把春节凌晨青龙山寨传统的"出天星"仪式所需要的一切准好后回到自己的房间的时候，他发现床上早已躺了一个人。他揭开被子，一个鲜活的毫无遮挂的玉体出现在他的眼前。是水杉姐。他有些痴狂。这个温柔的玉体他是熟悉的。他脑海里又出现了最初的那个云雨之夜。他感到身子发热，血管的血在沸腾。正是水杉姐那颗无私的心和这副玉体，在他最困难的时候拯救了他，使他骨子里那种自强不息的因子得以复活，最终激起了出走复仇的冲动。现在，这副玉体又出现在自己的面前，却是他人之妻了。他痛苦地闭上眼睛，心在抽搐，头脑也在这时清醒。他拉过被子盖在水杉姐的身上，亲切地也是发自肺腑地叫道："姐！"

水杉姐箍着他的脖子。"我不是姐，是媳妇。"

"姐，回到山虎身边吧。他需要你。"

"是他叫我来的。我心里只有你。"

任凭水杉姐恳求、抚揉、亲吻，甲哥一动不动，而泪水却无声无息地流了出来。水杉姐也哭。两人抱头泣哭。甲哥知道，过去只听说过的招夫养夫的旧习就要在自己身上实现了。他也曾有过这种念头，但真正要变成现实，他却感到无所适从。他脑海中立刻闪现出水杉姐委身两个男人的两难情景。不，那简直是罪恶。别说对水杉姐不公平，就是对山虎，本来早已在他心上扎过一刀，难道在他成为残废后还要再扎上一刀吗？

甲哥终于走出了感情的漩涡，变得异常清醒了。他轻轻地推开水杉姐，擦去她的眼泪，又帮她披上衣服。"从今天起，我就是你和山虎的弟弟。苦杏儿就叫我舅吧。"

"其实，我并没有与山虎同房。他那身子——"

"姐，不要再说了。"

甲哥终于说服了水杉姐，并把她送回了山虎身边。然而，也许正是他的这种举动激起了山虎自杀的决心，他要毁灭自己，成全甲哥。

机会终于来了，那是个美丽得有点出奇的清晨，薄薄的雾像一道轻纱披盖着青龙山峰，满山都是绿树和红花，各种小鸟彼此唱和，空气中弥漫着一种从未有过的芳香。甲哥与水杉姐带着猎犬，清早出发，不到半天，他们就猎获了十几只长尾锦鸡和竹鸡，还打了两只黄麂子和一只鹿。

带着丰收的猎物跨进苦水的时候，甲哥心里高兴，跳进潭里洗了一个痛快澡。甲哥的情绪也感染了水杉姐，她也跳进了潭里。两人像小孩一样打起了水仗来。苦杏儿跑到岸边，看到爹爹和妈妈那么快乐，她开心极了，欢快地跳着，笑着。

那天，从那栋雕花木板房传来的欢笑和野味香气也同样弥漫了整个青龙寨。趁着全家人高兴，山虎向甲哥提出了要摸一摸猎枪的要求。这要求合情又合理。甲哥看着山虎，他知道，这位从9岁就开始与猎枪打交道的猎手，一旦失去猎枪，那心情无疑比失去左腿右臂还难受。甲哥就把猎枪放到了山虎的身边，还津津有味地和他介绍上山打猎的种种快意。甲哥恰在这时疏忽了，大意了。枪里还装有子弹，他忘了取下，根本就没有想到去取下。山虎残了嘛。

但是，甲哥忽略了一个十分重要的细节，山虎还有一条腿，一只手，他完全可以把枪口含在嘴里。用脚趾去蹬猎枪的扳机。这些甲哥没有想到。他又一次犯下了不可宽恕的错误。尽管水杉姐又回到他的怀抱，但他仍将遗憾终身。

山虎得到了猎枪，很感激地对甲哥笑了笑，接着便把猎枪搂在怀里。他闭上双眼，很惬意很安详地微笑着。这是他告别人世间前留下的最美的表情。

甲哥也笑了，放心地走了出去。

砰！枪声恰在这时候响了——

这便是甲哥30余年来的一些人生片断，我所知道的他的全家的情况也大致如此。

现在，当母亲再一次向我提起甲哥的时候，我的心开始隐隐作痛。我有责任把甲哥与他家的历史悲剧告诉世人，将来我可能还要把它写成一个长篇小说或电视剧。而此时此刻我所想到的是现实中的甲哥。他今后的生活会幸福吗？他还能再回到自己的故土吗？我无法告诉母亲，也无法告诉读者。就留给历史去诠释吧！我只希望那人为的历史悲剧不要在下一代人身上重演了。

善良的人们，亲爱的我的读者，想想历史给我们留下的一幕幕悲剧，我们该百倍地保护珍惜眼前这安宁的生活啊！

原载《上海故事》1998年第10期，发表时题为《野山恋》，2000年5月《上海故事》推出单行本，全国发行，题为《红尘有爱》。

中篇小说

目送她孤身飞去

1

再没有比这种日子更叫人心烦意乱的了。林志平站在自己两居室的阳台上，看着大自然扑面而来的春光春色，想到自己将要过去的35岁的青春，有一种被遗弃被作弄的感觉。他返回书房，拉上窗帘，打开音响，把音量拧到最小的限度。他要把春天、阳光与噪音统统关在窗外。书桌上放着县委书记王刚关于机构改革的讲话稿，已起草了一半，而此时，他感到每一个字都像一束嘲讽的目光直射自己的胸膛。他无力地躺在真皮沙发上，把自己置身于一种温馨宁静的空间。他总是感到困。他的心灵确实太疲惫了。人生，其实就是一场旷日持久的疲劳战。

但是，林志平心中的噪音却无法排除。他脑海里交织闪现出永康县政界各种明争暗斗的镜头。作为县委办公室副主任，他对永康县的情况真是太了如指掌了。他痛苦地闭上眼睛。昨天，他甚至不敢去想昨天。

是怎样走出会场的呢？他已想不起来了。

参加会议的都是科局级以上干部，议题就一个，民主推举一名分管工业的副县长。那场面是宏大的，气氛是庄严的。他知道为了县委的提名，常委连续召开了五次会议，意见分为两种，书记王刚主张就提出一个名额，实行等额选举。这样人选就当然地落到了另一位县委办副主任鲁杰身上了。鲁杰是襄城市委组织部长的姨侄子。王刚能从一个四把手的位置一下子升为一把手就在于他破格提拔了鲁杰。这在永康县已成为人们心照不宣的秘密。而分管党群的副书记赵大勤则力主将所有35岁以下的科局级干部都提上去，让群众挑选，公平竞争。这样林志平也自然被列在其中。最后的意见是择中，县委只提鲁杰与林志平两名人选。他们俩都被通知在会上作10分钟的演说。林志平是认真的，等了将近20年了啊，这样的机遇他能放过吗？为此，他非常感激赵大勤。然而，就在大会即将开始的时候，他的名字却从县委提名中消失了，换上了团县委一位年仅22岁的女部长。道理不言而喻，鲁杰必上无疑。他看到主席台上赵大勤甩袖而走。他的全部热情与对仕途的追求也在那一刻化为虚幻。

　　林志平注视着墙上。墙上有一幅怀斯题为《处女》的油画。裸体艺术，温馨而性感。他的目光越过油画，久久地盯在那幅自勉的条幅上。入则兼济天下，穷则独善其身。心里很不平静。他在办公室分管材料，几乎每天都在起草公文，编简报，写领导讲话，作御用文人。平时也写点小说，主要是写散文，出过几本集子。在永康县他是有名的大才子，甚至全省文坛也有他的一席之地，而且正在走向全国，但他志不在此。他似乎干什么都可以成功，但命运却没有让他在各方面出人头地、出类拔萃。每次在干部调整时他都被许多理由搁置了，甚至领导们恰在这时忽略了他的才能，而周围一些庸人却不断地得到重用。现在面对这幅自勉的条幅，他有一种想哭的感觉。自己成天拼死拼活地跟着书记干，而王刚却根本没把自己放在心上。他耐心地等待着时机。他等了20年，从血气方刚等到而立之年。而今已是35岁了，再过几个月他就永远被排在提拔对象之外了。跨世纪人才，一刀切的年轻化，35岁成为一道深深的沟壑。

　　他感到有一股熟悉的馨香来到身边，泪被轻轻地擦去了。啊，是妻子雅娴！他一把拉过雅娴，扑在她的怀里，孩子一般喃喃地说道，雅娴，不要动，不要说话，就让我躺在你的怀里永生永世吧。

　　睡吧。你太累了。妻爱怜地紧紧地搂着他。

2

　　嘭嘭！一阵猛烈地敲门声。林志平心力交瘁地站起来。敲门声更急。他看看雅娴。开门吧。

　　刘文一头撞进屋，直接走进林志平的书房。刘文拉开窗帘，又打开阳台的门。春风春光一齐涌进屋里。林志平，你的勇气呢？这么一点挫折就蔫了？再说这能算是挫折吗？是男子汉你就给我挺起胸膛来！

林志平看着这位挚友，心中有说不出的惭愧。他把目光移向窗外，外面的春色确实美好，但他却不知道该怎么去迎接这个春天。他的心情坏透了。通过这次推举，他把什么都看穿了。什么才子呀，后备干部呀，都是假话。你成天玩儿命式地表现自己，其实不过是一个佣人、一个走卒而已。但他不甘啊！人，总该有时来运转的时候吧。

林志平又想到了15岁时的山村。青龙山下的白沙河，祖母拉着他和比自己小一岁的刘文。他们就要离开家乡了，去外面上学。祖母叫着他的乳名说，我们林家虽说世代耕读出身，却没出过一个大官。你是鸡抬头时出生的，将来要做大官的。你要记住啊！祖母又看着刘文，你呢？刘文认真地说，平哥当官，我就去赚大钱。祖母敲了一下刘文的小脑袋。有志气。

现在，刘文就任永康县温泉股份有限公司副董事长、总经理。那是全县最大的中外合资企业，连书记、县长都敬他三分，而自己呢，20年的努力仍为鱼肉，任别人的刀俎切割。

告诉你，民主推举副县长失败了。刘文说。

现在说这个还有什么意义呢？

怎么没有意义？这是民心，民心不可欺。王刚提名的两个人票数都没过半，团委的那个女孩还多一票呢。这就是说副县长的位置依然空缺，你还有希望争取的。

林志平真的不想谈这个话题了，索性缄口不言。

不行就曲线救国吧，你要充分展露自己。咱们那个小山村还指望你衣锦还乡、光祖耀宗呢。县委不是要搞公开竞选几个企业集团的总经理吗？都满城风雨了，这消息你还不知道？

林志平拿出那份写到一半的书记讲话稿。动员报告我还没写起呢，还不是变换形式。没意思。

为什么不去试一试？

林志平真的还没想过这个问题。这次竞选企业经理与推举副县长不一样，县委不提名，什么人都可以报名，现场演讲和答辩，实行公开量分。演讲和答辩，凭他的才华，肯定是可以过关的。但他害怕再出现推举副县长那样的情况，太尴尬了。他的心已经经受不起玩弄和重压了。他还需要维持一点人的尊严。还是当作家吧，一流够不上，就二流、三流，

猎人的后代
LIE REN DE
HOU DAI

写点小文章，自娱自乐一生。

你错了。你难道真的甘愿这么畏畏缩缩地受制于人、这么窝窝囊囊地度过一生？这不是你的性格，振作起来吧。如果你能参加竞选，实际上是对你真才实学的一次明枪实弹的验证，也是对当官的一次公开亮相。就是不成功，也可以制造一种轰动反应，让当官的知道，你林志平绝不是只在稿纸上翻云覆雨的角色。给你一个厂长经理能干，给你一个书记县长也能干。

林志平很严肃看着刘文。心动了。

3

夜里，林志平做了一连串并不相关联的梦。其中他记得最清楚的是他看到了自己的影子。他走，影子走；他停，影子也停。总是同他保持一段永远相等的奇怪距离。这距离使他恰好不能辨出影子的真实面目。接下来又梦见一只百灵鸟向自己飞来。这些梦弄得他非常疲倦。

早晨，送走雅娴和女儿林超，他上街买了一碗牛肉面，二两黄酒，然后在家里继续写王书记的讲话稿。情绪归情绪，但领导的讲话稿还得写好。他还在人家手下端饭碗啊。

他打开窗户，又打开音响。这已成习惯。写作、读书、起草公文都要在音乐下进行，否则，就无法集中精力。他摊开稿纸强迫自己写下去，但脑子仍是一片空白。

他从书架上找出一本装帧考究的《析梦词典》，翻到梦见影子的词条。他看到了这样的解释：梦见影子对于一个男人来说并不是一件坏事，它可以说是某种智慧和成就的象征。那么，梦见飞鸟呢？梦见飞鸟预示你将开始在情场上得手。

荒谬！

他合上《析梦词典》。要说成就感，他有，但他有情人吗？

他感到有些烦闷，点了一支烟。他不会抽烟，但这时候他想抽。他是一个善能自控的人，但这时他的心乱如麻。

当才华和能力不被看重时候，就只能不择手段。刘文的话强烈地刺激着他。但是，怎样才叫不择手段呢？后台，他没有；当官的亲戚，他也没有，甚至连朋友中也没有一个当官的子弟。他平时最反感那些纨绔子弟，妄自清高，倒把自己弄成了孤家寡人一个。贿赂啊，攀附啊，自己连半点路子都找不到。直到这时，他才感到自己原是一个多么无足轻重、多么渺小、多么可怜可悲的人。如今在这个世界上混，失去了权力与金钱的华丽外衣，谁都是草包一个。

　　他在怀斯的油画下伫立。既然命名为《处女》，那女人一定是无比圣洁纯真的了。油画中裸女的微笑非常迷人，令他春心荡漾。自己以前怎么忽视了这种微笑呢？他感到这种微笑非常地熟悉，很像记忆深处的一个人——林至清。

　　是的，很像。当林至清这个亲切的名字一出现在恼海的时候，他心里突然一阵狂喜。他立即拿起笔，就在还没完稿的王书记的讲话稿上连写了10个林至清。这个形象的出现，不仅可以把他带回到一段温馨的往事，也将改变他未来的命运。

　　当才华和能力不被看重的时候，我只好不择手段了。请原谅。他一笑，笑得很惨淡。

4

　　记得也是这样一个微笑，出现在林至清的脸上是在两年前的永康县医院。那时林志平在组织部当科长，正是写作最旺的时期。那是一个炎热的夏天。在那个夏天他的心脏总是早搏。就在那个夏天，林志平走进了永康县的门诊注射室，认识了如怀斯画中女人一样风韵的林至清。

　　正是病人注射的高峰。注射室排着长长的队伍。林志平是第一次输液，有些无所适从。这时一个年轻的护士对着他微笑了一下。那个微笑就如怀斯《处女》的微笑，很美、很迷人。于是林志平就一下子刻进了恼海。后来他一直认为，就是从那时起，自己总是莫名其妙地爱着一个人，也就是从那一天起，他对白衣护士产生出一种特殊的感情。

　　他感到这个对着自己微笑的护士有着一种扑面而来的特有的楚楚风韵，加上白衣白帽，更具有一种穿透力的美。他被那个护士带到了特护室。他搞不清自己怎么会突然受到这种优特、这种殊荣。他躺在病床上，开始回味那个护士的眼神与微笑。

　　林老师，该您啦！

　　他忘了回话，心想这个女人我一定是见过的。

我很难看吗？

他一愣，笑笑。不是难看，是太美了。

谢谢您的夸奖，我知道您不认识我，可我认识您。我读过您写的散文，好喜欢的。我叫林至清，您以后就叫我小林吧。

林至清！怎么听起来就像我妹妹似的呀。

志平至清，自然是兄妹咯！那我以后就当你的妹妹，可不可以呀！

林志平是独生子，总是为没有一个妹妹而抱憾。现在天上果真掉下来个林妹妹，他能不高兴吗？上苍保佑，我有妹妹啦，我们拉钩上算。

两人的小指勾在一起。林至清甜甜地笑道：大哥！

林志平乐了。小妹，打针吧。他一连输了10天液体，都由林至清特护。但是他的心脏早搏仍无减缓。主治医生认为，他这种病只是因为天热，加上心劳过度之故，注意劳娱结合，再注射几天葡萄糖保养一下即可。但是，他葡萄糖过敏，晕针了。整整5分钟，他的生命进入了一种休止的状态。

等他苏醒过来，发现林至清就像搂抱婴儿一样呵护着自己。他非常感动。他知道自己已经欢喜上这个小妹了。然而就在那天下午，他的心脏早搏不医而愈、健康如初。这以后，他们总是不约而同地在医院小舞厅相见。但他们没有完整地跳过一回舞，不是他踩了她的脚，就是她碰了他的腿。两人干脆就在幽静的地方漫谈。林至清是护士，也欢喜文学，和她交往，既可感受到护士的热情与认真，也能感受到女性丰富的内心活动。就是在这种看似无意的相约中，两人已悄悄地相互倾慕了。他知道她已是少妇，但他们从没有打听各自的家庭，而心却在一步步地靠近。

那个夏天即将结束的时候，他们有了一次约会。这根本算不上纯粹意义的情人约会。两人沿着一条不长的街走过去，又走回来。他说，这街怎么这么短啊！她也说，这街怎么这么短呢？整个晚上都被浓浓的别情笼罩着。她调走了，新单位是襄城市的一家航天医院。帮她办调动的是她舅舅。就在那个晚上，他才知道原来她的舅舅是襄城市委组织部长，不久前又升为分管党群工作的市委副书记。他惊疑她竟有这么显赫的背景，突然感到好像失落了什么似的，但是，那时他还没有想到利用她的这层关系，他只想凭自己的真才实学上升。

夜深了。她说，大哥，我走了。他点点头。她又说，记住小妹。他仍然点点头，看着她从自己的身边离开、消失。

5

黄昏到来的那一刻，林志平穿过荆州街回到了他下榻的襄城宾馆。几天前，他就把电话打到了航天医院，找到了林至清，约定了会见时间、地点。他之所以在这个时候迫切希望见到她，除了两人秘而不宣的那层关系外，是因为他想通过她进入她舅舅那个领域，当然，他此行的目的并不完全是要把人生一宝押在一个女人身上。他还不至于那么卑鄙。他从县里躲进市里是想排除一些不必要的干扰，冷静地对前途作出思考和抉择。

林志平很清楚县委在这个时候作出公开竞选国有企业法人的决定意味着什么。这对他无疑是一次难得的机会。他终于接受了刘文的建议。他在几个竞选职务中挑选了磷化工集团公司总经理的职务。他学的是化工，又参加了全县磷矿资源的普查。这是他的优势。他是怀着一种报复的心理作出这种选择的。他要公开较量一下。如果一旦竞选成功，他就宣布辞职。他要彻底改变自己在永康县那种温文尔雅的穷酸文人的形象。

518房间，这是一个很吉利的数字：我要发嘛。林志平在屋里来回走动。桌上放着刚刚列出的演说提纲。床上摆满了资料、书籍。看样子，他这次已是孤注一掷了。他要像一个顶天立地的强者那样去开辟生活道路。

这时，外面响起了轻柔的敲门声。

哦，林至清！自从她从永康县医院调到襄城航天医院以后，两人似乎都从这个世界消失了，只有那种无法道出的想念还一直深藏在各人心中，而现在自己却另有目的，她一旦知道了会怎么想呢？

林志平轻轻地打开房门。Miss林，我知道你会来的。

能不来吗？电话里你那么专制，谁敢怠慢呀。不过你能够想起我，说明你心里还有我这个小妹。算了，原谅你。别闷在屋里，先找个安静的地方聚一聚，怎么样？今天该我请客呀。

林志平做了一个请的手势。两人走出襄城宾馆，一直走到襄城公园临湖而立的一家净水酒吧，又被小姐安排在一间情人包房。毫无疑问，小姐是把他们看成一对情人了。两人会意一笑，算是默认，随后便走进

那个雅致的情人包房。吧桌对着纱窗，从窗帘中可以窥视到浩然湖中的水光天色与对面夜总会的婆娑灯影。清风徐徐吹拂，浩然湖的春水与汉水上的满江航灯似在眼前。他们只要了四样点心，两杯XO。

你舅舅现在还好吗？

怎么，这个时候倒想起我舅舅了？

他的脸一红。这么快就直奔主题，确实太俗气了。随便问问，不可以么？

退啦，不过说话还管点用。要不要我给你跑跑官呀！

他感到一种秘密被人窥视般的羞赧。别提这个，咱们坐下喝酒吧。

他们刚一落座，总台就送来了《春江花月夜》的乐曲。舒缓的小提琴协奏曲一下子把他们带进了一种超然世外的境界，给他们的风雨人生平添了几份柔美、几份温馨、几份和谐。

呀，我最爱听这支曲子了。林至清专注地听着，很快就如痴如醉了。

林志平含情脉脉地望着她。20余年的人情冷暖、世态炎凉，近10年的宦海浮沉，使他的心灵几近麻木，说白了自己孜孜以求不甘沉沦的，也不过就是这么一种有美人相随、秀色可餐，无案牍劳顿、名利纷争的境界而已。那个话题是不想再提了，宁愿竞选落选，也决不能让她小视自己呀。

林至清发现林志平一直在注视着自己，心里感到格外温暖，便又增添了几份对他的爱意。她非常欣赏他这种专注的神情，这使她联想到罗丹的雕塑《思想者》。在永康县医院时，自己最欣赏的不就是他那优美的散文和这种思想者的气质吗？正是这两种东西无声地搅动了自己作为一个少妇的平静的心灵，两年音讯全无，这种感觉不仅丝毫没有减弱，反而愈加强烈。现在，面对这位可以在公开场合称为大哥的人，那泛滥已久的胸潮似乎在今天找到了一个突破口。她真想躺在对面这个男人怀里大哭一场，然后向他倾诉自己长期萦绕于心的想念、浮躁、苦闷、懊悔与无奈。

大哥！她轻柔地呼唤道。

林志平突然从幻境中惊醒。

然而，林至清却在感情奔放的时候突然关上了闸门。自己这样迫不及待地向他倾吐什么呢？谈自己少女时代的快乐与任性？谈工作后的种种人情纠葛？谈婚后生活的无聊、贫乏与单调？告诉你。她就这样开了口。我前几天与几个同伴去了一趟承恩寺。我抽了签。你猜签上说什么？说我今明两年可能要遭离婚之变。

是这样？林志平疑惑地看着她。你的家庭正面临着危机吗？那么，我这是乘虚而入咯？

那倒不至于，你是大哥嘛。本来有许多话要对他说，但连她自己都没想到，第一件事怎么就谈到了自己的家庭问题。唉，算了。说这些干啥？其实，我已有了好的打算。我决定去南方。

去打工？

不，是去进修。我想听听你的意见。我想去深圳医大进修。深圳医大校长是我舅舅的同学。舅舅没有女儿，只有我这么一个外甥女，我的话他言听计从。不过要自费。告诉你，我有一笔存款，钱不成问题，以后，我还可以赞助你出书啊。

好啊！他伸出右手。拉钩！

你呀，总是童心不泯。她快乐地伸出手，他却一下子握住了。四目相对，万般柔情一起涌上心头。

音乐恰在这时戛然而止。他想说的话终究没有开口。

6

又一个浓浓的春夜，他们走进了襄城公园深处的一个非常僻静的亭子。四周是浓密的杨柳树，树下长着茂密的青草。凉亭紧挨着襄城的护城河。护城河外是溜冰场。一曲《涛声依旧》把这个夜晚演奏得更加沉静纯美。林志平掏出手帕，弹弹灰尘，垫在条椅上。林至清一直站立着，像一座正在消融的冰山。他走近她，轻轻地托起她的身子。她浑身轻轻地战栗了一下，很乖地听任他的摆布。他把她放在手帕上，然后紧挨着她坐下，一只胳膊从她的颈部伸过去，让她的头躺在自己的肩上。两人就这样亲密地坐着。

这一切来得非常地自然。

夜色清凉。一束月光从树枝间射进亭中，正好笼罩着林至清的全身，蒙眬而亲切。她长得算不上纤细修长，165厘米的身材有如杨贵妃的富丽，乳房微微隆起，小腹恰到好处，整个身子极为匀称。圆圆的脸庞，柔嫩的肌肤，两条浓眉衬着一对秋水般的黑眸。红润的嘴唇翘着，就如一粒有叶带露的樱桃。一头稍加修饰的短发热情时奔放，忧郁时沉静。樱桃红唇上下长着两道浓黑的胡须，这使她显得极富个性。

她仰着头看他。你的眼睛好厉害的，像个艺术家。

我本来就是作家嘛。他握住她的手，感到那手非常柔软小巧。这是一个白衣护士应该具备的手。他把她的手展开。借着月光，他发现她的手掌线条清晰，纹罗缜密。这预示着她心性高远但一生却无法摆脱庸俗。他指着她的爱情线说，你的爱情线特别丰富，而且交叉的地方明显，看来你的确正在经历着一场感情的危机，不过，你将会遇到一位你一生都无法忘却的男子。

你坏。假如是真的话，那肯定是你，大哥。

你说呢？他抚摸着她的嘴唇、鼻尖。以后给你写信怎么称呼呢？叫至清还是叫小妹。

好俗哇！我生于八月的中秋节，属龙，以后就叫我小龙怎么样？

这称呼好。好极了！他痴迷地看着她。她的一双秋水正长的大眼睛也对着他。

小龙！

嗯！

你怎么长这么多胡子啊，还有这眉。这么浓！

这都不懂？还作家呢！这是女人特有的美。这叫魅力！

他看着她的眼睛，红红的小嘴唇，心里很激动，于是闭上双眼，冲动地将嘴唇向她的嘴唇压下去。而她却把头埋进了他的颈窝。

请原谅，我不习惯接吻。对了，我有口腔炎。你吻这儿吧，耳根。

这叫吻吧？

反正电视上不是这样。你就破个例嘛。

他真的对着她指的地方猛一阵亲吻，然后把头深深地埋在她的短发中。那一刻他什么都不想说。他本来是想从她身上寻找一种突破口，然而自己的灵魂却在她的柔美中得到了升华。为什么要去追求那非分地欲望啊？为什么？他反复自问。他用自己的胸怀和全部的热能紧紧拥着她。两人都进入了一种物我两忘的境界。一切都与世俗、恶欲远离。

中篇小说

249

7

从襄城返回永康县后，生活表面上看起来平静如水，无波无澜，而恰在这种静如止水的状态下却掩饰着一股强烈的暗流。首先是正副书记间的裂痕加深了。王刚作为县委书记，一个喷嚏就可以使永康县晃荡，但赵大勤是老资格的领导干部，又兼任人大主任，他的话同样可以左右县里时局。他们各有一派力量，大多数人只好明哲保身。而林志平却感到同事们在明显疏远自己。他实际上已被挤在夹缝中了。他想到了牺牲品、替罪羔羊。这种地位使他陷入了更深的困惑和痛苦之中。

这之间林志平与鲁杰有过一次交往。鲁杰依然我行我素，照样出入舞厅、酒吧、桑拿浴室。纨绔子弟也有纨绔子弟的优点，大度、讲义气、对什么都无所谓，而林志平却做不到。林志平没有想到鲁杰竟然会在周末请自己吃饭。他无法拒绝。酒到半酣，鲁杰说，我不会与你为敌的，王刚想拍我姨父的马屁，那是他的事，而我只是想玩玩。想当官还不容易？我下来只是镀金。我马上就要调回市里。一个小小的副县长，我会在乎吗？笑话！

鲁杰不在乎，而林志平却非常在乎。他感到自己确实很可悲。在他的潜意识里，只有仕途才是人生正路。生活，为什么要在自己35岁的时候变得这么扑朔迷离与无奈呢？

他知道林至清对自己已经非常痴情了，不管承认与否，这都是事实。他忘不了那天与林至清分手的情景。她泪眼蒙眬地对着自己，流露出无限的惜别之情，喃喃地说，什么时候再相见呢？什么时候？她哭了，哭得十分伤心动情。

那一刻，林志平几乎把家庭、事业、前途全都抛于脑后了。现在，林至清的话依然萦绕在他的恼海。他承认自己喜欢她、爱她。但是，他能对一个女人拿自己的前途与终身相赌吗？35岁的人了，他已经输不起了呀。他毕竟属于凡夫俗子，要食人间烟火。20余年夹着尾巴做人为什么？就为一个女人？

唉，想这些干什么？他必须全力对待那个即将到来的公开竞选。他迅速找出经过多次修改的演说词。他的竞选演说词可以说完美无缺、天衣无缝。可能出现的各种答辩也都做了精心设计，而且，对参加竞争的

猎人的后代
LIE REN DE
HOU DAI

20名对手也一一作了调查，以便扬长避短，充分发挥自己的优势。

这时，一张粉红色诗笺掉到了地上。诗笺的中间还画了一个心字图案。他心里一热。这是在襄城分别时林至清亲手交给自己的信物。看到诗笺，那个叫小龙的形象再度出现在眼前。看来，忘却一个人真是太难了。没想到小龙还有这样的诗才，这样的艺术修养。女人不是因为美丽才可爱，而是因为可爱才美丽。他感到自己已经陷入一个情字之中了。问世间，情为何物？他苦笑了一下。小龙，我是爱你的，假如这爱带有利用或者功利色彩，就请你格外谅解吧。

他的情绪开始好转。他收好心字诗笺，做了几下深呼吸，接着便一字一句地斟酌那份演讲词。他的脑海又进入了一种全新的思维领域。他终于在这种思维中找到了自我。

8

几天以后，林志平在一种充沛盎扬的心态中迎来了那个证实自我价值与短兵相接的时刻。

竞选会场设在永康县宾馆的大礼堂里。

一大清早，礼堂就坐满了热心的听众。800个座位不够，再加200个，走廊还是站满了人。县委对这次公开竞选期望值很高，电视台将进行现场直播。门上还有警察维持秩序。

林志平到会的时候，11位评委正好入座。主持人是赵大勤。不知为什么，看到赵大勤，林志平竟有点紧张。看来只有成功一条路了。他的位次正好排在中间，这就使他有足够的时间去观察别人，分析得失，修正自己。一连上台的几位，演说的水平都一般化，评委们的提问也很浅显。但热心的观众都报以热烈的掌声鼓励。他感到有一种胜券在握的自信。

轮到林志平了，迎着赵书记的目光，尽管他已做好了心理准备，仍然有些慌乱。他稳定了一下情绪，两手撑着讲台，面对观众，就如美国总统就职演说的那种姿态。他今天穿得很普通，但也不失为整洁，给人一种自然谦逊的印象。他没有拿讲稿。讲的是一口纯正的地方话。他讲得轻松、自然、有节奏、有激情。整个演讲只用了8分钟，比要求时间缩短两分钟。演说简单明了，分析问题合情合理，发展思路切实可行，既不拖泥带水，也不咄咄逼人。完全具备一个当代企业家的风度和气质。

谢谢大家，谢谢！

他的演说结束了。观众席上立即爆发出长时间的热烈掌声。赵大勤几次示意，掌声才平静下来。他很感激这些热情的观众。这种掌声对评委们打分多少有一点影响。他走到答辩台上，准备回答评委的提问。

答辩开始。评委们一连提出了三个问题，都十分简单。回答时他几乎未加思考。他甚至有点失望。难道自己十分担心的答辩也这么容易对付？摄像机的镜头一直对着他。他感到轻松、愉快，余兴未尽。

哗！台下又是一片掌声。他发现屏幕上打出了今天的最高分：98.5。他看到了赵大勤赞许的目光，看到了观众兴奋的面容。他十分满意自己今天的发挥。成功与否，他的目的都已达到。在永康县领导层，他需要的就是这种效果。那一刻，他真的希望自己去做一名董事长、总经理、老板、企业家，这是当今最时髦的称谓。竞选活动继续进行，他便提前离开会场。对于结果，他已不必去关注了。

9

月老抛出的红丝线终于把林志平牵入了林至清独处的小小闺房。

林至清的丈夫小古和儿子浪浪仍在永康县税务局。她不急于调丈夫过来，是希望这种局面尽可能保持得长一些。她要在这种夫妻间的淡化与冷战中寻找一种重新爱他的感觉。尽管她对小古的粗俗狭隘非常失望，但她是一个懒得离婚派。她在这种独处中度过了一段相当宁静的日子，心里趋于平衡，想不到这时林志平却出现了。她又一次乱了方寸。这是天意么？

竞选场上的成功使林志平暂时忘记了一切烦恼。现在，他要与自己心爱的小龙进行一次真正意义上的幽会。他特意给她带了一本自己最近出版的散文集《雨丝》，印得很精美，书上还有他的照片和小传。他没有在上面签字。为什么不签字？他有他的考虑。他在集子中特意加上了一篇书信体散文，假托小龙，两人心里自然都明白。那本来就是写给她的一封情书嘛。

林至清暂住的是一间由药库改成的单人寝室。二楼，位于医院的最后面，是一处被人遗忘的角落，几乎远离尘嚣。室内陈设简洁，但很清爽。一道海蓝色屏风把小屋隔成两半，外面是客厅，里面是她独居的卧室。

她把他引进了屏风里面的卧室。

我的好小龙，你似乎把我带进了阳光地带。

恐怕是地狱单间吧。大哥，你已经下地狱了。

是吗？看来我们是魔鬼相会咯！他把那本散文集递给她。请赐教。

她看看前面的照片，吻一下封面，虔诚地把书捧在胸前。这太贵重了，可你也太吝啬了，连名字都舍不得签？

他微笑。第一次上门就这样待我呀，罚站？

屋里很窄，除了电视机、收录机外，仅一桌一椅。她搬过椅子。大哥请坐。自己则坐在床上。

他们海阔天空地交谈着，讨论服装，讨论快餐文化，讨论美国和香港，讨论市场经济，讨论金钱与官场腐败，也大胆地讨论一种叫性的东西。谈到深圳他说，你还是不要去深圳进修吧。

为什么？

去那么远，我们还能幽会吗？他一把抓过她的手。我的小情人儿！

她拧了一下他的脸。好坏，自私不自私呀。我不欢喜情人这个词，好俗气、好恐怖啊！今后别再用这个词好吗？两人若是真好，就该你心有我，我心有你，而又能互相负责。这才是爱情的真味。情人之间一想到性就有夫妻的感觉。夫妻与情人是两种截然不同的感情，二者可以互补但不可替代，情人之间一旦有了性行为就什么都玩儿完啦！

但是，毕竟是一种婚外行为，怎么解释都难圆其说，何以谈真味？人本来就是一个矛盾的组合体，有时想上天堂，有时想入地狱。其实，柏拉图的方式是不可能存在的，灵与肉的结合才是最完美的人性，才是真味。你说呢？

好啊，你心术不正。

何以见得？

装傻！就我们俩的感情而言是不能用情人来概括的。这辈子就做你一个红颜知己吧。

情人也好，知己也好，最好不要去问结果，既然要求有结果，就别做情人好了，累不累呀。有的人一进入情场，就失去理智，闹得后院起火，天昏地暗。那是最蠢的。情人应该是一个港湾，一处休闲场地，一曲劳累后的轻音乐。我们可千万别落入不是情人就是仇人的怪圈啊！我对你没说的，拿得起放得下，关键在你，以后如果厌烦了，就提出来，和和气气地分手。问你，你呢！

他能说什么吧？只是很深情地看着她。

她这时却被自己的话弄得感慨万分。她是动真情了。她看着他，泪水涟涟。她知道像林志平这样优秀的男人，身后一定有许多自作多情的女孩暗自相爱，自己不也曾经是一位吗？只是自己有缘与他相会，而别人却失之交臂，就是现在对他单相思的女孩恐怕也大有人在吧。

别这样，小龙。林志平陡生一股怜香惜玉之情，用手帕擦去她脸上的眼泪，然后，一把把她揽在怀里。她温顺地依偎在他的怀里，任他抚摸、亲吻。他感到自己非常激动，就双手托起她的身体，轻轻地放在床上。开头他们并头躺着，慢慢地他就整个地压在她的身上。

别啊！求你了。她紧紧地搂着他，不让他动弹。这不好，真的。

他忘情地疯狂地亲吻着她。

我受不了啦。你那么重，再压我就会窒息的。你弄得我心里好难受啊！

他这时已失去理智。她猛一下推开他，站了起来。他再次抱起她走向床边。她用双腿撑着地，但这已无济于事，他用脚勾起她撑地的双腿，两人重重地倒在床中间，嘴唇猛烈地碰撞在一起。一滴鲜血立刻从她的嘴角流了出来。她的眼里闪出了泪花。

呀，血！他立即松手，把她拉起来。对不起，我太粗鲁了。

她瞥他一眼，去漱了一下口，然后双手捧着他的脸。不是粗鲁，是粗犷，行了吧。在这方面我恐怕难以满足你，原谅我，做到这一步对我来说已经够出格了。给我一点时间，好么？

他难为情地一笑。那么，你爱我吗？

这句话早就有人说过了，换个方式好不好。我恨你，怎么样？她走向窗前，望着窗外的天空说道：你还是别急于逼我说这句话吧。那个字放在心里最好。当然，到该说的时候，我会自己说出来的。其实，你应该明白，我最爱读你的作品，最乐意收藏你的文章，这还不够吗？因为你，我现在特别地热爱作家。

是吗？他在心里说，可是你所热爱的这个人恐怕要与作家告别了，我要在官场杀出一条血路！他再一次拥抱了她，但有些勉强。

10

想不到在林志平想念林至清的时候，林至清就出现了，而且还约他晚上去她娘家吃饭。电话打到他的办公室，他不在，又打到他家里。

林志平陷入了深深的矛盾之中。他需要这个人，但他不希望在永康县见到她。县城太小了。情人，一想到这个词他心里就有点发跳。辛亏雅娴还没回来，他点上了一支烟，踱着步。

咦，你怎么抽烟了？雅娴回来了。

我不知道。我有点闷，心里苦。

雅娴拿走了他手上的烟，给他冲了一杯咖啡，然后靠着他的肩膀坐下。他端详着咖啡，是加了糖和牛奶的咖啡，很香很甜的，就像雅娴本人。雅娴的种种恩爱与体贴这时都出现在眼前。他感到心里好虚。

志平，我昨晚做了一个奇怪的梦。

做梦有什么好奇怪的。

雅娴说。我梦见了自己的影子，朦朦胧胧的。

他一惊。怎么，你也梦见了自己的影子？

雅娴笑笑。后来，那影子就变成了你。我正要问你话，一只鸟落到了你的肩上，过了一会儿，那鸟又变成了一件漂亮的花衣服。你就穿着那件花衣服气我。哎，你怕是要走桃花运了吧。我相信你是不会的，就是有这个色心也没有这个色胆呀，何况，你也不是那种缺乏家庭责任感的负心人呀。咦，你怎么啦？

怎么什么样的事情全都往一块儿凑呢？他心烦意乱地站起来。

雅娴看着他。你有心事？

啊，没有。上面来客了，要我陪。不想去。

上面来人了你怎么能不去呢？这是工作需要嘛。不过要少喝酒，你那心脏早搏是千万不可以多喝酒的。听话，快去吧。

他不敢看雅娴的眼睛，也不敢多留。天理良心，他这是第一次欺骗妻子。

在林至清娘家的这餐饭林志平吃得非常狼狈。他以县委办副主任与侄儿的双重身份受到了特殊礼遇。林至清的父母对他很友好，而她的两个弟弟却总是怀疑地打量他。幸好她的丈夫小古没到。林至清倒善能伪装，把整个宴会弄得很有气氛。然而他心里却无法安宁。他想要说的话不能说，不愿做的事情却又要装着应酬，何况这个晚上他已欺骗两次人了，先是自己的妻子，现在是林至清的父母。好不容易吃完了这顿饭，林至清兴致依然不减，提议要去跳舞。他只好认了。

进了舞厅，他们要了一个小包厢。两人默默地坐着。林至清说，看来我办了一件傻事，叫你吃顿饭好像让你受了天大的委屈似的，那么不开心。

他这时想到了刘文的话。心想，你现在是我的鱼饵，知道吗？他斟酌着怎样向她开口，但话到嘴边却变成了另外的意思。他呢？你丈夫。

在家里看孩子。

哦！他感到自己问了一句很无聊很拙笨的话。像网，把自己给套进去了。这时他倒有点同情那个男人了，还有雅娴，一个是妻子，一个是丈夫，这时都心甘情愿地在家看孩子，而他们各自的丈夫和妻子这时却在舞厅偷欢。他不敢下想，站起来说，我们跳舞吧。

很柔和轻松的曲子，他们却跳得很不和谐，甚至有点别扭。今晚就别想其他事情了，陪她乐一乐吧。他想。但两曲下来，他们都感到很累。

别这么没精打采的嘛。有什么心事呀？泰山压顶？说出来我或许能帮你呢。

他望着她一笑，终于有了说话的机会。看来我这心事还真的需要你来排解了。我这段时间心情不好，你别多心。我们出去走一走吧。

他们走出舞厅，走进了夜色笼罩的清溪河边。

11

林志平正式投入赵大勤交给的任务了。县委对这次磷矿资源与发展前景的考察论证也寄予厚望，不仅抽调人员组成了考察小组，还落实了活动经费与办公设施。林志平对成员进行了严密地分工，具体工作他不做，他主要是对别人提供的数据、资料进行综合、分析、比较、取舍、平衡，最后形成权威性的论证报告。他实际上是在起草永康县今后磷化工业的发展纲要。直到这时，他才感到赵大勤交给自己这个任务的重要意义。他于是就有了一种神圣感和使命感。他坐在自己的办公室里，任思维自由扩展。他感到有一颗闪亮的星星在眼前飘动。他要抓住它。人一生不可能有许多次机遇的，错过一次永远不会再来。人生几何，谁赔得起啊！刘文说得对，应该主动出击，不能消极等待。宁愿我负天下人，不要天下人负我。那才是大气魄大风度。他的心情有一种说不出的痛快。

他想到了林至清，单纯的情人有什么意义？人与人之间其实就是相互利用，逢场作戏，谁能对你赴汤蹈火、爱你终身？他必须抓住她，抓住她的舅舅，等到时过境迁，什么都晚了。他决定给林至清写信。那个晚上谈得虽然投机，但只是旁敲侧击，面对面地提条件他真的羞于开口，而在信里怎么表达都可以，当然，也不能写得太直露，她是个理想主义者，搞不好反倒弄巧成拙，叫她失望，小瞧自己。经过一番思考，一封声情并茂的情书就展示在面前了。写文章毕竟是他的拿手好戏嘛。

小龙：

是怎样走到一起的呢？这似乎并不重要。我是一个不信缘分的人，但你我的相遇并非巧合。这使我深信：任何一个灵肉健全的人，都会在同类中寻求自己的知己。

我想对你说，人生真累啊。到哪里去找一块宁静的地方恢复我们疲惫不堪的身体呢？你的出现满足了我短暂的渴望。

今晚没有星星，没有春夜公园里的清纯，没有温柔与爱抚，在空阔的夜幕中，我倚栏独立。此时的我与从前的我是截然不同的。我知道你也是这样。但我这一颗年轻活泼进取的心不会改变。浓浓的夜色笼罩着我。我脑海里便又一次幻化出你的音容笑态与忧郁神情。

那个春夜的襄城公园深处，面对无语春风、斑驳月色、嘤嘤虫鸣与阒然无声的凉亭，我深深感到，这个纷繁浮躁的世界一下子变得那样宁静、温馨，一切都似乎恢复了本原。而整个相处的过程，我脑海里反复想到的竟是一句早已淡然的平常的话语：人生，多么美好啊！

我记得，你是在雨季到来的时候突然从家乡消失的，然后便是几年音讯全无。然而，这个世界毕竟太小，我们又相见了。我终于明白，人世间，缘分确实是存在的。

我们是在一种没有任何意志支配的情况下，走进那个春夜的。那是一个多么美好、多么和谐、多么纯洁的春夜啊！因为这个芬芳世界上的任何人都彼此平安、尊重，所以也就没有邪念与伤害，不需要诉说，不需要卿卿我我，任何轻举妄动都是对天赐良宵与人灵本性的亵渎。自从呱呱落地的那一刻开始，我们走了许多路，认识了许多人，经历了许多事情，已经很累很累了。人生中能有几次那么清静地相处呢？我以为，中年的心，不再孤独，其实这又怎么可能？如今有谁不是孤独的？有谁的心不是浮躁的？你说，就让这清纯无瑕的春夜温润一下我们苦寂的风雨人生吧。是的，你是这以说的，而此时那样的清纯已经不存在了！

心的宁静，是人生最美妙的境界。问题是，我的心往往无法宁静。真累呵，生活。今后还能找到那么清纯的友情、那么好的人吗？相同的迹遇、欢悦与亲昵，在一个人的一生中不可能两次出现，即使是同样的场景，同样的人，而心境和感受也不会一样。因此，我永远珍惜那种宁静、温馨与纯真。人生经历的许多事都可淡忘，但那个春夜不会忘。

你说，你是一个很难动情的人，少女的天真欢乐已不复存在，面对花开花落再不会感动。但是，那个宁静的春夜，你一直表现出极大的热情，草丛中的声声虫嘤，树荫间的缕缕月光都使你非常动情。你一直在聆听，久久地注视着茫茫夜空，满含着泪水。这是为什么？我知道，你烦你厌，你心里很苦。你孤独委屈，你在回味逝去的花季，憧憬未来，渴望冲出平庸，走向火热，拥抱生机勃勃的生活。对吗？你需要友情，向往一片温馨之爱。是的，平庸无聊的生活，成天演奏锅碗瓢盆交响曲，浑浑噩噩地苟活有什么意义呢？这太扼杀人的天性了。

你想说，想说一种不相干的忏悔与祈祷，想找一个宽大的胸怀美美地睡一觉。这有什么不好？心那么小，怎么装得下这诸多的忧愁与烦恼呵。友爱与情谊是可以净化心灵的。想做什么就做什么吧。诚然，我们都不杰出，也无须去强求高尚，但我们都很美好。这就够了。我以为，美好的女人能使年轻的男人成熟，也能使成熟的男人年轻，而美好的男人也只有与美好的女人交往才能智慧超群、卓尔不凡。男人应该是一把雕刀，女人只有在男人的雕刻下才会栩栩如生，从而成为艺术珍品。或者可以说，女人是男人精心创作的小夜曲、蒙眬诗与精美散文，且无须评论。逆境时读这部作品会充满希望，顺境时读这部作品将一往无前。

静心想想，人生旅途，聚散去留，谁人不是匆匆过客？人间筵席千万种，哪一种是永恒不散的呢？花开即刻便是花落，月缺接着又是月圆，而人却不能再少，不能再生。明白这些，谁还不去百倍地珍惜今生今夜？

生活中还有什么欲求不可抛弃？只要永存那份真诚正直的心，永存那份永久相依的勇毅，彼此温暖，彼此关照，便是最难得的了，即使爱到极致又有何妨？

夜，在深深推进；风，在轻轻诉说。我的思维如春潮般高涨。我知道，那个春夜已经过去了，或许根本就不存在那么一个美妙春夜。也许，我的这些思考与梦想不会被你接受，也不会被世人理解，那么请珍藏这封信吧。日本一位男性作家北村透谷曾说：人生在世，始终恪守这一信念：为别人所爱，亦爱别人。英国一位女诗人白朗宁夫人也曾说：我是幸福的，因为我爱，因为我有爱。

然而，今天的我却不是昨天的我了。我心里明白，你因为欢喜我的作品才爱上我这个人，但作家的梦对我来说已经成为遥远的过去。现在我真的需要你来为我排忧解难了。也许只有你才能帮我解脱厄运。我一直犹豫了好久，不管你怎样看我都行，现在只好明说了，代我去求求你舅舅吧。话怎么说，相信你会见机行事的。只要你舅舅能在市委组织部打一下招呼，我就大有希望了。请不要小看我！我想，能够在物欲横流的当今时代，变得现实一点，随俗一点，甚至庸俗一点，未尝不是好事。

吻你！

12

浩然湖深处，茂密低垂的岸柳几乎遮盖了整个湖面。林至清一个电话把林志平请到襄城，并不只是要与他荡舟湖上，她也想和他进行一次真诚的对话。岸上一座孟浩然的塑像挺立着，下面是今人模仿米芾书法手书的李白赞颂孟浩然的绝句：赠孟浩然。

> 吾爱孟夫子，风流天下闻。
> 红颜弃轩冕，白首卧松云。
> 醉月频中圣，迷花不事君。
> 高山安可仰，徒此揖清芬。

林志平反复吟哦着李白的诗，遥想风流儒雅的孟浩然，心中陡生一种逸古之幽情。他眺望着当年孔明的躬耕地隆中，眺望着孟浩然隐居的岘山，眺望着米芾的故居米公祠。古人隐居山野，其实醉翁之意并不在于酒啊，安于寂寞，苦苦修炼，等待的仍是鹏鹰展翅之日。连古人都不能免俗，我林志平又何必高尚？

林至清牵来一只小舟，漫不经心地说，米芾的书法看清了吗？对你有用的。

林志平不解。

她一笑。先上船吧。

他们把小舟荡入垂柳之中。林至清撑开小红伞，双脚斜倚船舷。任小舟随风飘荡。林志平坐在她的身边，抱着她的腰，头埋在她的怀里。她的两只柔软的乳房顶着他的脸庞。两人这时都进入了一种无欲的境界。微风吹来，鼓开了她的无领衬衫。那对未有遮掩的乳房首先进入了他的视线。他一阵悸动，拉开了她衣裙的拉链。

讨嫌，你干什么嘛？她慌乱地推他，但是毫无作用。他含住了她的一只乳头，猛烈地贪婪地吮吸着。她索性搂着他的头，两眼望着美丽的湖山。泪水，漫自流下。

啊，你怎么啦？

我在想，你要是个完美的单纯的人多好啊。就像一块碧玉，没有半点杂质。她握住他的那只不安分的手，放在胸口。你的信我读了好多遍，尤其是中间那一段。读一遍都要哭一次，太真太美了。

他静静地听着，静静地拥着她。心在颤动。自己的所作所为，实际上是在伤害着一个心底高洁、纯情善良的女人的心啊！他望着她，欲言又止。

其实你没必要顾虑重重，你的苦衷我岂能不明白？再说，这也不会影响我们的感情，你是一个很好的人，又有很好的家庭，有才华、人品好，虽说政治上还没有得志，但熬到这一步也很不错了。每次见到你，我都有点害怕。我倒无所谓，我是怕因为我而影响了你的前程和家庭。我不想也不敢去碰感情的暗礁，害怕被情所困，到时难以自拔。但你放心，我会对这一切负责的，尽管我不希望你放弃文学，但只要对你的前途有好处，干什么我都愿意的。别说去求一下我舅舅，就是干别的什么，我也不会拒绝的呀。能为一个心爱的人献身，在我是一种福分。但是，我不要你对我付出太多，只要能经常给我一点安慰就足够了。你在永康县，我在襄城，这样最好。如果我能去深圳，就在那里买一套房子，每年都接你去度假、写作。怎么，你没听吗？

是的，他没听。他脑海里很乱。什么时候带我去见一下你舅舅呢？他突然问道。

她看着他，无声地叹息了一下。看来，你心里现在是不可能专心致志的面对一个凄苦的女人的。这样吧，当你把米芾的真迹弄到手，我就带你去看他。

13

林志平的心情开始进入人生中的最佳状态，情场得意，官场也在向他招手。《关于永康县磷化工业发展前景》的论证报告提交县四大家领导讨论后，得到了充分肯定。常委会决定，将这个报告作为永康县工业今后五年的发展纲要，交人大审议后，由政府行文下发。林志平的才华终于在领导层得到了充分展示。这个发展纲要不仅赵大勤非常满意，连王刚也感到吃惊，对林志平进行了高度评价。接着，林志平便得到了一次出席全国性磷化工业会议的机会。这是一次学术性会议。学术会议后还要举行磷矿石和磷化产品订货会，本来应该去一名分管工业的副县长，但永康县这一职务一直空缺，县委就把这一殊荣交给了林志平，而这次却是王刚书记提议。

在途经襄城市时，林志平与林至清匆匆去了一趟市委老顾问家。

在离开永康县时，要不要把米芾这幅赝品送给老顾问，林志平非常犹豫。自己已经对不住林至清了，他不想再欺骗她的舅舅。刘文一直给他打气。老家伙不过是附庸风雅而已，他能看得明白是真迹还是赝品吗？再说，我反复请专家鉴定了的，已经达到了乱真的程度，放心吧。林志平一想，也是，为了这幅真迹，自己费了很大精力，最后不得不另求刘文。刘文一听就应承下来了，林志平当时非常怀疑刘文的能量，但不到10天，一幅米芾的书法就放在他的卧室。原来刘文是花5000元高价请一位江湖高手临摹的。

在走进老顾问家门口的时候，林志平心里还在激烈地跳动。但老顾问却非常热情，还极富幽默。当时市委组织部长和一个科长在座。老顾问当场打开那幅卷轴，让大家一起欣赏，随后又把林志平和自己的外甥女介绍给两位客人，并对林志平大加赞赏。林志平毕竟有一些心虚，马上告辞了老顾问，搭一辆的士就向火车站赶去。在上火车的时候，他第一次当着众人的面吻了林至清。咱们的舅舅，OK！

林至清挥手致意，目送火车远去。

会议放在江西南昌。林志平报到的当晚就给林至清去了封短信，表示问候和感谢，然后便去专心致志地温习他的论文。会上专家云集，收到论文一百多篇，而在会上交流的仅13篇。林志平的论文以论证严密、论据翔实而争得一席之地，并且一炮打响。论文宣读完毕，会场里爆发出热烈的掌声，当场就被国家级刊物《磷光》杂志主编要去，并表示下期发表，译成英、日两种文字，还要配发作者简介和照片。

这是林志平第一篇也是写得最认真的一篇论文。这篇论文不仅使他在会上名声大振，也为永康县磷化工业赢得了发展机遇，订货会上一下子就有30多个单位与永康县签订合同。国家批准立项，纳入全国统一经营、开发计划，并争取到将近一亿元的意向性投资。他立即向县委、县政府发回喜讯电报。

林志平为自己能够在步入36岁之前赢得机遇而欣慰。他曾让一位土家族算命先生看过面相和手相，老半仙几乎把天下的好话都抛给他了，其中有一句他记得最清：男人到了35岁，传奇故事刚刚开头，活着活着就交好运，功名利禄，水到渠成。他现在就处在这种状态。他感到人生中再没有比春风得意的时候更令人振奋了。

他独自在南昌起义旧址游览了一天。想到当时国共两方面的将领都不过二十几岁，却在指挥千军万马、建功立业，而自己现在已是35岁了，心里多少有一点苦涩，但那时毕竟是战乱时代，乱世出英雄嘛！而如今自己也不过才三十出头吧，他感到人生的辉煌正在向自己走来。

会议结束后，全体人员游黄山，而美丽的黄山风光并没有使林志平流连忘返。他在大块文章处留影后便迫切希望见到林至清，只有那个美丽温柔的女人才能使他真正感到人生的快意。他计算了一下时间，立即给林至清挂了相约的长途电话。在代表们南下云、贵、川考察磷矿的时候，他便提前离会。两天后，林志平就回到了襄城市。

古老而温馨的襄城啊，你的娇子回来啦！

14

凌晨，林至清的二楼房间。林志平赶到，整个医院还在沉睡。门虚掩着。他心里一阵激动，旋即进了门，又重新把门关好。屋里没有一点声息。他一直走到林至清的卧室。林至清正安静地躺在床上，一条薄衾拥住她的身子。她故意微闭着双眼。

小龙！林志平轻唤一声。林至清慢启双目，洁齿稍露。林志平轻轻地走到她的床边，坐到她的床上，轻轻揭开她的薄衾。一股沁人心脾的馨香立即从被里传出。

她仍然一动不动地躺着。

小龙，我的宝贝！他痴迷地面对着她的睡态。

她穿着一条粉红色睡衣。睡衣薄如蝉翼，像一层淡淡的红云隐罩着她的全部真实。她的身材曲线分明，显山露水，凸凹明朗，显示出一种蒙眬静态之美。

他感到心里有一种说不出的激动，双手轻柔地拉开她的睡衣。淡云散去，山峰、丘地与低谷都变得非常清晰。啊，一副白皙柔嫩的玉体立刻展现在他的面前，裸得就像一尊神。他感到自己面对的完全是一幅欧洲文艺复兴时期的裸体油画，是活着的美神维纳斯啊。

他有些痴迷了。她的肌肤雪白而细腻，臀部圆润而流畅，每一个有关节的地方还露着婴儿般的骨窝，半个头枕着香枕，整个身子显得娇嫩多姿，柔弱无骨。那秀发、浓眉、蓝色的眉毛、小嘴上下的绒须，还有腹部下那丛浓密的驼骆绒，都似生长在肥美土地上的小草，显示出初春般的勃勃生机。他感到自己的一颗心就要蹦出来了，把脸轻轻贴靠在她的脸上，来回地揉动着，让自己的稀疏的胡子与她的嘴唇和绒须合在一起。一只手来回地抚摸着她的臂膀、臀部和大腿。他把脸埋入她的乳沟，让她的两只丰乳贴着自己的脸。他轻轻地捏着他的一只乳房，端详着那乳头。好大的一颗乳头啊，就像谁在蒙古包上嵌上去的一粒紫红的宝石。他含一下，又吐出来。他又把脸躺在他的腹部，眼睛看着她下面的骆驼绒，展望着骆驼绒护卫着的那处神秘的洞穴。她被他撩拨得无法自己了。双手捧起他的脸，把他拉在自己的身上，让他压着自己，将舌头搅在他的口中，忘情地吮吸着。太美妙了，两人都非常渴望达到那种灵肉合一的境界。

然而，就在这种甜蜜的长长的娱悦和亲吻中，他的人格终于完成了升华的过程。他真的不忍心破坏这种圣洁、高雅的心态与情致。他平静了一下膨胀的激情，一手抚摸着她的发烫的脸蛋，一手提过那件薄如蝉翼的睡衣，轻轻地重新盖在她的身上。她那蒙眬的令人想象的山峰、丘地和低谷又一次展现在眼前。

她掀开睡衣一下子搂住他，两眼泪花包包。假如你不是厌恶我这被人占有过的身子，我真的太感动了。无论结局如何，在我的一生当中，你都是我最崇敬的人。就让我们永远心灵相交吧。

小傻瓜！他把她抱起来，让她坐在自己的怀里。

你是大傻瓜！她把脸贴在他的胸间，聆听着他的心跳。

我给你看一样东西吧。我在黄山的照片。林志平从旅行包里拿出日记本。照片就夹在日记本中。

听说大作家都写日记，最后还要出版是吗。她这时却对他的日记产生了兴趣。你可别把我写进去了啊，能看看吗？

他吻她一下，算是默认。她认真看起来，先是默看，接着就小声朗读起来。他从后面搂着她的腰，下颌压在她的肩上，听她朗读自己的日记。看到辛酸处，她唉叹一声再读，看到幽默快乐的地方又噗嗤一笑，看到他俩交往的地方就跳过去，如果只是提一下，她就把至清或小龙读成我，但读到后面，写他们的地方越来越多，她便合上了日记本。

好啊，将来你真的成了大作家，我这第三者的黑锅，算是背定了。不看了，随你怎么写吧。还是欣赏一下照片吧。

他们共同欣赏着他的黄山风景照。她从中挑了两张，放在枕边。他又把它们夹在日记本中。她的脸上就有了不悦。

还是不保存为好，你想我了，可以看我那书上的照片嘛。只是——我想你了怎么办呢？哎，我们合张影吧。

他依然把她放在床上，接着就去调相机。她一看自己，还裸着呢，吐吐舌头。哇，你好坏，就这样合影呀！她一骨碌站起来，赶忙去穿衣服。这时却响起了敲门声。

敲门的是林至清未过门的弟媳妇玲子。玲子也是林志平的崇拜者，早就想见见这位被至清姐称为大哥的人，进了门就一个劲儿地叫林志平大哥，弄得他反倒很不自然起来。如同所有青春少女一样，玲子脑子里也有许多问不完的好奇，林志平只好像回答学生提问一样耐着性子解释，一个美好的上午就这样过去了。好不容易等到午饭后，玲子仍不走。玲子的单纯热情使林至清也哭笑不得。该午休了，林至清只好放下门帘，让玲子在屏风外休息，自己则与林志平坐在里面床上看电视。

林志平感到这样夹在两个女人之间很不自在，无聊地躺在林至清的床上，竟有些后悔了。为什么不去云、贵、川一游？为什么要在襄城逗留？而林至清总是以一副笑眯眯的神态对着他。

他用手碰一下她的大腿，指指身边的枕头。躺下吧。

她摆摆手，又指指外面。我不敢。

他感到很沮丧。

因为外面睡着玲子，林至清也不好与他交谈什么。她无聊地摸出一支笔，无心地在手上画着、涂着。她觉得大腿上有些发痒，便撩起裙子，原来那里长出了两颗青春刺。也是出于无意，就在大腿上的两颗青春刺之间写道：大哥，你生什么气呀，我还有一天半假期，还怕没时间陪你？写好后就觉得好笑，正要擦去，林志平却抱住了她的大腿，一看，兴趣突来，接过笔就在旁边写道：你能否想个办法请外面那位小姐离开。我难受，躺在你这温馨的床上我已魂不守舍啦。

她接过笔马上写道：她是我未来的弟媳，你叫我怎么开口？没结婚的女孩什么也不懂，你乖乖地躺着吧。这样感受心灵的安宁难道不好？

他接过笔在他大腿内侧写了一连串的不好。她接过笔就把不字全都划去，这样又成了一连串的好字。他又接过笔在好字后面写道：吻我！

她俯首吻了他一下。他一把捧着她的头，咬着她的嘴唇。她用力挣脱，握住他的左手，在手掌上写道：当心，惊醒了外面的女孩，我们就不是兄妹了，而是——

他马上在破折号后面写道：夫妻！

她捧腹而笑，前卧后仰。笑声惊醒了玲子。玲子走进里屋，抱住她的腿就读起来，林至清慌忙放下裙子，拍拍玲子的脸蛋。铃子好憨！

结果两人的脸都红了。要上班了，玲子有些依依不舍，出了门又折回来，看看林志平，猛地在他脸上一吻。大哥，我走了，让咱姐好好陪你玩儿吧。我姐好欢喜你哟！

糟糕！林志平有点窘。其实玲子是知道我们之间的秘密的，如今的小女孩哪一个是单纯的呀。林至清说，玲子这姑娘很好玩儿，保险！两人对视一笑，又紧紧地拥在一起了。

小林！这时儿科主任在楼下呼喊林至清。

今天怎么这以不凑巧？林至清赶忙迎了出去。

林志平临窗伫立，有一种不好地预感。果然，林至清进门后就不无遗憾地说：唉，科里来了四名危重病人，主任要我加班。

他感到很扫兴，热情一下子降到了冰点。多血汁的文人嘛，没治。我还是赶快离开吧。他想。

生气啦！林至清为难地看着他。

我走，下午就回永康县。说完就拿起了自己的旅行包。请让让！

她负气地背对着他。

与心爱的人儿交臂而过的那一刻，林志平觉得自己很自私很虚伪，但他十分希望林至清能在这时候挽留挽留自己，哪怕只是一句话，一个表情，他也会留下来，但是林至清没有。

15

林志平一回到县里，地位就发生了根本性转机。私下，同事们都笑着称他林县长，而且常委们对他也比以前亲切了。他走到哪里都感受到一种钦佩和羡慕的目光。他是一个相当稳重的人，35岁了，也算经过风雨见过世面，不至于听到几句奉承就得意忘形。

他比以前变得更加谦卑勤勉。

但是，就在他向县四大家汇报全国磷化工会议精神的时候，林至清的信到了，这是第四封了，也就是说在他从她那里回到永康县这段时间，林至清几乎每两天给他写一封信。林至清已完全沉醉于两人的情爱之中了，可以为他生为他死，为他付出一切，而林志平这时反而变得清醒了，冷静了。他没有回信，不是不想回，而是没时间，也没激情回。自古以来，女人一旦被爱神丘比特的神箭射中就会神魂颠倒，死而后生，而男人却能一半清醒一半醉，女人视爱如生命，而男人则只是把爱看成是生活中的一个部分，也许这正是女人的悲剧往往多于男人的缘故。从林至清那里回来，林志平经过了一天多的权衡利弊，决定理智地走出情网。他十

分清楚自己的智商和才能。一个堂堂五尺男儿竟然把自己的前途押在一个女人和一个退休的老头子身上岂不荒唐可笑？何况那个老顾问目前对自己根本不起作用，只有傻瓜才会被情所困，执迷不悟。

信递到了办公室主任手中。主任笑笑说，好清秀的字迹，是位小姐吧。

林志平很窘，当着大家的面把信拆了。但是，他没看，不敢看，做到这步已经够大胆的了。会后，赵大勤叫住了他。年轻人首先必须过好美人关，不管思想如何解放，女色总是少沾染为好，桃色新闻就是资本主义社会也讳莫如深的。一个大男人为了个把女人连前途都不顾，值吗？赵大勤单刀直入，说完转身就去了。

夜里，林志平失眠了。赵大勤的话一直在耳边回响。难道赵书记发现自己与林至清的蛛丝马脚了吗？他感到很后怕。他知道赵书记一向器重自己，不管出于什么动机这都是给自己敲出的警钟。恰在这时，他发现自己刚刚写完的日记本丢失了。他一时显得十分慌乱。

这是他所记的第24本日记，缎子封面，是雅娴去西安旅游时给他买的纪念品。明明放在办公室的抽屉里，还加有保险锁，就是找不到。家里也找遍了。这是他最重要的一本日记。里面不仅有他与林至清感情的发展过程，还有他对永康县某些不正常现象的剖析，包括对主要领导人的看法。除此，里面还夹着林至清写给他最富情感的四封情书。这是最要命的物证！怎么会找不到呢？他不敢声张，只能暗自饮痛。现在是他人生的关键时刻，稍有不慎，就可铸成大错。难道同事中出了宵小之辈？人心叵测，他不能不防。看来自己确实是太幼稚太不老练了。他度日如年般地等待着事态的发展。

月儿当空，他来到清溪河边，远处的万年山迷迷蒙蒙。人生就像这蒙眬的月夜一样，

未来不可知。人生永远是个谜。人的一生究竟怎样活才算有意义呢？他竟有些怀疑自己了。但有一点他心里明白，他可以放弃那个女人，放弃作家不当，他不能放弃这次升迁的良机。他又想到了林至清和她的舅舅。对不起，我捉弄了你们。我不是有意的，可是，又是谁在时时捉弄我呢是谁啊？！

早晨，等雅娴上班后，他便在书房里给林至清写信。他觉得首先要稳住林至清，假如事情败露，只有共守同盟。其实，他是多虑了。凭林

至清对他的一片冰心会出卖他吗？即是有人偷了他的日记，也不敢明目张胆地上交，不过一个恶作剧而已。他的损失在于出现了人生的一段空白。但此时他已考虑不到这些了，匆匆提笔，写好就急忙去邮电局邮寄。

但是，向来严谨的林志平恰在这件事上疏忽了。他把林至清写给他的信丢家里了。发信后他本来还要回家的，正好赵大勤找他有事，中午又去宾馆陪客，多饮了几杯酒，结果就把林至清的那封信给忘了。直到下午上班才想起这事，吓得头冒冷汗，立即赶回家。谢天谢地，信还在。他舒了一口气。然而，就在林至清那封来信的下面他又发现了另外一封信。那是雅娴的笔迹。

表哥，请允许我又这样称呼你。未来我们应该永远是这种关系的，阴差阳错竟成了夫妻。中午，我睡得十分累。这种累使我百倍地疲倦，但疲倦中我又十分清醒……

我想这不是第一次了。通过这一次又一次的欺骗，我终于明白，你心里并不是真心满意我。那么，我又何必强人所难？谢谢你给了我这么多年的幸福。我也该满足了。以前的想法，总以为是他人的多情，而你绝不会有负于我。但我错了。今天的想法与昨天根本不一样。我还有点自知之明。我不会影响你们的所谓爱情的，更不会大打出手。现在好了，我已经为以前的矛盾或如你所说的误会找到了基础与根源。我再不会为某个人神魂颠倒死心塌地忠贞不贰了。

我真羡慕你林志平，走到哪里都有爱情……

林志平握信的手颤抖了。心灵开始战栗。怎么这样巧合啊！在他的思维观念中，他把家庭看得尤为重要，有时甚至把妻子母亲女儿当成一个概念。雅娴啊！他在心里呼喊道。我不能没有你啊？他瘫坐在沙发上，泪如雨下。

恍惚中，林志平便进入了梦境。第一个梦是他驾着一辆黑色桑塔纳轿车，他的前面同样有车辆行驶。所有的车都在山道上奔驰。他风驰电掣般地驾驶，超了所有的车。车拐个弯，开始下山，遇到一条大河，似乎是家乡的白沙河，河水浑浊而汹涌，他没有犹豫，猛一加油就冲了过去。这时又开始上坡，前面山道更加崎岖。后来——后来就又转换成了另外一个梦。白天还是黑夜，场景不明晰。前面在开万人大会，是处决罪犯。罪犯中有他，但他不知自己犯的是什么罪。押送的是他教中学时的学生，他还帮学生背着枪，举着火炬。他想起自己是去刑场赴死，就对学生说，能不能找个人求求情，我还不想死。学生说，你是个明白人，死有什么可怕，死有时比活好啊！他于是放弃了努力。他感到心里烦闷，压抑，想逃。这时枪响了。他惊醒了。他好半天心里不能宁静。这两个梦在向自己暗示什么呢？他无法推测。他站起身，发现身上盖着一床毛毯，桌上还有一杯热茶。呀，是雅娴？雅娴回来了！

他赶忙走进卧室，雅娴已经睡了，床边放着几片药，是安乃近之类。雅娴病了？他走到床边。雅娴闭着双眼，满脸都是泪痕。雅娴是被自己给气病的啊。他感到万分的羞愧。雅娴！他轻轻叫了一声。雅娴不作声。他想去抚摸一下雅娴的额头，又不敢。站在床边，不知干什么好，好半天才想到应该给她买点什么。他立即跑到市场。平时柴米油盐都是雅娴操心，他只当甩手掌柜。现在轮到自己上阵，竟束手无策。买点什么好呢？他拿不定主意。看到有人在叫卖山楂果，他忽然想起雅娴小时候特爱吃一种叫羊母奶的野果。雅娴是他的表妹，比他小五岁。小时候见了他总是闹着要他背她上山采野果吃。他就背着她。雅娴说，表哥，我们玩过家家，我给你当媳妇好不好？他刮一下她的鼻子。不害臊。雅娴就坐在地上耍赖。不嘛，就当就当。他没法。好吧，那我天天给你采羊母奶吃。雅娴高兴了，学着大人样在他脸上啪地亲了一下。这算是他们最早的恋爱。雅娴的那颗心后来真的一直没有转移过他人。在她20岁那年，便义无反顾地嫁给了他。他因此十分珍惜雅娴的纯情。现在后院起火了，自己引火烧身，他要把过去的那种感觉再找回来。

对，去山上采羊母奶！他立即跑步走出城外，走出城郊，一直走到郊外的官山深处。等他摘到羊母奶返回家中已是深夜了。出现在雅娴的面前时，他的脸上手上都是伤口，几乎成了一个血人。雅娴吃惊地望着他，不知发生了什么事情。

见到儿时的表妹，今日的妻子，林志平顾不上伤痛，拉着雅娴的手快乐地说，瞧这是什么？羊母奶，你小时候最爱吃的东西，满满的两兜啊。怎么样？我亲自上山摘的。

好你个风流才子啊！你叫我说什么好呢？雅娴心痛极了，顾不上吃羊母奶，忙给他擦洗、包扎、换衣服。之后便又忙着给他做饭，还破例陪他喝了一杯烈酒。夜里，两人躺在床上，雅娴看着一粒粒饱满鲜红的羊母奶，儿时的美好情景又出在眼前。两人这时都有了一点激情，于是就很甜蜜地温存了一番。温存之后，雅娴又去给他冲了两个鸡蛋。他喝了几口，就去喂雅娴，两人推让一番，雅娴不喝。他又拿出羊母奶。你吃了这颗羊母奶我就喝下，可以不可以？见雅娴没反对，就送了一粒在她口中。雅娴叹一口气，含在口中品尝。你何苦这样？我上辈子欠了你的债啦，这辈子别想轻松了。我不管你，可以了吧。

不管怎么行？打是亲热骂是爱，不管不教要变坏。我真要变坏了，夫人你心里会好受？

你少给我耍嘴皮。你是真糊涂还是假糊涂？老婆孩子不重要，自己的前途总还是重要的吧。我看你是被宠昏了头，寻花问柳，吃饱了撑的呀。这事我也不会叫你难堪，解铃还须系铃人，你自己看着办吧。但是，要是你已经惹出了什么麻烦，你得给我坦白，说不定我会站出来为你辟谣的。不过，只此一回，下不为例。

夫人放心，还敢有下次吗？

16

农历五月二十，林志平的生日。这天他满36岁。36岁的林志平尽管没有飞黄腾达，但已有近20年的工龄、100多篇文学作品问世。这在同龄人中已属佼佼者了。但他并不满足于这个层次。以文学作为敲门砖，他的目的已经达到了，接下来该是去走仕途的路。

36岁这天，林志平被派往北京参加化工部关于开发永康县磷矿资源的论证会。带队的是襄城市分管工业的副市长。说来也巧，这位副市长就是前不久从永康县县委书记位置上升迁的王刚。王刚走后，赵大勤就接替了他的职务，而与自己竞争副县长的鲁杰却辞职去了南方。

36岁生日离家赴京，雅娴自然非常高兴，特意按老家白沙河的风俗为丈夫操办了生日午宴。女儿林超还在电视台为她点了一首歌。是一首风靡全球的歌曲。一家人围着餐桌，听着那首著名的歌曲，品着红葡萄酒，尽管没有鲜花、蜡烛和蛋糕，但他感到特别温馨。男儿有泪不轻弹，他竟然有了泪花。他看看雅娴，竟然忘情地在她脸上吻了一下。这一动作被林超看到了，他又去吻林超。林超小头一偏。爸爸好坏！

饭后，刘文赶到，送他一束令箭荷花，祝他红枪红炮，打出一片江山，不负当年祖母的期望。他非常感激这位儿时好友，两人击掌而誓，大有苟富贵、勿相忘的气概，之后，刘文用自己的车把他送到了襄城市。

到了襄城，林志平直接到了王刚办公室。王刚也非常看重这次北京之行。他已接到化工部通知，三天后汇报，听汇报的不仅有国家计委、化工部的领导、专家，还有一位国务院副总理。这次赴京汇报，不仅是永康县经济发展的重大机遇，也是王刚升任副市长的政绩，成败在此一举。王刚和林志平都感到自己肩负的重担和此行的特殊意义，必须万无一失。

晚宴后，王刚特意打电话给市歌舞团为林志平请了一位年轻女演员，要他们去歌舞厅轻松一下。林志平的心情一直处于激动之中，不想跳舞，只想安静一下。王刚便把他送到襄城宾馆，巧的是又被安排在518号。一走进这个房间他就有一种说不出的感觉。他把所带的材料全部摆在桌子上，但是，他却无法集中精力。

518号！这正是他与小龙第一次相约的地方。直到这时他才发现，真正爱上一个人后，要想一下子放弃或者忘却是很难的。和相爱一样，忘却也需要时间，需要经历一个较长痛苦的过程。他强迫自己集中精力看材料，但毫无办法，林至清的影子总是在脑海里晃来晃去。电话机就在手边，打还是不打？3514302、3527273，每一个号码都已刻在脑海里了。他拿起听筒，拨了个号码又放下了。还是不打了吧。

他走向阳台。襄城电视塔下，夜色迷蒙；胜丰街头，灯影婆娑。那盏盏霓虹灯，多像一支支生日蜡烛啊。真正爱一个人是不会忘记他的生日的，小龙她忘了吗？记得就在去年的八月中秋，小龙的27岁生日，他特意自制了一个大信封。他在信封上面画了一束桂花和一朵石榴，又特意贴了属于两人属相的龙票和猴票。这样就形成了一个非常独特的实寄封。那个别致的生日礼物让她感动了好久。那个实寄封也就成了她最珍贵的藏品。今天是自己的生日了，小龙不会无动于衷的。然而，爱情从开始到结束到底需要多长时间呢？他说不清楚。他回到房间，拉严窗帘，躺在床上，心情变得纷繁。

11点的时候，电话铃响了。

他一惊，拿起听筒。是林至清！他心里一热，其实在自己36岁的生日他是渴望见到她的。

你呀！总算找到你了。永康县没有你，我就在电话机旁苦等。为什么不给我打电话？

他嗫嚅着。我抽不开时间。真的。

撒谎，不至于连打个电话的时间都没有吧。

怎么对她说呢？自己现在的心情她能理解吗？

可今天是你的生日呀，你的本命年。我给你买了礼物。你猜是什么？两束花，一束石榴，一束四季桂，还有两条金利来领带。我舅舅要我代问你好。你给他的礼物他一直很欢喜的，可是他——

他怎么拉？林志平一直怕她再说这个。他感到自己的良心一直在受责备。

他中风住院了。你的事他可能帮不上忙了。

那事以后就别再提了。请代我看望一下老人家，有机会我再去病房探视。

怎么？几天不见，就变得这么道貌岸然了？哎，昨晚我做了一个梦，梦见你升官了。告诉我，你是不是升了，好多人都是在36岁上升上去的。你肯定也会。

他沉默着，不知道怎么回答才好。

好了，我去看你。我真的好想你哟。等着我啊，大哥，我马上就到。

还是免了吧。这么晚了，再说——

怎么，没兴趣吗？你好像不太高兴？你的信我收到了，就那么两句，我看不出什么意思。有话不能当面说吗？你是不是厌烦了？我不是说过嘛，厌烦了就提出来，和和气气的分手，决不能反目成仇。可今天是你的生日啊！我们见一下面，也不至于妨碍你的前程吧。

不知为什么，他有点心酸。他只想压电话。

唉，没兴致就算了吧。对方也沉默了。

两人都没有压电话。他依然感觉到电话那边的叹息。他想说声对不起，但此时这话不显得太苍白、太多余吗？谢谢你的祝福，晚安！他果断地压了电话。他怕自己会在一刹那的犹豫之中改变态度。他呆呆地在电话机房站了一会儿，已经毫无睡意了，便走出房间，走向荆州街，又漫步于具有汉代建筑风格的北街。他登上雄伟的昭明台，目光投向南街，投

272

向电视塔下。航天医院就在两者之间，曾经爱过的那个人也就在那里啊！近在咫尺，却不愿再相见。他想象不出她此时的情形：赌气、失望、流泪？唉，他的心里也在受煎熬。他的目光越过夜空，云中站着他的亲爱的雅娴，接着林至清也出现了。两个女人都哀怨地看着自己。他赶忙走下昭明台，幻觉消除，耳边传来了刘德华深沉的歌唱：

> 不欢喜孤独
>
> 却又害怕两个人相处
>
> 这分明是一种痛苦
>
> 当我避开你的柔情后
>
> 泪开始坠落
>
> 是不敢不想不应该
>
> 再谢谢你的爱
>
> 我不得不存在
>
> 在你的未来
>
> 最怕这样就是带给你永远的伤害……

17

10天之后，林志平一行从北京返回襄城。林志平不想再住襄城宾馆，他怕再勾引起对往事的回忆，便改住南湖宾馆。当晚，王刚就与赵大勤通了电话。市长办公会要听他们北京之行的汇报，林志平列席会议。这样林志平便可在十多天的高度紧张之后松弛、休息一下，同时，他也就有机会和时间对以前的感情纠葛作出一些思考。他想找一种最好的方式，了却这段情缘，既不使小龙受到太大伤害，也不使自己为难，雅娴不是说，解铃还须系铃人嘛？

他决定与小龙作一次坦诚交谈，友好地分手。就算是最后的约会吧。他立即拨通了航天医院总机的电话，总机又转到林至清上班的儿科，接电话的是一位小姐。没等林志平报姓名，对方就说，我知道你是谁。至清姐早就交待了，这几天有男的给她打电话，一定要叫她，你等着，我去叫啦。

他立即被这个小小的举动感动了。小龙的确是个很好的女人，今后还会遇到这样的女人吗？

喂，你好！去了一趟北京，人还没变嘛。电话那边林至清气喘吁吁地说。累死我了。一叫我接电话就知道准是你，丢下活就跑来了。这次怎么有兴趣打电话了？

我想请你出来一下。咱们谈谈好吗？

还请我约会呀！我家里——对方犹豫片刻。这样吧，我溜出去一会儿，就说买菜。你等着我吧！

10分钟不到，林至清就赶到了。一见到林志平，她就忘情地投入到他的怀抱。才下厨房，就上厅堂。你瞧，我已完全成为一位家庭主妇了，好邋遢的。

林至清今天的确没有丝毫的粉饰，矮矮胖胖的，汗水映湿了内衣，头发林里散发着一股浓浓的油烟味，脸上黑了，也瘦了，还有一种不易觉察的倦怠。在林志平审视的目光下她显得格外温顺，一双手紧紧地抱住他的腰，头紧紧地埋在他的胸脯上，不说也不动，似乎整个身心都进入了一种休眠状态。她很累吗？她需要一个坚强的男人作她柔弱生命的坚实的支撑吗？但这个男人显然不是她的丈夫，那么，会是谁？自己吗？

告诉你一个不幸的消息，小古调来了。她轻声说道。似乎在抽泣，像一只受惊的小鸟，她紧紧依偎着他。这段时间她过得很不开心，因为小古调来了，而小古一直处在极度的兴奋之中，每天晚上他都像新婚一样把她弄得精疲力竭，然后就呼呼大睡。她开始患上了失眠症、胃痉挛，又发展到性冷淡、性厌恶。就在这时，她得知医院决定成立一个美容整形科，要派几名医护人员去上海进修。她便第一个报了名。她想继续远离身边这个庸俗的男人。可以想象，一边和丈夫做爱一边又在思念另外一个男人，那滋味叫谁都不会好受。所以，当接到林志平的电话后，她竟有一种想哭的感觉。她好感动。

此时林志平并非无动于衷，他说不出是一种什么感觉。非常同情又无能为力。

你对我的事一点都不关心。她抹掉自己的眼泪，苦笑。其实，你也帮不上什么忙，只是——只是你别把我忘了，别抛弃我啊！

林志平感到心里好像在沥血。这要求并不过分，但自己却不能满足她了。他把她的头拥入自己的怀中。此时此刻，他所能做的就只有这了。

你恨我吗？你怎么突然变得这么反复无常高深莫测？唉，小古调来了，你以后去我那里就不方便了。

是的，那间温馨小屋他以后是再也不会去了。但是——他反复拷问着自己：我恨她吗？恨她什么？最该恨的应该是我林志平，而不是她林至清啊！

我不能久留。我只能陪你一刻钟。以后我一定找机会好好陪陪你，一定。

还有以后吗？而现在她也就是这么一刻钟的时间！该结束了。这一刻钟将在他们之间形成一个永远的休止符。而她也许永远不会明白他们这种倏而即逝的恋情究竟为什么。

你怎么不说话呀。你一定有什么难言之隐。看得出，你正处在一种深深的矛盾和痛悔之中。你内心想的什么，不说我也知道。其实，你的那封短信已经表达得够清楚了。还有上次的电话，吞吞吐吐。你让我好难受啊。其实，你不应该这样，你还不明白我的心吗？我已做好了思想准备，分手是早晚的事，只是没想到会这样迅速，这么惨淡。算了，我走了。

啊，不要走，再待一会儿行吗？

她本能地停住了脚，看着他，又投进他的怀中。唉，你呀！别忘了我们当初的话。既然你心里这么难受，就把我忘了吧，或者就把我当成一个小妹妹。我想，做个妹妹我还是合适的。

他只是默默地点了点头。鼻子有点酸涩，眼睛也湿润了。

你一定要振作起来，当领导干部还是当作家都要有信心。男人四十，如日中天，而你才36岁，正是出大成就的时候。不像我，女人三十烂泥巴，我都28了。不过——我也要走了。

小古一来，你就走？还是去深圳吗？

不，是去上海进修美容。

他的眼睛亮了一下。这种结局最好，可以用时间与距离去淡化两人的感情。祝贺你，未来的美容师。到时我一定来为你送行。

一言为定啊！这回该走了。不吻吻我？

他吻了他第一次吻的那个地方，耳根。

她一笑。怕我有口腔炎？那是骗你的。她说着捧着他的脸，仰起小嘴。两人便长长地亲吻着。

我爱你！林至清终于亲口对他说出了这句话。说完转身就跑出了门外。

在林至清侧身的那一刻，林志平看清了，她的满脸都是晶莹透亮的泪水。哦，走了，小龙，如同一个春梦，一片流云，一朵乍开即谢的昙花。林志平感到，自己的那颗心也在这时失落了。

18

林志平终于在含辛茹苦默默无闻20年后的36岁实现了他人生中的第一个辉煌的起点。他被任命为永康县人民政府副县长，同一天又被襄城市委任命为县委常委，分管全县经济工作。是的，这是他的第一个起点，当作家算什么？如今的林志平再不需要用爬格子的艰辛来改变自己的命运和地位了。他已成了一名堂堂的七品县令，生活多么惬意多么美好啊！

林至清去上海进修的日子临近，林志平没有忘记为她送行的诺言。他给她买了一口紫红色高级密码箱，又主动承担了给她购买飞机票的任务，这样送礼物就顺理成章了。在她去进修的头一天，林志平乘坐自己的专车赶到了襄城。黄昏之前，他让司机送他去航天医院林至清家。但当汽车开到医院门口时，他却突然改变了主意。他现在已经不是从前那个唯唯诺诺、多情善感的林志平了。人生险恶，必须处处设防才是。本来为了避嫌，他还带了女儿林超。现在他感到就是带着女儿也十分不妥。短短几天，他已变得相当精明、成熟了，也许还有几分狡黠。为了这个职务，付出了多少心血啊，他自然十分珍惜。这只是第一级台阶，他还要逐步上升。他让司机去医院找到玲子，托玲子把密码箱和机票转交给林至清，自己则带着林超去了古隆中。

这一切本来无可非议，但林至清的心却深深地受到了伤害。事先，她并不知道林志平要高升，她只是凭直觉。就在玲子把机票送给她前几分钟，她还在想，志平一定会来的，他不会食言。然而，玲子来了，一切都真相大白。她的心灵堤防全线崩溃，握着机票，竟然当着丈夫的面挥泪如雨。那一刻，她好伤心啊！

整个晚上她都处在一种变态的快乐之中。不时有朋友和同事去看她。

她一边迎接客人，一边指挥小古收拾行李。她把电视打开，把音响也打开。她在这种嘈杂的声音之中说说笑笑，出出进进。这个时候她也说不清自己究竟是幸福还是痛苦。晚餐中，她破例地喝了许多白酒。小古劝她少喝一点，她竟然当着客人的面骂他窝囊。她感到胸中有一股淤气，她要用这白酒把它压下去。她太高兴了，高兴得令人心惊胆战。

饭后，她把小古与浪浪留在家里，又与同事们一起去不夜城迪斯高广场跳舞。她要用这种狂欢乱舞的方式解脱自己、忘却一切，让胸中的淤气随汗水一起消失。大汗淋漓地回家已是午夜，她并不理会小古此时的心情，和衣倒在床上就呼呼大睡了。等她一觉醒来，天已大亮，浪浪和保姆都在床前站着。整个屋子显得十分清冷。啊，儿子，还有丈夫。直到这时她才意识到自己将要远去，将要与亲人告别。两年，并不是一个很短的数字。作为母亲与妻子，自己应该向他们交待点什么啊。她开始回忆昨天和夜里的过程，满脑子杂乱无章，什么也想不起来。她怔怔地站在梳状台前，从镜子里看到自己一副懒憔悴的面容，感到有一种说不出的虚弱。

梳妆完毕，她看着小古。这就是与我生活了数年的丈夫吗？一脸的倦容，眼圈泛黑，头发松散蓬乱，上衣还缺了两颗纽扣。她从内心里发出一种深深地愧意。平时总认为丈夫不称职，难道自己就称职？就是昨晚，这夫妻别离的前夜，自己连夫妻间应有的欢乐也没有给他。难道丈夫就没有委屈没有痛苦吗？

她从保姆怀里接过浪浪，眼泪大滴大滴地流下。浪浪用小手抹去她的眼泪。她赶忙把浪浪交给保姆。她怕自己控制不住放声大哭。她找来针线为小古缝上了落下的两颗纽扣，又为他梳理了一下蓬乱的头发。经过这一场苦难的心灵洗礼，她似乎重铸了一个自我，一下子大彻大悟了，发誓今后再不去爱第二个男人。她要努力做到去专心致志爱自己的丈夫，爱自己的儿子。她要重新发现小古身上的闪光点，培养两人之间的感情。至于林志平，她明白这辈子是不可能忘记他的，但想他的频率也会随着时间的推移而减少。人生短暂，去日苦多，应该百倍地去珍惜已经拥有的东西。

林至清就这样匆匆告别了丈夫与儿子。她提前半个小时赶到了机场，没有发现林志平。她这时已经很平静很清醒了，也不再怨恨林志平。她看了一下通往机场的公路，没有车辆，意味深长地笑了一下，便第一个

中
篇
小
说

进了候机室，又第一个剪票登机。

当飞机缓缓通过跑道的时候，一辆崭新的帕萨特新领域轿车急驰而来。车刚一停稳，林志平就从车上走了下来，接着下车的是一位漂亮的小女孩。

林至清的嘴角露出一丝淡淡的微笑：别了，那过去的一切。面对这个斑斓的世界，亲爱的大哥，让我们各自重新开始吧！

两分钟后，襄城市的上空，林至清乘坐的银灰色波音747客机开台爬升。踌躇满志的林志平翘首仰望着白云蓝天，目送曾经深爱的人孤身飞去。

原载于《楚文学》1999年第2期；《鄂州日报》文学副刊1999年2月6日、13日、20日、23日、3月6日、3月13日连载。

猎人的后代
LIE REN DE
HOU DAI

附　录

论李修平的小说

阿　弘

　　李修平的写作缓慢、谦恭，如同一次漫长的等待。几十年的坚守，他一直在业余的那点时间里寻寻觅觅。他以小说起步，写的却不多，但每一篇都有一篇的分量，从他这些不多的小说来看，都是经得起时间检验的，这些小说很好读，堪称经典。我们应该向经典致敬。所以这部中短篇小说经典作品的出版就有特别的意义。

一、李修平的个人经历与他的创作的关系

　　李修平的创作，与他的家庭环境和生活经历有密切的关系。1956年，李修平出生在山清水秀的偏僻山村——保康县马桥镇白果村。他的生活大概可以分为求学、教书、做公务员时期。这三个时期的生活，都在他的作品中留下了鲜明的印记。

　　学生时代，是李修平少年时期生活中最安稳也最欢乐的时期，时间大约为1964年夏天至1971年冬天，大约是李修平9岁至15岁的时候。9岁开始发蒙念书的李修平在奶奶慈爱的目光中连哄带骗地逃了一年学。第二年，渐明事理的李修平竟规规矩矩地读起书来，从二年级跳入四年级。14岁时已读完小学五年级。初中是在离家50余里外的洞河公社中学里求学，虽然贫穷但勤奋上进的尖子生，受到了老师们的呵护和同学们的尊敬。也就是这个时候，在精神生活极度贫乏年代的少年李修平开始接受文学作品的熏陶。《红岩》《烈火金刚》《平原枪声》《宝葫芦的秘密》等当代艺术经典，让不满15岁的李修平神迷心痴。他第一次开始放飞一个

15岁少年的文学梦。这个时期的生活及其形成的故乡结，在李修平的《童年的草房》《小村》《山村酒规》《祖母在我心中》等散文中，多有表现。

1972年底，年仅16岁的李修平从保康师范以求学一年的时间提前毕业，回到故乡的洞河中学，辗转几次调动，在偏僻的山村担任乡村教师。时间大约为1973年至1984年秋天，大约是李修平16岁至28岁的时候。这是李修平青少年生活最苦闷、最孤独的时期。

初入社会的李修平先是在一座破庙里担任33个学生四个年级的复式班教师。孤身一人还是孩子的李修平夜晚总是在恐惧与孤寂中度过，也就是这个时候，李修平意外地得到了一本当时走红的文学刊物《朝霞》，尽管上面刊载了一些还算不上纯粹的文学作品，却给山村困兽般的李修平点燃了文学之火，也点燃了李修平的梦想。从此，灰暗的日子不再。在那被人遗忘的破庙中，一个文学稚子诞生了。不足20岁年龄的李修平无意地将自己的一首小诗《林川自洞沟》寄给无意间得到的县文化馆办的文艺小报，竟无意地被发表了。今天看来，这首带着很重的时代烙印的歌唱改土造田的小诗，的确算不上艺术品，但它的发表，却圆了李修平稚嫩的文学梦，开始并且继续地影响着文学青年李修平的生活。在为期12年的教学生涯中，李修平辗转五所乡村学校，全是最艰苦的地方。他宝贵的青春年华，在时代的鞭梢下泡进了血与水中。1977、1978年，他两次高考不第，第三次高考因单位认为他不安心工作而强制不得参加。极度苦闷，连死亡的心都有的李修平，得到了朋友送他的一本严文井的童话集《小溪流的歌》。严文井以小学学历而成长为大作家的经历，让绝处的李修平一下子找到了今后的路——用文学来改变自己的人生。这一段经历，在李修平的短篇小说《彩姐》中，以叙事主人公第一人称的角度有所透露。那个在月黑风高的夜晚以自己青春的胴体抚慰了"我"的灵魂的彩姐，在"我"对前途的忧虑中被无情地推离了情感地带。李修平的成长，也在《入党之夜》《怀念墙里》等散文作品中刻下了文学的印记。

1984年，已经在文学上小有成绩的李修平终于再一次以自己的努力拼搏，重新回到了家乡的县城。自1984年至2002年，李修平先后在保康县教委、保康县委组织部、保康县委宣传部、保康县委办公室等单位从事国家公务员的工作。在此期间，他又完成了湖北襄樊学院中文系的大学学业，进一步夯实了自己的文学功底。白天，他穿行于错综复杂的官场，纠缠于头绪繁杂的公务应酬，夜晚，委身于文学的他常以青灯相伴，在方格稿纸里寻觅文学恋人。朋友们惊诧于他的勤奋，从1986年开始，李修平用业务时间创作了数十篇中、短篇小说，百余篇散文，出版了两本散文集、一本小说散文自选集，加入了湖北省作家协会，担任了襄樊市作家协会副主席。文坛官场都能听见李修平的风声水声。

官场生活的烦恼与惬意，是并行不悖的两极。它们在李修平的创作中都有表现：《饮食男女》《四十不惑》等小说，让我们一窥官场的钩心斗角与龌龊肮脏，让我们感受到才能被埋没者的苦闷与无奈；《坐下来喝茶》和《与美眉品茶》等散文，又让我们羡怨于官员文人的惬意与浪漫。

综上所述，李修平的家庭出身和个人经历，至少在三个方面对他的创作产生了明显的影响：

第一，由于家庭与生活经历的关系，他所描写的人物大多是他所熟悉的家乡、文坛并与他有密切关系的上层人物与各种小人物，其中包括书记、县长、部长、商人、经理、红颜知己、妻儿、文朋亲友等。

第二，生活的压抑与文人心性的张扬，构成一种角力，使得性格真率、性情渴望洒脱的李修平产生一种反复的情绪苦闷。这种情绪又反过来推动着他的文学创作的前行。

第三，亲情、友情、男女之情，以及文学所带来的声誉，又给李修平的身心以极大的放松与抚慰，使他以持续的亢奋情绪和极大的热情，促进了他的创作。

二、李修平小说创作的三个里程碑

李修平的小说创作，大致可分为探索期、发展期、成熟期等三个时期。

探索期的作品，是指李修平从保康大山深处的学校进入县城担任公务员的80年代中期至90年代初期所写的早期小说，其中包括短篇小说《恋栈》《猎人的后代》《大雾》《走出迷林》等小说。它们先后在《长江文艺》《汉水》《短篇小说》《花溪》等文学月刊发表。

李修平早期的小说作品，虽然为数不够，却充分显示了作者的创作才华，但由于他的社会实践创作实践经验仍然不足，他的作品在思想和艺术上都未完全成熟，这主要表现在他这时期的作品现实性不够强，思想尚缺乏深度，题材比较狭窄，艺术上尚在追随当代小说创作的潮流，带有明显的自传性、模仿性和幻想性，未能形成自己鲜明的风格。他的创作仍处在探索和试验阶段。

李修平早期小说中最优秀的作品是《猎人的后代》。小说的主人公长庚是一位勤奋上进、有文化的血性男儿。但在落后、偏僻的山村的人们几近原始生活的生存能力的评判标准下，长庚不会打猎就不配娶猎人的孙女为妻。为了证明书生的阳刚、勇猛，长庚提起祖传的猎枪，闯入莽林，几乎以生命的代价证明了男儿的血性，显现了压抑已久的强悍的生命活力。但学校文明的熏染与山外世界的诱惑，也无法挽留可以做一个合格猎人的长庚。他终于还是义无反顾地走出了大山，寻找改变祖辈们生活模式的新途径。作者在刻画长庚的形象时，充分调动外貌、内心描写及人物的动作细节描写等各种艺术手段，把人物形象真实完美地呈现在读者的面前，收到很好的艺术效果。作者对鄂西北神农架风景民俗民情的描写，使作品具有鲜明的地域特色，同时也表现了作者的故乡情结和对青少年生活的记忆与神往，流露出理与情冲突下的脉脉乡愁。长庚的形象具有一定程度的现实性，但也明显地受80年代中期"寻根文学"思潮及其创作潮流的影响。

发展期的作品，是指李修平90年代中期以后5年所创作的《彩姐》《慧娘》《菊儿》《一朵缥缈的云》《播种的日子》《魁弟》等短篇小说与《红尘有爱》《目送她孤身飞去》《饮食男女》等中篇小说。

这些小说的内容和主题，主要是写乡镇男人女人们的生活。贯串在小说中的叙事主人公是一个有着多种名姓的从乡村走进城镇的男人。他的角色是多样的：教师、公务员、情人、丈夫……他以或忧郁，或愁闷，或迷惘，惑张狂但多少带点炫惑的心态，讲述他在官场内外的爱情婚姻故事，写他的迷惘与失落、低沉与亢奋，等等。这时期写的短篇小说《彩姐》，就是表现主人公在乡村与城镇、前途与爱情的抉择下所产生的认同危机的一篇典型作品。

李修平发展期最优秀的小说是《饮食男女》。小说的主人公沙耘是政府部门的一个小科长，尽管才华出众、办事干练，但在一靠背景二靠关系的官场却无法得到提升。有着满腹经纶的他，转而以文人的浪漫欲在情场有所补偿，岂料官场情场皆失意，都没有净土。于是，他愤而萌生退意，最后在家庭和妻儿以及文学那里找到了一丝温暖，仿佛也找到了归宿。

和他早期的小说相比，我们可以看到，李修平发展期的小说不论在主题内容和艺术表现方面，都有新的发展，这主要表现在他早期的作品，有现代主义、浪漫主义、现实主义，比较庞杂，而在发展期的作品中，现实主义已经占了主导地位。作品具有较大的社会性，主题思想有较大的深度，人物形象比较鲜明，艺术技巧也运用得比较纯熟。如以《饮食男女》与《猎人的后代》相比，不论从主题、人物、技巧（譬如《饮食男女》的情节结构的双线并进）方面来说，前者的成就都有较大的提高。

成熟期是指李修平晚近发表的短篇小说《四十不惑》。这篇小说是一篇官场小说，是李修平继《饮食男女》之后的又一佳作。这两篇小说从时间上看是平行和交叉的，大体上创作于同一时间，但《四十不惑》在思想方面比《饮食男女》都更加成熟。它是李修平小说创作的一个高峰。

年届四十岁的宣传部副部长林志平才华横溢、办事精干，却仍不能得到重用，遭遇到与同是副部长的石南云的权力、名利之争，同时也遭遇到与女部下竺月影的感情纠葛。在官场、情场，进入不惑之年的林志平心气平和，冲淡恬静，拿得起放得下，把人生的功名利禄开始看淡，努力做好自己的本职工作，无欲无求，却意外地得到提拔晋升；在情感的高坡上正往下滑的时候，他也以中年人特有的理性适时地渡过了危险时期，取得了事业感情双赢的结果。小说故事人物与当代中国社会和传统的佛道哲学思想结合起来，使他的作品具有了新的思想深度和新的现实意义；其次是人物性格的鲜明化、复杂化和发展变化；李修平也开始在艺术上形成自己鲜明的艺术风格：细腻、含蓄、深沉、优雅。细腻，是指他对生活和人物的描写酷肖、逼真；含蓄是指他的作品耐人寻味；深沉是指他的作品具有深度；优雅是指他的作品能给人以美的享受。

三、李修平小说创作的特色

李修平的小说创作有三大特点：中西合璧、悲剧色彩与感伤主义。

李修平小说熔传统与现代于一炉。从内容上看，他的小说继承了中国文学传统中的历史兴亡感与人世沧桑感，以及我国古代三大哲学儒佛道的思想；同时从西方文学中尤其是从妥斯妥也夫斯基、田纳西、威廉斯、乔埃斯和福克纳的作品中或多或少地接受了他们的基督教人道主义思想和博爱精神，同情一切弱小和不幸的人，包括被时代抛弃和一切失败的人。同时，他还从外国文学中接受了康德的悲观主义和萨特的存在主义的影响。李修平把人道主义思想和中国文学中的历史兴亡感和人世沧桑感，以及对大时代浪涛冲击下的个人命运的同情结合起来，形成了自己的内容特色。

从艺术方面看，李修平的作品是继承了我国古典小说的戏剧法，以小见大、肖像与环境描写法和创造诗的意境等。同时，他的小说又恰切地运用了西方文学中的暗示、象征、意识流等手法。

李修平的作品具有浓郁的悲剧色彩。他写的是非英雄的悲剧，他的小说的悲剧主角不是时代的英雄，而是在大时代浪潮冲击下不能支配自己命运的各种各样的小人物，作者怜悯和同情他们的困境和不幸。他写的大多是复合的悲剧，产生悲剧的原因既有时间的因素，也有性格的因素，社会的因素，以及传统悲剧观中的命运的因素。李修平小说的悲剧的思想基础是人道主义和人性论，同情一切受苦的人，包括自己的对手。他的悲剧有唯物主义的成分，表现了对美好事物和弱小人物的不幸的同情，如对五千年文化传统式微的哀婉，对潇潇等被侮辱被损害者的同情等等。但也往往以自己的主观感情，或者以泛人道主义去看待他的悲剧人物，这样他就有时同情了在我们看来不该同情的人物，如《四十不惑》中对石南云的怜悯与同情，《饮食男女》对骆刚的理解与原谅甚至歌颂。这些多少有着唯心的成分。鲁迅先生曾说：悲剧是把有价值的东西撕毁给人看。看来李修平的悲剧观与鲁迅先生的悲剧观，是有异同的。

与悲剧色彩相联系，李修平的小说还具有强烈的感伤主义情绪。他的作品往往在写实中流露出这样的思想：世事无常，人生如梦，一切都是空的；而人生的痛苦和不幸是由命运决定的，个人无法反抗，具有较重的宿命思想和神秘主义思想。如《饮食男女》中咪咪安慰官场失意的李科长（沙耘）的一段话："人生就那么六七十年光景，一眨眼工夫就过去了，好比风中的一盏灯，风一吹就灭了，就没我们啦。"

李修平小说创作的发展轨迹来看，他的作品的感伤主义情绪是慢慢形成的，是连接他作品中杂糅的儒、佛、道思想的一个中间环节。作品中的文人官员沙耘、林志平等初入红尘时，大多胸怀大志、希冀在政坛大展拳脚，为民造福；经历一番打拼后，眼见无才无德者一个个得以迁升，则愤怒，则无奈，则渐生退意，流露出"人生如梦一切皆空"的思想，甚或想隐居田园、终老林泉。这一方面表现出作家思想的逐渐成熟，也彰显出作者受中国传统哲学佛家道家思想和中国文学传统中的历史兴亡感和人世沧桑感的影响。

佛家思想甚或道家思想作为一种思想体系，它是为封建统治服务的。它们的虚无主义、宿命论、不可知论思想，它们的清静无为思想，会使人对时代、社会丧失信心，从而陷入悲观主义的泥坑。但对李修平小说中的佛道思想和感伤情绪，我们要作具体分析，看到它的积极的一面。

作者处在中国社会由计划经济向市场经济的转型时期，他的感伤是有他的社会原因和批评对象的。而且，一个出色的现实主义作家的作品，客观描绘的艺术形象，永远大于作家的主观思想，修平的作品虽然流露了浓厚的感伤情绪，但这并没有掩盖他的作品的丰富的社会内容和认识价值，他的作品所描绘的社会下层的真实图景，以及它的艺术价值，况且李修平的感伤情绪在作品中多表现为一种忧国忧民的思想，以及对一切人宽恕的人道主义精神和博爱思想。作品中的佛道思想、历史兴亡感和世事无常感等感伤情绪，有时往往是作品人物真实情感的流露，不完全是作家个人的感情。从美学的角度来看，历史兴亡、人世沧桑情绪，是悲剧美和缺陷美的一种表现，一种美好的事物、一种灿烂的文化衰亡或消失了，这是一种损失，但能让我们更加感到更加怀念它的美，更为它的消亡和衰微惋惜，从而在情绪上受到更大的感染。

阿弘，真名周圣弘，中文教授，作家，文学评论家。

猎人的后代
LIE REN DE
HOU DAI

喜读《目送她孤身飞去》

郑远志

李修平从小就喜爱文学，一直坚持业余创作，作品并不是很丰，但写一篇就有一篇的分量，很受读者喜爱。

我曾着意阅读了他的小说《饮食男女》《走出迷林》《大雾》，深感从保康文学绿洲上长出的这株绿荫之树的勃勃生机，那种浓郁的乡情。《目送她孤身飞去》，是一部中篇新作，读后令欣喜的是，李修平的创作更成熟和老道，进入了一种新的境界。

这篇小说写了目前最敏感的两个问题，即上级如何任人为贤和青年干部如何洁身自爱的问题。小说的叙事质朴晓畅、清丽自然。在简单的爱情故事中，把权欲之间的钩心斗角、处心积虑的投机钻营、正直与丑恶的意识交锋，表露得起伏曲折，新奇有致。

青年干部林志平是一个极富使命感和上进心的有为青年，当有人把培养和提拔使用干部作为一种权权交易、进行不公平竞争、使他的才华和能力得不到看重时，他的心态也就失去了平衡。委屈、怨恨、愤懑、自暴自弃、怨天尤人，从而悲观厌世。这种外界的影响和诱惑，使他步入"当才华和能力不被看重的时候，我只好不择手段了"的歧途。然而，当他吻着林至清的耳根，心中升腾起圣洁而美好的情爱时，想"走后门坐上副县长交椅"的邪念就在这圣洁的光环下无地自容。他不想玷污这种圣洁，把涌到嘴边的话又吞进了肚子。可以说是真诚的友爱帮助他战胜了心灵的第一次脆弱。

当林志平充分显示自己的才能，在竞争企业总经理的演讲中虽获得普遍的好评，但没有入选时，他脆弱的心就被完全击倒了。高尚变得卑微，清高让位于世俗。他向尊敬的赵书记送去作"敲门砖"的礼品，也向林至清的舅舅（一位老组织部长）送去名人书画，求林至清去向她的舅舅打通关节。而林至清却是一个痴情爱着林志平的女人。她爱他的诗、他的散文、他的小说，进而敬重、崇拜他，希望他是一个完美的、有为的人。也就是说她对他的感情是一种人世间最纯洁、最真挚的友爱。为了爱她可以为他去奔波，去做他所需要做的一切，甚至为他去牺牲。然而她内心是矛盾的，她害怕"因为我而影响你的前程和家庭。我不想也不敢去碰感情的暗礁，害怕被情所困，到时难以自拔"。被出人头地的强烈欲望所蒙蔽的林志平，没有能珍惜这种人间至爱。他对林至清既有权欲的请求，又有性欲的要求。也就是说，自认为才华横溢的林志平心灵并不高尚，在情爱的试金石面前，他仍然是一个未能超凡脱俗的自私之人。

"为利己而生的爱，不是真爱，而是一种私欲。"爱是使生命从善或从恶的岔路口。林志平的这种退缩或颓靡，反映了知识分子在新时期竞争战场上的动摇性。然而，社会的正气毕竟是主流。林志平的才华和奋争，终究得到了认可，受到了重用。在社会的召唤中，爱的圣洁力量唤醒了林志平沉迷的灵魂。郁达夫先生说："真正的爱，是不容利害打算的念头存在于其间的。"恢复了理智后的林志平仿佛听到了林至清那声无奈的叹息。他惊醒，他了解了对方友谊的真诚和晶莹。所以，他在"甜蜜的长长的如悦和亲吻中，人格终于完成了升华的过程。"他从性欲中摆脱出来，收回了在爱的岔路口迈向从恶之路的脚步。正是这种清醒，挽救了他的事业，也挽救了他的家庭。然而，纯洁之爱的维护是需要意志，需要时间考验的。爱是能忘记的。林志平和林至清的思想都在受着爱的煎熬。为着爱，也为着对新生活的渴求，林至清毅然赴上海求学，孤身飞去。她的人格在理想与现实的碰撞中也得到升华。这一升华促使踌躇满志的林志平人格又得到新的升华和飞跃。

李修平的小说告诉我们，复杂的社会在当今时代，在各种各样的诱惑，真诚的爱社会、爱家庭、爱朋友，是摆在每一个有为青年面前的新课题。青年们要善于把握自己，正确地对待情爱和友爱，维护爱的圣洁，保持心灵的辉煌。从这点来说，小说有着积极的现实意义。李大钊烈士所说"两性相爱，是人生最重要的部分。应该保持他的自由、神圣、崇高，

猎人的后代
LIE REN DE
HOU DAI

不可强制它、污蔑它、压抑它，使它在人间社会，丧失了优美的价值"，可以说是这篇小说的主题。

当然，这篇小说在生活的提炼、结构布局上还有拓展和加深的余地，特别是对林至清内心世界的揭示着墨尚嫌不够，削弱了作品的一些感染力。但瑕不掩瑜，这篇作品可以说是李修平的创作取得的新成果，表明其创作迈向了一个新的台阶。沿着这条路走下去，作者是会迎来自己创作的辉煌的。

郑远志，中国作家协会会员，湖北作家协会创联部主任，作家。

那个荒蛮的年代

——从《红尘动》而想到的

浦 非

 大学时代，一直喜欢看那个年代、战争年代的爱情小说。比如那年出名的《长相思》，有我最喜欢的战争爱情。而看到李修平的《红尘劫》的时候，我被其中的悲剧气氛打动了。

 我是按照字节数选择我想读的文章的。碰巧那日《红尘劫》进入我的视线。原以为会是纯言情的小说。但是读到的却更加有味道。这是一个纯粹的故事。不说小说结构如何，我真是被故事本身感动了。

 那是两代人的悲剧吧，我想。一个时代，却造就了两代人的悲剧，是不是很悲哀。我不想对此作评论。我只想说故事本身。小说是由甲哥和他母亲（也就是"我"的姨妈）的故事两部分组成。从姨妈悲剧的一生，到甲哥可怜的一世。的确让我感动。在平淡的叙述中，却凝聚了一种力量。

 "历史往往就是这样幽默！"喜欢这句话。那个年代的生活原本也应该是简单的，却因为历史原因莫名的变复杂起来。某些人突然获得了权力，开始变本加厉地实施报复。突然想起老舍的《骆驼祥子》里的一句话：苦人是容易死的，苦人死了是容易被忘掉的。是因为苦人特容易遭罪，所以人们才都不愿意做苦人吗。得了便宜还卖乖，这就是旧社会了。

 我又开始评价那个时代了。回到故事中来吧。说到好人坏人，小说里的龙山虎定算是一个坏人吧。可是看到后来几遍，我从心底里感觉龙山虎可怜。他也是历史的受害者吧。谁说报复者不是在受罪。每个人都在遭罪。只是坏人自己找一些罪来受，甚至罪在初期还是甜的。之后再将罪转加于人。单从爱情角度讲，龙山虎用的难道不是真感情吗？只是他错了，他不该强求于人，甚至是暴力。错误的年代，才触发他用了极端的手法。而其实，那是损人不利己的。人在行动的时候，从来不知道下一步是不是会后悔。而后悔是没有用的。

再讲甲哥与水杉姐的感情，那是一种怎样的感情啊？那是一种与世隔绝、世外桃源的感情。无论那感情是否有违常理，那真、那深都是不能被否认的。正是甲哥念念不忘报仇之心，另一个悲剧才得以开始。直到甲哥回到青龙山，悲剧还是没有结束。山虎的自杀是否代表一个时代的结束呢？我不知道，但那应该是代表另一出戏的上演。

就像作者说的：想想历史给我们留下的一幕幕悲剧，我们该百倍地保护珍惜眼前这安宁的生活啊！

浦非，网名。本文发表于2001年9月11日"榕树下"网站"平心而论"栏。

附
录

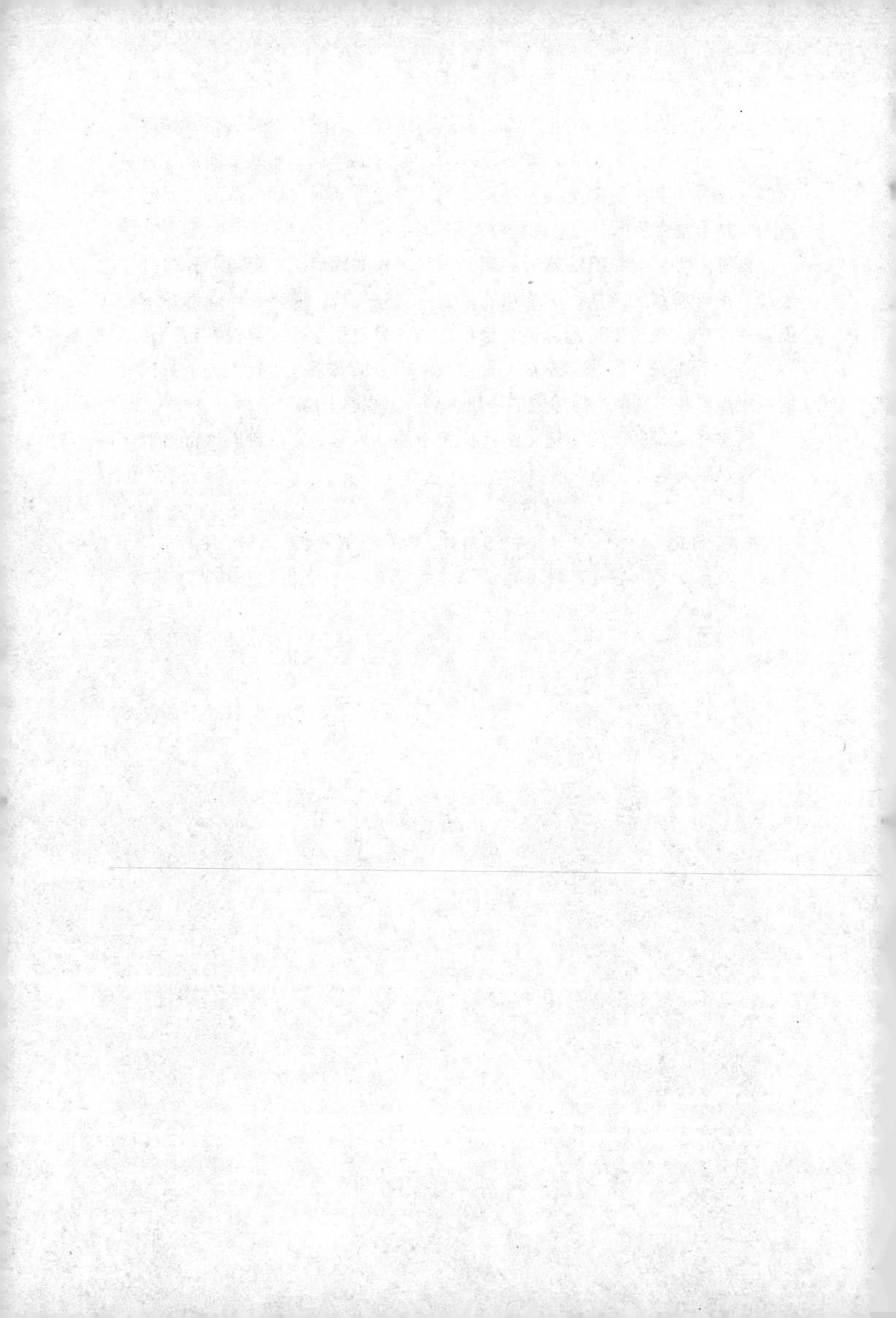